MARKUS R. LEITGEB

Zeitungssterben

UNMORALISCH In der Wiener U-Bahn bricht ein verheerendes Feuer aus, unter den Opfern befindet sich der Altjournalist Hubert Brandl. Martin Leček, sein junger Kollege, spioniert gerade die schmierigen Machenschaften des Boulevardblatts für eine Aufdecker-Reportage der Konkurrenz aus, als er über Ungereimtheiten im letzten Artikel des Toten stolpert. Als Leček selbst ins Fadenkreuz gerät, wird ihm klar, dass der Boulevard noch weitaus dunklere Geheimnisse verborgen hält, als erfundene Interviews und gekaufte Geschichten. Um der unsichtbaren Macht Herr zu werden, versammelt der unfreiwillige Ermittler ein buntes Quartett um sich: Freundin Izabella Bosenski, psychiatrische Ärztin am AKH, Georg Kainz, Revierinspektor der Wiener Polizei und Chris++, Computernerd in der IT-Abteilung des Boulevardblattes. Ihre Recherche führt die Vier schließlich zurück bis in die 70er-Jahre, und endet dort, wo alles begonnen hat: In einem verschneiten Waldstück in Kärnten. Und der Tod ist die einzige Konstante.

Markus R. Leitgeb wurde in Klagenfurt geboren und erlebte seine erste schriftstellerische Krise, als er als letzter Schüler seiner Volksschulklasse die Schreibschrift erlernte. Er kann jetzt noch nicht schönschreiben. Von einer trockenen technischen Ausbildung gelangweilt, wurde er noch vor seinem Publizistikstudium als Journalist tätig. Mittlerweile in die Unternehmenskommunikation gewechselt, lebt er heute samt Frau und Katzen in Wien. Die eigentümliche Herzlichkeit der Bundeshauptstadt hat es dem Autor rasch angetan, sodass er sich selbst als »echter zugereister Wiener« bezeichnet. Von journalistischen Publikationen abgesehen, stellt »Zeitungssterben« seinen Debütroman dar.

MARKUS R. LEITGEB

Zeitungssterben

Kriminalroman

GMEINER SPANNUNG

Personen und Handlung sind frei erfunden.
Ähnlichkeiten mit lebenden oder toten Personen
sind rein zufällig und nicht beabsichtigt.

Besuchen Sie uns im Internet:
www.gmeiner-verlag.de

Im Ehnried 5, 88605 Meßkirch
Telefon 07575/2095-0
info@gmeiner-verlag.de

1. Auflage 2017

Lektorat: Claudia Senghaas, Kirchardt
Herstellung: Mirjam Hecht
Umschlaggestaltung: U.O.R.G. Lutz Eberle, Stuttgart
unter Verwendung eines Fotos von: © kallejipp / photocase.de
Druck: CPI books GmbH, Leck
Printed in Germany
ISBN 978-3-8392-2034-4

Für Katharina

PROLOG

Noch 15 Minuten bis zu Hubert Brandls Tod.

Hubert Brandl hatte es eilig. Nicht zu seinem bevorstehenden Tod, von dessen verfrühtem Eintreffen er noch nichts ahnte, sondern zu einer Verabredung. Er kämpfte sich durch die Massen an Fußgängern im 1. Wiener Gemeindebezirk.

Ein Nebel schottischen Ausmaßes lag an diesem Tag über der Bundeshauptstadt und hielt sie unter seinem weißen Mantel begraben. Ein Nieseln rundete das Sammelsurium an Wetterkapriolen ab, die nichts anderes vorhatten, als den Wienern jeglichen Genuss eines rettenden Sonnenstrahls zu verwehren.

Dutzende Touristen aus aller Herren Länder entstiegen in einer Seitenstraße des Naturhistorischen Museums ihren Reisebussen und versammelten sich dort zu kleinen Menschentrauben.

Hubert Brandl war genervt, als er sich durch dieses Hindernis kämpfen musste. Er war sowieso spät dran. Im Trubel der Herbsturlauber, die sich vor den historischen Bauten fotografierten, griff er in die Tasche seines hellbraunen Samtsakkos und zog ein Zigarettenpäckchen hervor. Enttäuscht von seiner Nachlässigkeit stellte er fest, dass es die letzte Zigarette der Packung sein würde. Er sollte gerade diesen Glimmstängel mehr genießen als die 20 Stück zuvor. Brandl zerknüllte das Päckchen und warf es unachtsam auf den Gehweg, wo es als Haufen, halb Papier, halb Plastik, wie eine zu groß geratene Schneeflocke tanzende Bewegungen vollzog. Dem Nachruf eines Passanten, er solle seinen Dreck gefälligst in den Mistkübel schmeißen, quittierte er geistesabwesend, aber durchaus routiniert, mit dem ausgestreckten Mittelfinger. Er tastete seine Hosentasche nach einem Plastikfeuerzeug ab und fand das Werbegeschenk einer Partei zu seiner Erleichterung schnell. ›Christian Stark – Heute die Wirtschaft, morgen Österreich. LPÖ‹, stand darauf gedruckt. Brandl bleckte die Zähne und betete um einen Funken.

Zwischen den Autos und Menschen kapselte er sich ab, erschuf seine eigene Wirklichkeit und hielt in ihr für einen Moment die Zeit an. Da waren nur noch er, die Zigarette und das Knistern von Tabak und Papier. Als er die Augen schloss und einen tiefen Zug inhalierte, kroch der Rauch seine Luftröhre hinab und strömte in die Lungen. Es fühlte sich an wie die Begegnung mit einem alten Freund, der ihn herzlich in die Arme schloss und willkommen hieß. Erst als der blaue Dunst durch seine Nase hinausgeatmet wurde und sich die Gifte im Körper abgelagert hatten, öffnete Hubert Brandl seine Augen wieder. Plötzlich starrte ihn sein Spiegelbild an, das sich auf der Seitenfront eines Reisebusses vor ihm abzeichnete. Auf dem dunkelgrünen Lack stand in protzigen, weißen Lettern ›Cestování autobusem‹, darunter verblasste das Bild eines Mannes, der nur mit einem Adjektiv beschrieben werden konnte: verbraucht.

Dieser Mann Mitte 50 hatte seine Glanzzeit nie erlebt. Die schulterlangen, gewellten Haare waren am Ansatz grau meliert, das Aschbraun würde in den nächsten Jahren aussterben. Unter dem Haarschopf lag ein Gesicht, das viel gesehen und erlebt hatte. Manches davon war so grausam gewesen, dass es sich in einer Furche oder kleinen Kerbe einen Platz für die menschliche Ewigkeit gesichert hatte. Brandls Zähne hatten sich durch jahrelanges Rauchen gelb gefärbt, ähnlich verhielt es sich mit seinen Augen, in denen das Weiß der Pupillen einen gelblichen Stich angenommen hatte. Ein Berg von einem Bauch, den er sich vor allem in den letzten Jahren angefressen hatte, unterstrich sein stämmiges Äußeres. All diese Abbauarbeiten waren ihm egal, einzig sein Männerbusen schmerzte ihn wirklich, der parallel mit seinem Bauch angewachsen war. Das war die letzte Gräueltat einer Liste an Veränderungen, die er lange nicht wahrhaben wollte, sein Körper aber trotzdem durchmachte. Mittlerweile hatte sich Brandl damit arrangieren müssen, durch seine Lebensweise war er in ein Alter gekommen, das ihm alle Gemeinheiten und Schandtaten am eigenen Körper in grässlicher, ja schadenfreudiger Manier einer alternden Fratze in Rechnung stellte.

In seinem körperlichen Befinden spiegelte sich auch die abgetragene Kleidung wider. Dem Sakko waren erst letzten Monat Ärmelflicken aufgenäht worden, der Kragen des weißen Hemdes war deutlich vergilbt und die Hosenbeine begannen auszufransen. Das Bild rundete ein Paar abgelaufener Lederschuhe ab, die er vor Urzeiten auf einem italienischen Markt erstanden hatte. Das Feilschen mit dem Händler verlief damals zäh, die Schuhe sah er danach gerne als Trophäe für diesen kleinen Erfolg an. An die vielen Achtel Rotwein, die später geflossen waren, konnte er sich kaum noch erinnern. Was blieb, waren kaputte Schuhe, abgetragene Kleidung und ein Körper, der sich für all das ihm Angetane rächte. Hubert Brandl erschreckte sich zum ersten Mal vor sich selbst.

Der dunkelgrüne Reisebus fuhr weg und mit ihm verschwand das verheerende Abbild. Mit ihm verschwand auch der Schock, den Brandl gerade durchlebt hatte. Er schüttelte ihn ab wie die Schuppen auf der Schulter, und als ob nichts gewesen wäre, eilte er zur nahen U-Bahn-Station. Durch den mantelartigen Nebel war die Sicht stark getrübt, sein Blick traf nicht wie sonst das Parlament, ein paar hundert

Meter entfernt. Dort strahlte selbst das goldene Haupt von Pallas-Athene nicht wie gewohnt, es war fast so, als ob die griechische Göttin bereits das Grollen des heraufziehenden Unglücks vernahm.

Als gelernter Wiener ignorierte Brandl die historische Kulisse um ihn und passierte den hellblauen Würfel mit weißem U, in Wien das Zeichen für den Eingang einer U-Bahn-Station. Verärgert über das lachhafte Rauchverbot der Wiener Linien nahm er schnell einen letzten Zug seiner Zigarette und schnippte den Filter danach auf den Boden. Er ging die Stufen nach unten und bog auf die unterirdische Kreuzung der Fußgängerpassage ein. Ein reges Treiben erwartete ihn, kommende und gehende Menschen vermischten sich zu einer wabernden, dampfenden Masse aus fleischigem Leben; manch Ameisenhaufen verblasste dagegen als Ort der Lethargie.

Brandl war vom Burgring gekommen. Zu seiner Rechten führte eine Treppe zum Volksgarten, geradeaus auf den Dr.-Karl-Renner-Ring. Eine Bäckerei, eine Trafik, lustlos gefüllte Schaufenster mit Winterkleidung und kaputte Telefonzellen vervollständigten diesen Durchzugsort. Brandl bog nach links und ging zum Bahnsteig der U3. Aus den Entnahmeboxen der Gratiszeitungen griff er jeweils nach einem Exemplar und studierte die Titelseiten, Konkurrenzbeobachtung gehörte schließlich zur Tagesarbeit. Kopfschüttelnd zerknüllte er jedoch die beiden Blätter und warf sie zurück in die Boxen.

Wenige Schritte weiter zog der schwere Geruch der Schienen durch seine Nase. Zum Teeröl, das die Balken im Gleisbett möglichst lange haltbar machte, mischten sich Metallabnutzungen und Schmieröle der Züge sowie die Ausdünstungen der Fahrgäste. Die U-Bahn gab somit ein Symposium an Gerüchen wieder, das zwar allgegenwärtig und bekannt war, jedoch niemals hinterfragt wurde. Wer wollte auch schon wissen, was sein Gegenüber gerade auszudünsten hatte?

Auf der Rolltreppe zum Bahnsteig holte Brandl einen zerknüllten Notizzettel aus der Innentasche seines Sakkos. ›10:30 Uhr, U3 Richtung Simmering, letzter Waggon‹, stand in seiner Handschrift darauf geschrieben. Den Rest hatte er sich so gemerkt, hoffte er zumindest. Sein Blick ging auf die protzige Rolex Submariner an seinem Handgelenk, laut ihr lag er gerade so im Zeitplan. Grinsend, sodass die gelblichen Zähne hervorblitzten wie die Scheinwerfer alter französischer Autos, streifte er den Ärmel behutsam über die neue Armbanduhr. Fehlte nur noch ein dazu passender Anzug, aber selbst der wäre gleich kein Problem mehr.

Brandl steckte die Hände in die Hosentaschen und stieg von der Rolltreppe auf den erzitternden Bahnsteig. Eine U-Bahn fuhr gerade ein und öffnete kurz darauf die Türen. Menschen strömten aus dem engen Metalltubus und zerstreuten sich in Windeseile auf dem Bahnsteig. Manche liefen weiter zur U2, andere suchten den schnellen Weg an die Oberfläche. Ganz andere machten es sich mitten am Bahnsteig gemütlich, zückten ihr Handy und achteten nicht auf ihre Umgebung.

Für einen kurzen Augenblick wollte Brandl diesem Beispiel folgen und spielte mit dem Gedanken an eine Zigarette, entsinnte sich aber seiner leeren Tasche. Dabei wäre für Brandl die Flucht in die Blase der Abgeschiedenheit gerade jetzt umso notwendiger gewesen, die Menschen würden verstummen, die Gerüche verschwinden, und übrig bleiben würde nur das gleichmäßige, metallische Klacken der Rolltreppe, das wie das Ticken einer Uhr in der Nacht, wenn man nicht schlafen konnte, unaufhaltbar seinen Weg in den

Gehörgang fand. So musste er sich aber stattdessen in Position bringen. Nachdem der elektrische Fahrplanmonitor noch eine Minute bis zur Ankunft der nächsten U-Bahn zeigte, versetzte Brandl seinen Körper in einen Zustand, den man gutmütig als Laufen bezeichnen könnte. Wie ein Walross an Land erreichte er gerade das hintere Ende des Bahnsteigs, als der ankündigende Luftstrom der U-Bahn seine Haare zur Seite wehte.

Mit lautem Getöse schoss die silberne Garnitur in die Station ein. Die Bremsen nahmen kreischend ihre Arbeit auf und brachten den Zug entlang des Bahnsteigs zum Stehen. Die Doppeltüren öffneten sich und gaben erneut Unmengen an Menschen frei, die sich bis soeben in ein rollendes Gefängnis auf Zeit einsperren ließen. Zwischen ihnen blitzte das klassische Orange der alten Innenausstattung hindurch.

Nachdem sich alle aussteigenden Passagiere nach draußen gedrängt hatten, betrat Brandl den Waggon durch den hintersten Einstieg. Suchend hob er den Kopf und ließ seinen Blick über die anderen Fahrgäste schweifen. Ihm bot sich ein Panoptikum an Charakteren, das große Flächen der Gesellschaft und verschiedener Kulturen abdeckte. Wie ein Mosaik war es bunt, in verschiedenen Formen, war aus vielen kleinen Teilen zusammengesetzt und erlangte erst mit dem Erkennen des Ganzen seine eigene Schönheit.

Bei den Türen stand eine Mutter mit Kinderwagen, die ihr weinendes Kleinkind vergeblich mit einem rosa Stoffhasen zu beruhigen versuchte. Da saß ein Student mit Hornbrille, in Schwarz gekleidet und völlig vertieft in ein abgegriffenes Buch, dessen Titel am gebrochenen Buchrücken nicht mehr zu erkennen war. Ihm gegenüber lag eine junge Frau auf der Sitzbank, die Beine ausgestreckt und in ihr Handy brüllend.

Brandl war nicht der einzige Fahrgast, der an ihrem Telefonat teilhaben musste. Im Normalfall hätte er sich in der gleichen Lautstärke mit der Frau angelegt, aber momentan war er zu beschäftigt, außerdem war die Situation alles andere, bloß nicht normal. Wie Louis de Funès in seiner Paraderolle als Gendarm in den St. Tropez-Filmen, geduckt und mit abrupten Bewegungen, schlich er im Waggon umher und sah sich um.

Zwei Schüler, vermutlich Oberstufe, die um diese Zeit bestimmt woanders sein sollten, konzentrierten sich lieber auf ihre neuen Handyspiele. Er sah ein altes Ehepaar, Händchen haltend und über einen baldigen Arztbesuch sprechend. Da standen japanische Touristen, die mit einer Stadtkarte wild in der Luft fuchtelten und auf den Netzplan deuteten. Da saßen Menschen mit Gratiszeitungen und ein sich innig küssendes Liebespaar. Da stand ein älterer Mann mit Trenchcoat und Bierdose, der selbst bei stehendem Zug Probleme hatte, sich auf den Beinen zu halten. Dieser U-Bahn-Waggon wäre ein Geschenk für einen Statistiker, stellte er doch die ideale Schnittmenge der Menschen in Wien dar. Mit lethargischem Gesichtsausdruck, als hätte jemand all ihre Gesichtsmuskeln mit Botox betäubt, erduldeten sie die Fahrt durch den Untergrund. Mitten drinnen stand immer noch der gehetzt wirkende Hubert Brandl.

»Steigen Sie nicht mehr ein!«, warnte die metallene Frauenstimme aus den Lautsprechern. Wenige Sekunden später erklang ein warnendes Piepen, und gleichsam schlossen sich die Türen. Ein leises Zischen unter der Fahrgastkabine, ein kräftiger Ruck, dann setzte sich die U-Bahn in Bewegung. Die fühlbare Beschleunigung zerrte die Fahrgäste leicht nach hinten, bei der Einfahrt in den Tunnel wurde es vor den Fenstern schwarz, und im Inneren des Waggons hörte man das Brummen der Elektromotoren als beständiges Hintergrundgeräusch. Die Haltegriffe schwangen bei jeder Biegung des Gleises mit, jede Weiche oder Unebenheit wurde fast ungedämpft an das Waggoninnere weitergegeben.

Brandls Hals kratzte, Schuld gab er der stickigen Luft, die wohl zum Standardrepertoire jedes Zuges gehörte. Er tastete sich von einer Haltestange zur nächsten, da kreuzte er einen anderen Blick, hinter dessen Ende ihn weit aufgerissene Augen erwarteten. Wie ein Leuchtturm räumten sie die Dunkelheit weg und ließen ihn klar sehen. Brandl kannte die Augen. Das konnte kein Zufall sein, nicht hier, nicht heute. Ein »Wieso?« verließ seinen Mund, ging aber in einem plötzlichen Paukenschlag unter. Alles geschah in einem gefrorenen Moment.

Ein gleißend heller Blitz zuckte durch den Tunnel, ein zweiter folgte ihm sofort. Funken sprühten unter dem Waggon hervor, wurden aber sofort durch lodernde Flammen abgelöst. Wie eine Peitsche schlug das Feuer gegen das erste Fenster und ließ das Glas zerbersten. Die schweren Stahlräder der U-Bahn blockierten und kreischten über die Schienen, der Waggon ächzte unter der Belastung wie ein alter Packesel, der ein letztes Mal die Anden erklimmen musste. Die Lampen der Innenbeleuchtung fielen mit einem lauten Knall aus, der Trommelfelle zerreißen ließ. Mit einer Gewalt, als ob der erste Triebwagen auf einen Prellbock aufgefahren wäre, kam die U-Bahn abrupt zum Stillstand.

Als ob sie ein zorniges Kleinkind gepackt hätte, flogen Menschen wie Stoffpupen durch den Waggon. Dann folgten Stille und Dunkelheit, die sich wie ein dicker Samtmantel über alles ausbreiteten.

Das Ächzen eines Holzbalkens drang an Brandls Ohr. Es war so lästig und wiederkehrend, dass er sich daran zurück in die Realität ziehen konnte. Seine Augen konnten nichts erkennen, aber vermutlich lag er auf dem kalten Kunststoffboden. Seine Stirn fühlte sich warm an, und noch immer war da dieses schwere Ächzen. Brandl erschrak, als sein Verstand begriff, dass das Geräusch von ihm ausging. Vorsichtig drehte er sich zur Seite und hörte in die Tiefe des Waggons hinein. Für einen Augenblick war es ruhig, doch er verging so schnell wie kondensierter Atem auf einem Spiegel, und Chaos wurde zum einzigen, bestimmenden Element.

Eine Feuersbrunst fraß sich wie ein ausgehungertes Raubtier durch die Öl- und Hydraulikleitungen, den Lebensadern des Zuges. Wie ein Vorbote der Hölle brach es durch den Boden und bahnte sich einen Weg in den Fahrgastraum. Das erneute Zerbersten von Glasscheiben war begleitet von einem Wirrwarr aus Schreien und Hitze. Durch die züngelnden Flammen wurden die Auswüchse des unabwendbaren Schreckens sichtbar. Leblose Körper lagen verdreht über den Sitzen und dem Boden verteilt, Blut und Knochen mischten sich unter das satte Orange und Blau der Innenausstattung.

Brandl wollte aufstehen und weglaufen, so simpel war der Plan, aber sein Körper verweigerte den Dienst. Bei der ersten Belastung gab sein linker Oberschenkel nach und brach mit einem durchdringenden Knirschen in der Mitte ab, mit einem lautlosen Schrei fiel er zurück auf den Boden. Brandls Blick ging unwillkürlich in den Waggon hinein, der immer mehr erhellt wurde. Jetzt erkannte er den Kinderwagen und den rosa Stoffhasen neben sich, unter einer nahen Sitzbank lag die Mutter, das Gesicht zu einer blutunterlaufenen Fratze versteinert. So wollte Brandl nicht enden, mit letzter Kraft wuchtete er seinen massigen Körper auf die andere Seite. Auf die Unterarme gestützt wollte er über den Boden robben, aber schon nach wenigen Zentimetern schnitten Glassplitter in seine Hände und bohrten sich tief ins Fleisch. Unverzüglich quoll warmes Blut in dicken Strömen hervor, und Brandl sank wieder schmerzerfüllt zusammen.

Ein süßlicher Duft schob sich zwischen verbranntem Kunststoff hindurch, der Brandl unwillkürlich an ein anständiges Mittagessen erinnerte, Schweinsbraten vielleicht. Träumte er das alles etwa? *Nein!*, schoss es ihm durch den Kopf, *du Trottel, das ist verbranntes Fleisch!*

Er spürte die Wärmewalze näher kommen, fast zentimetergenau konnte er ihre Lage bestimmen. Der Druck auf Brandls Kopf wurde schnell stärker, er schien unter der Hitze zu zerplatzen. Da wurde ihm bewusst, dass es keinen Ausweg gab, jetzt zu sterben war unvermeidlich.

Zuerst erschwerte ihm der Rauch das Atmen und ließ sein nächstes Opfer in ein seichtes Delirium gleiten, dann versengten die ersten Flammen die buschigen Augenbrauen und das braune Kopfhaar mit den grau melierten Ansätzen. Sie verbrannten ihm den Rachen und die Luftröhre, danach wanderten die Flammen weiter über den Körper, drangen durch das dünne Sakko und die Anzugshose und nagten die Haut und das Fleisch von den Knochen. Unter animalischem Gebrüll bäumte sich der verstümmelte Körper ein letztes Mal im Flammeninferno auf. Für Hubert Brandl gab es kein Entrinnen. Seine offenen Nervenstränge stachen tief ins Mark hinein, das verletzte Gehirn kämpfte gegen die Vielzahl von Impulsen, und die verbrannten Lungen ließen ihn langsam ersticken.

Seine letzte Gewissheit sollte mit Brandl ins Aschengrab hinabsteigen: *Das war kein Unfall.*

KAPITEL 1

Mit einem dumpfen Schmatzer schlug die Marillenmarmelade auf dem farbig bedruckten Zeitungspapier auf und begrub die Überschrift der Titelgeschichte unter sich. Martin Leček, Verspeiser der Semmel, von dessen Oberfläche sich die Marmelade gerade lawinenartig gelöst hatte, nahm das Buttermesser und strich die Verunreinigung zur Seite. Mit geteiltem Interesse las er den Artikel:

Feuer in Wiener U-Bahn fordert 42 Tote

Der Brand in der U3 brach Dienstagvormittag aus. 64 Verletzte wurden mit teils schweren Verbrennungen und Rauchgasvergiftungen ins AKH eingeliefert. Die Unglücksursache ist noch unbekannt, der Betrieb der U-Bahn bis auf Weiteres eingestellt.

Wien – »Kurz nach der Einfahrt in den Tunnel gab es einen Blitz, dann wurde ich quer durch den Waggon geschleudert. Als ich wieder zu mir kam, hat es schon gebrannt.« Karl Gaußenberger spricht mit erstickter Stimme, er hat den Schrecken unbeschadet überstanden.

Den Schilderungen weiterer Augenzeugen nach brach das Feuer im hintersten Waggon zwischen den Stationen Volkstheater und Herrengasse aus. »Für 42 Menschen kam trotz einer raschen Flucht jede Hilfe zu spät, viele starben an den Rauchgasvergiftungen im Tunnel«, schildert der Leiter der Wiener

Berufsfeuerwehr, Branddirektor Karl-Heinz Gruber. »Das ist wie Kaprun.«

Über die Unfallursache tappen die Ermittler noch im Dunkeln. Man bedauere »diesen tragischen Unfall, der so vielen Menschen das Leben gekostet hat. Wir werden nicht ruhen, bis wir die Unglücksursache geklärt haben. Unser Beileid gilt allen Angehörigen«, versichert Martin Swoboda, Sprecher der Wiener Linien. »Bis dahin müssen wir den Betrieb der U-Bahn aus Sicherheitsgründen einstellen.«

Der alte Zug vom Typ U2 – auch Silberpfeil genannt – befand sich seit 1978 im Einsatz. 2003 wurden Umbauarbeiten vorgenommen, um die Lebensdauer zu verlängern und höhere Sicherheitsstandards einzuführen. Die Hinterbliebenen der Opfer werfen den Verantwortlichen ein Kaputtsparen vor, das in der Brandkatastrophe endete.

Der Artikel befand sich in der Mitte der Doppelseite, beanspruchte durch seine düstere Aura in Wahrheit aber die ganze Ausgabe für sich. Bilder vom ausgebrannten Zugwrack, von Feuerwehrmännern mit schwerem Atemgerät und einer Rauchsäule über der Innenstadt waren um die Textbausteine verteilt, eine zusätzliche Computergrafik erläuterte den vermeintlichen Ablauf des Unglücks. In den kleinen Meldungskästen an beiden Rändern kamen Fachleute und Politiker zu Wort, ganz oben stand Wiens Bürgermeisterin, die so ein Unglück im Herzen ihrer Stadt nicht fassen konnte. Aber gut, wer konnte das heute schon?

Martin Leček war einer der wenigen, die es zumindest versuchen mussten. Seine kühle Professionalität reichte bis gestern zurück, als er vor Redaktionsschluss selbst mit einigen der abgedruckten Leute in der Zeitung telefoniert hatte.

Der Leiter des Chronikressorts hatte ihn um Hilfe gebeten, so kümmerte er sich um das aufwendige Kleinzeug, während seine Kollegen eine großformatige Seite mit schockierenden Bildern der Verletzten und weinenden Angehörigen bauten. Die Seite war geschmacklos und steuerte direkt auf eine Verurteilung durch den Presserat zu, aber für die objektive Berichterstattung war ohnehin die Konkurrenz zuständig. Die gleiche Konkurrenz, die Lecek gerade gelesen hatte.

Er faltete den *Telegraphen* zusammen und warf die zitronengelbe Zeitung auf den leeren Brotkorb, in dem vor einer Viertelstunde noch warme Semmeln gelegen hatten. Das Blatt seines Arbeitgebers, die *JETZT*, lag direkt daneben und bettelte mit einer knalligen Titelseite um Aufmerksamkeit, gleich dezent wie eine Neonreklame am Wiener Gürtel. Wie üblich sträubte sich Lecek dagegen, die Zeitung außerhalb der Redaktion auch nur anzufassen. Um genau diesen Umstand zu ändern, frühstückte er heute im Café Dänemark.

Lecek war das erste Mal hier, was ihn aber nicht davon abhielt, gleich eine große Abneigung gegen das Etablissement aufzubauen. Am Tisch standen die dreckigen Tassen und Teller der vorigen Gäste, trotz Rauchverbot zog ein Hauch von Nikotin durch die Luft, und die Speisekarte beeindruckte primär durch Rechtschreibfehler und bunte WordArt-Überschriften aus den Neunzigern. In unregelmäßigen Abständen rumpelte vor dem Café eine Bim über die Schienen und erweckte zumindest den Eindruck von konzentrischen Kreisen in Leceks mit Kalkresten bedeckten Wasserglas.

So typisch und ambitioniert charmant das Café für die Stadt auch war, Lecek konnte nicht einfach aufstehen und gehen. Sein Gesprächspartner hatte es ihm aufgezwungen und ließ sich nie in seiner Meinung beirren. Der Mann war allerdings auch wichtig genug, um für eine Stunde die durchgesessenen Polster und die Parodie auf eine gute Melange auszuhalten.

Leček trank einen weiteren Schluck Kaffee und begutachtete seine Spiegelung im Fenster. Kurze schwarze Locken, die ungeordnet vom Kopf abstanden, ein dünner Dreitagebart, dazwischen zwei eingefallene Höhlen mit hellblauen Augen, die ihn anstarrten wie ein in der Dunkelheit gefangenes Raubtier. Er brauchte eindeutig mehr Schlaf – oder Kaffee.

Eigentlich gab es keinen Grund aufgeregt zu sein, sagte er sich immer, durch das Telefonat am Vortag war er schon instruiert, aber gerade der prekäre Inhalt gab seinem Gehirn Nahrung. Alleine, wenn er länger daran dachte, spürte er sein Herz fest gegen die Rippen pochen. Ein schmales Schmunzeln huschte über seine Lippen, selbst mit 30 kam er sich wie ein Schüler vor dem strengen Direktor vor, der erneut etwas ausgefressen hatte. Auf gewisse Art und Weise hatte er das ja auch vor.

Sein Blick haftete wieder an den zwei nebeneinander liegenden Tageszeitungen, die unterschiedlicher nicht sein konnten: Boulevard gegen Qualität, Neuzeit gegen Tradition und Geld gegen Gewissen. Die zwei größten Druckwerke des Landes führten seit Jahren Krieg und hatten schon so manchen Schützengraben ausgehoben, in den sie ihre schreibenden Soldaten geschickt hatten. Heute sollte auch Leček in voller Montur hinterherspringen, jedenfalls wurde ihm das angeboten. Ließ er sich auf das Unterfangen ein, konnte schon der geringste Fehler den Druck seiner eigenen Todesanzeige zur Folge haben. Nach Jahren der aufopfernden Berichterstattung in der Provinz, die nur in guten Zusprüchen, geringem Gehalt und trostlosen Aussichten gegipfelt war, konnte er die spektakuläre Flucht nach vorne annehmen. Aber wollte er das auch? Die Frage hatte er sich die ganze Nacht gestellt, während des Rumwälzens im Bett, des Durchschaltens der Fernsehkanäle auf der Couch und des morgendlichen Surfens auf Newsportalen. Leček brauchte unbedingt noch einen Kaffee, dieses Mal definitiv stärker.

»Bereiten Sie sich schon vor?« Eine Stimme, rau wie ein Reibeisen, entriss ihn sämtlicher Gedankenwelten. Ein hagerer Mann mit grauen Haaren und scharfen Gesichtszügen, wie ein gehärtetes Rasiermesser, deutete mit seinen schmalen Fingern auf die zwei Zeitungen. Seine grauen Augen, abgebrochene Eiszapfen, stachen über dem dünnen Drahtgestell einer rechteckigen Brille heraus und fixierten Leček beim Hinsetzen. Beide verzichteten auf eine Begrüßung, stattdessen saßen sie sich schweigend gegenüber, bis der Neuankömmling einen kleinen Schwarzen bestellt hatte. Erst nachdem die Kellnerin gegangen war, sollte das Treffen mit Leben befüllt werden.

Johannes Thanner, Chefredakteur des *Telegraphen*, stützte seine Ellbogen auf der befleckten Tischplatte ab und lehnte sich vor. »Wie haben Sie sich entschieden?«

Tja, und da war die Frage wieder! Die Ereignisse der letzten Monate hatten zu dieser einen Frage geführt, an der sich Lečeks weitere Karriere entscheiden würde.

Angefangen hatte es mit seiner Jobsuche in Wien, als er sich beim *Telegraphen* sowie der *JETZT* um eine Stelle als Redakteur beworben hatte. Mit viel Mut und Elan hatte er sich jeweils einen Termin bei den ranghöchsten Entscheidern erkämpft. Schnell stellte sich heraus, dass man ihn beim *Telegraphen* lediglich aus Neugier eingeladen hatte, eine Stelle gab es nicht zu besetzen. Als Leček, großer Bewunderer der Zeitung, der Umstand mitgeteilt wurde und er seine Träume zerbröckeln sah wie eine baufällige Ziegelmauer, leistete er sich ein Schreiduell mit dem ihm gegenüber sitzenden Johannes Thanner. Genüsslich protzte er, sowieso ein Angebot der verhassten Konkurrenz vom Boulevard erhalten zu haben. Der hochkantige Wurf hinaus auf die Straße war lediglich Formsache. Bei der *JETZT* wurde ihm tatsächlich ein Volontariat angeboten, und obgleich es gegen Lečeks sämtliche Moralvorstellungen ging, nahm er die Stelle vorerst aus Trotz an. Nach vielen Jahren hatte er endlich das Gefühl, einen merklichen Schritt nach oben gemacht zu haben. Raus aus Kärnten und hin nach Wien.

Und dann kam gestern Thanners Anruf.

»Reden wir doch zuerst über die Hintergründe«, parierte Leček die Frage und fuhr sich über die kurzen Locken am Kopf. »Warum sollte ich das tun? Was bringt die Aktion Ihnen, was mir?«

Thanner nickte bedächtig. »Sehen Sie«, begann er, »die *JETZT* ist ein seit sechs Jahren erscheinendes Märchenbuch. Da wird auf Chefetage vergiftet, gelogen und gehetzt. Und das Geschäft läuft gut, Reinhard Wallner wird damit nicht aufhören, bis er die Vormachtstellung am österreichischen Zeitungsmarkt innehat. Aber das wissen Sie mittlerweile bestimmt selbst.«

Da war natürlich etwas dran. Die Wutausbrüche von Lečeks Herausgeber standen genauso an der Tagesordnung wie fragwürdige Werbekooperationen, als Artikel getarnte PR-Texte und eine Redaktionssitzung, an deren Ende immer eine spektakuläre Schlagzeile stehen musste. Recherchiert wurde gegebenenfalls später.

»Schauen Sie, Leček, durch Ihren Lebenslauf und Ihre Reputation gehe ich davon aus, Sie für ein solches Projekt einsetzen zu können. Außerdem befinden Sie sich in einer nahezu einmaligen Position.«

Der Geschmeichelte stellte die Kaffeetasse weg und musterte abwartend Thanners Gesicht. ›Wer mag es nicht, Honig um den Bart geschmiert zu bekommen?‹, dachte er, ›aber ich muss trotzdem aufpassen. Vor ein paar Wochen hat er mich gehasst wie die Pest, warum sollte sich das plötzlich geändert haben?‹

Johannes Thanner lehnte sich zurück und legte die Arme auf die abgewetzte Stoffkante der Sitzbank. »Günter Wallraff und seine verdeckte Recherche bei der *BILD*-Zeitung sind Ihnen bestimmt bekannt? Gut, das möchte ich auch, und zwar schon seit Langem. Sie arbeiten schon für Wallner, das bringt uns ungeahnte Möglichkeiten. Was sagen Sie dazu?«

Die Antwort sollte auf sich warten lassen, da standen noch einige ungeklärte Leuchtfeuer im Raum. Das eigene Medium ausspionieren! Aber das Angebot klang verlockend, das musste sich Leček eingestehen. »Wie stellen Sie sich das im Detail vor? Ich mache den Whistleblower, schicke Ihnen kompromittierendes Material, und Ihre Redakteure schreiben einen Artikel darüber?«

»Nein. Sollten Sie den Auftrag tatsächlich annehmen, recherchieren und schreiben Sie eine mehrseitige Reportage in unserer Sonntagsausgabe über die Machenschaften der *JETZT*. Volle Deckung und rechtlichen Beistand durch den *Telegraphen* inklusive. Das ist der erste Teil meines Angebots. Abhängig von der Qualität Ihres Textes können wir uns dann über ein konkretes Jobangebot unterhalten.«

»Bloß unterhalten?« Leček schnaubte empört. »Seien Sie mir nicht böse, aber über ein Jobangebot kann ich mich auch mit meiner Mutter unterhalten.« Er setzte mit den Fingern zwei Anführungszeichen in die Luft.

Thanner gab ein gut hörbares Brummen von sich, dann revidierte er sein Angebot unverzüglich. »Gut, dann biete ich Ihnen eben eine Fixanstellung als Redakteur, immer noch abhängig von der Qualität der gelieferten Arbeit. Am

Anfang vielleicht Teilzeit, für mehr kann ich keine Garantie abgeben. Andere Medien sind danach wahrscheinlich etwas vorsichtiger«, gab Thanner in einem schattenähnlichen Anflug eines Lächelns zu bedenken.

Leček wog das Angebot bedächtig ab. Es war unverschämt, gefährlich und würde ihm sicherlich einige Probleme einbringen. Auf der anderen Seite könnte er den Krallen des Boulevardjournalismus entfliehen, für seine moralischen Werte eintreten und, als kleiner Bonus obendrauf, auf seine Qualitäten aufmerksam machen. ›So eine Chance wirst du dein ganzes Leben nicht mehr bekommen‹, hallte es wie Kanonendonner durch seinen Kopf. Ohne weitere Umwege würde er von Interviews in Kuhställen zu Journalismus auf Spitzenniveau aufsteigen.

Die Verlockung war zu groß.

»Ja, ich bin dabei.« Leček schlug ein und teilte von diesem Moment, an diesem Morgen im Café Dänemark, ein Geheimnis mit einem der integersten Männer dieses Landes.

Sein Gegenüber zahlte gutmütig das konsumierte Frühstück und verabschiedete sich eilig in Richtung Parlament, der Wirtschaftsminister wartete schon auf ihn. Vor dem Gehen drehte sich Thanner um. »Und Leček? Vergessen Sie niemals: Wir sind die Guten!«

KAPITEL 2

Für den morgendlichen Weg in die Redaktion benötigte Leček heute länger als üblich. Die Stadt war vom Unglück gezeichnet, die Wiener Linien stellten kurzerhand die U-Bahnen ein, um eine mögliche Wiederholung des Zwischenfalls zu verhindern. Einzig die U6 schoss leer über die Schienen. Da weder Stromführung noch Triebwägen mit dem restlichen Netz kompatibel waren, schloss sich eine Nachstellung des Feuers praktisch aus. Nichtsdestotrotz musste Wien erstmals seit 40 Jahren ohne ein funktionstüchtiges U-Bahn-Netz auskommen, was nahezu den kompletten Nahverkehr zum Erliegen brachte. Alle fahrtüchtigen Busse und Straßenbahnen, dem Augenschein nach auch klapprige Museumsstücke, fuhrwerkten in noch nie da gewesenem Takt über die Straßen, doch allein die schiere Menschenmenge reichte aus, um die Hauptverkehrsadern wie verstopfte Arterien kollabieren zu lassen. Schlaganfall, nichts ging mehr.

Irgendwo zwischen kochenden Pendlern, verzweifelten Arbeitern und überlastetem Personal der Stadtwerke befand sich auch Martin Leček, dessen Weg in die Redaktion der *JETZT* sich zu einem zweistündigen Martyrium entwickelte. Das elendlange Warten hatte ihn schließlich zur Weißglut gebracht, er beschloss auf Bim und Bus zu pfeifen, quetschte sich bei der nächsten Möglichkeit aus der überfüllten Stahlkiste in Rot-Weiß und nahm die restlichen Kilometer vom Westbahnhof aus zu Fuß in Angriff. Viel langsamer würde er auf diese Weise auch nicht sein.

Das Zeitungsgebäude erreichte Leček nur wenige Minuten vor der ersten Themenkonferenz. Die Entwicklungen vom Morgen versetzten ihn innerlich in Ekstase, aber für den Arbeitstag musste er ruhig wirken und sich vor Augen führen, trotz allem immer noch Redakteur der *JETZT* zu sein – hoffentlich auch noch die nächsten Monate. Gerade dieser Umstand konnte sich allerdings schlagartig ändern, wenn er zu spät zur Konferenz erscheinen würde. Im gläsernen Medienturm des Verlages fuhr er mit dem Aufzug in die fünfte Etage, Zeitungsreich. Der Ausblick über die inneren Bezirke, der sich dabei bot, war jeden Tag ein Erlebnis: Gebäude stand dicht an Gebäude gedrängt, ein Stil wurde neben den anderen geworfen, Epochen verschmolzen zu einer gemeinsamen Stadt. Wenn ihn nicht gerade die Müdigkeit überwältigte, nutzte Leček diese halbe Minute zum Reflektieren.

Den Weg von Kärnten nach Wien hatte er schnell zurückgelegt, vollends zufrieden war er damit aber nicht. Er steckte hier fest, genau in diesem Büroturm, und kam sich vor wie im römischen Kolosseum, wo er täglich für Brot und Spiele sorgen musste. Fühlten sich die Kollegen und Vorgesetzten durch seine Arbeit nicht unterhalten, würde Leček schon nächste Woche wieder in der Provinz landen und über Zeltfeste mit Regionalpolitikern schreiben. Das hier war eindeutig besser, auch wenn er nie als Boulevardjournalist enden wollte. Er, ein Klatschreporter! Das war nur eine Durchzugstation, eine Übergangslösung, so was spürte er. Trotzdem verband Leček den Anblick der Wiener Skyline bei jeder Aufzugsfahrt mit der gleichen Frage: ›Habe ich mich wirklich richtig entschieden?‹

Das Öffnen der Aufzugstüren zerstörte die Suche nach einer Antwort auch dieses Mal zuverlässig. Die drohenden roten Leuchtziffern einer Uhr im Korridor signalisierten Leček, er möge doch einen Zahn zulegen, gleichzeitig knackte mahnend die elektronische Redaktionsglocke aus den Deckenlautsprechern. Tempo, Tempo!, schienen sie zu rufen. Leček stieß eilig eine Doppeltüre mit großen Bullaugen auf und betrat den Newsroom.

In der Mitte bildeten weiße Tische einen Kreis, praktisch das Nervenzentrum, das Stammhirn. Rund um diesen inneren Zirkel zog sich ein Irrgarten aus schulterhohen Trennwänden, Arbeitsplätzen und Computerbildschirmen, der schon so manchen Besucher in sich verschlungen hatte; verwinkelte ägyptische Grabkammern waren dagegen bestens ausgeschildert. Eine komplette Lageübersicht gab es nur von zwei Punkten: vom Büro des Herausgebers und dem Konferenzsaal, beide einen Stock höher und mit einer Glasfront zum Newsroom ausgestattet. Ebenfalls in der Mitte des Raums, direkt über dem inneren Kreis, hing ein bedeutungsvoll wirkender Kranz aus mehreren Monitoren. Der Teletext, die Website der *JETZT*, Twitter-Meldungen und weitere Nachrichtenhäppchen wechselten sich in einer unmenschlichen Geschwindigkeit im Mikrosekundentakt ab. Die Bildschirme waren wie eine Leistungsdemonstration der nordkoreanischen Armee, bei der zwar Dutzende Raketen abgefeuert wurden, am Schluss aber kein militärischer Vorteil zu Buche schlug. Die Nachrichten zwar wurden ebenso schön gesammelt und runtergespielt, hatten aber kaum eine reale Rolle im Alltagsgebaren der Redaktion. Zumindest konnte Leček bisher keinen Gewinn für sich daraus ziehen.

Geschickt wie ein Slalomfahrer schlug er schnelle Haken zwischen Trennwänden und Computern, eilte einer Flut an Redakteuren hinterher, die ebenfalls auf dem Weg zur Morgenkonferenz waren. Niemand wollte zu spät kommen und damit freiwillig zu einer Zielscheibe für den obligatorischen Wutanfall von Reinhard Wallner werden. Leček hatte endlich seinen Schreibtisch erreicht, tauschte Jacke und Umhängetasche gegen Notizblock und Kugelschreiber und setzte zu einem waghalsigen Sprint an: unter dem Monitorkranz durch, als würde er gleich wie in einem Geisterfilm runterfallen und ihn erschlagen, eine Runde um den Kopierer und schließlich die Aluminiumtreppe hinauf. Als einer der letzten erreichte er gerade noch pünktlich den Konferenzsaal; aber eben nicht der Letzte. Morgen, Leib und Leben waren gerettet.

Die Stühle waren längst besetzt und sowieso den dienstälteren Redakteuren vorbehalten, so stellte sich Leček zwischen die Mitarbeiter der Chronik- und Societyressorts, ordentlich an der Wand aufgereiht. In der Mitte des Raums ruhte ein massiver Tisch mit dunklem Holzbeschlag, alle Stühle und Blicke waren auf das obere Ende der Tafelrunde ausgerichtet, hier thronte schließlich das Oberhaupt. Leček erschauderte, als er den Herausgeber mit seinem Blick fixierte und gleichzeitig an sein Vorhaben dachte. Dieser Mann war für viele Angriffe bekannt und gefürchtet. Damit ließ sich grundsätzlich umgehen, wie mit Thanner auch, doch im Gegensatz zu seinem Berufskollegen hatte Wallner keine Skrupel, um auch Werkzeuge und Wortfetzen aus der untersten Schublade zu verwenden. Mit Reinhard Wallner diskutierte man nicht. Stimmte man ihm zu, wurde man gelobt und gehätschelt, andernfalls wurde der eigene Name sehr schnell von der Gehaltsliste der Zeitung gestrichen. Letzten Endes verlief ein Gespräch mit ihm wie eine Spielstunde mit einem Kleinkind, die ohne ersichtlichen Grund kippen und im Schmettern von Bauklötzen enden konnte. Leček musterte den Mann, der ihn damals eingestellt hatte, eindringlich. Der Schauder in seinem Nacken war noch immer da.

Wallner tippte etwas in die Tasten seines Blackberry-Handys, ehe er den Bildschirm abschaltete und es auf die Tischkante legte. Sein rosa Hemd spannte am Bauch, die Andeutung einer Kugel lag unübersehbar dahinter verborgen. Auf Höhe der rechten Brust waren deutlich die eingestickten Initialen, RW, zu lesen. Wallners Hals war dick und machte den Übergang zum Gesicht undeutlich, die Haut dort oben, vor allem auf der Stirn, wirkte allerdings zu straff. Leček kannte sich mit Schönheitschirurgie in etwa so gut aus wie mit atomaren Langstreckenwaffen – also überhaupt nicht –, war sich aber ziemlich sicher, das Werk eines selbst ernannten Viertelgottes in Weiß erkannt zu haben. Dazu passten, oder passten auch nicht, die tiefschwarzen Haare aus der Shampoowerbung, die ein Mann Mitte 50 schon aufgrund biologischer Gesetzmäßigkeiten nicht mehr haben konnte. Mit seinen zusammengebastelten Körperpartien aus drei Jahrzehnten erinnerte Wallner an eine liebevolle Version des Frankensteinschen Monsters; genau wie sein erzeugtes Druckwerk. Darauf kam er jetzt zu sprechen.

»Die heutige Ausgabe war super gut, extrem gut!«, begann Wallner seine übliche Flut an Superlativen und hielt dabei triumphierend das kleinformatige Blatt in die Luft. ›U-Bahn-Horror: 46 Tote!‹, prangte in fetten Lettern auf dem Bild einer ausgebrannten U-Bahn-Garnitur. Die falsche Anzahl der Todesopfer und die mit Photoshop fragwürdig hineingesetzten Rettungshelfer rundeten die Titelseite stimmig ab. Leček seufzte, das war wieder ein Trauerspiel. Zumindest fing diese Sitzung mit den Superlativen an, dann war der Anschiss leichter zu ertragen.

Wallner legte in der Zwischenzeit nach – »grandios, einmalig, haben bloß wir!« –, bedachte sich selbst mit Lorbeeren und ging mit den Ressortleitern die Blattkritik durch. Ein Chefredakteur saß zwar mit am Tisch, erfüllte in aller Stille aber eine gleichbedeutende Funktion wie die Tonkrieger der Terrakotta-Armee bei der heutigen chinesischen

Landesverteidigung. Die wahren Hebel betätigte einzig der Herausgeber, einen davon zog er gerade lautstark.

Bei den nationalen Chronikseiten dröhnte plötzlich, ein erstes Mal an diesem Tag, Wallners Stimme wie das Nebelhorn eines Hochseedampfers durch den Raum. »Und den Scheiß da brauchen wir überhaupt nicht!« Die Faust sauste auf die Tischplatte herab, deutete wild mit ausgestrecktem Zeigefinger auf einen Artikel. »Das Layout ist komplett verzogen, die Infobox ragt über den Fließtext, und am Ende der zweiten Spalte fehlt Text! Der Mist geht auf das Chronikressort zurück – regelt das gefälligst!«

Der Leiter des schuldigen Ressorts, Heinz Messer, fuhr sich fiebrig durch seine mit Haarpomade verklebte Frisur. Seine leise Entschuldigung erinnerte alle Anwesenden bloß eindrucksvoll an Wallners Macht; selbst ein abgebrühter Kollege konnte bei einem Fehltritt darunter leiden. »Das war der Brandl, glaube ich …«

»Das ist mir wurscht, und wenn das die g'schissenen Arschlöcher von der Konkurrenz geschrieben hätten – das war ein Fehler, der in alle Hefte so rausging! Das kommt nicht noch einmal vor, sonst wird mir das jemand anders versichern!«

Zuerst kam der Blitz, dann folgte der Donner, und am Schluss blieb nur die erstickende Stille. Niemand wagte es ein Wort zu sagen, schweigend und damit kollektiv übereinstimmend kam man wie immer zur Schlussfolgerung, den Herausgeber wie einen überhitzten Motor erst einmal abkühlen zu lassen. Nachdem sich Wallner tatsächlich beruhigt hatte und die Dichte an Schimpfwörtern wieder österreichisches Normalniveau erreichte, was immer noch recht hoch war, ging es an die Planung der morgigen Ausgabe.

Wallner referierte die Themen der Ausgabe stakkatoartig herunter, dabei ging er das Heft von vorne bis hinten durch. »Für die Titelgeschichte bleiben wir natürlich bei der U-Bahn«, stellte er fest. »Entweder finden wir einen Experten, der Zweifel am Unfall hat und uns einen Terroranschlag in Aussicht stellt, das wäre perfekt. Oder wir suchen ein paar Opfer mit besonders tragischen Geschichten und reden mit den Angehörigen. Ihr wisst schon, kaputte Schicksale, trauernde Gesichter, verweinte Augen – das wollen unsere Leser! Als Aufmacher kommt das gleich auf den Seiten zwei und drei, das wird auch die nächsten Tage das beste Thema sein.«

Eifrig schrieben die Redakteure in ihre Blöcke, Smartphones und Tablets. Selbst Leček fertigte einige Notizen an, hatte dafür aber einen ganz anderen Verwendungszweck im Sinn. So interessiert wie heute verfolgte er schon länger keine Redaktionssitzung mehr, daran mochte auch das morgendliche Frühstück Schuld haben.

Wieder war es Wallners bellende Stimme, die durch den Raum geißelte. »Ein Pfarrer aus einer Gemeinde bei Innsbruck hat 30.000 Euro unterschlagen, allerdings nicht für sich, sondern für seinen Kletterverein.«

Ein auflockerndes Gelächter ging durch die Menge, bei den Witzen des Chefs lachte man besser lautstark mit. Heinz Messer war nach seiner Strafpredigt wieder besser drauf, an nichts labte er sich lieber als am Unglück anderer. Glucksend stupste er Leček mit dem Ellbogen in die Rippen. »So deppert musst du einmal sein!«

Wallner sah kurz von seinem Blatt auf und schickte ein Schmunzeln in die Runde, dann setzte er die Liste fort. »Die Rechten übergeben der Regierung eine Unterschriftenliste mit neuen Forderungen für schärfere Asylgesetze, das bringen wir groß in der Politik. Dann will die Ärztekammer mehr Geld, sie warnt vor einem totalen Zusammenbruch des Gesundheitssystems. Bastelt's da irgendein schockierendes Bild mit Ärzten und Patienten, Überschrift in der Art von ›So schlecht werden wir behandelt!‹ oder ›Müssen wir jetzt sterben?‹, dazu einen Infokasten mit Wut-Stimmen.«

Wut-Stimmen, das war keine reine interne Bezeichnung. Gab es Themen, über die sich Bürger aufregten oder nach Wunsch der Redaktion tunlichst aufregen sollten, wurden die Aussagen der Zitatgeber immer mit ›Wut-Stimmen‹ betitelt. Klang gleich etwas gefährlicher.

»Unsere Fußballer spielen heute Abend gegen San Marino, laut dem Sportressort liegen die unendlich weit hinten in der FIFA-Weltrangliste. Bereitet's für den Fall, dass wir das Match auch verlieren, einen Artikel vor, Inhalt: ›Jetzt verlieren wir sogar gegen die Schlechtesten!‹ Mario, geht das klar?«

Der glatzköpfige Sportchef hatte die Hände vor sich gefaltet und nickte bedächtig; die typische Abmachung für eine krumme Geschichte. Konkrete Anweisungen in diese Richtung wurden nur ganz selten ausgesprochen.

›Wahrscheinlich stellen sie San Marino als Listenletzten dar, ist ja bei 20 Plätzen auf oder ab auch schon egal‹, seufzte Leček innerlich. Die Sitzungen waren ihm meistens unangenehm, nicht nur wegen des dauernden Stehens an der Wand, was stark an eine Gegenüberstellung erinnerte, sondern auch wegen Wallners vielen Sonderwünschen. Aber zumindest kam Leček heute schon zu Material für seine verdeckte Reportage, der Tag konnte kaum besser werden. Schmunzelnd notierte er sich den Dialog zwischen Wallner und der Adabei-Chefin.

»So, das wär's von meiner Seite aus. Haben wir was Wichtiges vergessen?«

Hinter vorgehaltener Hand räusperte sich Monika Sieger leise, aber doch hörbar. Die Adabei-Chefin hatte rot gefärbte Haare, die sie in einer zerzausten Kurzhaarfrisur trug, eine Lesebrille baumelte an einer dünnen Kette um ihren Hals.

Ihr Alter war sogar in diesem Nervenzentrum der Informationsverarbeitung hart umkämpft, die besten Schätzungen mutmaßten auf einen Bereich zwischen 40 und 60. »Der Lugner hat eine neue Freundin, vermute ich zumindest. Er sagt zwar Nein, er habe keine Neue, aber wir haben Fotos von einer Feier im Frühjahr. Da könnten wir etwas für die Titelseite machen. Und er freut sich ja doch, wenn er mal wieder in der Zeitung ist.«

›Sprach die Gräfin und ging‹, dachte sich Leček grinsend. Wallner schlug ihr nie etwas ab, er wusste schon, was er an ihr hatte.

»Der Mörtel? Unser allseits beliebter Baumeister? Na von mir aus, die Leute fliegen ja auf ihn. Gute Arbeit, Monika.«

»Bitte, das ist doch selbstverständlich.« Ein erhobenes Kinn, ein aufgesetztes Lachen, und Monika Siegers Arbeit für den Tag war getan. Am Abend vielleicht noch ein Fest mit Buffet und ein Plauscherl mit einem pensionierten Skifahrer, das war es dann aber endgültig.

Diskussionen, gemeinsame Vorschläge oder Abstimmungen blieben wie gewohnt aus. Wallner bestimmte, gab Geschichten vor und wollte diese unter allen Umständen in der Zeitung sehen, notfalls sogar mit einer Recherche belegt. Leček hatte in diesen Konferenzen nur wenig zu melden, als Springer war er sowieso für verschiedene Ressorts tätig. Diese Woche gehörte er zur Chronik und recherchierte kleinere Meldungen für seinen Vorgesetzten, den immer noch beglückt lächelnden Heinz Messer.

Die Themenkonferenz endete wie üblich mit einer Kampfbeschwörung, die irgendwo zwischen Alexander dem Großen, Braveheart und Stalin lag. »Der Tageszeitungsmarkt ist hart, das muss ich euch nicht sagen. Daher müssen wir die Konkurrenz durch schnellere und bessere Berichterstattung totschlagen und vernichten. Ich erwarte, dass ihr dafür alles tut, und sei es, dem Feind eine in die Goschn zu hauen!« Die dadurch mangelnde Qualität schien Wallners Logik nicht zu stören, rums und aus, mehr war da nicht.

Für Leček war damit alles wie immer, die großen Geschichten schliffen sie zurecht, und der Kleinkram wurde als Füllmaterial reingequetscht. Normalerweise deprimierte ihn der Gedanke, aber ab heute war ja alles anders. ›Pass bloß auf, dass du dein Verhalten nicht sichtbar änderst‹, grübelte er beim Hinabsteigen in den Newsroom, ›ich darf das nicht vergeigen!‹

In leichter Trance, wie ein Schlafwandler beim Aufwachen, der sich seines Tuns langsam bewusst wird, navigierte Leček zwischen Trennwänden und Computern hindurch, nickte ein paar Gesichtern freundlich zu und setzte sich an seinen Schreibtisch. Der Großteil der Kollegen hatte sich nach der Konferenz und der anschließenden Rauchpause wieder an ihren Arbeitsplätzen eingefunden, der Drehstuhl ihm gegenüber blieb den zweiten Tag in Folge leer. »Was ist eigentlich mit dem Brandl?«

Messer schnappte die Frage im Vorbeigehen zufällig auf und blieb ruckartig stehen. Sein Gesicht wurde um zwei Weißtöne heller, begann dann aber vorsichtig zu grinsen. »Der hat seinem Namen in der U3 gestern alle Ehre gemacht.«

KAPITEL 3

»Schleich dich endlich!«

Doch die verfluchte Schachtel wollte sich nicht in Luft auflösen, hielt sich stattdessen streng an die geltenden physikalischen Gesetze. Lečeks blaue Augen kamen immer wieder auf dem Monstrum aus Karton zu liegen, seit 20 Minuten wollte er es vom Schreibtisch schmeißen, aber seine Mühen waren schon beim Wunsch daran vergebens. Obwohl, welche Mühen? Er starrte die Schachtel mit allerhand Ramsch darin an und hoffte auf eine selbstständige Lösung des Problems. Vielleicht ging sie, gebeugt unter dem Druck seines Blickes, ja doch noch stillschweigend in Flammen auf?

Nach weiteren Minuten sah Leček das Wettstarren gegen die Schachtel als verloren an, sie war bestimmt in einem geheimen Wettstar-Trainingscamp der CIA gewesen, als Laie hatte er nie eine Chance gehabt. Er musste sich der Sache zwangsläufig annehmen. Das Wegräumen würde die verzwickte Angelegenheit aber keineswegs lösen, es war wie bei der Dreckwäsche, die zwar im Wäschekorb ordentlich gesammelt und verstaut wurde, aber trotzdem irgendwann gewaschen werden wollte. Wenn die Schachtel also nicht mehr am Tisch stünde, wäre auch niemandem geholfen.

Und Lečeks Übelkeit wäre bestimmt noch immer da.

Der Schock über Brandls Tod hatte gesessen. Leček sah ihn immer als lästernden, rauchenden, chauvinistischen alten Fuchs, der zufällig gegenüber saß und über alles und jeden Bescheid wusste. Trotz der wenigen Zentimeter Holzfurnier, die beide trennten, waren sie nie wirklich ins Gespräch gekommen, dafür waren ihre Charaktere als auch die Tätigkeitsbereiche zu unterschiedlich. Während Brandl immer mit den bedeutenden Themen jonglierte und leere Seiten mit großartigen, ja fantastischen Geschichten füllte, die wilder klangen als die Märchen der Gebrüder Grimm, befasste sich Leček mit den kleinen Krümeln – und den Mikrorecherchen, die ihm Messer dann und wann zuwarf.

All das rückte in den Hintergrund, als ihn eben jener Chronikchef gerade nebenbei, wie beim Small Talk in der Kantine, über den Tod des Kollegen aufklärte. Leček wusste nicht viel über Brandl, doch jeder mit einem halbwegs intakten Gefühlsleben, das nicht wie in Computern von Einsern und Nullen dominiert wurde, nahm einen gewissen Anteil daran, wenn ein Mensch aus dem direkten Umfeld für immer verschwand – und nie mehr zurückkommen würde.

Für eine passable Antwort brauchte Leček eine gefühlte Ewigkeit. »Warum fällt uns das erst heute auf? Ging er gestern niemandem ab?«

»Wahrscheinlich war er für eine Geschichte unterwegs, wer weiß das schon genau.« Die Antwort kam über Lečeks Schulter und ließ ihn unwillkürlich zusammenzucken. Vier hallende Schritte, mehr brauchte es nicht, und die CvD, die Chefin vom Dienst, stand zwischen ihm und Messer.

Jung, hochgewachsen und mit blonder Aufsteckfrisur führte sie die *JETZT* wie ein eisernes Regiment, um das sie selbst die toughe Sigourney Weaver aus den Alien-Filmen beneiden würde. Gegen sie hatten der marionettenartige Chefredakteur und die Ressortleiter nur wenig zu melden, Catherine Miller war die puppenspielende rechte Hand von Reinhard Wallner. Eine tapfere Soldatin der Wörter, die seine Anweisungen ausführte, bevor er sie überhaupt ausgesprochen hatte, ähnlich wie Online-Versandhändler, die durch neue Algorithmen die wahrscheinlichste Bestellung vorab errechneten und zum Versand bereitstellten. Schon als Jugendliche zog Miller aus den Vereinigten Staaten nach Österreich, so kreierte sie eine unverkennbare Mischung aus amerikanischer Aussprache und Wiener Dialekt. Als Mitarbeiter der *JETZT* hatte man besser Respekt vor ihr, Leček würde sogar leichte Anflüge von Angst als Zutat in den Gefühlstopf geben.

»Er ist halt tot, wir können daran nichts ändern. Der Alte«, so nannten sie den Herausgeber insgeheim, »schreibt heute noch einen Nachruf, wahrscheinlich einen Viertelseiter.«

»Das war es? Danach geht die Arbeit weiter?«

Miller schmunzelte, sie griff Lečeks Frage genüsslich auf. »Nicht ganz. Wir brauchen natürlich einen neuen Chefreporter, da ist erst unlängst eine Stelle frei geworden. Wir sollten uns definitiv etwas überlegen.« Grinsend sah sie zu Messer, der selbst ein schelmisches Lächeln durch seine Lippen presste.

Aber Leček ließ nicht locker. »Und warum sprechen wir dann nicht einmal bei der Themensitzung kurz darüber? Der Wallner freut sich über die Zeitung, lässt seine cholerischen Schimpfkanonaden los und findet keine Sekunde Zeit, um kurz den Tod vom Brandl zu erwähnen?«

»Wir sind eine Zeitung, nicht die Wohlfahrt oder die katholische Kirche!«, ermahnte ihn Miller streng. »Er ist tot, er bekommt seinen Nachruf und damit basta! Die Viertelseite kostet uns sowieso zu viel, stattdessen hätten wir auch Werbung verkaufen können. Und jetzt räum das weg, du Idiot«, sie deutete dabei auf Brandls Schreibtisch. »In den Müll und weg damit.« Nach einer kurzen Pause wandte sie sich an Messer, der das Schauspiel regungslos beobachtet hatte. Mit dem nächsten Lidschlag war aller Ärger aus Millers Gesicht verschwunden, die Züge waren wieder sanft und klar. »So Heinz, wir setzen uns wegen der morgigen Chronik zusammen.«

Cholerische Verbalattacken, Wutausbrüche und Beleidigungen gehörten in der *JETZT*-Redaktion zum Umgangston. Wie beim Schneeballeffekt ging es oben mit Reinhard Wallner los, und so verbreiteten sich die Ausbrüche tagtäglich bis in die untersten Ebenen; wer mit dem Druck nicht fertig wurde, brach entweder zusammen oder gab ihn schreiend an seinen Nächsten weiter. Lečeк stand am untersten Ende der Hierarchie, er hatte niemanden, um den Ballast weiterzugeben, Zusammenbrechen und Aufgeben standen allerdings auch nicht auf dem Plan.

Schulterzuckend und etwas perplex, so war die Welt der *JETZT*, tat er im ersten Schritt wie befohlen, packte die Überbleibsel von Brandls Schreibtisch in eine leere Schachtel Kopierpapier und stellte sie vor sich hin. Was war da nicht alles drinnen: Bilder von Unfällen und Tatorten, Presseeinladungen, vollgeschriebene Notizblöcke, abgekaute Stifte, leere Zigarettenpackungen, herausgerissene Artikel und weiteres, nutzloses Zeug, das keinen Rückschluss auf den Menschen hinter dem Schreibtisch zuließ. Lečeк erschrak beim Gedanken an seine etwaigen Hinterlassenschaften. Was blieb am Ende eines Menschenlebens übrig, waren es nur das Papier und die Druckerschwärze der Traueranzeige?

Lečeк Blicks haftete seither am Karton, die Angelegenheit ließ ihn emotional nicht ruhen. Brandl war tot, und alle wussten es, doch niemand sprach darüber, stattdessen ging alles seinen gewohnten Gang. ›Sogar bei der Themenkonferenz hat der Messer nicht gezögert, Brandl wegen einem Fehler anzuschwärzen‹, dachte er. Worum ging es da überhaupt?

Stirnrunzelnd griff er zu seinem täglichen Belegexemplar, im Café Dänemark hatte er noch davon abgesehen. ›*JETZT*‹, prangte in gelber Schrift auf blauem Hintergrund oben links auf der Titelseite, der äußert clevere Werbeslogan ›Jetzt informiert!‹ stand in der Zeile darunter. So sorgfältig hatte er sich die eigene Zeitung seit Beginn seiner Anstellung nicht mehr angesehen, Zeit, das Verhalten für die verdeckte Recherche zu ändern. Zügig überblätterte Leček Politik, Internationales, das erste von zwei Nacktmodells und Dutzende Werbeanzeigen, ehe er auf das Ziel seiner Suche stieß.

Leček verzog die Lippen zu einer Schnute. Wallner rotierte an manchen Tagen wie eine Kraftwerksturbine unter Hochdruck, da reichte schon ein Funke zum Durchzünden, so wie dieser. Ein Zweispalter über einen Autounfall in Niederösterreich beanspruchte Lečeks ganze Aufmerksamkeit – und wahrscheinlich die jedes mündigen Lesers. Von dieser aussterbenden Art gab es in Österreich aber ohnehin nur noch wenige Exemplare.

Eine Infobox ragte am unteren Ende in den Haupttext und machte es damit unmöglich, den Artikel fertig zu lesen. Das dazugehörige Bild war fast bis zur Unkenntlichkeit verpixelt, das schwarz-braun gefleckte Etwas sollte, laut Bildunterschrift, das Autowrack im Straßengraben darstellen. Das geübte Auge schätzte auch die Überschrift ein paar Schriftgrößen zu klein, aber das änderte den Gesamteindruck nicht merklich. Leček fasste es mit drei Wörtern zusammen: schiach, aber üblich. Solche Ausrutscher in letzter Minute kamen durch den Druck von oben vor, die Titelseite brauchte noch einen Dreh, eine atemraubende Schlagzeile wurde schnell erfunden und musste im Blattinneren bestätigt werden. Das ständige Feuern von Mitarbeitern verbesserte die Qualität auch nicht.

Ein flinker Gedanke drängte sich Leček auf, er kam wie bei einem Raketenstart emporgeschossen, bohrte sich durch die Wolkendecke und führte zu ein paar Tasteneingaben am Rechner. Hatte Messer tatsächlich die Wahrheit gesagt, als er Brandl die Schuld dafür gab? Beim Artikel fand sich kein Autorenhinweis. Das kam öfters vor, wenn der Platz dafür fehlte oder man den eigenen Namen nicht mit dem geschriebenen Schmonzes in Verbindung bringen wollte; manche Kollegen taten das aus Selbstschutz. Zur Überprüfung loggte sich Leček ins Redaktionssystem ein, ging ins Archiv und öffnete die heutige Ausgabe. Texte, Bilder und gigabytegroße Daten flogen über den Bildschirm, bis das digitale Original des beanstandeten Artikels gefunden war. Mit wenigen Klicks öffnete Leček ein weiteres Fenster, die Eckdaten der Datei schienen vor ihm auf:

Name: Jtzt_WNOE_Chr015102015_D_HB
Ressort: Chronik
Größe: 4,12 MB
Erstellt: 15.10.2015 23:36, von Hubert Brandl
Geändert: 16.10.2015 10:45, von Hubert Brandl

Tatsächlich! Laut Computer wurde Brandl als Autor angeführt, es bestand kein Zweifel daran. ›Der Messer hat die Wahrheit gesagt, muss ein Versehen sein‹, unkte Leček. Irgendwie passte das zu Brandl, seine letzte Geschichte, und mag sie in diesem einen Fall plötzlich wahr sein, ging niemals auf, wurde selbst zu einem Unfall im bunten Papierheft. Ein trauriges Denkmal für jemanden, der seinen Beruf zum Lebensinhalt auserkoren hatte.

Der Mauszeiger schwebte über dem X zum Schließen des Programmfensters, Leček kratzte sich allerdings nachdenklich die Bartstoppel am Kinn. Die Uhrzeit war falsch.

Laut Protokoll wurde der Artikel vorgestern Nacht angelegt und gestern Vormittag überarbeitet, beides vom Benutzer Hubert Brandl. Betont gelassen richtete sich Leček auf und blätterte in der Zeitung bis zur Doppelseite über das

U-Bahn-Unglück. Eine große Computergrafik in der Mitte stellte den Ablauf des Unfalls in allen Details dar, Leček musterte sie, zog unwillkürlich scharf die Luft ein.

Grundgütiges Spaghettimonster.

Der Griff zweier unsichtbarer Hände legte sich um seinen Hals, sie begannen sanft zu drücken. Konnte das wahr sein? War das vielleicht ein Druckfehler? Mit einer schnellen Websuche machte er den Gegencheck, aber die Kollegen hatten ausnahmsweise korrekt recherchiert. Unverhofft kam er zu einer Gewissheit, nach der er nie gefragt hatte, die ihm aber trotzdem aufgebunden wurde, eine schwere Medaille für einen Sieg, den er gar nicht erringen wollte.

Das todbringende Feuer in der U-Bahn war exakt um 10:32 Uhr ausgebrochen, der Artikel über den Autounfall wurde um 10:45 Uhr bearbeitet. Zu diesem Zeitpunkt war Hubert Brandl schon längst tot.

Und der Druck um Lečeks Hals wurde stärker.

KAPITEL 4

Die Gabel fuhrwerkte im grünen Pesto wie ein wild gewordener Berserker auf einem mittelalterlichen Kreuzzug. Spaghetti wurden aufgewickelt und wieder abgeworfen, der Länge nach aufgereiht, zerstückelt und zur Seite geschoben.

Der Geschmack war – eh okay. Ein kleines bisschen verabscheute Leček diese Basilikum-Limetten-Tortur aber schon.

Dabei war es gar nicht das Pesto, das ihn so störte, sondern die Auswüchse der modernen Küche. Letztens hatte er von veganen Gerichten mit der Ausrichtung nach dem Kreis der fünf Elemente gelesen. Ausrichtung! nach! den! fünf! Elementen! Ein Leček war zu wenig, um sich gebührend darüber aufzuregen. Und wiederum: Vegane Ernährung war ja okay, solange sie ihm niemand gewaltsam aufzwang. Die Gemüse-Zeugen Jehovas wollten aber sofort über ihren Pflanzengott sprechen, wenn er in der Öffentlichkeit in eine Leberkässemmel biss. Was ihm bloß einfiele! Die armen Tiere! Die ärmere Natur! Aber mit dem Flieger Kurzstrecke Wien-Bratislava fliegen und dort teure Kosmetika kaufen, die am Vortag noch irgendwelchen armen Viecherln ins Fell geschmiert wurden. Ach ja, Lifestyle-Gutmenschen.

Primär ging es ihm sowieso nicht um das Pesto, das war ja – eh okay. Er achtete schon in Hinsicht auf seine sportlichen Ambitionen auf die Ernährung, aber nach so einem Tag mussten Grant und Aufregung einfach in Fett und Kalorien ersoffen werden, ein Schnitzerl mit Erdäpfelsalat wäre gerade gut genug gewesen, um all den Ärger aufzufangen. Gesunde, leichte Kost war halt selten ein Wutessen.

Stattdessen sah Leček noch einmal auf das traurig grüne Basilikum-Limetten-Monstrum hinab, er hatte das Gericht aus den wenigen Ingredienzien hervorgezaubert, die Kühlschrank, Vorratskammer und Kräutergarten am Balkon hergaben. Wäre er doch besser einkaufen gefahren – eh okay.

Dem gescheiterten Koch gegenüber saß Izabella, eine bezaubernde Frau mit bunten Haaren, Piercings und Tätowierungen. Die Wienerin war Mitte 30, was sie nicht davon abhielt, ihre über die Schulterblätter reichenden Haare in einen Regenbogen zu verwandeln, außerdem fand sich das stilisierte Tattoo eines Einhorns auf ihrem rechten Handrücken, in ihrer Nase steckte ein Piercing. Zuweilen hatte sich Izabella auch andere Körperstellen mit Metall und Tinte verzieren lassen, mit Kleidung waren diese allerdings schwer einzusehen und darüber hinaus einzig für ihren Freund bestimmt.

»Wie war es heute im AKH?«

»Verrückt.« Zwinkernd schob sich Izabella eine Gabel mit Nudeln in den Mund. »Heute waren ein paar echte Originale dabei, die meisten harmlos. Es gab auch einen Problemfall, aber mit dem werde ich schon fertig«, lachte sie hell und griff zum Glas. Damit versiegte Izabellas Antwortfluss, mehr ließ sie nicht in ihr Privatleben eindringen.

Am Stuhl zappelnd beobachtete Leček sie beim Essen, es erstaunte ihn immer wieder, wie entspannt seine Freundin mit ihrem Job umging. Gut, Izabella war die einzige Psychiaterin, die er näher kannte – aber beim unsichtbaren Spaghettimonster, sie war großartig! Hätte er sie nicht erobert, er hätte sich glatt selbst zu seiner Doktorin einweisen müssen.

»Aber jetzt wieder zu dir.« Die Miene wurde finster, die Augenbrauen wanderten näher zusammen, und sie lehnte sich nach vorne. Die unnachgiebige Meisterin der Gesprächsführung war zurück und würde erst Ruhe geben, wenn Leček den letzten Goldklumpen seines Gefühlslebens ausgegraben hatte. Die heutigen Vorgänge gaben nicht nur ihr zu denken.

Als Zeichen der kampflosen Kapitulation legte Leček die Gabel lustlos zur Seite, er wollte guten Willen beweisen. »Kurzversion? Ich packe die Chance und arbeite ab sofort insgeheim für Thanner, während es in der *JETZT*-Redaktion um Mord oder Totschlag geht. Oder beides.«

»Schöne Zusammenfassung, könnte genauso in der *JETZT* stehen.«

»War das ein Kompliment?«

»Ich denke nicht, aber das weißt du selbst.«

Leček streckte die Zunge raus und sah Izabella schief an, fragend, wie oft sie das Thema an diesem Tisch schon angeschnitten hatten. Beide hassten die *JETZT*, er ließ sich aber überzeugen, ein Job im Journalismus war besser als kein Job. Trotzdem kämpfte er jeden Morgen nicht nur gegen Müdigkeit und bitteren Geschmack im Mund, sondern betäubte auch den Widerwillen, der sich beim Gedanken an die *JETZT* wie Gift in seinen Nervenbahnen ausbreitete. Heute trug das Abmühen endlich Früchte, aber dann kamen gleich zwei solche Brocken!

»Warum schiebst du eigentlich Panik? Thanners Angebot ist doch das Beste, was dir passieren konnte!« Izabella konnte sich sofort dafür begeistern. »Die *JETZT* ist eine Übergangslösung, du suchst seit dem ersten Tag etwas anderes. Und wie könntest du spektakulärer kündigen als mit so einer Reportage? Könnte man gesprochene Interpunktion sehen, ich würde dich mit Rufzeichen bombardieren!«

Sie hatte recht, wie immer. Lečeks Arbeit wäre getan, er empfahl sich für Höheres und wischte dem Boulevard sogar eines aus. »Du hast Glück, ich habe gerade keine Gegenargumente oder zu Wurfgeschossen umfunktionierte Satzzeichen zur Hand.«

»Da steckt irgendwo ein Aber. Ich kann es sogar sehen, da, zwischen deinen Zähnen, gleich neben dem Basilikum.«

»Die andere Sache.«

»Du meinst deine Theorie? Na gut, Columbo.« Izabella lehnte sich zurück und begann, ein paar Haarsträhnen zwischen ihren Fingern zu zwirbeln. »Zeig noch mal her.«

Ein Auseinanderziehen von Daumen und Zeigefinger genügte, danach prangten wieder die Dateiinformationen über Hubert Brandls letzten Artikel auf Lečeks Handybildschirm.

»Das kann man kaum erkennen«, murrte Izabella. »Aber angenommen die Uhrzeit stimmt und kein anderer hat sich im guten Sinne mit Brandls Benutzerdaten eingeloggt: Was schließen wir daraus?«

»Du gehst gleich vom Negativen aus? Dann wollte sich entweder jemand an Brandls Arbeit vergehen – oder etwas verschwinden lassen.«

»Glaubst du das, was du sagst? Denkst du wirklich, bei euch in der Redaktion laufen solche verrückten Typen herum?«

Ein süffisantes Lachen gluckste aus Leček. »Mit Verrückten kennst du dich aus, sag du es mir.«

»Mein Lieber, du hast keine Vorstellung, was ich einem menschlichen Wesen mittlerweile alles zutraue. Aber wenn du eine kriminalistische Expertise willst, ruf den ekelhaften Georg an.«

»Der Georg ist nicht ekelhaft.«

»Aber die Unfallfotos, die er dir immer schickt!«

Mit einem resignierenden Nicken schaltete Leček das Display seines Handys ab und steckte es wieder in die Hosentasche. An Georg Kainz hatte er auch schon gedacht, er würde ihn gleich morgen anrufen, vorausgesetzt, er würde nicht erneut bis spät in die Nacht in der Redaktion festsitzen. Gestern das U3-Feuer, heute Thanner und Brandl, morgen wahrscheinlich ein schwarzer Tag an der Börse und Neuwahlen der Bundesregierung. Eine kalte Welle schwappte über Lečeks Glieder, er brauchte Schlaf. Viel Schlaf.

»Lassen wir das für heute, der Tag war anstrengend genug. Schmeißen wir uns auf die Couch?«

Izabella schüttelte den Kopf, fast wie ein erhabener britischer Richter mit seiner falschen Lockenhaarpracht. »Ich muss noch Patientenberichte schreiben. Vielleicht später.«

»Das machst du nicht zufällig in Dessous?«

Izabella warf den Kopf in den Nacken und lachte auf. »Das wäre höchst unprofessionell! Aber du hast lieb gefragt, mal sehen.« Mit einem neckischen Kuss verabschiedete sie sich in ihr kleines Arbeitszimmer und schloss die Schiebetür.

Natürlich hätte er sie gerne verführt, hatte es schon versucht, aber kehrte Izabella ihre ernste Seite heraus, half kein Anreden mehr. Die Arbeit war ihr wichtig, nicht umsonst war sie eine exzellente Ärztin geworden, Patientenakten brachte sie nur nach Hause, wenn es für ihr eigenes Seelenheil wesentlich war. Leček respektierte das, plumpste auf die schwarze Ledercouch und wurde umgehend von zwei miauenden Katzen begrüßt. »Nix da, ihr hattet schon genug Futter für heute, außerdem sitzt ihr auf meinem Buch.« Er versuchte unter die zwei eingeringelten Katzen zu greifen, aber der dicke Einband war nicht zu bewegen. Was war es überhaupt, das da begraben lag, Dostojewski, Márquez, Pynchon oder irgendein skandinavischer Krimi aus der Bestsellerliste? Letztens hatte er nur ein paar Seiten geschafft, dann war der Schlaf in ihn gekrochen. »Ihr seid sogar noch frecher als euer Frauchen, schämt euch!« Doch den zwei Katzen, eine grau getigert, die andere schwarz und weiß, war das völlig egal. Als Protest hoben sie ihre buschigen Schwänze und ließen Leček kurz auf das begehrte Buch blicken. Botschaft angekommen. »Bitte, greif ich halt zum eBook-Reader.« eBooks, wie er die Dinger hasste! Nichts zum Angreifen, kein Charakter, keine Persönlichkeit. Gegen Izabella stand er damit auf verlorenem Posten. Er lieh sich in diesem Notfall folglich ihr Gerät.

Endlich kam Leček zu fünf Minuten Entspannung. Seine Pupillen rasten von links nach rechts, tasteten sich Satz für

Satz und Zeile für Zeile vor, doch auf den Nervenbahnen zum Gehirn ging das Gelesene verloren. Die Gedanken waren woanders.

Fünf Minuten später war er bereits eingeschlafen. Izabella in ihren schwarzen Dessous bemerkte er nicht mehr.

KAPITEL 5

»Morgen ist für unseren Redaktionsschluss sehr spät. Wir sind ja doch eine Tageszeitung.« Leček schüttelte den Kopf und spielte nervös mit einem Kugelschreiber zwischen den Fingern. »Trotzdem danke, auf Wiederhören.« Wie ein Richterhammer schoss der graue Telefonhörer nach unten und krachte auf die Gabel. »Arschloch.«

»Na?« Heinz Messer klopfte Leček beherzt auf die Schulter. »Wer oder was ist dir denn über die Leber gelaufen?«

»Unser großartiger Wirtschaftsminister«, antwortete Leček und wirbelte im Drehstuhl herum. »Oder genauer gesagt sein Pressesprecher.«

»Erzähl.« Messer lehnte sich lässig gegen eine der Trennwände zwischen den Schreibtischen und legte einen Arm auf die obere Kante.

»Für den Politikteil sollte ich den Stark um ein Statement zu der geplanten Steuerreform bitten. Drei oder vier

Fragen und ein paar kurze Antworten, du weißt schon, für einen Infokasten eben. Leider sieht sich sein Pressesprecher außer Stande, die Anfrage zu beantworten, der Terminkalender des werten Herrn Ministers sei zu voll.«

»Der Stark, so so … ist ein Freund vom Big Boss«, murmelte der Chronikchef besorgt und beugte sich nach vorne. Er nahm den Telefonhörer in die Hand, drückte auf Wahlwiederholung und deutete Leček mit der flachen Hand, kurz zu warten. »Hallo, Herr Dornbach? Hier Messer von der *JETZT*, ich dachte, ich rufe schnell noch einmal an. Unser neuer Mitarbeiter kennt leider noch nicht alle Spielregeln.« Ein heiteres Lachen wurde in elektronische Impulse umgewandelt und gellte durch die Telefonleitung, Messer bleckte die Zähne. »Kann er Ihnen etwas zuschicken? Ich schätze so in zehn, 15 Minuten.« Eine Pause entstand, Messer lachte erneut. »Ja, so machen wir das. Perfekt, danke!« Grinsend beendete Messer das Telefon und wandte sich triumphierend an Leček. Der Jäger hatte gerade seine Beute erlegt.

»Heinz, was hast du getan?«

»Dir deinen Hintern gerettet.«

»Heinz, ich frage dich noch einmal: Was hast du getan?«

Messers Augen lagen ruhig auf dem Telefon, süffisante Grübchen bildeten sich um seinen Mund, zumindest empfand es Leček so. »Du schickst dem Pressetypen deine Fragen inklusive Antworten, unsere ungefähre Blattlinie zum Thema Steuerreform dürfest du ja eh kennen. Er schaut sich das Interview an, korrigiert es bei Bedarf und schickt dir den autorisierten Text zurück. Alles in der nächsten Viertelstunde.« Wie ein erschöpfter Zauberer auf einem Kindergeburtstag öffnete er seine leeren Hände und breitete sie weit aus. Die Vorführung war beendet.

»Und der Stark hat die Zeilen dann nie gesehen? Das können doch nicht einmal wir bringen!«

Messers Blick baute rasch Härte auf und stach zu wie ein Bajonett, hatte Leček doch das rote Tuch erwähnt. »Na gut, reden wir darüber, das erste Mal ist gratis. Sagen wir, du machst ein Interview mit einem Politiker. Er haut den urargen Ausländersager raus, aber du musst ihm das Interview zum Autorisieren schicken. Jetzt hat sich der Typ das anders überlegt, die Passage geändert und komplett entschärft. Das musst du so hinnehmen, keine Autorisierung, kein Interview. Du kennst beim Blick in die Zeitung den richtigen Gesprächsablauf, der Leser erfährt das allerdings nie. Das passiert täglich, aber das stört dich nicht?«

Es folgt eine kurze Pause, Leček sparte eine Antwort aus. Das Autorisieren von Interviews war eine heikle und ihm verhasste Angelegenheit, aber noch hatte er keinen Fehler in Messers Argumentationskette gefunden. Dieser legte nach.

»Jetzt bringen wir das Spiel bloß in die nächste logische Runde. Und solange der Pressesprecher das Gewäsch autorisiert und bestätigt, ist doch alles in Ordnung. Er könnte eh Nein sagen, wenn er wollte.«

»Aber am Ende sind es meine Worte, meine Ansichten, die als die des Ministers ausgegeben werden! Wir stellen den Leser vor eine glattgebügelte Scheinwelt, die es nicht gibt.«

»Na und?« Messers breite Schultern hüpften auf und ab. »Du kannst in einer halben Stunde dein Interview haben oder dem Alten erklären, warum es nicht zustande gekommen ist. Deine Entscheidung.«

Es dämmerte bereits über den Dächern Wiens, als sich Leček geschafft auf den gepolsterten Schreibtischsessel fallen ließ, die eingebaute Feder ächzte hörbar unter dem Gewicht des Körpers. Der Tag war gelaufen, zumindest in Lečeks kleiner medialen Welt. Nach Standardtelefonaten bei Polizei und Feuerwehr zu kurzen Chronikmeldungen hatte er doch noch zum Hörer gegriffen und den Sprecher des Wirtschaftsministers erneut angerufen. Das Interview wanderte kurz darauf ins Layout der morgigen Ausgabe.

Der Blick war auf den Ausgang gerichtet, der Geist bereits leer gefegt, da drapierte sich Leček noch einmal vor den Bildschirm. Eine Sache war da noch. Er öffnete gerade mit einem Doppelklick das Archiv, als lautes Gebrüll wie ein Schaufelradbagger durch den Newsroom rollte, Reinhard Wallner saß am Steuer.

Eine junge Redakteurin hatte soeben gekündigt. Das war aus zwei Gründen ungewöhnlich. Erstens hatte ›das fesche Mädel‹, wie Wallner sie immer nannte, erst vor drei Wochen als Praktikantin angefangen. Zweitens, und dieser Grund war gerade lautstark über den Köpfen aller Anwesenden entstanden, war sie dazu geradewegs in Wallners Büro marschiert und hatte ihm ihre Meinung entgegengeschleudert. Als Antwort gab es affenartiges Gebrüll.

Später wurde gemutmaßt, immerhin das konnten die Mitarbeiter dieser Zeitung gut, sie praktizierten es ja täglich, inin welchen Tönen ›das Mädel‹ Wallner die Stirn geboten hatte. »Erfinden Sie Ihre Lügen in Zukunft selbst!« und »Bei Ihren Moralvorstellungen möchte ich kotzen!«, will eine anonyme Quelle im Vorraum gehört haben. Als Quittung folgte der Canossagang durch die Redaktion und eine unsanfte Begleitung durch zwei Sicherheitskräfte bis vor die Türe des Glaspalastes.

Still, wie ein Zuseher bei einer Theatervorführung, den nächsten Akt erwartend, hatte Leček das Spektakel hinter seinem Bildschirm verfolgt. ›Das würde mir auch blühen, wenn sie mich erwischen‹, dachte er und kratzte unbedarft seine Bartstoppel. ›Mindestens.‹

Der bühnenreife Abgang schupste ihn in eine moralische Selbstreflexion. Bisher hatte er Kleinkram zu den

Geschichten der Kollegen zugeliefert, Namen, Bilder, fehlende Details. Das Material war nicht immer einwandfrei übernommen worden, beschwert hatte sich aber noch kein Interviewpartner. Dann war der Messer mit seinem Telefontrick gekommen, und ein dunkles, dumpfes Gefühl in Lečeks Magen, das gerade zu wachsen begonnen hatte. Ob Geschwüre so entstanden?

Eigentlich beneidete er die Expraktikantin um ihren Mut.

Drei hellbraune Becher aus dem Kaffeeautomaten, die Ränder verklebt, standen auf dem Tisch und bildeten einen Schutzwall vor dem Rest der Welt. Alle waren sie leer, und alle hatten sie früher das einzig genießbare Trinkwerk aus dem Automaten enthalten: Cappuccino mit Zucker, viel Zucker; denn, theoretisierte Leček, so ein Kaffeeautomat kann bloß zwei Arten von Getränken erzeugen, ein herbes und ein süßes. Alle Tastendrücke von Melange, Espresso und Verlängertem würden zum herben Getränk führen, Kakao und der karge Restbestand des Angebotes, darunter auch Cappuccino, würden bei genügend Beigabe von Zucker zur süßen Variante werden. Und so ein Sirup, der mehr mit aufgekochtem Nougat als mit echtem Kaffee zu tun hatte, war das richtige Getränk für den Abend. Vor allem war er aber das richtige Begleitgetränk für das Herumschnüffeln im Redaktionssystem.

Der Artikel, er musste einfach nachsehen.

Wie am Vortag klickte er sich durch den Dateibaum, schaufelte Unbrauchbares mit dem Mauszeiger zur Seite und drang bis zur gestrigen Ausgabe vor. Ab diesem Zeitpunkt gabelten sich die wahrgenommenen Realitäten: In der Autorenzeile prangte Catherine Millers Name. ›What the fuck?‹ Klar, Artikel wurden regelmäßig von ihr umgeschrieben, nicht umsonst war sie Chefin vom Dienst. Aber gerade die Geschichte? Nachdem sie gedruckt wurde? Gestern war das noch anders gewesen. Zur Kontrolle zog er sein Handy aus der Hosentasche und überzeugte sich vom fotografischen Gegenbeweis. Auf dem Foto war alles so, wie er es in Erinnerung gehabt hatte. Der User Hubert Brandl hatte den Text nach seinem Tod bearbeitet. Heute hingegen war es Catherine Miller, die das an seiner Stelle getan haben soll. Selbst die Zeit der letzten Speicherung hatte sich verändert. Zweifel begannen an Lecek zu nagen, sonst hatte ihn sein Gespür bei Recherchen nie im Stich gelassen.

Er musste die Sache anders aufziehen, planloses Herumstochern in einer mit Informationen prall gefüllten Welt hatte noch niemandem geholfen.

Der Griff nach dem großen Coup war einfach zu nahe, wie in Zeitlupe fühlte er die Chance regelrecht an sich vorbeifliegen. Diese eine Möglichkeit galt es zu fangen und für sich zu nützen. Wenn er hier tatsächlich eine Spur gefunden hatte, dann wäre das reines Gold für seine berufliche Laufbahn. Da war es Leček schon fast egal, wohin sich diese Spur entwickeln konnte.

KAPITEL 6

Das abrupte Aussterben der Spezies Klapphandy hatte er immer schon bedauert. Die Geräte konnte man wenigstens genervt zusammenklappen, quasi das internationale Zeichen für ausbreitenden Groll. Aber mit diesen Touchdingern? Fehlanzeige.

Mehrmals hatte Leček sein Handy gezückt und einen Anruf gewagt, doch am anderen Ende der Leitung hatte ihn lediglich die blecherne Stimme der Mobilbox in Empfang genommen. Als ob die irgendein Mensch mit Vernunft jemals abhören würde.

Eine halbe Stunde und 42 Zeichen auf Facebook später hatte Leček allerdings seine wohltuende Bestätigung erhalten. Es war wieder an der Zeit, eine Freundschaft aus den elektronischen Datenbänken heraus zu erwecken. Georg Kainz war übermorgen für ein Treffen bereit. Das war er immer, wenn Leček ihn auf ein Getränk einlud; oder gar mehr.

Zuvor musste er aber der IT-Abteilung noch einen freundlichen Besuch abstatten.

Die abgespeckte Odyssee begann, oder begann genauer gar nicht, da Leček nicht die geringste Ahnung hatte, wo im Gebäude die IT untergebracht war. Die Serverräume brauchten Platz und sollten kühl gehalten werden, was grundsätzlich für den Keller sprach, aber selbst für diese Irrenanstalt wäre es hirnrissig gewesen, die Techniker da unten einzusperren. Wie beim Betrachten der Speisekarte in einem China-Restaurant stand er, überwältigt von der Fülle an Möglichkeiten, nach fünf Minuten wieder am Anfang.

Natürlich hätte er bloß einen Kollegen zu fragen brauchen – der Messer lehnte sogar gedankenverloren im Schreibtischsessel und starrte konzentriert auf seinen Bildschirmschoner – aber momentan war Leček nicht nach großer Aufmerksamkeit zumute. Niemand aus der Redaktion sollte wissen, wenn er die IT-Abteilung um einen Gefallen bitten würde.

Nach einem ruppigen Telefonat mit der Rezeption und gefühlten zwei Kilometern am dunkelblauen Teppichboden im Korridor, stand er tatsächlich in der Kathedrale der Computerexperten. Enter und Amen.

Breite Bildschirme thronten auf drei im Halbkreis aufgestellten Schreibtischen, alle zeigten Programmfenster, Dateiexplorer, den Internetbrowser oder einen unartigen Desktophintergrund mit Homer Simpson und einem Donut. Auf einem erhöhten Werktisch im Hintergrund lag ein seitlich offener Desktoprechner, dem aufgeklebten Etikett nach entstammte er der Buchhaltung.

Leček mochte die Leute in der IT, er hatte ein Interesse für Technik und die passende Ausbildung, gleichzeitig verstand er die kaiserliche Hochnäsigkeit nicht, die die anderen Redakteure den Menschen entgegenbrachten, die tagtäglich die Infrastruktur am Laufen hielten. Serien wie ›The IT-Crowd‹ hatten einen realen Ursprung.

»Was gibt's?«

Ein junger Typ, wahrscheinlich frisch von der Uni, wirbelte in einem dicken Lederstuhl herum. Warum hatte der sogar Armlehnen, während Leček auf einer Fabrik für Haltungsschäden sitzen musste? Kopfschüttelnd konzentrierte er sich auf den Grund seines Besuchs. Er musterte sein Gegenüber und biss sich auf die Lippe: Glatt rasiert, aber die Bartstoppeln traten schon wieder hervor, runde Brille, zerrissene Jeans und ein schwarzes T-Shirt, auf dem irgendein Doktor ›back to the TARDIS‹ in eine Sprechblase rief. Wie sollte er ihn wohl einschätzen? ›Nicht überlegen, sondern handeln‹, dachte er und ging die Sache einfach an.

»Ich brauche deine Hilfe. Beim Stöbern im Archiv habe ich aus Versehen ein paar Dateien überschrieben. Wenn das der Alte rauskriegt …« Er brach den Satz ab und deutete mit der linken Hand eine feuernde Pistole an. Es musste ja nicht gleich die Wahrheit sein, beim Schachspiel offenbarte man seine Strategie auch nur indirekt über die Züge.

»Und du denkst, wir haben in der IT nichts anderes zu tun, als jeden Fehler von euch Schreibern zu korrigieren?«

»Nein, natürlich nicht. Ich weiß, ihr habt ein volles Arbeitspensum«, erwiderte Leček und deutete mit offenen Armen in den Raum. Die leeren Arbeitsplätze fügten der Geste eine ungewollt sarkastische Note bei. »Ich zeige mich auch erkenntlich, soll ich dir einen Kaffee oder was aus der Kantine besorgen?«

»Meinst du, ich bin so leicht käuflich?«

›Spaghettimonster noch einmal, mach doch einfach deinen Job, wie wär's damit, hm?‹, ärgerte sich Leček innerlich. »Bei mir würde es funktionieren«, gab er murmelnd zur Antwort.

Plötzlich fing der Junge an zu lachen. Sein Name war Christian, oder, wie Leček gleich erfuhr, Chris++ in Hackerkreisen, eine feinsinnige Hommage an die Programmiersprache C++. »Bist echt in Ordnung. Komm her und zeig mir, was du brauchst.«

Zehn Minuten später stand eine heiß dampfende Tasse Kaffee am Tisch, flankiert wurde sie von zwei Mars-Schokoriegeln. Chris++ versprach, sich der Sache anzunehmen, er müsse davor im Tagesgeschäft nur noch für das übliche Chaos in der Ordnung sorgen. »Am Nachmittag hast du das Zeugs.«

Zufrieden schmunzelnd lehnte sich Leček zurück. Chris++ war eigensinnig, aber eigentlich ein sympathischer Kerl, davon gab es in dem Gebäude nur wenige. Da wurde ihm die leise Ironie bewusst, der gemütlichste Kollege saß am verschrobensten Platz inmitten des Nervensystems der Redaktion. Schade.

»Schick dir später dann die Mail.«

»Warte kurz«, kam es bremsend von Leček. Er machte erstmals von seiner neuen Vorsicht Gebrauch, ohne die er zwangsläufig wohl nicht auskommen würde. »Weißt du eigentlich …«, begann er ruhig und zog den Gedanken mit in eine dramatische Pause, aus der er an anderer Stelle wieder auftauchte, »kann das jemand sehen? Also so was wie, keine Ahnung, verschickte E-Mails?«

»Besuchte Websites, Kennwörter, et cetera?« Erneut hallte Chris++' grelles Lachen durch den kleinen Raum. »Theoretisch ja. Das müsste allerdings über mich oder die anderen ITler laufen. Niemand anders hat weder die Zugangsdaten noch die Berechtigungen dafür, der Alte eingeschlossen.«

»Wie kommst du auf den Alten?«, hakte Leček nach.

»Na, du willst dich doch wohl vor ihm verstecken? Etwas Privates erledigen? Während der Arbeitszeit surfen?«

»So in etwa.« Die Antwort war erstaunlich wahrheitsgetreu.

Ebenso erstaunlich war die lapidare Antwort. »Chill out, wenn du unseren Deal mit Kaffee und Schokoriegeln weiterlaufen lässt, kümmere ich mich darum.«

Und plötzlich hatte Leček einen Freund in der arktischen Gefühlswelt der Boulevardzeitung, weit entfernt vom Ursprung allen Übels, der Redaktion.

Die Ironie befand sich heute in einer sehr feinen Feder.

Wie ein Schakal lauerte Leček am Schreibtisch, die Augen spähten wenige Zentimeter über den Computermonitor hinweg und sondierten den Newsroom. Nach seinem ersten Monat im Dienste der *JETZT* gab es nur vier Personen, mit denen er regelmäßig zusammenarbeitete.

Unter dem dekadenten Kranz aus Infobildschirmen leuchtete das typische blaue Hemd von Reinhard Wallner hervor. Der Mann kümmerte sich fanatisch um sein Medienhaus, sah er es doch als sein Baby und die Krone der journalistischen Schöpfung an. Gleich legendär wie sein Fanatismus waren auch die cholerischen Anfälle. Wallner nach einer Anomalie im Computersystem zu fragen, könnte Leček in ein kleines Kind verwandeln, das mit Zündhölzern neben einem Benzinkanister spielte. Ganz schlechte Idee.

Auf der Pro-Seite stand dafür eine aufgezwungen freundliche Beziehung, die Wallner schon seit dem Bewerbungsgespräch festgelegt hatte. Leček kam aus Klagenfurt, Wallner irgendwo aus Unterkärnten, das schienen genug Gemeinsamkeiten zu sein. »Wir sind beide Kärntner, da müssen wir zusammenhalten!«, darauf folgte verlässlich Wallners tiefes Lachen, manchmal auch gefolgt von einem aufdringlichen Schulterklopfen. Wenn er seinem Landsmann eine besondere Freude machen wollte, protzte er sogar mit seiner Jagdhütte bei Weitensfeld.

Trotzdem wollte Leček die alte, grantige Fliegerbombe nicht wegen Brandls Artikel befragen. Es war gerade so schön ruhig.

Die zweite Anlaufstelle stellte Catherine Miller dar, sie beugte sich gerade neben Wallner nach vorne und deutete mit einem Kugelschreiber auf einen Bildschirm. Die Frau war kalt, hart und professionell, als Chefin vom Dienst unterliefen ihr keine Fehler, nie. Ihr Name unter einem Artikel verschaffte mehr Sicherheit als eine russische Panzersperre vor dem Kreml. Ob Leček wirklich einen schmal budgetierten Angriff wagen sollte? Nur als letzten Ausweg.

Blieb noch Heinz Messer. Im Angesicht der Großen war er ruhig, hinter ihren Rücken dafür umso lauter. Ähnlich lasen sich auch seine Artikel, die nachher provokante Fragen aufwarfen, auf die der Autor im Interview absichtlich verzichtet hatte. Messer, der sich selbst als Fleisch, Sehnen und Knochen durchtrennendes Präzisionswerkzeug sah, glich eher einem Plastikdolch aus der Filmrequisite, Kunstblut inklusive.

Bei ihm sah Leček noch am ehesten die Chance, mit dem richtigen Dreh an Informationen zu gelangen. Er musste die Frage bloß über die Bande spielen, am besten auf Messers Ego gerichtet.

Dann war da noch der leere Platz Leček gegenüber, Brandls alter Schreibtisch, mittlerweile vom Plunder befreit. Leček hatte für den rauchenden und trinkenden Chefreporter genauso wenig übrig gehabt wie für die anderen auch, zu oft hatte er ihn beim Schreiben seiner selbstgefälligen Artikel und Kommentare beobachtet, eine Grenze zwischen Fakt und Meinung existierte bei ihm nicht. Wohl auch deswegen war Hubert Brandl kein Unbekannter, nicht gegenüber den Lesern, den Zeitungsmachern oder dem Presserat. Trotzdem war er in manchen Momenten mehr Mensch als andere in dieser Redaktion, ließ zwischen Zynismus und Alkohol einen Hauch von Gefühl erahnen oder gab dem vergleichsweise jungen Leček gut gemeinte Tipps. Dieser Mann war allerdings tot.

Und da traf Leček die gesamte Wucht der Situation mitten ins Gesicht, wie ein Boxhandschuh, der noch vor dem Gong losgesaust war.

Brandls Artikel wurde nachträglich verändert, jemand hatte also Interesse daran, irgendeinen Inhalt verschwinden zu lassen. Da wäre es doch nur logisch, mit dem recherchierenden Übeltäter gleich zu verfahren, damit der nie wieder ein Wort auf Papier bringen konnte. Wenn Brandl gezielt ausgeschaltet wurde, dann ging es nicht um einen Mord, sondern um ganze 42 Fälle. Wenn die Gedankenkette stimmte, hatte irgendwer Brandl umgebracht und den Tod von weiteren 41 Menschen in Kauf genommen. Wenn die Gedankenkette stimmte, musste es immer noch jemanden am anderen Ende geben.

Wenn die Gedankenkette stimmte, war der Mörder in der Redaktion zu finden.

KAPITEL 7

Noch zwölf Stunden und 22 Minuten bis zu Hubert Brandls Tod.

Der beißende Nikotinqualm brannte in den Augen. Für Hubert Brandl war das ein erstes Warnzeichen, den Zigarettenkonsum für den Moment zurückzuschrauben und ordentlich zu lüften. Er versenkte die halbe Zigarette im überquellenden Aschenbecher und riss beide Wohnzimmerfenster auf. Zumindest auf ein körpereigenes Warnsignal reagierte er noch.

Müde rieb er sich die Augen und blickte auf das kalte, nachttrunkene Wien hinaus. Es war spät, das verriet ihm der wiederholte Blick auf seine brandneue Rolex Submariner. Sauteuer war sie gewesen, aber dieses Schätzchen hatte er sich einfach gönnen müssen. Grinsend umfasste er sein Handgelenk und verdrehte das Armband leicht, er verstieg sich in Gedanken. ›Die erste Goldmünze hat das finanziert, die anderen Tausend finanzieren mir den Rest. Morgen noch, dann beginnt mein neues Leben, vielleicht sogar mit ihr.‹

Brandl setzte sich zurück an seinen Laptop und las über den Rand seiner Brille hinweg, er ließ Wörter einwirken, fallen, hörte bereits den Hall und den dumpfen Aufschlag am Boden, den die schweren Bleilettern erzeugen würden. Er klickte auf speichern, damit war alles besiegelt.

Mit einem Satz sprang er hastig von der Couch auf, eilte in ungewohnter Schnelle zum Beistelltischchen mit den Alkoholika und griff nach seinem Handy. Er eilte im Wohnzimmer umher, das Telefon fest an die Schläfen gepresst, als ob davon seine Körperfunktionen abhängen würden.

»Ich bin's. Geht alles in Ordnung wegen morgen?«

Stille, draußen rauschte in einiger Entfernung die U-Bahn vorbei, aus dem Handy drangen bloß Wortfetzen. Bis schließlich Brandls wutverzerrte Stimme die Nacht durchschnitt.

»Nein, du hörst mir zu! Den ganzen Scheiß habe ich gerade als Artikel runtergeschrieben. Ich weiß zwar nicht, ob das für eine sofortige U-Haft reicht, aber tauschen möchte ich mit dir ganz bestimmt nicht, also verkauf mich gefälligst nicht für dumm! Wird teuer, wenn du das verschwinden lassen willst!«

Wütend stürmte Brandl zurück zum Couchtisch und nahm seinen Notizblock in die Hand. »Sag schon an.« Seine zittrigen Finger weigerten sich zuerst, dann krakelte er ein paar knappe Wörter aufs oberste Blatt. Er brauchte Mut für diese Sache, ganz viel Mut, aber den Absprung hatte er sowieso schon geschafft. »Und noch was«, die Zunge leckte über trockene Lippen, »ich habe mich abgesichert, also keine Spielchen mit mir, klar? Ich bin rückversichert, falls mir unter tragischen Umständen etwas passieren sollte.« Pause, nur schweres Atmen brandete durch die Leitung. »Du mich auch, bis morgen.« Sein Daumennagel drückte auf die rote Taste, das Gespräch wurde beendet, und Brandl kehrte in seine eigene, verlorene Welt zurück. Hier war er allein, hier fühlte er sich wohl.

»Ich hab's getan«, murmelte er ungläubig, »ich hab's tatsächlich getan«, wiederholte er die Worte wie einen religiösen Anbetungsspruch, der ihm Erfolg in dieser Angelegenheit garantieren sollte. So weit war das gar nicht hergeholt.

›Morgen noch, dann wird alles gut‹, dachte er müde und legte sich auf die Couch, träumte von einem Strand, Palmen und einer rothaarigen Frau im Bikini.

Er durfte bloß nicht sterben.

KAPITEL 8

»Hieroglyphen?«

Verständnislos ratterte das hellblaue Augenpaar die Zeichenreihen auf und ab. Es waren mehrere Seiten, bedruckt mit einer durchgehenden Walze aus wirren Zahlen, Buchstaben und Sonderzeichen. Einer Fünf folgten ein großes B, ein Rufzeichen, eine Raute, ein kleines y, dreimal die Sechs, dann ein Doppelpunkt, ein Ö, ein Dollarzeichen, dann wieder Buchstaben, Zahlen, Sonderzeichen, Buchstaben, Zahlen – es nahm kein Ende. Für solche Wirrungen war es definitiv zu früh am Morgen.

»Chris, was zum Teufel soll das sein?« Wie ein Fluglotse am Rollfeld wedelte Leček mit den Zetteln in der Hand herum, bloß wies er damit keine Jumbojets in Parkbuchten.

»Ich hab's dir schon erklärt, sie sind kaputt! Für einen ehemaligen HTLer bist du echt mies unterwegs in Sachen Code.«

»Schwerpunkt Elektrotechnik! Da ging es um große Maschinen, Kraftwerke, Generatoren, Transformatoren, Tausende Volt Spannung, tödliche Ampere Strom – und nicht um ein paar Zeilen Programmcode.« Leček kratzte sich am Hinterkopf, in groben Zügen konnte er dem aufgebrachten Chris++ doch folgen.

Zur Tarnung seines Anliegens hatte er um die Wiederherstellung dreier Artikel gebeten, die er angeblich überschrieben hatte. Vorrangig ging es um Brandls Arbeit, die anderen zwei hatte er wahllos rausgekramt. Den ersten Artikel – irgendetwas mit Hundewelpen, die Fotos waren seitenhoch – konnte Chris++ problemlos finden, die anderen zwei gestalteten sich deutlich schwieriger. »Es will mir nicht in den Kopf gehen. Da sind automatische Sicherungskopien, verteilt über den ganzen Tag, aber immer von der gleichen Ausgabe.« Anders ausgedrückt: Es fehlte genau der Zeitraum, der Aufschluss über Brandls Ursprungsartikel und etwaige Änderungen daran gegeben hätte. Es existierte kein Text, kein Zugriffsverzeichnis und keine Rechteverwaltung.

Trotzdem bekam Lečeks Herz einen guten Grund, das Blut schneller durch die Adern zu pumpen, Schuld daran hatten Chris++' nächste Worte: »Wir haben aber ein Bild.«

Auf dem nächsten Ausdruck prangte oben links ein kleines Schwarz-Weiß-Bild. Es war nicht größer als vier mal vier Zentimeter, elektrisierte aufgrund seines Inhalt trotzdem den ganzen Raum; eventuell lag das auch an einer kaputten Isolierung, bei den offenen Kabelschächten im Raum war das gut möglich.

Das Bild war ein automatisch generiertes Vorschaubild, es entstand, sobald ein User die Datei einmal anklickte, sie aber nicht öffnete. Irgendwo im Netzwerk lud der Server diese Wagenladung voller Datenschrott ab, doch das hinderte Chris++ nicht, daran so lange zu stöbern, bis er diesen Triumph vorzeigen konnte.

Lečeks Blick brannte sich in das kleine Kästchen, die anderen Arbeiten zur Ablenkung schob er völlig zur Seite. ›Was steht da bloß?‹, fragte er sich. Der Fließtext war unleserlich, eine Zeile bestand faktisch bloß aus aneinandergereihten schwarzen Punkten, einzig die Überschrift war annähernd zu erkennen.

»Auch das war Mord.«

»Wie bitte?« Leček sah Chris++ verwundert an.

»Da steht: Auch das war Mord. Bloß mit einem Rufzeichen hinten dran. Du weißt schon, typische *JETZT*-Manier, solltest du besser wissen als ich.« Der Hacker zeichnete ein Rufzeichen mit der rechten Hand in die Luft, dem Lečeks Augen bloß träge folgen konnten.

Brandl schrieb einen Artikel über einen Mordfall, er starb und jemand tauschte das Original gegen ein Faksimile aus. Am Ende wurden fein säuberlich alle Spuren verwischt. Wer tat so etwas? Warum? Das war doch alles …

»Krass.« Schon wieder Chris++.

Leček sah ihn entgeistert an, jegliche Gefühlsregung im Gesicht war wie eine Wasserfarbe nach unten gewaschen.

»Schau, ich bin ja nicht blöd. Du suchst scheinbar etwas Bestimmtes«, er deutete auf den Zettel in Lečeks Hand, »und das ist rein zufällig ein Artikel aus einer verlorenen Zwischenspeicherung, der es nie in die Zeitung geschafft hat.

Den toten Redakteur habe ich noch gar nicht erwähnt.« Gut, vielleicht war es doch offensichtlich.

»Wer kann das noch finden?«

»Ohne mich? So gut wie niemand.«

Die Antwort beruhigte Leček zumindest etwas, trotzdem musste er vorsichtiger agieren. Mit der ganz großen Story vor Augen hatte er schon mehrmals ein Debakel erlebt, Ikarus ließ grüßen. Aber dieses Mal hatte er handfeste Beweise. Adrenalin begann in seinem Körper zu arbeiten, ein Rausch breitete sich aus und legte im Kopf einen Schalter um. Niemand sollte die Vertuschung der Dateien bemerken, und doch hatten sie es gerade getan! Wenn sie den Drahtzieher vorerst in Sicherheit wogen, könnte er die Sache in Ruhe recherchieren und eine unglaubliche Geschichte zu Tage fördern. Und das nicht im marktschreierischen Umfeld der *JETZT*, sondern sogar als objektive Qualitätsgeschichte für die Konkurrenz! Mit Johannes Thanner und dem *Telegraphen* hatte er eine Allmacht im Rücken, stark und unabhängig, selbst der Gedanke an einen lebensbedrohlichen Widersacher erschien ihm lächerlich.

»Chris, du bist unglaublich! Aber das bleibt wie immer unter uns, einverstanden?«

»Du kennst unsere Abmachung, Kaffee und Schokoriegel.« Er lachte auf und drehte sich mitsamt des Stuhls zurück zu seinem Bildschirm.

Leček hatte einen ersten Mitstreiter gefunden, er würde weitere aktivieren müssen.

Es war ein Kinderspiel.

Mehrmals kreisten die Finger um das Handydisplay, schalteten es an und aus, gingen ins Adressbuch, wählten einen Kontakt und drückten ihn weg, öffneten eine leere E-Mail und löschten sie vor dem Versenden doch wieder. Den ganzen Tag schon wollte Leček Thanner kontaktieren und ihm alles berichten, immerhin war das DIE Geschichte! Aber noch auffälliger konnte er sich wahrscheinlich nicht verhalten, es sei denn, er besorgte sich ein Clownskostüm und mietete eine Werbetafel. So blieb ihm nichts anderes übrig, als es Moses nachzumachen und eine Hommage an die Teilung des roten Meeres zu versuchen, einzig seine Gedanken waren schwerer zu bändigen.

Neben dem Herumschnüffeln in Sachen, die niemand hätte sehen sollen, versuchte er sich an seinem ersten größeren Artikel für die *JETZT*.

Die Grundlage dafür hatten Anfang der Woche Kontrolleure der Wiener Linien in neongelben Warnwesten geschaffen, die ihn beim Verlassen der U4 am Karlsplatz abfingen. Lečeks frühmorgendlicher Weg in die Arbeit zog sich dadurch in die Länge wie ein missglücktes Schweizer Käsefondue. Nach zwei Minuten des Wartens durfte er wie ein stolzer Schuljunge seine Monatsmarke vorzeigen und nach bestandener Prüfung – der erhabene Moment war gleich wieder vorbei – die Kontrolleure passieren. Als er die Brieftasche durch die dicken Schichten an Mantel und Schal zurückfingern wollte, nahm er aus dem Augenwinkel einen Fahrgast wahr, der lachend und ohne Fahrschein die Station verließ. Lečeks Neugier war geweckt, kurz darauf auch die Aufmerksamkeit eines Kontrolleurs, und eine Viertelstunde später standen zwei vollgeschriebene Seiten mehr im Notizheftchen.

Jetzt musste er sich nur noch am blinkenden Cursor vorbeischummeln und den fertigen Text raus aus dem Kopf und rein in den Computer transferieren. Wären da nicht Brandl, Thanner und die Toten gewesen, hätte die Viertelseite sicherlich in zehn Minuten gestanden. So benötigte er hingegen zwei Stunden und vier Tassen schwärzesten Kaffees.

KAPITEL 9

Die dunkle Holzvertäfelung nahm neben dem schummrigen Licht auch Geräusche, Emotionen, Nikotin und Teer in sich auf. Zigarettenqualm lag in der Luft und die Gespräche an den Tischen verliefen allesamt in ein dumpfes Gebrabbel hinein.

Für Leček zählte in diesem Moment nur das metallene Piepsen aus der kleinen Lautsprecheröffnung seines Handys. Viermal, fünfmal, und wieder meldete sich die gewohnte Stimme mit der einschläfernden Aufforderung, nach dem Signalton eine Nachricht zu hinterlassen. ›Hätte ich es doch früher probiert, dann hätte ich mir den Schmarrn sparen können. Ist eh schon wurscht, erreiche ich den Thanner halt morgen.‹

Mit leichtem Schwung landete das iPhone auf der Tischplatte aus Holz, rutschte einige Zentimeter dahin und wurde gerade so durch den Glasaschenbecher gestoppt. Ein vorerst letztes Aufleuchten signalisierte seinem Besitzer, dass Kainz wie üblich zu spät kam. Was hatte er nach all den Jahren auch anderes erwartet?

Die Leben der zwei Männer verliefen in vielen Punkten gegensätzlich und wanden sich wie Girlanden im Wind, doch zeitweise berührten und verhedderten sie sich. Fünf Jahre hatten sie die gleiche Technische Schule besucht und nach anfänglichen Schwierigkeiten ein passables Team geformt, das aus dem Denker Leček und dem Macher Kainz bestand. Der eine schrieb die Theorie, der andere erbaute die Praxis, der eine entwarf ein Maturaprojekt, der andere ließ es abbrennen. Nach dem Abschluss gestaltete sich ihre

Meinung unisono: Mit Elektrotechnik wollten sie nichts mehr zu tun haben.

Kainz eiferte seinem Vater nach und wurde Polizist am Lande, Leček hingegen sehnte sich nach der Welt seiner Vorbilder und wurde Journalist. Über die Jahre wurden die Lebenspläne den Fluss hinabgespült, wanderten durch Verästelungen und trafen sich in der Donaustadt Wien erneut, dort wurden Träume erreicht, oder zumindest durch das eine oder andere Glas gemeinsam angestiert. Erst dann hatten beide Männer die Gewissheit, dass man eine gute Freundschaft zwar lange pausieren, verstauen, einfrieren und zusammenfalten, niemals aber so zerstören konnte, dass sich nicht einmal ein Bier miteinander trinken ließe.

Am Beginn ihrer Treffen lief alles ab wie ein Geschäft. Kainz bot eine Information an, Leček wog ihre Reichweite ab und bezahlte bei Bedarf mit einem Bier, manchmal ein kleines, manchmal ein großes.

Georg Kainz hatte es schnell zum Revierinspektor gebracht, doch großartige Geheiminformationen gab er nie feil; ob das am Willen oder den Gegebenheiten lag, konnte Leček nie mit Sicherheit sagen. Meistens handelte es sich sowieso nur um inoffizielle Ergänzungen zu einem Mordfall, eine genauere Beschreibung des Täters oder ein Handyfoto vom Tatort. Wertvolle Bonusinformationen, wie Leček sie gerne nannte. Selbst kleinste Meldungen konnte er dadurch immer detaillierter darstellen, als die Kollegen der Konkurrenz. Kainz war sein Geld war. Selbst wenn nicht, der alte Freund war ein unterhaltsamer Sprücheklopfer und Magnet für skurrile Alltagsgeschichten, ein Lokalbesuch mit ihm zahlte sich in allen Belangen aus.

Heute trafen sie sich in Tony's Bierstube. Das falsche Apostroph, der Indikator für so ziemlich alle schlechten Gastronomiebetriebe, stand da wirklich, und Leček hasste es. Kainz erschien wie immer zu spät und in Zivil. Der Mann mit dunkelbrauner Lederjacke, blauen Jeans und lichten, blonden Haaren klopfte Leček zur Begrüßung auf die Schulter und nahm gegenüber Platz.

»Leček, du wirst alt.«

»Du bist doch drei Jahre älter«, kam es mit hochgezogenem Mundwinkel zurück. Beide grinsten und bestellten zwei große Biere. Einen Schluck später waren sie bei der Sache.

»Also, was kann ich dir heute anbieten? Irgendetwas Bestimmtes oder soll ich einfach einmal anfangen?«

Leček hob die Hand, um den Polizisten einzubremsen, dieser Abend würde anders ablaufen. »Heute bin ich mit Erzählen dran.« Er tat das in kompakter Manier, unbewusst orientierte er sich an den textarmen Artikeln seiner Zeitung. Über den Brand in der U-Bahn bis hin zur letzten Erkenntnis aus dem Serverraum breitete er alle bekannten Fakten aus. Am Ende seiner Erzählung lehnte er sich zurück, fuhr sich über die Locken am Kopf und sah seinen Freund abwartend an.

Kainz verharrte in einer nachdenklichen Starre, sondierte aber mit seinem Blick das dunkelgelbe Gut im Glas. »Das sind stichhaltige Beweise?«

»Zumindest aus meiner Sicht, ja.«

»Und du bist dir da ganz sicher?«

»Sonst würde ich damit nicht zu dir kommen.«

Die nächste Frage würde sich wie ein Barber's Pole, eine mit blauen und roten Streifen bemalte Stange vor vielen US-Friseursalons, drehen, warum Leček nicht gleich die Polizei verständigt hatte, und beide würden wissen, dass ihr spezielles Verhältnis dies einfach nicht erlaubt hätte. Als komplett gesetzestreue Bürger sahen sich beide nicht, andernfalls hätten sie sich nie in dieser Form austauschen können.

Kainz' Finger tippten nervös auf der Tischplatte, dann trank er das halbe Glas in einem Zug aus. »Verdammt, Leček, das ist kein Spiel, da geht es nicht um einen lustigen Artikel und ein paar Bier. Du redest von Mord. Von Massenmord.«

»Georg«, begann Leček ruhig und drehte sein Bierglas zwischen den Händen, die Augen hinabgerichtet. »Wie lange kennen wir uns? 15 Jahre? Länger? Wir haben uns schon so oft gegenseitig in etwas reingelassen und genau so oft wieder rausgeholt.«

»Aber wir gehen längst nicht mehr zu Schule oder lassen Strafzettel verschwinden. Das ist das Leben in seiner bittersten Sorte!«

»Gerade deswegen wende ich mich an dich! Weil das das echte Leben ist, weil ich jemanden brauche, der mir in dieser problematischen Angelegenheit hilft! Vielleicht ist es Mord, vielleicht ist es nur eine dumme Verkettung von unglaublichen Zufällen, aber so oder so, ich brauche deine Hilfe.«

Kainz schwieg bedächtig lange, die Gespräche im Hintergrund schwangen sich zu einem rauschenden Meer auf. Es dauerte, bis Kainz seinen Kopf aufrichtete und langsam, aber klar, die nächsten Worte aussprach. »Was erwartest du dir eigentlich von mir? Soll ich die Spurensicherung holen oder gleich mit der Cobra euren Glasturm stürmen?«

Ein feines Grinsen legte sich über Lečeks Gesicht, er hatte den Wechsel in Kainz' Anschauung wohl bemerkt. Wie bei einer feinen Apothekerwaage hatte sich eine Schale gesenkt und den endgültigen Ausschlag in eine Richtung gegeben. Kainz war im Boot, er hatte ihn fürs Erste überzeugt.

»Zuerst trinken wir noch ein Bier, dann reden wir über deine Pläne für die nächste Woche. Wir sollten jemanden besuchen.«

Der gellende Schrei der Türklingel bohrte sich wie heißer Draht in Lečeks Kopf. Das Nervensystem versendete in Panik schmerzende Stromstöße, Schweiß trat aus den Poren, die Atmung wurde hektisch. Erneut schrie die Glocke, da war es um Leček geschehen. Keuchend fuhr er auf und sah sich im Dunkel um. Allmählich sickerten die Erinnerungen wie Wasser durch die rissige Erde seines Hirns.

Der Abend mit Kainz hatte länger gedauert, als sein Gedächtnis ihm vermitteln mochte, viel Bier und Schnaps war geflossen, um den gefassten Entschluss zu verteidigen.

Anscheinend hatte es Leček nach Hause geschafft, das vermittelten ihm die bekannten Konturen des Schlafzimmers sowie die Türglocke, die immer noch unbarmherzig durch die Altbauwohnung schrillte. Welcher Irre hatte Spaß daran, seinen geschundenen Leib dermaßen zu foltern? Das Aufsperren der Wohnungstür und eine bekannte Stimme ließen seine schlimmsten Albträume wieder aufleben. ›Träume ich noch?‹, doch die Eindrücke waren zu real, die Bettdecke zu warm, die klebrige Zunge im Mund zu trocken, ein Traum würde in den Details versagen. Dann war das Biest also wirklich hier. Vorsorglich versank er wieder im warmen Bett.

Auf die nachfolgenden Vorgänge war Lečeks Gehör mittlerweile gut geschult. Ein Rucksack rutschte über den Wohnzimmerboden und krachte gegen seine CD-Sammlung, danach flogen Schuhe gegen das Bücherregal. An dieser Stelle sollte er sich gegen das Biest in Schwarz stellen. Das Biest würde ihn beleidigen, sie würden zu schreien beginnen, und am Schluss würde sich Izabella beschützend vor ihre kleine Schwester stellen. ›Oh unsichtbares Spaghettimonster, warum strafst du mich regelmäßig mit der pubertierenden Funsn?‹ Nein, Aleksandra Bosenski stellte wahrlich keine Bereicherung seines Lebens dar.

Die befürchtete Verfolgung seines Schicksals erfüllte ihren Part verlässlich: Mit einem Knall flog die Schlafzimmertür auf, gelbes Licht brach herein und umhüllte ein Mädchen mit schwarzen Haaren, schwarzer Schminke, schwarzen Fingernägeln und schwarzer Kleidung. »Gschissener! Wegen dir haben die mich beim Schwarzfahren erwischt. Danke!«

»Bitte«, murmelte Leček zu seinem neuen besten Freund, dem Polster. Er hörte noch das Rascheln von Papier, kurz darauf traf ihn eine zusammengerollte Zeitung am Hinterkopf. Ginge es nach ihm, der Tag könnte schon wieder vorbei sein.

Eine halbe Stunde, gutes Zureden und zwei Tassen schwarzen Kaffees später, saß er in Unterhose und Morgenmantel am Küchentisch. Die Kopfschmerzen waren unerträglich, ein kleines Nagelbrett drückte gegen die Innenseite seiner Stirn. Schuld daran hatten der hochprozentige Vorabend, der von Izabella und Aleksandra laut aufgedrehte Fernseher mit Disneys Dschungelbuch und die samstägliche, vor ihm ausgebreitete Ausgabe der *JETZT*. Aleksandra hatte ihm die Zeitung aus gutem Grund an den Kopf geknallt, das musste er der Verrückten lassen:

So fahren auch SIE legal schwarz!

Kein Ticket? Kein Problem! Mit dem geheimen Codewort gehören Fahrscheinkontrollen der Vergangenheit an!

Wien. »Meine Mutter hatte keinen Fahrschein, sollte ich so herzlos sein und ihr die 100 Euro von der mickrigen Pension abziehen?« Michael A. (Name geändert), Kontrolleur der Wiener Linien, bettelt im Gespräch mit unserem Reporter Martin Leček um Vergebung.

Verwandte, Freunde, hübsche Frauen – die Kontrolleure entscheiden selbst, wer zahlen muss und wer nicht! »Wir haben uns mit ein paar Kollegen abgesprochen, dann hat sich das Nichtkontrollieren schnell ausgebreitet«, so A.

Martin Swoboda, Pressesprecher der Wiener Linien, gibt sich schuldlos. »Wir haben 8.400 Mitarbeiter, da können wir nicht jeden bei der Arbeit überwachen. Das ist eben so.«

Seien Sie nicht blöd, und hören Sie auf, für Fahrkarten teuer zu bezahlen. Ein Hinweis auf die Geisterlinie genügt: »Ich bin mit der U5 gefahren« – und schon fahren auch Sie gratis! Außer Sie treffen auf den letzten ehrlichen Kontrolleur, den soll es auch noch geben …

Der Zeitungsartikel verwandelte den Samstag endgültig in eine alles überwälzende Katastrophe – so hatte Leček diese Zeilen nicht geschrieben! Die Zitate waren stark verändert oder erfunden, selbst das verpixelte Bild vom beichtenden Kontrolleur war eine Fotomontage. Der Pressesprecher von den Verkehrsbetrieben würde ihn am Montag durchs Telefon ziehen und erwürgen. Irgendjemand hatte Mist gebaut und Lečeks Namen darunter gesetzt; sein erster großer Artikel in der *JETZT* strotzte nur so vor Lügen.

Da noch mehr Hiobsbotschaften nicht sein mussten, wie Leček befand, legte er die Zeitung weg, kochte frischen Kaffee und schätzte den weiteren Tag ab. Aus dem Wohnzimmer tönte immer noch lautstark der Fernseher, außerdem hatte das Biest um die Couch sein Fort errichtet, Izabella konnte er also vergessen. Einkaufen wäre eine langweilige Möglichkeit, zumindest wollte ihn das Whiteboard am Kühlschrank mit einer in alarmierendem Rot gehaltenen Liste dazu animieren.

Oder er löschte die Liste und benützte das Board stattdessen für seine eigenen Zwecke. In wenigen Minuten hatte Leček die notwendige Ausrüstung am Küchentisch versammelt: MacBook, Drucker, Stifte, Schere und Papier. In penibler Kleinarbeit druckte er Zeitungsbilder der ausgebrannten U-Bahn, ein Porträt Hubert Brandls und das Vorschaubild des Originalartikels aus. Mit Magneten in Form von Küchenmaschinen fixierte er die Bilder am Whiteboard und verband sie mit roten Linien. In der Mitte standen das U-Bahn-Feuer und Brandl, von ihm ging ein dicker Strich zum Artikel.

Mit der rechten Hand in der Tasche des Morgenmantels, die linke fest die Kaffeetasse umklammernd, trat er einen Schritt zurück. »Was hast du bloß geschrieben, damit du sterben musstest?«, murmelte er in die Tasse hinein.

Hinter ihm schoss Izabella mit einer leeren Schüssel und dem Drang nach mehr Popcorn in die Küche. Ihr Blick fiel zielgerichtet wie der eines Spürhundes auf den Kühlschrank. »Was hast du mit unserer Einkaufsliste gemacht?«

KAPITEL 10

So wie nett der kleine Bruder von Scheiße war, so war der Dienstag der kleine Bruder des Montags, der im Vergleich zu seinem Vorgänger mehr Reife zeigt, mit leiserem Quengeln, aber trotzdem Nervenpaare reißen ließ. Leček wusste darum und geizte am zweiten Tag der Woche auch dementsprechend mit seinen Sympathien für die frühen Vormittagsstunden.

Der Montag war unrühmlich verlaufen, weder hatte er Thanner erreicht, noch hatte es eine Aussprache über seine Schwarzfahrer-Geschichte gegeben. Als krönenden Abschluss hatte er sich für die Schlussredaktion einspannen lassen und sich bis spät in die Nacht die Finger blutig getippt, um heute am Nachmittag mit Kainz zu Brandls Wohnung fahren zu können.

Ein typischer Dienstag eben.

Im Gespräch mit Catherine Miller stürzte für Leček ein kleines Kartenhaus seines Verstandes zusammen. Er hatte sich zwar das Gegenteil gewünscht, aber für den umgeschriebenen Artikel waren weder Fehler oder gar weitere Recherchen verantwortlich, sondern einzig Millers Willkür.

Die Chefin vom Dienst lehnte lässig an einer Trennwand im Newsroom, die Arme verschränkt, und sah zu ihrem letzten verbliebenden Volontär hinab. »Die Idee war nicht schlecht, aber wir haben da mehr gebraucht, also habe ich ihn hochgejazzt. Die Zitate umgeschrieben, ein Bild aus dem Archiv genommen, das Übliche.«

»Aber werden die Wiener Linien uns nicht verklagen? Das hat doch null Wahrheitsgehalt.«

»Scheiß dich nicht an.« Miller schüttelte den Kopf und griff zu ihrer Kaffeetasse, als ob sie absichtlich eine dramatische Pause machen wollte. »Dein interviewter Kontrolleur will eh anonym bleiben, der wird nicht so blöd sein und sich öffentlich beschweren. Dem Swoboda ist das peinlich, weil er erst durch uns davon erfahren hat, am liebsten ist ihm, wenn niemand mehr darüber spricht. Im besten Fall bekommen wir ein paar Werbeanzeigen für die nächsten Wochen rein, im schlimmsten Fall ruft er dich an, und du erklärst ihm, du hättest euer Telefonat anders in Erinnerung und wohl falsch verstanden. Morgen kräht kein Mensch mehr danach.«

Das war es, Miller tätschelte ihm großmütterlich die Wange, ließ ein »nicht schlecht für den Anfang« in der Luft hängen und ging rüber in die Online-Redaktion.

Zurück im Regen seiner Gefühle blieb Leček, er sah hoch zum blau und gelb leuchtenden *JETZT*-Logo im Monitorkranz und stieß einen leisen Seufzer aus. Den Preis der laxen Wahrheit musste er wohl oder übel bezahlen, es gab kein Entrinnen.

Kurz vor Mittag brodelte die redaktionsinterne Gerüchteküche plötzlich auf, jemand hatte Feuer unter den Kessel gestellt, und das anscheinend im Büro des Herausgebers. Ressortleiter gingen ständig ein und aus, selbst Catherine Miller wurde mehrmals bei hektischen Besprechungen hinter den Milchglasfenstern vermutet.

Für Leček war das die reinste Hölle. Die Buchstaben wollten nicht auf den Bildschirm fließen, die Augen hingen träge an einem unsichtbaren Punkt im Raum. Alle inneren Warnlampen waren wie auf einem Armaturenbrett aufgeleuchtet und riefen ihm zu, sich besser gegen den kommenden Sturm zu wappnen. Bestimmt war sein Spionieren entdeckt worden. Ob es um die geheime Arbeit für den

Telegraphen oder gar um Brandls mysteriösen Tod ging, war eigentlich egal, gleich wäre alles aus.

»Fernsehen!«, rief Messer und verkündete das Ergebnis so weltlich wie nach der Papstwahl. »Ich werd noch narrisch!« Grinsend polterte er die Treppe hinunter in den Newsroom und versammelte einige Mitarbeiter um sich. Neben einer Tageszeitung, mehreren Wochen- und Monatsmagazinen sowie einer Radiostation sollte sich in Zukunft auch noch ein Fernsehsender in den Büroturm gesellen. »Für den Anfang gibt es *JETZT.tv* nur im Netz. Aber dann!« Messer brach den Satz ab und zeichnete einen großen Halbkreis in die Luft; die Geste wirkte stark einstudiert. »Dann bald im normalen Fernseher! Kostenlos, in jedem Haushalt!«

›Bloß nicht, reicht schon, wenn ich den Mist lesen oder hören muss.‹ Zeit zum Durchatmen blieb Leček kaum, sein vibrierendes Handy zeigte Johannes Thanners Name prominent am Bildschirm. Unbemerkt verschwand er aus der euphorischen Redakteursrunde und flüchtete über Umwege auf die leere Raucherterrasse.

Thanner eröffnete das Gespräch ohne Umschweife. Er wäre die letzten Tage äußerst beschäftigt gewesen, Leček könne ihm nun aber alles berichten.

In einem VHS-Schnelldurchlauf unterrichtete ihn sein zukünftiger Mitarbeiter über alle Aufzeichnungen, die er in den letzten Tagen angefertigt hatte, angefangen beim Einstellungsgespräch, dem laxen Umgang mit dem österreichischen Pressekodex, der Kündigung einer Kollegin bis hin zum verhunzten Artikel am Wochenende. Die Erlebnisse strickten ein grobes Netz der *JETZT*, auf dem unwiderruflich eine bestimmte Struktur zum Liegen kam.

Lečeks unsichtbares Gegenüber am Telefon schien alles wohlwollend aufzunehmen und befand, dass dies eine gute Basis für eine Reportage wäre. »Günter Wallraff hatte zwei

Monate bei der BILD, da werden Sie ja hoffentlich mehr schaffen«, schnaufte Thanner; oder war das gar seine Version eines Lachens?

Um die Gunst der Stunde zu nützen, trat Leček näher an das vereiste Geländer und vergewisserte sich mit einem Blick zur Seite, immer noch alleine zu sein. »Da wäre noch eine Sache.« In schnellen Zügen offenbarte er die merkwürdigen Vorgänge um Brandls Ableben.

Am anderen Ende der Leitung herrschte mit einem Mal Stille, kein Ton war zu hören.

»Hallo, Herr Thanner? Sind Sie noch da?«

Die Antwort echote mit größer Verzögerung: »Ja.«

»Und, was halten Sie davon?«

Wieder ließ der alte Mann mit einer Antwort lange auf sich warten. »Hören Sie, mir wollte letztens jemand ein Mordkomplott rund um den Bundespräsidenten verkaufen, die wirre Idee stand in einem Blog, Details nur gegen teuer Geld. So aufregend die Sache auch wirken mag, niemand hatte da seine Finger im Spiel. Sie haben doch bestimmt die Berichte über die Unglücksursache der U3 gelesen?«

Das hatte Leček in der Tat, aber er fand sie nicht zufriedenstellend. Laut einem ersten Gutachten war das Feuer im Schaltschrank des letzten Waggons ausgebrochen, Schuld daran hatten wahrscheinlich alte Leitungen.

»Also können wir nicht von Absicht sprechen. Und selbst, wenn der Artikel gelöscht oder überarbeitet wurde, das ist die Aufgabe von Redakteuren. Latein, redigere, in Ordnung bringen, zweites Partizip redactum!«

Jaja, journalistische Grundlagen und Medienethik, erstes Semester an der Uni, Leček war ja nicht blöd.

Thanners Tonfall erhob sich zu neuer Schärfe. »Leček, Ihre bisherige Arbeit hört sich gut an, aber vermischen Sie nicht Fakten und Meinung. Es geht um unmoralische Praktiken beim Zeitungmachen, nicht um sensationslustigen Mord, haben Sie mich verstanden? Beim *Telegraphen* haben wir keinen Platz für Boulevardpraktiken!«

KAPITEL 11

Ein dunkelblauer Lancia, älteres Baujahr, bog in den geschotterten Hinterhof eines Gemeindebaus. ›Errichtet von der Gemeinde Wien‹, prangte in roten, teils abgeplatzten Buchstaben hoch oben an der Hausmauer. Darunter wartete bereits ein Mann in Lederjacke, die Hände in den Taschen, lässig an ein Motorrad lehnend.

»Du bist spät dran.«

»Tu mir einen Gefallen und halt die Klappe, ja?«, ärgerte sich Lečeк und schlug die Autotür zu. »Die Batterie ist schwach und manchmal springt er nicht gleich an. Die Kälte macht es nicht besser.«

»Manchmal? Du raunzt schon seit Wochen darüber.«

»Ich spare auf eine vollständige Restauration, da kann ich nicht gleich wegen jeder Kleinigkeit Hunderte Euros zum Fenster rausschmeißen.«

»An deiner Stelle würde ich eher für eine Verschrottung sparen«, lachte Kainz, er hielt nichts von Lečeks altem Lancia. So wie er da stand, sah er nicht schlecht aus, aber eine

Fahrt ohne Probleme hatte sein Besitzer damit noch nie erlebt.

Beim Wagen handelte es sich um ein Lancia Beta Coupé, Baujahr 1984. Für Leček hatte das Auto all das, was graue Modelle der Neuzeit nicht vermochten zu besitzen: Geschichte, Leidenschaft und Eleganz. Damit meinte er keine Supersportwägen wie Ferraris oder Lamborghinis, sondern kaum beachtete Schätze der Straße, die nur echte Liebhaber erkannten. Der Wagen war weitaus mehr als nur ein Fortbewegungsmittel.

»Das muss ich mir von einem Inspektor in der vorzeitigen Midlifecrisis sagen lassen, der sich zur Sicherheit jetzt schon ein protziges Motorrad gekauft hat?« Leček deutete mit dem Autoschlüssel in der Hand auf die schwarze Suzuki, über deren Rücken ein breiter, gelber Streifen verlief. Ein bisschen beneidete er seinen Kumpel um das Geschoss. Ob das umgekehrt auch so war?

Kainz hingegen wimmelte ihn sofort ab und stieß jegliche Gedanken dieser Richtung in den nahe liegenden Donaukanal.

»Warum fährt du überhaupt mit dem Auto? Du bist doch sonst so ein Öffifaschist.«

»Der Werkzeugkoffer wäre für die Bim zu umständlich gewesen.«

»Was für ein Werkzeugkoffer?«, fragte Kainz stirnrunzelnd.

Da war es für Leček wohl an der Zeit, ihr geplantes Vorgehen zu erklären. Zuerst würden sie sich Einlass in das Haus verschaffen und dann die Wohnungstüre mit einem Spektrum an Werkzeugen bearbeiten.

»Sag mal, spinnst du? Ich dachte, wir würden von jemandem reingelassen werden, etwa mit dem Zweitschlüssel?«

»Das wäre eine Möglichkeit für Plan B, ja.«

Kainz schüttelte vehement mit dem Kopf. »Nein, so läuft das nicht. Ich kann nicht in meiner Freizeit in fremde Wohnungen einbrechen! Wir finden einen Weg ins Haus und schauen uns dann um.« Mit einem Nicken deutete er auf den Kofferraum. »Das Werkzeug bleibt hier.«

Leček gab sich vorerst geschlagen und folgte Kainz mit hängenden Schultern zum Eingang des Wohnhauses. »Und, wie kommen wir jetzt rein? Zeigst du deine Marke?«

»Nein. Weißt du, warum viele Kriminelle einfach so in Wohnhäuser reinkommen?« Noch während er sprach, fuhr Kainz mit seinem Zeigefinger einmal ganz über das Klingeltableau der Gegensprechanlage. »Die Leute überlegen nicht, wen sie reinlassen. Die meisten fragen nicht einmal nach.« Zur Bestätigung seiner Theorie, als ob es abgesprochen wäre, summte in diesem Moment der Türöffner und ließ beide Männer eintreten; den einen erstaunter als den anderen.

Die Wohnung von Hubert Brandl lag im zweiten Stock und wurde durch eine Tür mit rot-braunem Furnier flankiert. Kainz runzelte die Stirn und kniete sich davor, das Schloss gut im Auge. »Vielleicht brauchen wir deinen Werkzeugkasten doch nicht«, flüsterte er plötzlich und deutete auf die Türe. Die metallene Schutzrosette wies feine, aber deutlich sichtbare Kratzer auf, auch das dunkle Holz auf Höhe des Riegels schien etwas abgekantet zu sein. Kainz stand auf und zog ein Stofftaschentuch aus seiner Jacke, er legte es behutsam auf den Türknauf.

»Ernsthaft, ein Stofftaschentuch? Wie altmodisch und ranzig bist du denn?«

»Klappe!«, zischte Kainz. Mit Schultereinsatz und einem starken Ruck und sprang die Tür federleicht nach innen auf. »An der Sache ist vielleicht wirklich etwas dran«, flüsterte er und betrat die Wohnung.

Im lang gezogenen Vorraum war es dunkel, einzig durch

die dicken Vorhänge im Wohnzimmer fiel etwas Licht in den Eingangsbereich. Die Luft war abgestanden, die Möbel und der Teppich dünsteten Nikotinschwaden aus. Der Blick ins Wohnzimmer offenbarte ein heilloses Durcheinander, Bücher, Zettel und Kleidung lagen verstreut am Boden. Jemand hatte eindeutig nach etwas gesucht. »Pass auf, was du angreifst«, raunte Kainz und ging mit gezogenem Taschentuch voran.

Leček warf einen kontrollierenden Blick in den Hausflur, zog die Tür nach innen und folgte seinem Freund mit Abstand. Mit voller Kraft pumpte sein Herz Blut bis in die Ohren, er konnte das Hämmern direkt hören, als ob es aus einer beängstigenden Fabrik kommen würde. Zwar war der Abstecher in die Wohnung seine Idee, doch hatte er nicht gedacht, dass ihn die Sache so mitreißen würde. Andererseits ging es hier wirklich um etwas.

Manche Dinge geschehen dann im Adrenalinrausch in Zeitlupe, etwa das Buch, das langsam vornüber kippt und vom Regal fällt; das Weinglas, das sich gemächlich leert und seinen roten Inhalt auf der weißen Tischdecke verteilt; der schwarze Schatten, der hinter dem Türstock lungerte und sich auf Leček stürzte. Ein dumpfer Gegenstand traf ihn zuerst am Hinterkopf, mitten in der Überraschung wurde er noch gepackt und nach vorne in die Garderobe geschleudert. Leček versuchte sich verzweifelt irgendwo festzuhalten, räumte aber dabei die halbe Garderobe mit Jacken, Mänteln und einem Spiegel ab. Während er sich so klein wie möglich machte und den Regen aus silbernen Scherben über sich ergehen ließ, flüchtete der Schatten mit einem letzten Tritt in die Bauchgegend aus der Wohnungstüre und rannte laut stampfend das Stiegenhaus hinab.

»Scheiße!«, brüllte Kainz, ganz der Experte, und nahm sofort die Verfolgung auf. Ein Zwischenstopp versicherte ihm das Wohlergehen seines am Boden kauernden Freundes, dann sprang er über ihn und trampelte ebenfalls ins Stiegenhaus hinaus.

Als Letzter aus der Gruppe nahm schließlich Leček selbst die Verfolgung auf. Er rappelte sich auf, kämpfte gegen Schwindelgefühle und tastete sich an der Wand entlang die Stufen hinab. Das Zufallen der Haustüre konnte er gerade noch hören, darauf brüllte im Hof ein Motorrad auf. Als Leček endlich den Hinterhof erreicht hatte, war weder vom Schatten noch von Kainz und seinem Motorrad etwas zu sehen. Mit wackeligen Schritten lief er auf die Straße, konnte aber nur noch in unsichtbarer Entfernung das Knattern eines Motors hören. Das war's. Ansonsten kam die Straße ein Radfahrer hinab, der gerade einen Bogen um einen ausparkenden Jaguar machen musste. Flüchten sah anders aus.

Hoffentlich hatte Kainz mehr Erfolg.

KAPITEL 12

Fünf. Zehn. 15 Minuten vergingen, dann rollte die schwarze Suzuki Intruder mit dem gelben Strich auf dem Rücken wieder in den Hof, ihr fehlte allerdings der linke Außenspiegel.

»Und, was war?«

Stöhnend zog sich Kainz den Helm vom Kopf und blieb auf seiner Maschine sitzen. »Beim Rauskommen hab ich gerade noch gesehen, wie ein blauer Lieferwagen mit durchdrehenden Vorderreifen aus dem Hof gerast ist, also bin ich aufs Motorrad gesprungen und ihm nachgefahren. Die erste Kreuzung hat er bei tiefgelb genommen, ich bin dann sogar bei Rot reingefahren. Auf der Leopoldsgasse konnte ich etwas aufschließen, habe mich durch den Verkehr näher herangekämpft, dann ist er bei der nächsten Kreuzung gleich wieder rechts abgebogen.«

Ein lauter Seufzer verschaffte Kainz Erleichterung und eine Erzählpause. »Wieder eine Ampel, bei mir schon kommunistisches Rot, frag bitte nicht. Nachdem ich dafür gesorgt habe, dass ein Busfahrer nach seiner Schicht bestimmt zwei Achterl braucht, um wieder einen normalen Puls zu bekommen, war mir der Typ fast entwischt. Ich hatte dann die glorreiche Idee, ihm den Weg über den Gehsteig abzuschneiden, also bin ich bei einer Hauseinfahrt rauf und hab mich zwischen Laternen, Hausfassaden und möglicherweise ein paar Fußgängern durchgequetscht. Einmal ging eine Autotür auf, da musste ich den Lenker herumreißen und hab mir den Spiegel abgerupft. Das war's mir in dem Augenblick wert, am Ende der Gasse, kurz vor der Oberen Augartenstraße, konnte ich mich beim Abbiegen vor ihn stellen und ihn abbremsen.« Danach blieb der hart verdiente Erfolg leider aus, stellte sich der vermeintliche Täter doch als türkischer Lebensmittellieferant heraus, der einfach nur ungestüm fuhr und Kainz mit seinem fliegenden Start auf eine falsche Fährte gelockt hatte. »Also haben wir rein gar nichts. Außer vielleicht Strafzetteln und Anzeigen, wenn mich jemand beim Rasen erwischt hat.« Kainz legte seinen mattschwarzen Helm verärgert auf das beschädigte Motorrad. »Und weißt du, was richtig toll ist? Wegen unserer Ramboaktion kann ich nicht einmal offiziell Verstärkung anfordern.«

Leček musste dem Polizisten in Zivil zustimmen, sie waren in eine Wohnung eingedrungen und für eine gefährliche Verfolgungsjagd verantwortlich. Auf der anderen Seite gab es jetzt keine Ausreden mehr, um weiter zu zögern. »Doch, wir haben etwas«, begann Leček. »Etwas sehr Starkes. Da war jemand! Der hat etwas gesucht, ohne Grund wäre er nicht in der Wohnung gewesen. Ich bilde mir das nicht ein, das kann kein Zufall sein.«

»Wohnungen von Verstorbenen werden öfter ausgeräumt, als du denkst, aber ich hoffe, du hast recht, sonst wär mir das ganze Theater noch peinlicher.« Kainz plusterte seine Wangen auf, klopfte seinem Komplizen auf die Schulter und ging in Richtung Gemeindebau. »Kommst du?«

Die Wohnungstüre stand sperrangelweit offen, vermutlich wie vorher, als sie überstürzt daraus getürmt waren. Am Boden im Vorraum lagen Splitter des zertrümmerten Spiegels sowie Jacken und Mäntel. Leček war bei dem Zwischenfall glücklicherweise nichts passiert, er spürte bloß ein Ziehen in der Seite und ein mittelstarkes Brummen im Kopf, nicht einmal der Spiegel hatte ihn ernsthaft verletzt.

Als sie ins Wohnzimmer gingen, knirschte es unter ihren Schuhen. An den nikotingeschwängerten Wänden hingen keine Bilder, bloß saubere Vierecke, die Rahmen lagen alle auf einer abgewetzten Sitzgarnitur in fragwürdigem Türkis. Schräg gegenüber stand ein massiver Wohnzimmerschrank, aus dessen Regalen, Laden und Kästen alle Innereien auf den Boden gewuchtet worden waren. Bücher, Zettel, Fotos und Reiseandenken – war das ein vergoldeter Käselaib? – türmten sich übereinander. »Pass auf, was du angreifst«, sagte Kainz und kniete sich nieder. Mit seinem Stofftuch wühlte er sich durch den Haufen an vergangenem Leben, drehte manche Bilder um, schlug Bücher auf und verharrte zeitweise in Starre.

Küche und Schlafzimmer unterlagen derweil Lečeks Obhut, ehe er eine weitere Tür öffnete und das sperrige Büro entdeckte. Es bot gerade genug Platz für einen Schreibtisch, ein Bücherregal und einen gegenüberstehenden Kasten. Ob das früher ein Kinderzimmer gewesen war? ›Brandl hatte nie von einer Familie erzählt‹, dachte er. Leček schob mit seiner Schuhspitze den umgeworfenen Schreibtischsessel zur Seite, dann kniete er sich nieder. Natürlich, alles weg, vom hinteren Ende der Tischplatte baumelten lediglich die Anschlusskabel für Monitor, Drucker und Stromnetz. Von einem Rechner keine Spur.

Eine geschlagene Stunde durchsuchten sie die Wohnung wie zwei Philatelisten auf der Suche nach der letzten Briefmarke, doch so sehr sie auch nach Erfolg lechzten, es gab keinen Hinweis, nicht einen einzigen Anhaltspunkt. Dieser unbekannte Dritte musste genügend Zeit gehabt haben, um die Wohnung komplett auf den Kopf zu stellen.

»Hauen wir ab, was meinst du?« Kainz versteckte beide Hände in den Jackentaschen und sah müde aus.

Leček sah sich lange in der Küche um, ehe er zu einer Antwort gewillt war. Briefe, offene Rechnungen, Werbeprospekte, Zeitungen und sogar eine Tasse Milchkaffee mit Schimmel auf der Oberfläche. »Wahrscheinlich hast du recht, es hat keinen Zweck.« Der Packen Papier wanderte zurück auf die Kredenz. Sie hatten die Küche gerade verlassen, als der Stoß Stück für Stück auf den Boden rutschte. »Warte, ich mach das noch …« Ein blaues Stück Papier hatte Lečeks Aufmerksamkeit erregt, es war ein Paketabholschein, als Absender wurde Amazon EU S.à r.l. angeführt. Alles in dieser Wohnung, einschließlich dem Geruch, glich dem Haus seiner Eltern: die abgewetzte Couch mit fragwürdiger Farbauswahl, der dunkle, wuchtige Wohnzimmerschrank, selbst die verschiedenen Epochen der Ramschandenken. Würde ein Besitzer solcher Wohnung im Internet bestellen, geschweige denn bei Amazon? Lečeks Eltern bestimmt nicht.

»Georg? Komm mal her. Brandl hat eine Amazon-Lieferung verpasst, noch dazu vom Österreichischen Paketdienst.«

Mit einem Fragezeichen als Gesicht kam Kainz zurück in die Küche und starrte auf den Fund. »Worauf willst du hinaus? Ich bestelle meinem Vater manchmal auch etwas, vielleicht war es ein Geschenk.«

»Und wie erklärst du den anderen Lieferdienst? Normalerweise übernimmt das doch die Post.« Leček kratzte sich zögerlich im Nacken, ein Gedanke baute sich auf. »Was würdest du machen, wenn du befürchtest, jemand könnte in deine Wohnung einbrechen und nach etwas Bestimmtem suchen? Du mietest dir ein Schließfach, gehst zum Notar …« Er brauchte nicht weiter zu sprechen, sein Gegenüber verstand, worauf Leček hinauswollte.

»Oder schickst dir selbst ein Paket und nimmst es nicht an.«

Die nächste Abholstelle des ÖPD befand sich nur wenige Querungen weiter. Der Lancia stand unbeeindruckt vom Parkverbot vor einer Hauseinfahrt, während Fahrer und Beifahrer gerade im Internetcafé Cyberwolf zugegen waren.

Zwischen verstaubten Röhrenmonitoren, 56k-Modems und verdreckten Wasserpfeifen mit undefinierbaren Resten türmte sich ein Haufen aus Paketen auf, die sicher nicht auf diese Art ›gelagert‹ werden sollten.

»Ihr sucht selbst«, hatte der pakistanische Ladenbesitzer hinter der Theke angeblafft. Ob der ÖPD wusste, wie mit den Sendungen seiner Kunden umgegangen wurde? Das wäre eine nette Idee für einen kleinen Artikel, notierte sich Leček in Gedanken. Nach fünf Minuten Suche hatten sie das Paket für Hubert Brandl gefunden.

»Ausweis?«, raunte der schlecht gelaunte Mann und füllte nebenbei ein Abholformular aus.

Die beiden Männer sahen sich kurz an, Leček zückte die Brieftasche und holte einen 50-Euro-Schein hervor.

»Nix da. Kein Ausweis, kein Paket!«

Warum musste gerade der zwielichtige Besitzer eines verrotteten Internetcafés so hohe moralische Ansprüche stellen? Nachdem auch das Nachbessern des Angebotes auf 100 Euro nichts brachte, sah Leček flehentlich zu Kainz.

Dieser holte nach einigem Zögern Dienstausweis und Kokarde aus der Jackentasche, den Namen hielt er allerdings geschickt mit seinen Fingern verdeckt.

Anstandslos hatte Hubert Brandl doch noch sein Paket abgeholt und den Erhalt per Unterschrift quittiert. Um 100 Euro ärmer waren sie trotzdem.

Mit einem Stanleymesser aus dem Werkzeugkoffer hatten sie das Paket direkt auf der weitläufigen Motorhaube des Lancias geöffnet. Drinnen musste der unumstößliche Beweis sein, die Bestätigung aller Vorahnungen, die sie näher an das Unglück heranbringen würde. Vielleicht sogar der Name des Schuldigen?

Das späte Nachmittagslicht fiel zuerst auf ein Meer aus zerknülltem Zeitungspapier. Kainz griff mit seinen schaufelgroßen Händen hinein, tastete vorsichtig den Boden ab und zog einen dicken Heftordner aus der papierenen Verschanzung.

In dem roten Einband befanden sich Zeitungsausschnitte, handgeschriebene Notizen, Internetausdrucke, Fotos und Landkarten. Das ganze Material bestand aus schwarz-weißen Kopien, allesamt in Klarsichtfolien.

»Das hat er bestimmt nicht im Internet bestellt.«

KAPITEL 13

Noch zwei Tage, zehn Stunden und elf Minuten bis zu Hubert Brandls Tod.

Das braune Klebeband verlief längs des Pakets, auf Ober- und Unterseite befand sich je ein Kreuzungspunkt, von dem aus eine zweite Bahn die breiten Seitenflächen durchquerte. Zwei weiße Schilder aus Papier, getrennt durch eben jenes Klebeband, gaben Absender und Empfänger an.

Brandl trat vom Tisch zurück und begutachtete sein Werk. Ja, das Paket konnte er so versenden, es fiel weder auf, noch würde es irgendwie beschädigt werden. Auf die Verpackung kam es sowieso nicht so an, der Inhalt hatte ihn die letzten Stunden viel mehr beschäftigt.

Der Ordner stellte seine Rückversicherung dar, falls wider Erwarten etwas schiefgehen sollte. Diesen Fall wollte und konnte Brandl allerdings nicht wahrhaben, wie denn auch? Wer konnte schon tatsächlich über seinen Tod hinaus planen? Solche emotionslosen, völlig logisch ausgebrüteten Pläne gab es ohnehin nur im Film. Wenn man tot war, war man tot, daran konnte man leider nichts mehr ändern, alles andere überstieg seine Vorstellung.

Und trotzdem, er durfte den deutlich unangenehmeren Ausgang für den Fall der Fälle nicht völlig unbeachtet liegen lassen wie die Zeitung vom Vortag. Deshalb dieses Paket, deshalb dieser Ordner.

Im ersten Impuls hatte er alle belastenden Materialien reingepackt, die Version erschien ihm dann doch zu aufgelegt, da hätte er ja gleich das silberne Tablett rüberschieben können!

Die Gegenseite würde dann sofort alle Fäden in der Hand halten und er, oder, daran wollte er gar nicht denken, sein Nachlassverwalter würden durch die Finger schauen. Nein, das war die falsche Herangehensweise, es durfte auf keinen Fall die komplette Sammlung sein, schon gar nicht die Originale. Daher Kopien. Um neugierigen Postlern oder Paketausträgern zuvorzukommen, in Wien war das immer so eine Sache, sollte sich die Auswahl des Packmaterials etwas umfassender gestalten. In stundenlanger Kleinarbeit kopierte er alle Zeitungsausschnitte, Polizeiberichte, Karten und Notizen, die er im Rahmen seiner Jagd angehäuft hatte, bettete das ausschlaggebende Papier darin ein und verstaute alles im Paket.

Die Arbeit war getan, eine Flamme zückte aus dem Feuerzeug, leckte über die Zigarette und versetzte sie in ein stetes Glimmen. ›Habe ich die Seite mit dem Textmarker angestrichen?‹, geisterte es in ihm umher. ›Ja, bestimmt, wird schon so sein.‹ Lachend kratzte er mit dem Daumennagel über das Feuerzeug, wischte unangenehme Gedanken wie immer zur Seite.

Die Markierung im Ordner fehlte allerdings, das Bild in seinem Kopf existierte nicht, ihm war ein Fehler unterlaufen, der sich erst später zum Verhängnis auswachsen würde.

Bis zu diesem Punkt schien Brandls Plan allerdings fehlerfrei. Zum gefühlt hundertsten Mal kaute er alle Gründe durch, es jetzt auf diese Variante zu machen: Ein Notar wäre zu kostspielig, außerdem fühlte er sich dort mit kompromittierenden Dokumenten in der Tasche nicht unbedingt wohl. Ein Schreiben an die Exekutive wäre eine Möglichkeit gewesen, allerdings konnte er das nicht mehr zurückziehen, wenn er am Ende doch beschenkt aus der Geschichte hervorging. Mit Anonymität wäre in dem Fall nix, und außerdem, die Wiener Polizei bekleckerte sich nicht gerade mit Ruhm; die benetzte sich in manchen Gegenden eher mit dem Gegenteil.

Dann war ihm die Idee mit dem Paket eingefallen, unter Angabe eines falschen Absenders würde er es sich selbst schicken und nicht annehmen. Eine Zeit würde das Zeug im Lager rumliegen, den Abholschein könnte er getrost in der Wohnung lassen, der würde nicht auffallen. Brandl grinste zufrieden und ließ sich auf die speckige Couch fallen, es war also doch einfach. Entweder er ließ das Paket getrost verrotten, oder die Nachwelt würde seinen Inhalt dem korrekten Zweck zuführen. Ende der Fahnenstange, zurück in die Gegenwart, zurück ins stickige Wohnzimmer.

Die dunkelbraunen Einbaumöbel waren noch irgendwie in Ordnung gewesen, nach 25 Jahren mussten sie ihm schließlich gefallen, aber die türkise Sitzgruppe war von Anfang an ein Affront gegen jeden sehenden Menschen gewesen. Aber ihr hatte sie gefallen, sie hatte die Einrichtung ausgesucht.

Brandls Blick folgte den Rauchschwaden, die seinen Körper verließen und glücklicherweise in Richtung Getränkewagen deuteten. Whiskey: leer. Pelinkovac: leer. Cognac: leer. Hätte er doch nur Zeit zum Auffüllen gehabt. Ganz unten stand eine angebrochene Flasche Wodka, dürfte widerlich schmecken. Genau das Richtige. Nur ein Stamperl noch. Oder auch zwei.

Der Flaschenhals zitterte, als Brandl das beißende Getränk einschenkte. Die Oberseite des Getränkewagens war vollständig verpickt, er sollte ihn reinigen oder wegwerfen. Besser wegwerfen, sie hatte ihn ja sowieso nie gemocht. Wie recht sie hatte.

Ein Schluck aus dem Glas, ein Zug der halb verglommenen Zigarette, aus der verstaubtem Stereoanlage spielte eine Best-of-CD von Udo Jürgens. Er sang vom Leben mit der Traurigkeit, Träumen und kaputten Klavieren. »Auf dich,

Udo, du hast es schon immer gewusst.« Er prostete in die Leere des Raums, vermutlich zur Stereoanlage eines Herstellers, den es schon lange nicht mehr gab, und floh in nicht allzu ferne Welten.

Es war nie einfach gewesen. Nicht nur die letzten Wochen, sondern überhaupt, auch die vielen Jahre davor. Brandls Ehe hatte nicht lange gehalten, woran sie schlussendlich gescheitert war, wusste er bis heute nicht. Ob das Trinken mit dem manischen Arbeiten anfing oder das manische Arbeiten mit dem Trinken war mittlerweile auch egal. Irgendwann hatte sie alles hingeworfen, die Koffer gepackt und war gegangen: Martha. So war auch der kleine Raum nebenan entstanden, der wie Stacheldraht um sein Herz verlief.

Eine neue Zeile dröhnte aus den Lautsprechern, Udo war fröhlicher geworden. Ja, jetzt war alles klar, jetzt gab es keinen Ausweg, keine andere Sichtweise mehr. Aus dieser letzten Misere würde er sich ruhmreich selbst befreien.

»Udo, das nächste Mal singst du für uns unter Palmen!« Eine schwere Hand grapschte nach der Fernbedienung, der Gesang wurde lauter.

Hubert Brandl fühlte sich siegessicher, ein kapitaler Fehler.

KAPITEL 14

Erbarmungslos zerfetzte der Lichtstrahl die Dunkelheit des Raums, der schwarze Samt wich zur Seite und offenbarte den kreischenden Trichter aus Licht. Eine bleierne Hand kam aus der wolligen Restdunkelheit gekrochen, wischte behäbig über den Bildschirm und ließ den Handywecker verstummen. Leček war wach.

Vorerst im Modus des geringstmöglichen Bewusstseins festgebunden, richtete er sich im Bett auf und starrte aus dem Fenster. Die dunklen Wintermonate waren ihm verhasst, nichts konnte ihn morgens mehr bremsen als das fehlende Sonnenlicht vor dem Schlafzimmerfenster. Leček wandte sich zur anderen Hälfte des Bettes und entdeckte eine Stelle nackter Haut, Izabellas Schulter, die gerade noch über der Decke hervorlugte. Sanft setzte er seine Lippen zum Kuss an und fuhr durch ihre bunten Haarsträhnen. »Guten Morgen«, brummte er leise. »Ich mach Frühstück. Vergiss nicht, etwas anzuziehen.« Zu mehr Worten fühlte er sich nicht in der Lage. In T-Shirt und Boxershorts kroch er aus dem Bett und schlurfte ins Wohnzimmer. Auf der Couch war ein leichtes Schnarchen zu vernehmen. War er also doch geblieben. Das zärtliche Wecken war allerdings Izabella vorbehalten.

Das Radio hörte sich selbst geschockt an, als es plötzlich hirnlose Töne von *JETZT Musik Österreich* dudelte, dem hauseigenen Sender der dazugehörigen Zeitung. Sinnentleerte Beiträge, Pseudonachrichten und inhaltslose Musik für den Massengeschmack waren genau die richtige Untermalung für einen dunkelgrauen Morgen. Unterlegt wurde das Radio von einem dumpfen Brodeln der Kaffeemaschine, die zumindest Leček und Kainz den Start in den Tag garantieren würde; Izabella hielt sich seither mit Tee bedeckt.

Während die anderen zwei Drittel des Ermittlungsteams gerade wach wurden und sich die letzte Nacht aus einer langen Reihe in Erinnerung riefen, flößte sich Leček eine zweite Tasse tiefschwarzer Substanz ein und starrte auf den Küchentisch.

Noch immer lagen dort der rote Ordner aus dem Paket, dessen Fotos, Zeitungsausschnitte, Online-Ausdrucke und Landkarten. Oder wie Kainz zusammenfasste: »Das ist doch zum Scheißen.«

Seit einer Woche saßen die drei fast jeden Abend zusammen und durchforsteten die Berge an Material. Was anfangs nach dem großen Coup aussah, verwandelte sich immer mehr in ein wildes Durcheinander.

Aus Brandls Originalartikel konnten sie bekanntlich nur die Überschrift retten: »Auch das war Mord!« Das Material im Ordner ließ keine Zweifel daran, dass es auch hier um vermeintliche Mordfälle ging, zumindest interpretierten sie Brandls Recherchen so. Die vielen Schicksale ließen sich gruppieren in Unfälle, ungeklärte und geklärte Morde, Selbstmorde und sogar Entführungen der letzten Jahrzehnte aus ganz Österreich. Die Komplexität der Einzelfälle machte eine Kategorisierung schier unmöglich, Verbindungen ließen sich so überhaupt keine herstellen. Gab es einmal einen Umstand, der auf zwei Fälle zutraf, in Bezug auf Ort, Zeit oder Verdächtige, war das für den Rest schon nicht mehr der Fall.

Ein ungestümer Schluck, zurückzuführen auf die hochfahrende Motorik, Kaffee tropfte von Lečeks Häferl auf das darunter liegende Whiteboard. Wie oft hatten sie es schon vollgeschrieben und wieder abgewischt? Es prangten seine Feststellungen von vor zwei Wochen darauf.

Der einzige handfeste Beweis, und Leček achtete genau auf seine Formulierung, war eigentlich der Überfall in Brandls Wohnung. Den hatten sie sich nicht eingebildet, und den hätte es auch nicht gegeben, wenn an der Geschichte nicht doch etwas dran wäre.

Izabella, besonnen wie immer, sah das naturgemäß anders und hatte ihm als auch Kainz eine elendlange Strafpredigt gehalten, wie dumm und gefährlich das überhaupt gewesen wäre. »Und wenn er eine Waffe hatte? Oder euch jemand beim Einbrechen beobachtet hat? Ihr seid zwei feste Trottel!« Den erbeuteten Ordner wollte sie trotzdem sehen.

Leček schmunzelte, als er sich an den Abend erinnerte. Danach wurde es leider happig. Zu dritt kamen sie kaum voran, dem Revierinspektor Kainz waren dazu offiziell die Hände gebunden.

Auch alle Hoffnungen, die Leček in Thanner als Oberhaupt der moralischen Instanz gesteckt hatte, zersplitterten mit jedem Telefonat wie Glasknochen.

Die Meinung des Chefredakteurs war schlicht, klar und unumstößlich: »Die verdeckte Recherche verläuft sehr gut, Ihre abstrusen Verschwörungstheorien vom Boulevard lassen Sie aber besser dort.«

Wenn Leček nicht aufpasste, würde er sich noch den Fluchtweg zum *Telegraphen* verbauen. So blieb ihm nur die Arbeit bei der *JETZT*, die in den vergangenen Tagen lawinenartig angewachsen war. Die gelben Ziffern der Mikrowelle drängten zum Aufbruch.

›Noch einen Tag im Society-Ressort überlebe ich nicht.‹

Wie ein wachsamer Stier, so wirkte Monika Sieger, als sie den Zigarettenqualm durch ihre Nasenlöcher hinausblies. Leček stand ihr gegenüber und rauchte auch aus der Nase, was allerdings an der Kondensierung von Wasserdampf lag.

Er wirkte im Gegensatz zur Society-Ressortleiterin eher wie eine klägliche Dampflokomotive, der bald der Brennstoff ausgehen würde. Er zitterte am ganzen Körper, die Kälte schnitt mühelos durch seinen Pullover. ›Du brauchst keinen Mantel, wir rauchen nur schnell eine‹, grummelte er. Die daraus entwachsene Themenbesprechung wurde ihm erst in der Kälte der Raucherterrasse offenbart.

»Also?«

»Also«, wiederholte Leček.

»Na geh, komm«, meinte Sieger und schnappte nach dem nächsten Zug. »Jetzt wirst du so hoch gehandelt – und bei mir versagst du? Du bist ja wie mein Liebhaber im Bett«, prustete sie und stieß Leček mit dem Ellbogen in die Rippen. »Also?«, begann sie erneut.

»Also …«, begann auch Leček, verzog den Mund und richtete die Augen nach oben. Er war kein Society-Reporter, ihm fiel nichts ein. Was interessierten ihn auch die Stars, Sternchen, C-Promis und Möchtegernbekanntheiten? Die eigentliche Frage lautete anders, nämlich wie Sieger in Relation zu Brandl gestanden hatte. Wie bei den anderen Kollegen stellte er sich auch hier die Frage, ob sein Gegenüber nicht ein Mörder sein könnte. Der ›Gräfin‹ haftete schon ein ominöses Verhalten an, gerade bei ihren vielen Verbindungen in die Halbwelten von Licht und Schatten.

Leider ging es vorerst um Charity-Events und Modenschauen, die zweite Autobiografie, neue Gspusis und Star-Kochbücher, da musste er jetzt durch.

»Dancing Stars?«

»Ja, macht Sinn, daran dachte ich auch schon. Was genau?«, wollte Sieger ihren neuesten Untergebenen testen.

»Die neue Staffel fängt an, aber eine Vorstellung der Promis ist doch fad, das machen alle. Wir könnten kritisieren, dass die niemand kennt. Der Niki Lauda hat bestimmt eine

Meinung dazu. Wie wäre es mit ›Lauda fragt: Wer sind diese Stars?‹, oder noch besser«, er verstummte und legte eine dramatische Pause ein. »Quo vadis, ORF?«

»Nein, du machst unsere übliche Linie kaputt«, wandte Sieger ein. Sie drückte die Überreste der Zigarette auf der Brüstung aus. »Die Dancing Stars gehören seit jeher zu den bestimmenden Themen im Society-Teil. Wenn wir die schlecht schreiben, müssen wir konsequent sein und dürfen das Thema nicht mehr anreißen. Dann bleiben die Society-Seiten für die nächsten zwei Monate weiß. Und so viel Werbung kann nicht einmal der Alte verkaufen!«

›Da wäre ich mir nicht so sicher‹, stellte sich Leček gedanklich gegen den Vortrag seiner Vorgesetzten, außerdem stand Inkonsequenz bei manchen Kampagnen der Zeitung sowieso an oberster Stelle. Aber immerhin war er um ein nettes Bonmot für seine Recherche reicher.

»Den Lauda brauchen wir für wichtigere Themen. Also pass auf, Jüngling.« Graue Augen tasteten ihn durch die Brille schamlos ab. »Wir stellen die Stars auf einer Seite vor. Großes Bild vom Ballroom, darunter eine Montage der einzelnen Tänzer mit Infoboxen, darin Informationen, wofür derjenige bekannt ist.«

»Und wir müssen unbedingt erwähnen, wie lange wir schon die Teilnehmer kennen!«, ergänzte Leček spitzbübisch. Die hauseigene Prognose der Prominenten war gründlich in die Hose gegangen, dabei hatte Monika Sieger doch ›persönlich mit den Stars geplaudert‹.

»Genau, richtig«, nickte die Gräfin, anscheinend etwas aus der Fassung gebracht.

Diese Frau war ihm unheimlich, aber wenn er die Hofberichterstatterin der Schickeria schon triezen wollte, war das der richtige Zeitpunkt dafür. Statt einer Befehlsannahme kam folglich eine Frage.

»Und wenn wir eine Geschichte zum Abgang der Profitänzer bringen? Die waren doch beliebt, mussten aber wegen der unbekannten Promis abtanzen.«

Sieger warf den Kopf in den Nacken und lachte auf, Artilleriegeschosse aus Spucke durchzogen die Luft, gefroren angesichts der Kälte und gingen als kleiner Eisregen auf einen gegenüberstehenden Leček nieder.

»Abtanzen, wie lustig!«

Leček lächelte müde.

»Schreib eine Spalte dazu. Oben ein Bild irgendwelcher Profitänzer, darunter ein paar Meinungen von den Gefeuerten.«

Die Befehlsverweigerung war irgendwie nach hinten losgegangen, Leček schwante Übles. Von den Profitänzern würde er wahrscheinlich keine brauchbare Antwort bekommen, die würden nichts Falsches sagen, um eine Wiedereinstellung durch den ORF zu gefährden, die reißerische Geschichte müsste er dann zwischen dem Gesagten herauskitzeln. Lügen und verdrehen, damit wurde er hier laufend konfrontiert, schwindeln und erfinden, davon würde er auch jetzt Gebrauch machen müssen. Glücklicherweise strahlte der *Telegraph* wie eine Oase am Horizont, in Anbetracht dessen musste sich sein Gewissen vorübergehend etwas verbiegen lassen. Alles für den guten Zweck.

Am Ende des Arbeitstages hatte er keine druckbare Anklage aus den Tänzern gegen ihren ehemaligen Arbeitgeber herausbekommen. Ein freundliches »Dankeschön, aber dazu möchte ich mich lieber nicht äußern« musste sodann als Vorlage für die bösartige Behauptung gelten, der ORF erpresse seine früheren Angestellten.

Kurz vor dem Andruck kam selbst Sieger die Story zu dünn vor, die notwendige Würze fehlte. Sie kramte ihr

Handy aus der Handtasche, Kurzwahltaste und die Fünf. »Niki? Hier ist die Monika, du musst mir helfen!«

Die Tür glitt spaltbreit auf, dann fiel ein Körper, träge wie ein nasser Sack, in die Altbauwohnung im 13. Bezirk. Endlich zu Hause. Preiset das unsichtbare Spaghettimonster!

Schuhe und Mantel verteilten sich im Flur, Lečec schleppte sich ein paar wenige Meter durch Küche und Wohnzimmer, beide dunkel. Nur unter der Schlafzimmertür schaute ein heller Schlitz aus Licht hervor.

»Sieh an, du kommst ja auch noch.« Izabella saß mit Schneidersitz im Bett, längst im flauschigen Pyjama, und brütete über den Unterlagen aus dem roten Aktenordner.

»Es tut mir leid«, stammelte er leise in das schummrige Licht, seine Konzentration fiel gegen den absoluten Nullpunkt. »Die Tänzer wollten nichts sagen, und dann musste der Niki Lauda aushelfen – es war schrecklich.« Lečec setzte sich auf die Bettkante und zog sich schwerfällig aus, die letzte Schutzhülle seiner Rüstung glitt zu Boden, er wollte nur noch ins Bett und etwas heimelige Zeit mit Izabella verbringen, nur ein paar Minuten, bevor der Schlaf nach ihm verlangen würde.

»Weißt du, was ich nicht verstehe?«, kam es von Izabella.

»Warum ich mir das täglich antue?«

»Nein, das ist mir schon klar.«

»Dann vielleicht, warum die *JETZT* so viele Leser haben kann?«

»Das wäre auch interessant, aber nein. Ruf dir noch einmal die Unterlagen aus dem Ordner ins Gedächtnis.«

»Ich versuch's.« Mit letzter Kraft wuchtete Lečec seine Beine ins Bett und kroch unter die Decke. Keine körperlichen Anstrengungen mehr.

»Warum sind das nur Kopien?« Izabella fuchtelte mit mehreren Blättern vor der Nase ihres Freundes.

»Und?«, fragte Leček gähnend, prophylaktisch mit geschlossenen Augen.

»Überleg doch einmal«, begann sie ruhig. »Wenn du belastendes Material gegen dich suchst und es findest, kannst du vorerst beruhigt sein, es gibt ja anscheinend nicht mehr. Aber wenn da bloß Kopien sind, muss noch irgendwo ein Original rumliegen.«

Leček war bereits beim Eindösen, wurde aber dankenswerterweise durch ein unsanftes Schütteln von Izabella daran gehindert.

»Hörst du mir gefälligst zu? Ich sitze nicht umsonst bis tief in die Nacht an diesen Papieren. Merk dir wenigstens die Kurzfassung: Vielleicht glaubt die Gegenseite, alles in der Hand zu haben. Wenn dem so ist, besitzen wir einen taktischen Vorteil.«

›Ein schöner Gedanke‹, befand Leček und drehte sich auf die Seite. Zumindest hatte der Tag mit seinem letzten Atemzug etwas Gutes gebracht.

Das Umspringen des Weckers auf 00:00 Uhr ließ Izabella das Licht löschen, schubste Leček in den verdienten Schlaf und schenkte dem Paar den gleichen entlastenden Gedanken.

Niemand sonst wusste von den Kopien. Durch die anhaltende Dürreperiode in ihren Nachforschungen hatten sie weder Zeit noch Druck verloren.

KAPITEL 15

Das eisige Spiel wiederholte sich bis zum Ende der Woche, zwei Gestalten standen im Freien, die eine rauchte, der andere umarmte fröstelnd seinen Pullover.

»Also?«, begann Sieger das Ratespiel erneut.

Wie Leček das hasste, er stimmte widerwillig ein. »Also«, entgegnete er kühl. »Was steht an? Irgendein Skandal? Ein blödes Posting auf Facebook? Oder doch der Lugner?«

»Geh, bitte«, schnaufte die Gräfin und hielt dagegen. »Dein letzter Tag bei uns in der Society, also hast du heute die Ehre. Ich hab zum Alten gesagt, du hättest etwas ganz Großes, bekommst sogar einen Kasten auf dem Titel!«

Leček sah sein Gegenüber verdutzt an. »Ich soll mir etwas überlegen? In der Society? Für die Titelseite?«

»Du findest sicherlich was, sieh es als kleine Abschlussprüfung an. Wenn du die schaffst, gibt's auch ein braves Zeugnis.« Wieder diese lüsternen Augen, dann schnippte Sieger den abgetauchten Zigarettenfilter über die Brüstung. »In 20 Minuten kommst du zu mir, dann muss ich die Themen durchgeben.«

Eine weiße Tasse mit dem blau-gelben *JETZT*-Schriftzug wurde vorsichtig neben einer Computertastatur abgesetzt.

Sieger sah zuerst zur Tasse, fuhr mit den Augen den reichenden Arm entlang und kreuzte Lečeks Blick. »Schwarztee?«

»Ja.«

»Mit Extra?«

»Ja.«

»Und?«

Es war eng geworden, aber beim anbiedernden Abstecher in die Kantine kam ihm der rettende Einfall. Zumindest hoffte Leček, mit seinem Rettungsanker am Grunde des journalistischen Meeresbodens der *JETZT* Halt zu finden. »Kennst du das Hotel Craysten?«

»Nein. Schieß los.«

»Bryan Cranston kommt nach Wien.«

»Was? Davon weiß ich gar nichts! Wann?«

Mit der Routine eines Serieneinbrechers erklärte Leček seinen weniger diabolischen, mehr ethisch bedenklichen Plan. Beim Laufen am Gürtel war ihm schon seit Längerem das Hotel Craysten aufgefallen, es lag zwischen Hauptbahnhof und Schloss Belvedere. Der Name erinnerte frappierend an den US-amerikanischen Schauspieler Bryan Cranston, bekannt durch zwei Paraderollen: Im Nachmittagsprogramm aller einfallslosen Fernsehsender spielte er den schusseligen Familienvater, die Generation Post-56k-Modem genoss ihn dagegen auf Netflix als drogenbrauenden Chemielehrer. Am Multitalent Cranston kam man nicht vorbei, weder in Hollywood noch in Wien.

»Die Namen trennen nur zwei Buchstaben. Wir basteln also eine Fotomontage und laden Cranston in ›sein Hotel‹ ein.« Lečeks Finger symbolisierten Anführungszeichen. »Über Twitter lässt sich so etwas toll ausspielen. Wenn er zusagt, haben wir eine starke Schlagzeile. Wenn nicht, zielen wir auf die Arroganz des abgehobenen Hollywood-Stars, der einem kleinen Hotel in Österreich einen einfachen Wunsch verwehrt.«

Sieger hatte sich während Lečeks Ausführungen gemächlich nach hinten gelehnt und mit der Kette gespielt, an der ihre Brille baumelte. Eine Reaktion ließ ewig auf sich warten, unterdessen hätte gefühlt halb Rom erbaut werden können. »Da geht noch mehr, mein kleiner Adonis.«

»Wie bitte?« Einmal abgesehen von dem bedenklichen Nachsatz, die Geschichte war von vorne bis hinten unseriös. Egal, wie klein der Fisch hier war, er würde immer stinken!

»Da geht noch mehr«, wiederholte Sieger, stand auf und griff nach ihrer Zigarettenpackung. Auf dem Weg nach draußen, sie schlichen durch den Newsroom wie Ratten in einem Labyrinth aus Schreibtischen und Flachbildschirmen, wurde die Geschichte weiter ausgebaut. »Wir erklären dem Hotel die Idee. Das ist ein toller Marketinggag, die werden bestimmt mitspielen. Wir machen daraus mehrere Geschichten. Zuerst spielen wir dem Cranston vor, dass ein Hotel nach ihm benannt wurde, ganz egal, ob das wirklich passiert. Das ist Geschichte Nummer eins. Dann warten wir die Reaktion ab, soll er meinetwegen ein paar Tage zum Nachdenken haben. Wenn was passiert, ist gut, ansonsten basteln wir ein Faksimile der vermeintlichen Antwort zusammen. Im Nachhinein kann uns niemand das Gegenteil beweisen, könnte ja wieder gelöscht worden sein. Etwaige Probleme wälzen wir auf das Hotel ab, und Hollywood wird es eh nie erfahren.«

Leček war beeindruckt, so konnte man also eine erfundene Story weiter drehen, bis sie jeglichen Kontakt zum Bodensatz der Realität verloren hatte.

»Der Alte hat recht, du machst dich«, hustete Sieger und streichelte Leček dabei über die Schulter. »Du bist ja schon richtig einer von uns!«

Am Nachmittag berichtete die Online-Ausgabe der *JETZT* exklusiv über die Namensänderung des Hotels Craysten. Ein offizielles Schreiben samt gut gemachter Fotomontage lud den Schauspieler nach Wien in ›sein Hotel‹. Tatsächlich reagierte Bryan Cranston noch am selben Tag auf Twitter:

»Look how crazy! They named a hotel in #vienna after me. See you next time!«

So kam die Titelseite zu Martin Leček. Die Schlagzeile samt passendem Untertitel ging in einem perfekt abgestimmten Arrangement nach Boulevardmanier auf:

›Hollywood-Mega-Star kommt zu uns! Völlig verrückt: Hotel nach ihm benannt‹

Schlimm genug, dass ein Medium durch seine gezwungene Initiative in Aktion getreten war und für eigene Nachrichten sorgte. Gegen die verärgerte Geschäftsführung des Hotels anzukämpfen und darüber hinweg zu lügen, war ein noch einmal anderes Kaliber. Aber er hatte keine Wahl, die Geschichten waren eben eingeplant, er führte nur Anweisungen aus.

Ein beklemmendes Gefühl hatte sich um Lečeks Hals gelegt, es drohte ihm dauerhaft die Luft zu rauben, ihn wie eine Schlange zu ersticken. Betäubt wurde es erst durch den Anblick der druckfrischen Titelseite: Der Erfolg war eigentlich verführerisch.

KAPITEL 16

Zwei Paar Männerfüße ruhten lässig auf einem kleinen Beistelltisch mit Rollen. Versteckt hinter meterhohen Serverblöcken, die alle internen und externen Dienste der *JETZT* beherbergten, lümmelten Leček und Chris++ und aßen gemeinsam zu Mittag. Es gab Nudeln aus der Pappbox, frisch besorgt vom Döner-Schnitzel-Pizza-Stand gleich um die Ecke.

Das Einhalten ihres Kaffee- und Schokoriegel-Deals hatte Leček irgendwann zu der Einsicht gebracht, in Chris++ die einzig vertrauenswürdige Person in diesem Irrenhaus namens Zeitung gefunden zu haben. Seitdem verbrachten sie ihre Pausen gemeinsam, versorgten sich gegenseitig mit Junkfood und plauderten über Alltägliches.

»Doch, das Buch über Big Data hat sich ausgezahlt, darin steckt die Zukunft des Journalismus.«

»Von mir aus. Aber wer muss dir dann wieder unter die Arme greifen und die ganze Arbeit machen?« Chris++ grinste und deutete mit den Plastikessstäbchen auf seine Brust.

»Vielleicht verbessere ich bis dahin ja meine Programmierkenntnisse, hm?«, erwiderte Leček und stopfte sich gebratene Nudeln mit Shrimps in den Mund.

»Na dann viel Spaß. Vergiss nur nicht, die richtigen Filter einzustellen, ohne die bist du verloren und ersäufst im Datenmeer.«

Leček hätte ihm die Zunge rausgestreckt, war aber gerade mit seinem kulinarischen Höhepunkt der Woche beschäftigt. Gestern gab es Döner-Pizza. Stattdessen ließ er seine

Gedanken wandern, über die Serverracks, die summende Lüftung im Plafond, die dicken Stränge an Netzwerkkabeln und die Arbeitsstationen am Eingang des Raums. ›Big Data. Filter.‹ Wieso kam er wieder darauf zurück? ›Große Datenmengen können nur mit Suchparametern sinnvoll ausgewertet werden. Suchen. Filtern. Finden.‹

»Heilige Scheiße!« Er riss die Füße vom Tisch und patzte seine Hose mit den Nudeln an.

»Alles in Ordnung?«, fragte ihn Chris++ völlig entgeistert.

»Du bist ein Genie!« Leček sprang auf, an sitzen war nicht zu denken, er musste schnell ein paar Schritte auf und ab gehen. »Das Material im Paket! Die ganzen Artikel, Notizen und Karten! Wir brauchen gar nicht alles, sondern bloß einen Teil davon – den Teil der Daten, den wir filtern!«

Der an der Grenze zum Schock stehende Chris++ konnte einer Umarmung oder Schlimmerem nur entfliehen, da sich Lečeks iPhone selbstlos dazwischen warf und zu vibrieren begann.

Kainz war am Apparat.

»Georg, ich hab's!«, rief er euphorisch, doch die Reaktion auf der anderen Seite fiel nicht wie erwartet aus. »Was faselst du da? Egal, es ist etwas passiert, du musst sofort kommen. Hast du was zum Schreiben? Ich geb dir die Adresse durch.«

Die aufflammende Euphorie war alsbald einer Welt aus Eis gewichen, die sich allmählich in Leček breitmachte. »Bist du dir absolut sicher?«, hatte er Kainz mehrmals gefragt.

»Hundertprozentig!« Die Antwort knackte immer gleich aus dem Telefon.

Alles musste schnell gehen. Er war durch die Stockwerke gestürmt, hatte sein Zeug in die Umhängetasche gestopft und steuerte bereits den Aufzug an. Da traf ihn plötzlich eine schwere Pranke auf der Schulter.

»Grüß dich, Martin«, brummte es von hinten. Die tiefe Stimme gehörte Reinhard Wallner.

Verdammt, auch der noch. »Herr Wallner«, grüßte er ehrerbietig und drehte sich langsam um.

»Hast es gerade ein bisserl stressig?«

Ein kurzer Moment verstrich, Leček fischte nach einer Antwort. »Ja, ich habe gerade einen Tipp bekommen, daraus könnte eine Geschichte werden. Ich muss mich aber beeilen, bin gar nicht mehr hier.«

»Das mag ich an dir so.« Von der greifbaren Eile ließ sich Wallner nicht aufhalten, klopfte Leček stattdessen freundschaftlich auf die Schulter. »Deine Kollegen reden auch schon darüber. Du bist immer bei der Sache, steigerst dich in alle Geschichten hinein und enttäuschst nie. Du machst mich neugierig, worum geht's?«

›Na toll‹, dachte Lecek, ›wieder in was reingeritten.‹ Er musste weg und zwar schnell, aber Wallner durfte keinen Verdacht schöpfen, nicht bei diesem heiklen Stück. Wie sollte er am besten reagieren? Da sprang der gefischte Gedanke endlich aus dem Gedankenmeer, ein Buchfragment ohne Autor hing dran. Jemand schrieb über Kleinkriminelle, die sich beim Lügen möglichst nahe entlang der Wahrheit bewegten. Wallraff oder Adler-Olsen? Egal, jetzt kam es darauf an.

»Da gibt es einen Toten. In Wien. Ich muss aber wie gesagt schnell vor Ort sein, dann weiß ich hoffentlich mehr.«

Wallner nickte zufrieden, er vernahm Lečeks Worte sichtlich mit Wohlwollen. »Ein Toter ist schon nicht schlecht, aber da muss natürlich mehr passiert sein, damit das kein kleiner Einspalter wird. Was ist denn geschehen? Unfall? Mord?«

»Wahrscheinlich Selbstmord«, antwortete Leček knapp. Die ungereimten Hintergründe waren gerade nicht wichtig, Wallner brauchte nicht mehr zu wissen.

»Du weißt, dass wir nicht jeden x-beliebigen Selbstmord ins Blatt nehmen können? Ist da was Besonderes passiert? War das ein Promi oder wenigstens makaber?«

Die Roulettekugel war stehen geblieben und Leček hatte seinen Einsatz verloren, er musste auch den Rest auspacken. »An dem Mann besteht öffentliches Interesse, er hat bis zuletzt für die Wiener Linien gearbeitet und damals als Techniker die verunglückte U3-Garnitur abgenommen.«

»Ist ja fabelhaft!«, schrie Wallner und klatschte in die Hände. »Und der hat sich heimgedreht, und wir sind an der Sache dran? Super, fahr schnell hin und bring einen tollen Bericht mit! Bilder, Details, Aussagen von Nachbarn und Polizei – ich will alles haben. Über unsere Website lasse ich gleich die Breaking News rausgeben, der Rest steht bei uns morgen exklusiv im Blatt. Der Titel gehört dir!«

Paralysiert saß Leček auf der Rückbank eines cremefarbenen Mercedes-Taxis. Wallner hatte es ihm persönlich gerufen und ihn hinein verfrachtet. Er sollte schnell das Material zusammenraffen, dann wieder in die Redaktion kommen und direkt dem Herausgeber Bericht erstatten. Nein, das würde heute nicht sein Tag werden. Der hatte zwar mit dieser Big Data-Diskussion zum Filtern des Materials gut angefangen, aber der aktuelle Todesfall hatte ihm das Blut in den Adern gefrieren lassen.

»Als ob das Zufall wäre, das glaube ich einfach nicht!«, hatte Kainz ins Telefon gebrüllt.

Und jetzt war er hier, am Ort des Geschehens. Was er sich als Schuljunge gewünscht hatte und als Journalist zum täglich Brot gehörte, löste in Leček gerade eine massive Übelkeit aus. War das wirklich notwendig? Mühsam drehte er seinen Kopf nach rechts und starrte auf das Haus mit der bröckelnden gelben Fassade. 16. Bezirk, Thaliastraße, die Adresse stimmte.

»Was is, hama noch nie a Haus gsehn?«, raunzte der Taxifahrer vom Fahrersitz. »24 Euro«, forderte er mit offener Hand.

Leček zahlte anstandslos, vergaß die Quittung und stieg aus. Ein Polizei- und ein Rettungsfahrzeug standen gut versteckt hinter einem größeren Transporter. Er war eindeutig richtig.

Hätte es doch nur eine Barriere oder eine stoppende Hand mit einer Warnung gegeben, die ihn zurückgewiesen und auf einen anderen Kurs gebracht hätte. So erwartete Leček aber nur die offene Haustüre, das leere Stiegenhaus und ein rot-weißes Absperrband der Polizei, das freundlich über ihn hinweggehoben wurde.

Schade.

KAPITEL 17

»Und das hast du vor mir geheim gehalten?« Verständnislos schüttelte Leček den Kopf, seine Augen ließen von Kainz' dunkelblauer Uniform ab und fixierten das Zimmer im Hintergrund.

Beide Männer standen in einer Wohnküche, der Raum war nicht besonders groß und mit hellen Möbeln ausgestattet. Auf der Anrichte stapelten sich die aufgerissenen Pizzaschachteln, über der Sitzbank hing ein violetter Schal von Austria Wien, und beim Flachbildfernseher lag die Fernsehbeilage der *JETZT*. Die Wohnung war normal, die Situation war es nicht, ein in Schokolade verpackter Widerspruch mit scharfem Kern drängte in den Tag hinein.

Am späten Vormittag war ein Anruf des Arbeitgebers bei der Polizei eingegangen, Thomas Hammerschmidt hatte sich seit einigen Tagen nicht mehr auf der Arbeit blicken lassen und war auch sonst nicht erreichbar. Eine vorbeigeschickte Funkstreife konnte nur noch den Tod des Mannes feststellen.

Kainz hatte davon Wind bekommen und mischte sich und Leček auf wundersame Weise gleich selbst in den Einsatz hinein. Er war gerade dabei zu erklären, wieso er sich so problemlos in den Fall einspannen lassen konnte. »Was hätte ich denn sonst tun sollen, etwa die Chance ungenutzt lassen? Die Frau vom Bezirksinspektor hätte sich halt nicht mit einer weißen Nase hinters Steuer setzen sollen! Selbst schuld, und uns hat das einen Gefallen eingebracht, also spinn jetzt nicht rum.«

Mit einem schiefen Grinsen ließ Leček die Tortur über sich ergehen, das musste er aushalten, hatte er die Geschichte unter Druck doch brühwarm an Wallner weiterverkauft. Sie hatten also beide Deals zu ihrem eigenen Vorteil gemacht. »Na gut, vergessen wir das«, schloss Leček das Kapitel und deutete mit dem Kopf in den Nebenraum. »Was wissen wir über ihn?«

»Der Mann heißt Thomas Hammerschmidt und hat bis zuletzt für die Wiener Linien gearbeitet, direkt in der Hauptwerkstätte in Erdberg. Sein Arbeitstrupp hat die Unglücks-U-Bahn als letzte Instanz geprüft, nach der Katastrophe hat er sich zurückgezogen. Das ist zwar völlig normal, seinen Kollegen ist es nicht anders gegangen, trotzdem hat er einen immer schlechteren Eindruck gemacht. Mehr weiß ich noch nicht, die Kollegen machen gerade ein paar Befragungen.«

»Und woran ist er … du weißt schon?«

»Gestorben? Die Obduktion steht natürlich noch aus, der Gerichtsmediziner tippt nach einer ersten Begutachtung auf Medikamente in Kombination mit Alkohol.«

Zwei Schritte zur Seite genügten, dann konnte Leček durch den Vorraum bis ins Schlafzimmer sehen. Neben der Tür war die Seitenwand eines Regals auszumachen, schräg dahinter nahm ein breiter Kasten die gesamte Wandlänge ein. Im engen Spalt, der sich aus diesem Bildausschnitt ergab, leuchtete ein weißes Tuch hervor. Es zog sich am Ende spitz in die Höhe, ehe es nach unten abfiel. Die kalten Füße des Leichnams mussten direkt darunter liegen, der Tote war noch hier.

Noch nie kamen Leček die verflossenen Sekunden so lebendig, der Moment so lange, die Gedanken so wild und das Ticken einer Uhr so laut vor wie gerade in diesem Augenblick. Als Taucher sprang er aus der beklemmenden Umarmung des Wassers hervor, schüttelte die infame Gedankenwelt ab und atmete tief ein, um mit jedem Atemzug einen Schritt zurück ins Leben zu finden.

»Am Telefon hast du nicht an einen Zufall geglaubt?«, fragte Leček nach einiger Zeit trocken.

»Meinen Monatslohn würde ich darauf nicht verwetten«, antwortete Kainz, nicht ohne sich vorher vergewissert zu haben, dass kein Kollege in direkter Hörweite war.

»Na gut, angenommen, wir haben recht, wie gehen wir dann weiter vor, Herr Inspektor?«

»Revierinspektor«, korrigierte Kainz und deutete auf die Schulterabzeichen. »Aber ihr Journalisten nehmt das ja nicht so genau.« Ohne Leček Atem für eine potenzielle Antwort zu lassen, fuhr er mit seiner Erklärung fort. »Offiziell kann ich mich nicht in die Ermittlungen einmischen, aber zumindest habe ich einen guten Draht dahin. Wir werden sehen, was die Obduktion bringt, bis dahin bleiben uns die informellen Aussagen von seinen Arbeitskollegen. Das ist schon mal ein Anfang.«

»Wir könnten uns auch die U-Bahn näher ansehen, schließlich hat da alles begonnen.« Wenn dieser vermeintliche Suizid wirklich mit dem U3-Brand in Verbindung stand, mussten sie logischerweise auch Nachforschungen in die andere Richtung anstellen.

»Da wird die Umsetzung schwer«, kam es von Kainz mit verzerrtem Gesicht, »die Gutachter und Sachverständigen lassen niemanden an die Garnitur ran, die finalen Ermittlungsberichte liegen noch nicht vor.«

»Dann wird es Zeit, das zu ändern, nicht wahr?« Leček setzte zu einem ermutigenden Lachen an, erstickte es aber noch zwischen den Stimmbändern.

Zwei Polizisten bugsierten gerade einen silbernen Metallsarg durch das schmale Vorzimmer.

Für einen kurzen Moment schien die verbrauchte Autorität in Kainz durch, er drehte seinen Freund an der Schulter zur Seite und setzte das Gespräch fort. »Versprichst du mir etwas?«

Die Antwort ließ lange auf sich warten und fiel dann umso kürzer aus. »Kommt drauf an.«

»Wenn du schon hierüber einen Artikel schreibst, dann übertreib es nicht zu sehr.«

Alles war außer Kontrolle geraten.

Wie ein Rennfahrer hat er sich so oft an der Grenze entlang getastet, bis er durch den kleinsten Fehler die Haftung verloren und sich bei hoher Geschwindigkeit überschlagen hatte. Das Hemd war durchgeschwitzt, der Mund ausgetrocknet, die Hände zitterten und schwebten über der Tastatur. Wie um alles in der Welt sollte er diesen Artikel schreiben? Schuld an dem Dilemma trug einzig und alleine eine Person.

»Martin! Servus, komm gleich zu mir.« Wallner hatte ihn beim Betreten der Redaktion abgefangen und zu sich ins Büro beordert. Der Herausgeber thronte hinter einem massiven Schreibtisch aus Glas und Metall, in einem kümmerlichen Stuhl gegenüber saß Leček und fühlte sich wie bei einer ungewollten Papstaudienz, Devotionalien inklusive. Große und kleine Bilder, viele zeigten vergangene Titelseiten der *JETZT*, golden gerahmt und im Posterformat, andere zeigten eine Jagdhütte oder klassische Sportwagen wie einen alten Porsche. ›Ob der Wallner sich auch für irgendeinen Stellvertreter auf Erden hält?‹, wanderte ihm ein Gedanke durch den Kopf. Gar nicht so abwegig, so verrückt wie der ist. Hätte Leček nur geahnt, wie schnell seine Worte gleich auf den letzten Buchstaben bestätigt werden würden.

»Also, was haben wir für die Story? Motiv, Angehörige, Fotos? Überzeug mich.« Wallner strahlte sein wärmstes Lächeln, faltete die Hände ineinander und lehnte sich auf den Ellbogen sanft nach vorne.

»Ich habe ein paar Sachen bekommen, die Geschichte steht auf jeden Fall, aber«, er stockte, »ich würde sie lieber nicht bringen. Zumindest nicht in der Art.«

Da bohrte sich ein Blitz aus den Wolken und schlug in den Schreibtisch ein! Die mit Botox gestützten Gesichtszüge Wallners verhärteten sich zu Beton, die Augenbrauen wanderten näher zusammen, die Lippen verschwammen zu einem schmalen Strich gleich unter zwei dunkelgrünen Smaragden, die früher einmal Augen gewesen waren. »Was soll das heißen? Warum nicht!«

Zähne bohrten sich in Lečeks Unterlippe, so brenzlig die Situation auch war, er durfte sich nicht wie ein aufgescheuchtes Huhn dem Fuchs zum Fraß vorwerfen. Im Laufe der Jahre hatten ihn solche überflüssigen Konfrontationen abgestumpft. »Der Tod des Mannes ist nur am Rande relevant für die Öffentlichkeit. Jemand hinter dem Unglück hat sich das Leben genommen, das ist anonym und mit einem Einspalter erzählt. Wenn überhaupt. Es macht keinen Sinn, das doppelseitig mit Fotos, intimen Details und Anmerkungen zur Todesart auszuschmücken.«

Solch ein Artikel würde gegen den Ehrenkodex der österreichischen Presse verstoßen, schlimmer noch, er würde Leček selbst den Schlaf rauben. Für die *JETZT* musste er schon einiges einstecken, auch in Hinblick auf den *Telegraphen*, aber es gab eine unsichtbare Demarkationslinie, an der trotzdem Schluss war. Die erfundene Geschichte für die Society war eine Sache, die tat schließlich niemandem weh, aber hier ging es um das Privatleben eines Menschen, vielleicht sogar um dessen Angehörige. Medien durften mit Toten nicht automatisch machen, was ihnen gerade zwischen die Anzeigen passte.

Nein, diesen Artikel würde er nicht schreiben.

Wallners erstarrtes Botoxgesicht erlaubte gleich viele Rückschlüsse wie eine Zeremonienmaske der Azteken, keine einzige Regung ließ sich ablesen, dahinter brodelte wohl Zorn. Mit einem Ruck fiel seine Faust scheppernd auf die lederne Schreibunterlage, und Leček fragte sich erst später, wie die Glasplatte das wohl ausgehalten hatte. Im Moment hatte er andere Sorgen, sein Spiel war nicht aufgegangen.

Ein rotes Gesicht. Speichelfäden. Brüllen.

Leček schien zwischen Schreibtisch und Sessel Deckung zu suchen.

»Und wie wir die Story bringen! Die Geschichte haben wir heute schon angekündigt, auf der Titelseite und im Blatt ist Platz dafür reserviert. Das muss gedruckt werden, und zwar in der Form!«

»Was ist mit dem Presserat?«, fuhr Leček als letzten Schild zur Verteidigung hoch, doch selbst dieser Versuch wurde sofort gespalten und von Wallner in die Tonne befördert.

»Du schreibst die Geschichte, sofort. Andernfalls schmeiß ich dich heute noch eigenhändig vor die Tür!«

Die Schlacht ums Papier hatte blitzschnell geendet, Leček war geschlagen und zog mit blutenden, verkrusteten Wunden von dannen.

»In einer Stunde ist das fertig!«, schrie ihm ein tobender Wallner beim Zuknallen der Türe nach.

KAPITEL 18

Das Klacken der Tastatur wirkte beruhigend. Es war eine regelmäßige Untermalung und gab den tanzenden Buchstaben einen Hauch von Tiefe in ihrer Entstehungsgeschichte hinzu. Die Finger drückten abwechselnd verschiedene Tasten, drei Augenpaare waren auf den Computerbildschirm gerichtet und verfolgten den Cursor, der durch die unberührte weiße Fläche pflügte und Reihen an Wörtern hinter sich herzog.

Nach dem Rausschmiss aus Wallners Büro, dekoriert mit der Drohung eines Rauswurfes, war Leček wie in Trance zu seinem Arbeitsplatz gewankt. Die Minuten tropften von der Uhr, ehe er das Layoutprogramm geöffnet und die morgige Ausgabe der Zeitung geladen hatte. Eine ganze Doppelseite sollte er füllen, am besten innerhalb einer Stunde. Die Zeit bereitete ihm weniger Sorgen als die Schreibarbeit selbst, der Artikel würde gegen alles verstoßen, was er sich je vorgenommen, auserkoren und selbst zum Grundwert gemacht hatte. Wie sollte er das zu Papier bringen?

Und dann war etwas Wunderbares passiert. Wie jede Auseinandersetzung im Büro des Herausgebers war auch diese gut hörbar für die gesamte Belegschaft gewesen, dem Umstand musste fast ein strategischer Zweck beigemessen werden. Doch anders als sonst wurde der Betroffene nicht geächtet, Leček wurden zwei Verbündete beschert. Die zwei Augenpaare neben ihm gehörten zu Heinz Messer und Catherine Miller. Beide Redakteure hatten sich nach ihm erkundigt.

»Geh, dann schreibst es halt schnell runter. Der Alte drückt sich zwar gschissen aus, aber er ist halt der Chef. Komm, fang einfach an.« Messer schnappte sich einen Stuhl und setzte sich zu Leček an den Schreibtisch. »Ich hab gerade ein bisserl Zeit, ich helf dir beim Einstieg.«

Keine zwei Minuten später war auch Miller auf ihrer üblichen Runde erschienen, hatte sich auf die Tischkante gesetzt und sich nach den letzten Geschehnissen erkundigt. »Du musst schon aufpassen, was du von dir gibst, langsam solltest du wissen, wie der Chef funktioniert. Er hat dir nur nicht sofort gekündigt, weil er etwas für dich übrig hat.«

»Er hat etwas für mich übrig?«, fragte Leček skeptisch. Auf dieses Glück konnte er getrost verzichten, wirklich!

»Ja, warum auch immer, weil ihr beide Kärntner seid oder weil du gute Arbeit machst. Egal, du musst jetzt die Story schreiben.« Mit ihrer leeren Teetasse deutete sie gen Bildschirm. »Was hast du schon?«

Zu dritt benötigten sie weniger als eine Stunde und hatten am Ende einen Artikel geschaffen, der Wallners Wünschen in jedem Punkt nachkam, sie sogar übertraf. Das war kein journalistischer Text mehr, das war ein Bruchstück aus einem Roman, der nur zufällig einige Parallelen zur Realität aufwies.

Im Schockzustand ließ Leček alles mit sich machen, nahm die verführerische Hilfe von Messer und Miller an und feilte mit ihnen an Wörtern, Sätzen, Darstellungen und Tatsachen. Je mehr sie ihn lobten, ihm Honig um den Mund schmierten und ihm deutlich machten, eine Festanstellung liege bei seinem Talent in greifbarer Nähe, desto mehr ließ er mit sich und seinem Artikel geschehen.

»So einen wie dich können wir gut brauchen.« Erschöpft lehnte sich Messer zurück, ein Schulterklopfer war aber noch drinnen. »Oder was meinst du, Kathi?«

»Die Story ist gut, ich geb gleich grünes Licht dafür«, lächelte Miller und zwinkerte Leček zu. »Wir brauchen bloß noch Bilder vom Toten. Schau doch einmal auf Facebook.«

Ob Zuckerbrot und Peitsche oder Lob und Druck – das Prinzip blieb immer das gleiche. Wie heißer Stahl hatte er sich zu einer Klinge für das Ungerechte verformen lassen. Der Schwall kalten Wassers kam erst tags darauf.

»Bist du vollkommen verrückt geworden? Da steht dein Name darunter!«

»Na und? Wenn ich ihn nicht geschrieben hätte, hätte es

halt jemand anders getan, nur mit dem Unterschied, dass ich dann keinen Job mehr hätte!«

Izabella stieß einen lauten Schrei aus, rollte die neueste Ausgabe der *JETZT* zusammen und schlug ihren Freund damit auf Kopf, Arme und Rücken. »Dann kündigst du eben! Oder lass dich meinetwegen feuern, für den *Telegraphen* muss die Sache doch sowieso schon reichen! Du arbeitest über zwei Monate für die *JETZT*, merkst du denn nicht, dass das schon mehr als genug ist?«

»Genug ist es dann, wenn ich genügend Material zum Vorlegen habe. Und schau dir doch nur den gestrigen Tag an, was mir da alles geboten wurde: Unmoralisches Arbeiten, cholerische Wutattacken des Herausgebers, manipulierende, die Wahrheit verzerrende Kollegen. Das ist der Stoff, aus dem gute Reportagen sind, aus dem meine Reportage gemacht wird! Wieso sollte ich damit aufhören, wenn es doch so gut läuft?«

Trotzig ließ sich Leček auf die Couch fallen und legte die Beine hoch. Die zwei Katzen hatte er schon länger nicht mehr gesehen, sie hatten beim Schreiduell wohl irgendwo Zuflucht gesucht. »Ich sehe da einfach keine Geschichte«, schoss Leček eine weitere Salve gegen Izabella ab. Er setzte zu einer weiteren Tirade an, als er das fassungslose Gesicht seiner Freundin bemerkte.

Die Wärme in ihrem Blick, die Güte in ihrem Gesicht, das Strahlen ihrer bunten Aura, allesamt waren sie verschwunden. Ihr Kopf bestand aus weißer, fahler Haut und einem Rahmen aus Haaren, der nur noch im Entferntesten etwas mit einem Regenbogen zu tun hatte.

Er war zu weit gegangen.

»Ich rede schon wie sie«, bemerkte er trocken.

»Nein«, sagte Izabella leise, »du bist wie sie.«

Mit einem Mal fielen Mantel und Degen von ihm ab, und

der Mensch in Leček tastete sich wieder ans Tageslicht. Ohne zu hinterfragen hatte er sich in ein Spiel aus Lob und Tadel hineinmanövriert, das eindeutig eine Nummer zu groß für ihn war. Mit so etwas hatte er keine Erfahrung, Nachrichten und Reportagen verlangten bisher keine aktive Rolle in solchen Dingen.

»Es tut mir leid, Izabella, ich hätte mit dir reden sollen. Ich war komplett losgelöst, als hätte es kein Halten mehr für mich gegeben, so ähnlich stelle ich mir einen Trip vor.« Leček stand auf und streichelte seiner Freundin mit dem Handrücken über den Arm. »Kannst du mir bitte verzeihen?«

Ein leichtes Nicken umhüllte seinen Körper mit Wärme, stülpte das alte Gefühl der Geborgenheit über Leček. »Alleine schaffe ich das nicht.«

»Ich weiß.« Mit einem angedeuteten Lächeln verließen die Worte ihre Lippen.

Sie umarmten sich, Leček legte seinen Kopf auf ihre Schulter, atmete tief ihren süßlichen Geruch ein. Sein Blick glitt in den Raum hinein, durchschnitt Gedankenstränge und schlug in die zerfetzten Überreste der *JETZT* ein.

Er durfte sich auf das Spiel nicht noch einmal einlassen. Zumindest nicht mit diesem Blatt.

»Ich bin schuldig«:
U-Bahn-Techniker beging Selbstmord

Sein Versagen brachte 42 Menschen den Tod. Das ließ sein Leben endgültig einstürzen.

Wien. »Eigentlich war er ein ganz Lieber, aber zum Schluss bestand sein Leben nur noch aus Problemen«, schildert die beste Freundin des Toten im *JETZT*-Interview. Sie hat recht: Thomas H. hatte seit Wochen wegen Schulden und diverser Drogendelikte ständig Probleme mit der Polizei. Dann der Super-GAU: Als technischer Leiter bestätigte er dem Todeszug der U3 seine Fahrtauglichkeit – und schickte 42 Menschen in die Flammenkammer.

Als ihm seine Freundin vor wenigen Tagen eröffnete, von einem Seitensprung im dritten Monat schwanger zu sein, sah er endgültig keinen Ausweg mehr. Thomas wollte sterben – und niemand sollte es mitbekommen. Wodka und eine Überdosis Antidepressiva brachten ihm die Erlösung. Zuvor postete er seinen letzten Eintrag auf Facebook: »Ich bin schuldig, damit kann ich nicht mehr leben, das habe ich nicht verdient. Heute beende ich alles.«

Das Verhältnis zu Arbeitskollegen und Verwandten: schlecht, der Einzelgänger kapselte sich ab. Spätabends ging er auf Kneipentour – und erschien betrunken zum Dienst.

Neben Drogen, Alkohol und seiner Königspython ›Baby‹ trösteten ihn zuletzt nur noch Austria Wien-Spiele. Thomas H. war Mitglied der berüchtigten ›Viola Fanatics‹. Den Sieg seiner Violetten gegen Meister Salzburg am Sonntagabend erlebte er allerdings nicht mehr.

KAPITEL 19

Noch zehn Tage, 16 Stunden und 41 Minuten bis zu Hubert Brandls Tod.

Es war einer dieser hybriden Tage, die ihr Leben als kalte Pfütze anfingen, zu Mittag eine sabbatartige Findungsphase einlegten und sich am späten Nachmittag doch noch zu einem klassischen Spätsommertag entfalteten.

Brandl hasste solche Tage. Er war für die wenigen Sonnenstunden zu warm angezogen und schwitzte unter den vielen Lagen aus Stoff beträchtlich mehr, als er es ohnehin schon bei jeglicher körperlicher Anstrengung tat. Niagaraartige Salzwasserfälle entsprangen seinem Körper, schlängelten sich eng hinab und tränkten schließlich weite Flächen seines Hemdes. Schlimmer war an diesem Tag nur noch die Zigarettenknappheit.

Die vordere Hälfte eines cremegelben Volvo 240 ragte über den Gehsteig, während sein Fahrer in der angrenzenden Trafik stand und sich ächzend über die Ladentheke beugte.

»Passt schon.«

Zufrieden schob er einen Geldschein rüber und nahm dafür im Gegenzug zwei Zigarettenschachteln, außerdem entschied er sich spontan für einen Lottoschein mit zehn Tipps, schließlich würde es nicht schaden, nach so viel Glück wie nur möglich zu greifen.

Im Hintergrund der Kulisse betrat währenddessen ein Mann den gut gefüllten Verkaufsraum, er trug eine blaue Latzhose mit verschmierten Ölflecken und hatte schwarz gelockte Haare.

»Servas«, grüßte er die ältere Trafikantin und deutete mit einem Fünfeuroschein gen Regale mit den Zigaretten.

Wie in einem gut einstudierten Ritual legte sie ohne nachzufragen ein blaues Päckchen und wenige Münzen Wechselgeld auf den Tresen.

Der Mann winkte allerdings ab und wandte sich zum Gehen. »Hawe d'Ehre«. Gleich vor der Trafik öffnete er seine Packung, warf das zerknüllte Zellophan auf den Boden und sah sich um.

»Tschuldigung, haben Sie Feuer?«

»Ja, sicher.« Brandl kramte aus der Innentasche seines Sakkos ein abgenutztes Plastikfeuerzeug, eine Berührung mit dem schweißdurchtränkten Hemd ließ sich nicht vermeiden. Als er dem fremden Mann das Feuerzeug reichte, war er bedacht, den Schlitz seines Sakkos geschlossen zu halten.

»Besten Dank.«

»Bitte, passt schon.«

Brandl zermalmte den Zigarettenstummel mit der Schuhsohle, stieg in seinen Wagen und ließ den Motor an.

Thomas Hammerschmidt wandte sich ebenfalls ab und ging.

KAPITEL 20

Das Zischen der Türen, der kalte Luftschwall, die Flucht zur Freiheit, sie alle waren die Rettung für einen geschundenen Geist. Mit rasendem Puls stieg Lečeck aus der U2 und zupfte nervös an seinem Hemd, es klebte nass an seinem Körper. Das erste Mal seit Wochen war er wieder in die U-Bahn gestiegen, und obwohl deutlich weniger Passagiere als üblich mitfuhren und der Gedanke von Klaustrophobie in der Leere zerfiel, war das Eingesperrt-Sein in einen unterirdischen Schlauch aus Metall ein Balanceakt für das Nervenkostüm.

Einatmen. Ausatmen. Es dauerte eine Minute, dann rückte das Herzklopfen in den Hintergrund und wurde ersetzt von der kühlen Luft, die milde seine Wangen umstrich. ›Na gut‹, vergegenwärtigte er sich, ›umsonst tue ich mir das nicht an. Pack ma's!‹ Zielgerichtet ging er auf ein deckenhohes Absperrgitter zu, dahinter lag der ausgebrannte Bereich der U3-Station Volkstheater. Ohne zu zögern griff er den Metallrohrrahmen und zog ihn hoch, sodass ein Spalt zum Durchgehen entstand.

»He, was soll das, bist deppat?«

Aus den Augenwinkeln sah Leček ein orangenes Etwas herbeischießen, bei näherer Betrachtung stellte es sich als Bauarbeiter mit greller Schutzkleidung heraus.

»Kein Durchgang wegen Bauarbeiten, steht eh nur überall groß drauf, kannst net lesen?«

»Doch, kann ich. Sie auch?« Leček griff in seinen Mantel und hielt dem gereizten Mann eine abgegriffene Kunststoffhülle hin, darin eine Karte: Presseausweis. »Martin Leček, Journalist der *JETZT*. Ich will mir die Baustelle anschauen, das ist doch kein Problem?« Den Trick hatte er sich in den letzten Wochen bei Messer, Sieger und etlichen anderen Kollegen abgeschaut: Einfach mit dem Presseausweis rumfuchteln, den Namen der Zeitung bedrohlich nachklingen lassen und keinen Millimeter zurückweichen, wenn man angegriffen wird. Die Leute verstanden dann meistens, worum es ging, aus Angst vor Konsequenzen, auch medial, ruderten die meisten zurück. Den Bauarbeiter galt es nun lange genug anzustarren, im besten Fall würde er dann nicht einmal seinen Vorgesetzten holen. Das verbrauchte sowieso nur unnötig Zeit.

»Das wusste ich nicht, kann ja mal passieren«, grummelte der bärtige Mann und machte einen Schritt zur Seite. »Aber passen Sie auf, da liegt viel Schutt rum.«

»Werde ich, keine Sorge«, antwortete Leček und steckte schnaubend seinen Ausweis ein. Zügig zwängte er sich durch den Spalt im Absperrgitter und stieg in die menschenleere U-Bahn-Station hinab. Hier hatte vor wenigen Wochen alles begonnen.

Die lange, in einem engen Schlurf aus getöntem Glas nach unten führende Rolltreppe war erstarrt, also konnte er auf ihr nach unten gehen. Das Klacken seiner Schuhe auf den Stufen hallte durch die ganze Station, die Stille war erdrückend. An der Decke summten verloren die Leuchten, und am quer verlaufenden Bahngleis hörte man hinter dicken Mauern ab und zu eine U-Bahn der Linie U2 hindurchfahren, mehr war da nicht, keine brummenden Rolltreppen, klappernden Garnituren oder dumpfes Gebrabbel einer umtriebigen Menschenmenge. Bloß Leček. Am Bahnsteig angekommen wurde ihm klar, dass er selbst in den schwärzesten Nächten seit seiner Ankunft in Wien noch nie solch eine verlassene U-Bahn-Station gesehen hatte. Die Gleise waren verdreckt und unbenutzt, auf ihnen würde so schnell kein Zug mehr fahren. Wahrscheinlich waren auch die gelben Stromschienen abgedreht, aber darauf wollte er es lieber nicht ankommen lassen. Leček ging über den langen Bahnsteig nach vorne, stieg über Metall, Glasscherben und watete durch einen dicken Belag aus Staub und Ruß, der wohl halb dem Feuer, halb den angefangenen Bauarbeiten zuzuschulden war. An den hohen Seitenwänden prangte ein großes Mosaik; er hob den Kopf, es sah nicht gut aus, ein großer Riss und fehlende Kacheln hatten es deutlich beschädigt. Schade, das Thema war irgendetwas mit Werden und Vergehen, stand mal in einer Reportage oder so. Ob Brandl das noch wahrgenommen hatte?

So eindringlich und zugleich gespenstisch er die Situation auch fand, war er doch aus einem bestimmten Grund hergekommen. Er griff in die Manteltasche, holte sein iPhone heraus und öffnete die Liste der zuletzt getätigten Anrufe. Zwei Balken, schwacher Empfang, aber das musste reichen. Eine Berührung mit dem Daumen genügte, und schon wählte das Gerät über Handymasten, Funkwellen und kupferne Festnetzleitungen eine Nummer in Kärnten an.

»HTL Viktringer Ring, Sekretariat, Muhrlacher?« Die raue Stimme musste diesen Satz wohl schon zur Unendlichkeit aufgesagt haben, jedenfalls klang sie bei den früheren Anrufen immer gleich verbraucht.

»Hallo, hier wieder Leček. Herrn Professor Kurzmann bitte.«

»Einen Moment, ich versuche es im Labor.« Ein Klicken in der Leitung, zweimaliges Piepsen, dann schallte eine verschlafene Stimme durch den Hörer.

»Kurzmann.«

»Wieder im Labor geschlafen, Herr Professor?« Den Seitenhieb konnte er sich nicht verkneifen. Oft hatten sie ihn dabei beobachtet, wie er einen Liegestuhl aus dem Putzkammerl hervorgekramt und es sich in den Freistunden darin gemütlich gemacht hatte.

»Was? Wer sind Sie überhaupt?«

»Tut mir leid, Herr Professor, hier spricht Martin Leček, ich war vor ein paar Jahren einer Ihrer Schüler. Erinnern Sie sich noch?«

»Wie heißen Sie, Leček?« Stoßweise blies Kurzmann die Luft aus seinen Wangen, das war die Bedenkzeit, die er sich hiermit erbeten hatte. »Nein, sagt mir gerade nichts. Aber ich werde halt auch älter. War ich ja schon immer«, lachte er freundlich. »Wie hießen denn Ihre Mitschüler?«

»Kainz und Matschnig, kommen Ihnen die bekannt vor?«

»Natürlich, der Kainz, dieser Hundling! Immer frech gemault und trotzdem irgendwie durchgekommen, der hat bestimmt betrogen.«

Leček schmunzelte, wenn Kurzmann nur wüsste, welche Karriere Kainz eingeschlagen hatte. Ein Hundling war er natürlich trotzdem. »Herr Professor, ich möchte gerne etwas von Ihnen wissen. Ganz privat, ohne den Hintergrund unserer Jobs.«

»Hätten'S früher besser aufgepasst, müssten'S jetzt nicht blöd fragen. Aber schießen'S los.«

»Wie würden Sie eine U-Bahn sabotieren?«

Das Kärntner Ende der Leitung dominierte statisches Rauschen, nicht einmal ein leises Atmen war aus dem Lautsprecher zu vernehmen. Die Frage war ungewöhnlich, das wusste Leček, also musste er dem Professor genauso Zeit für eine Antwort einräumen, wie er das in Interviews tat.

»Hören'S, ich bin doch kein Terrorist.«

»Ich weiß, Herr Professor, bin ich auch nicht, aber die Frage bedeutet mir viel. Wie könnte man so etwas vonstatten bringen?«

Wieder folgte eine lange Pause, wieder folgte eine Frage auf die Frage. »Sie meinen von der Art wie in Wien? Mit der U3?«

»Zum Beispiel die U3«, antwortete Leček und hängte ein »Bitte« ans Ende seines Satzes. Die nächste Pause dauerte zum Glück nicht mehr so lange.

»Am einfachsten wäre wahrscheinlich Sprengstoff bei den Achsen, aber davon reden wir ja nicht, es soll kein mechanischer Effekt sein, außerdem würde man den herbeigeführten Bruch sofort feststellen können. Ich würde entweder den Antriebsmotor ins Visier nehmen – oder noch besser, die Elektronik. Mit dem Schaltschrank würde man gleich ein gutes Stück erwischen, Hydraulik und Stromversorgung für den Elektromotor wären da bestimmt auch in der Nähe. Das könnte ein schönes Feuerwerk ergeben. Aber warum wollen'S das wissen?«

»Einigen wir uns darauf, dass ich mir über gewisse Sachen ein paar Gedanken machen muss, dazu wollte ich gerne eine zweite Meinung hören, Herr Professor.«

Sie hatten sich verabschiedet, und Lečeks Handy wanderte gerade zurück in den Mantel, da fuhr ihn eine scharfe Stimme von hinten an. Bereit zur neuerlichen Konfrontation mit dem Bauarbeiter oder seinem Vorgesetzten wirbelte er herum.

»Ach du bist's. Servus Georg.«

»Martin«, antwortete der Polizist in voller Montur und stieg die letzten Stufen der Rolltreppe nach unten, »erklärst du mir, warum wir uns hier treffen müssen, wenn es oben Dutzende Lokale und Cafés gibt?«

»Alle in unmittelbarer Nähe zu den Redaktionen von *JETZT* und *Telegraph*«, mahnte Leček. »Aber es gibt auch einen anderen Grund.« Er breitete die Arme aus und deutete in die Leere der Station. »Der Ort des Geschehens. Hier sind 42 Menschen gestorben, ich finde, das sollten wir uns einmal klarmachen. Das macht alles viel realer, viel schwerer.«

Nickend trat Kainz an seinen Freund heran und nahm die dunkelblaue Kappe ab. »Du magst schon recht haben, aber wir müssen erst über deinen Artikel von letztens reden.«

»Hör zu, ich hab es dir schon per SMS erklärt, aber gerne noch mal in persona: Es tut mir leid. Wallner hat durchgedreht, ich stand vor der Kündigung, und zwei Kollegen haben mir geholfen. Ich wurde praktisch dazu gezwungen.« Das nachfolgende Lob ließ er dezent unter rumliegenden Schutt fallen. »Es tut mir leid, ehrlich.«

»Schön und gut, aber schalt das nächste Mal deinen Kopf ein.« Langsam klemmte Kainz seine Kappe unter den Arm, mit der anderen Hand fuhr er durch seine dünnen Haare. »Offiziell ermittle ich nicht in Hammerschmidts Fall, ich bin also ein Risiko eingegangen, in der Wohnung aufzutauchen und dich mitgenommen zu haben – und dann steht am nächsten Tag so ein Scheiß in der Zeitung! Die eine Hälfte falsch und die andere komplett erfunden, das kann mich den Kopf kosten! Also sei so gut und pass in Zukunft besser auf, ja?«

Reumütig starrte Leček an Kainz vorbei, er konzentrierte sich auf ein Werbeplakat für ein Feinkostgeschäft über den Schienen. Sein Mund fühlte sich trocken an, das Sprechen fiel ihm schwerer als sonst. »Bist du fertig?«

»Mhm«, brummte Kainz zwischen seinen Lippen hindurch.

Den Gefühlausbruch der zwei Männer hinter sich lassend, ergriff Leček wieder die Initiative. »Da wir an anderer Stelle feststecken und uns Hammerschmidts Tod auf eine neue Spur gesetzt hat, habe ich mir erlaubt, ein bisschen zu U-Bahnen zu recherchieren. Hier, schau mal.« Er zog einen dünnen Pack Papier aus der Umhängetasche und reichte sie an Kainz.

Die Zettel behandelten alle ein Feuer in der U-Bahn der aserbaidschanischen Hauptstadt Baku 1995. Alles, was es an Wikipedia-Einträgen, Zeitungsartikeln, Quellenangaben und Bildern gab, hatte Leček kuratiert und ausgedruckt.

Im Oktober '95 verließ ein U-Bahn-Zug den Bahnhof Ulduz. Unmittelbar nachdem der Zug in den Tunnel eingefahren war, gab es Augenzeugenberichten zufolge einen Lichtbogen, und der Strom fiel aus. Die Garnitur kam daraufhin zum Stehen, ein Feuer brach aus und griff auf brennbare Materialien der anderen Waggons über. Über 300 Menschen starben, weitere 260 wurden verletzt, bis heute herrscht Unklarheit über die genauen Opferzahlen. Der Abschlussbericht der Ermittlungen ist nicht eindeutig, ein Kurzschluss in der veralteten Sowjettechnik wurde als am wahrscheinlichsten erachtet, trotzdem gab es auch Hinweise auf einen Terroranschlag.

»Liest sich ja interessant, halt viel auf Englisch. Und jetzt?«, fragte Kainz, nachdem er aufgesehen hatte.

»Jetzt suchen wir in Wien nach ähnlichen Hinweisen. Ich hab gerade mit dem Kurzmann, unserem alten Professor für Elektrotechnik, telefoniert.«

»Der Kurzmann? Oh je, nicht der.« Da verband gerade jemand schlechte Erinnerungen wie Punkte in einem Malbuch.

»Er würde auch den Schaltschrank manipulieren. Denksportaufgabe: Wo brach das Feuer in Wien und Baku aus?«

»Im Schaltschrank, aber das muss noch nichts bedeuten. Da würde man doch Sprengstoffreste finden.«

»Auch wenn die bei hohen Temperaturen verbrannt wären? Komm schon, die Amis entwickeln intelligente Waffen, die schlauer sind als wir zwei zusammen. Dritte-Welt-Länder basteln an Atomwaffen. Wie kann man da keinen stinknormalen Sprengstoff entwickeln, der in kleinen Dosen kaum auffindbare Spuren hinterlässt?« Der Schalter im Kopf war umgelegt, Leček redete sich wieder einmal in Ekstase. Es war Zeit, in eine andere Richtung zu denken, schneller zu werden und der Gegenseite ein Schnippchen zu schlagen. Wenn es schon nicht über Hubert Brandl ging, dann vielleicht über die Umstände seines Todes. Einmal durchatmen, dann hatte sich das Tempo seiner Gedanken beruhigt. »Darf ich dich etwas fragen?«

»Klar, immer«, sagte Kainz, als beide langsam über die Schuttablagerungen zu den stillstehenden Rolltreppen gingen.

»Bereust du es, dass ich dich in diese Sache hineingezogen habe?«

Erst folgte ein Kopfschütteln, dann setzte er sich die Kappe auf und zog das Emblem in die Mitte. »Nein, tue ich nicht. Am Anfang dachte ich, du würdest dir etwas einbilden, aber in Brandls Wohnung hat sich mir der Magen umgedreht. Dann der gelöschte Artikel, der rote Aktenordner, dieser merkwürdige Suizid – das passt alles nicht zusammen.« Er boxte Leček etwas zu hart gegen die Schulter. »Wir packen das schon, wirst sehen.«

»Meinst du?«, fragte Leček schief grinsend. Es tat gut, so locker darüber zu reden, das nahm etwas Druck und gab ihm Kraft für die kommenden Dinge.

»Übrigens«, setzte Kainz an und legte sofort einen unbeirrbaren Ernst in seine Stimme. »Hast du morgen Nachmittag etwas vor? Da gehen wir nämlich ins Wettcafé.«

KAPITEL 21

Der Motor des Beta Coupés durfte verschnaufen, zwei schwere Türen schlugen zu.

»Verrätst du mir endlich, was wir hier wollen?« Die Hände tief in die Taschen gesteckt, wühlte Leček nach Flecken von Restwärme. Der Stoffmantel war zu dünn, und der Winter bereits zu kalt.

»Dich darf man nicht überraschen, oder?« Kopfschüttelnd ging Kainz voran, er sah sich nach einer bestimmten Adresse um. »Du hast Hammerschmidts letzte Facebook-Einträge doch gelesen? Zumindest hast du es so in den Artikel geschrieben.« Der vorwurfsvolle Blick zeigte immer noch kübelweise Ärger, den Leček dadurch verursacht hatte.

»Als ob ich mir nicht jeden Tag darüber den Kopf zerbrechen würde. Natürlich habe ich ihn gelesen«, schnauzte er zurück. »Also?«

Ähnlich einem Oberlehrer, der er bestimmt nie sein sollte, deutete Kainz auf die kaputte Neonbeleuchtung eines Wettcafés vor ihnen: Glückseck. »Laut den letzten Facebook-Meldungen hatte Hammerschmidt hohe Schulden, das deckt sich mit der Aussage einer Nachbarin, er wäre immer ins Wettcafé gegangen.«

»Aha. Und?«, fragte Leček und ließ seine Schultern federn. Die Kälte stach durch seine Kleidung, er musste noch etwas für die *JETZT* schreiben, und überhaupt ließ ihn das ganze Drumherum langsam mürrisch werden. Immer wieder drehten sie sich im Kreis, immer wieder musste er Thanner von Neuem überzeugen, Izabella milde stimmen, Kainz beschwichtigen und Wallner in den Hintern kriechen.

Letzterer war heute Vormittag brüllend auf den Tisch eines Redakteurs gesprungen, hatte wie ein Fußballer ausgeholt und den Bildschirm vom Tisch getreten. Schöne neue Zeitungswelt.

»Du kannst ein unglaublicher Trottel sein, wenn du dir Mühe gibst. Mitkommen, ich hab da einen Verdacht.«

Das Wettcafé versteckte sich hinter einer bröckelnden, grauen Fassade, über deren Eingang das kaputte Neonschild hing. Die vergilbten Vorhänge hinter den Fenstern waren zugezogen, bis auf ein paar Fernsehbildschirme, bunt blinkende Spielautomaten und leere Biergläser konnte man von außen nichts erkennen. Drinnen gab sich nichts die Mühe, den ersten Einblick noch umzuwerfen, zu Holzstühlen und Tischen, wie man sie in den 70ern in Gasthäusern fand, kamen ein verdreckter Fußboden und eine müde Kellnerin von vielleicht 50 Jahren hinzu. Das Glückseck musste ein Ort für Stammkunden sein, neue Gesichter wurden von den wenigen Gästen an den Tischen und Spielmaschinen sofort per misstrauischem Blick erfasst und hingerichtet.

Möglicherweise lag das auch an Kainz' dezenter Polizeiuniform.

Die zwei Neuankömmlinge stellten sich an die Theke.

»Was kann ich für euch tun?«, murrte die Bedienung, sie steckte sich gerade eine Zigarette zwischen die ausgedörrten Lippen.

»Ich bin Revierinspektor Georg Kainz, das ist mein Assistent Martin Leček. Unsere Kollegen waren ja schon einmal hier, wir würden Ihnen aber gerne noch ein paar Fragen zu Thomas Hammerschmidt stellen.«

»Schon wieder? Meinetwegen, aber mein Freund hat letztens eh schon alles erzählt.« Der alternde Drache legte seine Zigarette in einen Aschenbecher und griff währenddessen zu einer Kaffeetasse.

›Der schmeckt bestimmt fürchterlich‹, dachte Leček.

»Laut der Aussage einer Nachbarin war der Tote ein häufiger Gast dieses Etablissements. Was können Sie uns über ihn berichten?«

Die Antwort ließ bloß einen Lungenzug auf sich warten, sie brauchte nicht lange darüber nachzudenken, ein guter Indikator für die Wahrheit ihrer Aussage.

»Der Thomas kam fast jeden Tag. Natürlich habe ich nicht immer Dienst, aber ich hab ihn schon oft gesehen. Meistens kam er nach der Arbeit auf einen Sprung und blieb so eine Stunde, manchmal mehr, manchmal deutlich weniger.«

»Haben Sie ihn jemals in Begleitung gesehen? Kam er mit Freunden oder alleine?«

Die Frage schien die Kellnerin mehr anzustrengen, sie tippte mit der abbrennenden Zigarette zweimal auf den Rand des Aschenbechers, dann starrte sie zur Decke, als ob die Antwort dort oben stehen würde. »Nein, ich glaube nicht.«

»Und was ist mit denen hier?« Kainz war vollkommen in seine Rolle als Gesetzeshüter übergegangen, er deutete auf die Spielautomaten.

»Sie meinen, ob er gespielt hat? Nein, nicht der Thomas, der hat sich einen Verlängerten bestellt und in der Zeitung geblättert. Wenn er fünf Euro im Monat gespielt oder meinetwegen auch gewettet hat, war das schon viel für ihn. Er war ein treuer Kunde, ließ uns aber kaum Geld da.«

»Muss ja tragisch sein«, stichelte Leček.

Die Dame kniff ihre Augen zusammen und blies ihm Rauch ins Gesicht, die Metapher zum Drachen kam nicht von irgendwoher. »Andere lassen mehr liegen.«

Für eine Erwiderung Lečeks blieb keine Möglichkeit, sein Gegenüber blockte ab und ging zum Lagerraum. »Ich muss weiterarbeiten. War das alles?«

Kainz bedankte sich überschwänglich bei der Frau, zog seinen Kumpel zur Seite und bugsierte ihn an einen der freien Tische. »Verkneif dir solche blöden Kommentare, wenn ich meiner Arbeit nachgehe.«

»Ja ja, schon gut«, winkte er ab und lehnte sich zurück. »Also, was jetzt?«

Ein Grinsen wuchs in Kainz' Gesicht, er lehnte sich nach vorne und begann mit gedämpfter Stimme zu sprechen. »Hast du ihr nicht zugehört? Hammerschmidt hat kaum gespielt, woher sollen also die Schulden kommen? Natürlich kann schnell der Eindruck einer Spielsucht entstehen, wenn ihn jemand beobachtet, wie er tagtäglich hierherkommt. Mag sein, dass meine Garde zu oberflächlich nachgefragt hat, bei der Arbeitslast läuft nicht immer alles sauber. Und wehe, du schreibst darüber einen Artikel!« Nachdenklich sah Kainz auf seine Armbanduhr. »Wann, sagtest du, ist Izabella mit ihrem Dienst durch?«

»Keine Ahnung, das kann man bei ihr nie so genau sagen. Vielleicht acht, neun?«

»Dann bleibt uns ja gerade noch etwas Zeit für ein, zwei Bier?«

»Georg, das geht nicht. Ich muss noch fahren.«

»Na und? Dann isst du eben etwas dazu. Einen ranzigen Toast werden sie hier wohl zustande bekommen.«

Im Schatten des fahlen Mondlichts ragten die zwei massiven Quader des AKH Wiens auf, manche Fenster waren hell erleuchtet, andere längst geschwärzt. Der Lancia mit den zwei Männern parkte wie abgemacht in der Nähe der U-Bahn-Station Michelbeuern-AKH.

»Spinnt's ihr komplett? Ihr habt doch was getrunken!« Die Miene unter dem Regenbogenhaar war eindeutig, Izabella hatte schon von Weitem lautes Gelächter gehört, ganz zu schweigen vom Alkoholgeruch, der ihr beim Öffnen der Autotür in die Nase gedrungen war.

»Nur die Ruhe«, beschwichtigte Kainz, er kämpfte sich in der Zwischenzeit auf die Rückbank. »Der Martin hat gleich bei einem Bier aufgehört, der Rest ging in meinen Hals.« Kainz grinste breit und machte es sich auf der Rückbank bequem, das Uniformhemd weit aufgeknöpft.

»Toll, das beruhigt mich irrsinnig. Ein gewissenloser Journalist und ein dubioser Polizist holen mich nach einer Zwölf-Stunden-Schicht ab und haben vielleicht sogar einen sitzen.«

Heute war einfach nicht Lečeks Tag der Gegenplädoyers: Noch bevor er den Mund öffnen konnte, riss ihm Izabella wortlos den Schlüssel aus dem Zündschloss.

»Ich hab's mir anders überlegt. Ich fahre!«

Nach lautem Protest, einer angedeuteten Scheidung ohne Ehe und einem Giftpfeil auf die Rückbank war die Situation geklärt. Izabella saß hinterm Steuer, Leček am Beifahrersitz und Kainz lümmelte weiterhin auf den billigen Plätzen, während der Lancia selbst im Abendverkehr auf dem Gürtel feststeckte. Schlussendlich war es die abgekühlte Fahrerin, die das Schweigen im Makroversum des Autos brach.

»In der SMS stand, dass ihr mich etwas Dringendes fragen müsst. Worum geht's?«

›Gute Frage‹, dachte sich Leček und drehte seinen Oberkörper so gut wie möglich nach hinten. »Georg?«

»Ja, hier, Moment«, antwortete Kainz, während er mit der Hand in seiner Hosentasche kramte. Zu Tage gefördert wurde ein zusammengeknülltes Papier, er entfaltete es, strich es glatt und reichte es nach vorne.

Durch den Stau hatte Izabella genügend Zeit, die wenigen Zeilen unter der schummrigen Innenraumbeleuchtung zu lesen.

»Was ist das?«

»Der vorläufige Untersuchungsbericht der Gerichtsmedizin«, kam es lasch von hinten. »Wir wollen deine Meinung dazu hören.«

Ruhig sah sich Izabella die Zeilen an, manchmal musste sie davon ablassen und das Papier in den Schoß legen, wenn sie das Auto wenige Meter nach vorne fuhr. Schließlich gab sie den Zettel an Leček weiter und richtete ihren Blick wieder ruhig auf die Straße. »In seinem Körper wurden hohe Mengen an Blutalkohol und Reboxetin gefunden, das deutet auf ein Antidepressivum hin. Ihr habt nicht zufällig die Verpackung des Medikamentes gefunden?«

»Was glaubst du, für wen ich arbeite?«, lachte Kainz und reichte ihr einen zweiten Zettel über die Schulter, darauf war das Foto einer Medikamentenpackung abgebildet.

»Sieht Ungarisch aus, ich kann aber nicht entziffern, was darauf steht. Wahrscheinlich ein Generikum, bei uns wäre das verschreibungspflichtig. Im Osten bekommt man medizinisch so ziemlich alles, wenn man nur an der richtigen Stelle mit Geldscheinen wedelt. Fragt mich nicht, was ich schon alles an Geschichten auf der Psychiatrie erlebt habe.«

»Dann frage ich dich was anderes: Glaubst du, jemand könnte sich so umbringen?«

Izabella überlegte nicht, sondern starrte ihren Freund bloß mit einem traurigen Blick an. »Du glaubst nicht, womit sich die Menschen das Leben nehmen möchten, es teilweise auch tun. Ja, das halte ich definitiv für möglich. Aber genauso gut könnte ihm jemand das Zeug eingeflößt haben.«

»Weil der Alkohol vor den Tabletten in seinem Körper gewesen sein könnte?«

»Zum Beispiel«, sie lenkte den Wagen auf die rechte Außenspur. »Die Tabletten haben das Herz und die Lunge gestoppt, mit etwas Glück hat er das in seinem Delirium nicht mehr mitbekommen. Wie er aber an die Medikamente gelangte und wie die in dem Zustand in seinen Körper kamen, ist eine völlig andere Geschichte. Laut dem Bericht«, sie deutete auf den Zettel in ihrem Schoß, »gab es keine sichtbare Gewalteinwirkung. Das schließt aber kluges Nachhelfen nicht aus.«

»Mehr Fragen und keine Antworten«, seufzte Leček und warf sich im alten Sitz zurück, der quietschend zur Gegenwehr ansetzte. Wieder hatten sie nichts, bloß eine weitere Spur, deren Tinte im Löschpapier langsam verblasste und den Leser der Möglichkeit eines Rückschlusses beraubte. Vom heutigen Tag blieb lediglich die Diskrepanz im Wettcafé, und selbst die konnte ganz schnell widerlegt werden. Was, wenn Hammerschmidt einfach in ein anderes Café gegangen war oder sich das Geld anders aus der Tasche ziehen ließ? Sie standen wieder in diesem Kreis, aus dem sie nicht ausbrechen konnten.

Später in der Nacht würde Leček auf der Magnettafel am Kühlschrank weitere Linien hinzufügen, Notizen zu Hammerschmidt aufschreiben und doch keine Verbindung zu ihrem bisherigen Material finden.

Mit jedem Tag drangen sie dichter in einen Urwald aus Vermutungen ein, der bald seine dunklen Ranken schließen und sie in der schwülen Hitze begraben würde.

KAPITEL 22

»Ich fand ihn gut.«

»Aber der Alte nicht. Du musst endlich verstehen, wie wir hier arbeiten.« Catherine Miller strich eine Strähne aus ihrem Gesicht und lehnte sich im Drehstuhl zurück. Zehn Minuten sprachen sie schon über das gleiche Thema.

»Natürlich wird er nie zufrieden sein, wie sollte er uns sonst weiter anspornen? Willst du eine Umarmung für jedes Mal, wenn du etwas richtig gemacht hast, so wie die Tölpel vom *Telegraphen*?«

Bei der Erwähnung verzog Leček das Gesicht, er musste mitspielen und die Erwartungen an seine Rolle erfüllen, dabei würde es ihm bei der Konkurrenz besser gefallen als in dieser Spelunke der schreibenden Zunft. »Nein«, sagte er, ›Ja!‹, schrie er voller Inbrunst in Gedanken.

In der Redaktionskonferenz hatte Wallner einen von Lečeks Artikeln in der Luft zerrissen, das kam regelmäßig vor, immer traf es einen anderen. Im Gegensatz zur Kollegenschaft schien ihn das ständige Anbrüllen und Drohen nicht sonderlich zu motivieren. Gerade nahm ihn sich sogar die Chefin vom Dienst zur Brust, um den jungen Schreiber in die rechte Bahn zu bringen.

»Ich will ehrlich zu dir sein. Brandls Abgang hat ein Loch in unsere Struktur gerissen, das klafft immer noch an der gleichen Stelle. Wir werden die Position nachbesetzen, aber für den Chefreporter brauchen wir eine einmalige Kraft. Wallner hat letztens in einem Gespräch deinen Namen fallen lassen. Jetzt wollen wir testen, wie loyal du zu uns stehst und ob du wirklich drauf hast, was du uns bisher versprochen hast.« Sie legte eine Pause ein und musterte ihn mit ihren graublauen Augen. »Hältst dich ganz wacker. Letztens, als ich dir mit dem Heinz geholfen habe, hast du einen fabelhaften Artikel geschrieben. Ich weiß, wie schwer das für dich war, aber am Ende hast du richtig tolle Arbeit ins Blatt gebracht. Du kannst es, definitiv. Es liegt an dir, ob du Karriere machen willst.«

Die Bombe war hochgegangen, mit dem hatte er nicht gerechnet. Martin Leček, Chefreporter der *JETZT*? Damit würde er sich von der grauen Masse abheben, die Qualifikation für höhere Posten würde ihm damit quasi auf die Stirn gestempelt werden. Wie weit wohl der Schritt zum Chef vom Dienst war, oder gar zum Chefredakteur? Jedenfalls kleiner als von einem namenlosen Schreiberling, dessen Werk und Name zum reinen Inventar gehörten, gleich wie Computer und die Druckerwalzen.

Dem musste er entgegensteuern.

»Bereust du es eigentlich, hier gelandet zu sein?«

Ein Schatten wanderte wie eine dunkle Wolke über Millers Gesicht, doch genauso schnell, wie sie gekommen war, brach wieder der blaue Himmel mit dem dazugehörigen Lächeln durch. »Der Weg hierher ging über ein paar unerwartete Wendungen, aber ich mache meine Arbeit gerne. Du doch auch?«

»Natürlich«, setzte Leček an, »aber an manchen Geschichten habe ich zu knabbern, etwa bei der Hammerschmidt-Sache, das schreibt sich nicht, ohne Spuren in einem zu hinterlassen. Jeder Artikel, den ich schreibe, füllt mein inneres Notizbuch, und ich habe Angst vor dem Tag, an dem ich es einmal durchblättern muss.«

Da war sie, die erste gefühlsbetonte Regung Millers, ihr Innenleben schien nicht nur aus kalten Drähten, Schaltkreisen und Zynismus zu bestehen. Ihre Augen bekamen ein warmes Leuchten, kurz drückte sie sogar seine Hand. »Wir tun nichts Falsches, wir berichten nur darüber, halte dir das immer vor Augen.« Mit einem Mal stand sie auf, zupfte an der gelben Bluse und sah zum Büro des Herausgebers.

Im Halbdunkel konnte man gerade so eine verwaschene Silhouette erkennen, die mit verschränkten Armen ins Unbestimmte sah.

»Ich bring dich rauf.«

»Die Catherine hat also mit dir darüber gesprochen?« Die Stimme des Herausgebers war tief und dröhnte wie immer schauerlich in seinen Ohren.

»Sie hat etwas angedeutet.«

»Na gut.« Wallner erhob sich ächzend, ging um seinen monströsen Schreibtisch und baute sich vor Leček auf, die Hände in die Seiten gestemmt. »Du machst dich besser als andere, in manchen Fällen enttäuschst du uns aber maßlos. Interessanterweise nicht, weil deine Arbeit schlecht wäre, du recherchierst und schreibst zügig, achtest auf Quellen und so weiter, aber das entspricht nicht unserer Linie. Du bist schon ein paar Monate bei uns, und trotzdem klappt das nicht reibungslos. Würdest du lieber für jemand anders schreiben, etwa für den *Expresskurier* oder den *Telegraphen*?« Wallners Augen verwandelten sich wieder in Smaragde und blitzten gefährlich auf.

Der Schock saß tief, das konnte der Alte unmöglich wissen! Bemüht ruhig leckte er sich über die Lippen und versuchte klar und deutlich zu antworten, alles hing an dieser Lüge. »Warum sollte ich für solche Schnarchzeitungen arbeiten wollen?«

Lange starrte Wallner ihn an, die gefühlte Lebensdauer eines ganzen Universums verging, bis er seinen Mund aufriss und ein herzhaftes Lachen aus der Brust dröhnte. »Das ist die richtige Antwort.« Er klopfte seinem Redakteur zweimal fest auf die Schulter und nahm wieder hinter seinem Schreibtisch Platz.

Zwischenzeitlich atmete Leček leise durch, das war gerade noch gut gegangen.

»Du hast die gleiche Ansicht wie ich, das gefällt mir. Uns zwei Kärntner verbindet halt etwas.« Wallner grinste und sah auf seinen Blackberry in der Hand. »Du passt in den Boulevard, da bin ich mir jetzt sicher. Ich werde dich unter meine Fittiche nehmen, wir fangen gleich morgen damit an. Wirst sehen, in zwei Wochen hast du nur noch unsere Blattlinie im Kopf und nichts anderes. Du kannst dann nirgendwo anders mehr hingehen.« Wieder zog das herzhafte Lachen durch den Raum.

Nach dem Horrortrip stieg Leček nachdenklich in den Newsroom hinab. Wallner bot ihm eine langfristige Perspektive, gutes Geld und ein Konstrukt, das seinem Traumjob am nächsten kommen würde. Dagegen stand ein eiserner Johannes Thanner, der an den jahrzehntealten Werten seines Blattes festhielt, gegen jedes noch so kleine Stück des Boulevards wetterte und einen geheimen Grabenkrieg gegen Reinhard Wallner führte, der durch ihn selbst bald aufbrechen und an die Öffentlichkeit gelangen würde. Stand nur noch die Frage im Raum, auf wessen Seite er am Ende stehen sollte. Aber gab es da wirklich etwas zu überlegen?

Als er seinen Schreibtisch erreichte, fiel sein Blick sofort auf ein längliches Briefkuvert. »Für dich«, stand in geschwungenen Buchstaben darauf geschrieben. Vorsichtig öffnete er die Lasche und zog einen schwarzen USB-Stick heraus. Ob der etwa von Chris++ war? Schulterzuckend steckte er den Speicher in den USB-Anschluss seines

Arbeitsplatzrechners, es war ja schließlich nicht sein Privatgerät.

Ein Klick, ein neues Fenster mit vielen Ordnern und Dateien poppte am Monitor auf.

Jackpot.

Das Klicken der Maus war unregelmäßig, zwischendurch wurde es von hastigem Tippen auf der Tastatur unterbrochen. Klicken, tippen, klicken, dann wurde eine Tasse abgestellt, zumindest ordnete Izabella ihre Empfindungen diesen Geräuschen zu. Sie schlug die dicke Daunendecke zur Seite, blinzelte ins dämmrige Licht, das durch die Vorhänge fiel, und stieg vorsichtig aus dem Bett.

Die Seite neben ihr war leer, unbenützt, das konnte nur eines bedeuten. Sie schlüpfte in ihre warmen Hausschuhe mit rosa Plüschbezug, warf sich eine selbst gestrickte Weste über und glitt durch den engen Spalt zwischen Rahmen und Tür aus dem Raum.

Im Wohnzimmer entdeckten ihre Augen ein erleuchtetes Gesicht in der Dunkelheit, das hinter einem Computerbildschirm zu schweben schien. Izabella tastete beiläufig nach dem Lichtschalter und schlurfte träge zum Esstisch. Selbst ihr buntes Haar hatte um diese Uhrzeit etwas von seiner Signalwirkung eingebüßt.

»Muss ich dir sagen, wie spät es ist? Ich bin keine Uhr, und du weißt, wie lange meine Schicht wird.«

»Sorry«, antwortete Leček knapp und nippte am Kaffee.

»Sorry und weiter? Warum musst du um viertel zwei noch arbeiten? Was verlangt dein dämonischer Herausgeber heute von dir, sollst du etwa die Bibel übersetzen und spannendere Figuren hineinschreiben?«

»Red' keinen Blödsinn.« Er strahlte vor Zufriedenheit und drehte Izabella das MacBook zu. »Heute habe ich ein

Geschenk bekommen, schau es dir an. Ich nenne es: Das goldene Ticket. Klingt wie in ›Charlie und die Schokoladenfabrik‹, ist auch so.«

»Muss ich mir den Mist wirklich mitten in der Nacht ansehen? Wenn das schon wieder ein lustiges YouTube-Video ist, bring ich dich um! Langsam, schmerzhaft und mit dem stumpfen Brotmesser.«

»Einen Verlängerten und ein Briochekipferl, bitte sehr.« Der Kellner mit dunkelgrüner Weste und Fliege stellte Tasse und Teller leicht gebückt ab, lächelte den am Tisch sitzenden Männern zu und verzog sich dann mit aufrechter Haltung zurück in die Küche.

Es war Lečeks erster Besuch in einem richtigen Wiener Kaffeehaus, das allein vom Namen leben konnte – und es auch musste, da die Bedienung zwar viel hermachte, aber trotzdem zwei Anläufe brauchte, um die richtige Bestellung zu bringen. Er brach ein Ende seines Kipfels ab, tunkte es in den Kaffee und aß.

Ihm gegenüber rührte ein von Johannes Thanner geführter Silberlöffel gleichmäßig seine Runden im Kaffee. Das erste Mal seit Wochen trafen sich die zwei Mitkämpfer abseits von E-Mails, Telefonaten und Mobilboxansagen, zuvor hatten sie Konstrukte aus dem schlammigen Boden gehoben, deren Lehm langsam zu trocknen begann.

»Nun?« Thanner zog den Löffel aus dem Kaffee, klopfte damit zweimal gegen den Rand und legte ihn vorsichtig auf die verzierte Untertasse.

Wie ein Wasserschwall aus einem Staubecken im Gebirge brach die gesammelte Wucht an Erfahrungen aus Leček heraus, das war der Moment, auf den er seit einem gefühlten halben Leben hingearbeitet hatte. Eine Meisterprüfung, die er jetzt abzulegen hatte.

Leček erzählte alles. Er erzählte von den erfundenen Kleinmeldungen für die Chronik, von den fehlenden Bildquellen und von gefälschten Zitaten. Er erzählte vom erpresserischen Verhalten seiner Vorgesetzten, den Drohungen, den Belobigungen, die immer mit einem Haken einhergingen, den undurchführbaren Forderungen und noch unmöglicheren Konsequenzen. Er erzählte von morgens feststehenden Schlagzeilen, die leidigerweise erst recherchiert werden mussten, von erzwungenen Interviews, erfundenen Geschichten und unethischem Vorgehen, das selbst vor Toten keinen Halt machte. Beim Berichten fand Leček genauso wenig eine Grenze, wie er es beim Recherchieren und Schreiben getan hatte. Die Felder lagen vor ihm offen, er rannte durch sie hindurch, stopfte die Taschen voll und rannte weiter, immer weiter, doch das Ende war nicht absehbar.

Nach einer halben Stunde war es Thanner, der ihn mit dem Ruf nach dem Kellner zum Schweigen brachte. »Machen wir es kurz«, er lehnte sich mit verschränkten Armen auf der Sitzbank nach hinten. »Sie haben genügend Material für eine gute, stichhaltige Reportage. Ich bin wirklich zufrieden.« Und dann geschah es: Thanner schmunzelte! Welch seltenes Ereignis, das selbst das Erscheinen eines weißen Hirschen, den Fall von Ostern auf Weihnachten und den Gewinn eines Lotto-Sechsers an ein und demselben Tag um ein Zigfaches in den Schatten stellen würde. »So eine Arbeit stellen wir uns beim *Telegraphen* vor. Ich würde vorschlagen, Sie brechen Ihre Zelte ab und kommen zu uns, der Schreibtisch steht bereit.«

Das Angebot hallte durch Lečeks Kopf, gleich dem Echo in einer Tropfsteinhöhle. Er hatte tatsächlich seinen eigenen Olymp erklommen, war oben angekommen und durfte mit einem gewaltigen Tusch seinen Namen in die Druckerpresse des *Telegraphen* schreiben.

»Da wären noch zwei Sachen.«

»Nämlich?«

Unruhig rutschte Leček am Stuhl umher, streckte den Rücken durch. Er würde mit der guten Nachricht anfangen, das würde die raue Seele hoffentlich für den ersten Moment gnädig stimmen. »Es gibt einen USB-Stick, ich habe ihn gestern bekommen und die ganze Nacht durchforstet. Auf ihm sind Gigabyte an Dateien – Bilder, Texte, Videos, Gesprächsmitschnitte –, ich konnte erst einen Bruchteil anschauen. Auf dem Stick scheinen die gesammelten Verfehlungen der *JETZT* zu sein. Mit dem kostenlosen ePaper-Archiv auf der Website und der Google-Suche lässt sich mit zwei Klicks feststellen, worauf das jeweilige Material abzielt. In manchen Fällen wurden aufgenommene Interviews falsch zitiert, andere Male wurden falsche Bilder verwendet, andere Medien bestohlen, Zitate verändert und so weiter. Alles liegt auf dem Stick, als wäre es das elektronische schlechte Gewissen eines Mitarbeiters.« Er zuckte abschließend mit den Schultern und fixierte die eiskalten Augen gegenüber. »Jemand hat mir die Dateien bewusst zugesteckt.«

In Thanners Kopf begann es sichtbar zu arbeiten, Zahnräder griffen ineinander, ließen Gedanken, Mimiken, Wörter und Handlungsstränge entstehen. »Großartig!«, stieß er zwischen den Lippen hervor, »dann dürfen wir kein Risiko eingehen, bevor es sich dieser anonyme Mitarbeiter anders überlegt. Was ist die andere Sache?« Dem Chefredakteur des *Telegraphen* brannte es sichtlich unter den Fingernägeln, gierig lechzte er nach den zerstörerischen Informationen über die Konkurrenz, die er am liebsten eigenhändig in die Druckplatte geschnitten hätte.

Doch Leček verdarb ihm diese Freude. »Es geht um die andere Sache, diese Ermittlung um den toten Chefreporter, ich weiß, Sie hören das nicht gern, aber es gibt neue Informationen, die meinen Verdacht untermauern.« Kunstpause. »Andere Menschen sind dabei auch ums Leben gekommen. Es fehlen noch einige Puzzleteile, aber da ist definitiv etwas passiert, bei dem ich gerne …«

Die Stimme Thanners fuhr wie ein Donner dazwischen. »Jetzt hören Sie mir mal zu!« Plötzlich war es ganz nebensächlich geworden, dass sie sich in einem Café in der Öffentlichkeit befanden. »Jedes Mal, wenn wir über Ihre Arbeit reden, kommen Sie mit diesem gottverdammten Humbug! Ich bin kein Freund von Verschwörungstheorien, aber trotzdem habe ich mit meinen Kontakten telefoniert, bei der Polizei und in der Politik. Fakt ist: Niemand hat irgendeine Ahnung von dem Stuss, den Sie mir in regelmäßigen Abständen erzählen! Es gibt keinerlei Diskrepanzen um den Tod von diesem Brandl, keine Auffälligkeiten bei der Untersuchung des U3-Wracks und keine sonstigen Eigenarten bei irgendwelchen damit in Verbindung stehenden Personen. Niemand außer Ihnen hängt so wehmütig einer Verschwörung nach.« Das Geschirr am Tisch erzitterte, Thanner hatte die Finger zur Faust geballt, die Fingerknöchel traten unter der Haut weiß hervor. »Machen wir es kurz: Sie haben das unverschämte Glück, in einer einmaligen Lage zu sein. Sie werden durch Ihren Artikel dem Boulevard eins auswischen, selbst große Aufmerksamkeit genießen und dadurch prominent beim *Telegraphen* einsteigen. Das wird bestimmt nicht allen schmecken, aber Sie haben eine wirklich große Geschichte. Eine einzige, große Geschichte, nichts weiter. Vergessen Sie endgültig diesen Schmarrn von einer Verschwörung.« Thanner stand abrupt auf und knöpfte sein Tweed-Sakko zu. »Falls ich mich unklar ausgedrückt haben sollte, hier meine letzte Warnung: Fangen Sie noch einmal mit diesem Mord an, dann sind Sie gefeuert, bevor Sie unser

Redaktionsgebäude auch nur betreten haben. Beenden Sie bis zum Ende dieser Woche unauffällig Ihre Tätigkeit bei der *JETZT*, dann kommen Sie zu mir und schreiben als Erstes Ihren Bericht über Ihre Erlebnisse.«

Die drahtige Figur machte Anstalten zu gehen, doch so leicht ließ sich Leček nicht abschütteln. Was hatte er nicht schon alles riskiert, da konnte er zum Schluss ruhig nach vorne stürmen. »Zwei Wochen.«

»Wie bitte?« Wutentbrannt schleuderte Thanner herum.

»Zwei Wochen«, wiederholte Leček kühl und nahm einen Schluck Wasser. »Ich muss herausfinden, wer mir den USB-Stick gegeben hat. Wenn da jemand sein Gewissen reinwaschen möchte, soll er auch die Gelegenheit dafür bekommen.«

»Zwei Wochen, keinen Tag mehr!«, schnaubte Thanner, drängte sich am Kellner vorbei und stürmte in das beginnende Schneegestöber davon.

Zurück blieb ein bedrückter Leček, der still seinen halben Sieg feierte.

Viele kamen für den USB-Stick nicht in Frage: Messer, Miller oder Sieger, hinter einer dieser Figuren musste sich eine zarte Form von Gewissen verstecken. Gleichzeitig stand die Frage nach seiner bröckelnden Tarnung im Raum, war er wirklich aufgeflogen? Eigentlich, so befand er beim Gehen, war das egal, die zwei Wochen musste er nutzen, um den Mord aufzuklären, die verdeckte Recherche würde zu einem Nebenprodukt werden.

Der Countdown begann zu ticken, als er erschrocken feststellte, um wie vieles teurer ein Frühstück in einem noblen Wiener Kaffeehaus sein kann, wenn man die Rechnung selbst zu bezahlen hat.

Der Kellner mit dunkelgrüner Fliege und Weste kannte kein Pardon.

KAPITEL 23

Noch elf Tage, 13 Stunden und eine Minute bis zu Hubert Brandls Tod.

Die dicke Brandschutztür fiel laut scheppernd ins Schloss. Es bedurfte der Grenzen der Physik, damit weder Schloss noch Angeln einen Schaden davon trugen, aber für den Abgang war der Showeffekt halt ideal gewesen.

Zufrieden, mit aufrechtem Gang, stapfte Hubert Brandl davon, den dunklen Korridor entlang. Was war das bloß für ein aufregendes Gefühl gewesen, sein Herz hämmerte immer noch gegen die Brust! Einmal auf den Tisch zu schlagen, alle Karten auszuspielen und endlich das Messer an die Kehle zu setzen.

Er drehte sich einmal kurz um, vergewisserte sich, ob ihm wohl niemand folgte, und ging durch eine weitere Tür auf ein weitflächiges Parkdeck hinaus. Glänzende Autos standen unter Neonröhren in Reih und Glied, rote und grüne LED-Lämpchen gaben Neueinfahrenden darüber Auskunft, ob ein Parkplatz frei oder besetzt war. Der Ort für das Treffen war gut ausgesucht.

Brandls Finger zitterten vor Aufregung, es war eine Herausforderung, als er die weiße Schachtel aus dem Sakko nestelte und eine Zigarette in die offene Handfläche klopfte. Er steckte sie rasch an, stieg in seinen gelben Volvo und parkte aus. Auf der Fahrt nach unten waren seine Blicke aufgeregt wie die eines gejagten Tieres, hastig liefen seine Augen von einer zur anderen Seite, bereit, hinter jeder Kreuzung mit dem schlimmsten zu rechnen.

Der rostige Wagen hatte das Flughafengelände noch nicht verlassen, als sich sein Fahrer bereits die nächste Zigarette ansteckte. Er lenkte den Wagen behutsam auf die Stadtautobahn, beschleunigte und fuhr auf die linke Spur. Erst jetzt entspannte sich Brandl allmählich, das Adrenalin verlor langsam seine Wirkung.

Verdammt, fühlte sich das gut an! Die Entscheidung dazu war ein großer Schritt gewesen, aber das, das eben, das war noch viel mehr! Ab jetzt war alles in Bewegung, er musste nur noch richtig mitspielen und keine Dummheiten anstellen, dann würde alles in den richtigen Bahnen verlaufen. »Ich gewinne«, murmelte er und blies Rauch durch die Nase.

Der weiße Jaguar im Rückspiegel fiel ihm gar nicht auf.

KAPITEL 24

Beim Betreten des Lokals wurde die Kälte prickelnd abgewaschen, Wärme, der Duft nach Speisen und das Geklapper von Geschirr bezirzten stattdessen die Sinne.

Das Klagenfurter Stüberl war gut besucht. Inmitten der brabbelnden Köpfe, vollen Teller und nicht minder vollen Gläser reckte an einem Tisch für drei Kainz' hagere Haarpracht empor.

»Was Teureres hast du nicht aussuchen können?«

»Doch, aber dort schmeckt es mir nicht so gut.« Grinsend hob Kainz sein halbvolles Bierglas und prostete Lečeks zu.

»Manchmal könnte ich dich wirklich auf den Mond schießen.«

»Tu's besser nicht, ich hab was für dich. Aber warum so mies gelaunt? Und warum bloß alleine, ich dachte, du nimmst die Izabella mit?«

Leček schüttelte mit geschlossenen Augen den Kopf. »Doch, sie kommt nach. War wohl wieder ein langer Dienst auf der Psychiatrischen, wird noch ein paar Minuten dauern.«

Der Ober kam zur Getränkeaufnahme, Kainz bestellte sich ein weiteres Bier, Leček verzichtete vorerst.

»Was ist los, trinkst du nichts mehr?«

»Mein Magen macht momentan nicht mit, ich bekomm kaum was runter. Die Zeit vergeht so schnell, und ich komme nicht weiter, weder in der *JETZT* noch für unsere Recherche.«

»Gerade deswegen musst du etwas essen! Schau mich an, mich ärgert die Sache auch, aber trotzdem werde ich eine Leberknödelsuppe und danach einen guten Zwiebelrostbraten genießen.«

»Apropos«, begann Leček und stützte sich auf seinen Ellbogen ab. »Wenn ich dich schon zu dieser teuren Soiree einladen darf, möchte ich doch zumindest den Grund dafür erfahren. Also?«

Ein verschmitztes Grinsen eroberte sein Gesicht, als Kainz in die Hosentasche griff. Was zum Teufel holte er da noch alles raus? Es handelte sich um ein gefaltetes Blatt Papier, das er unauffällig über den Tisch schob.

Misstrauisch musterte Leček zuerst sein Gegenüber und dann das Blatt, die Neugier siegte schließlich, er griff danach und faltete es sorgfältig auseinander.

Die Seite zeigte eine lange Tabelle mit Namen, Geburtsdaten und Adressen. Alle Zeilen waren klein gedruckt, eng beieinander und verlangten dem Leser fast eine Lesebrille, zumindest aber ein Vergrößerungsglas ab.

»Ich bin beeindruckt, eine Liste von Personen. Und jetzt?« Halb mürrisch, halb erwartungsvoll sah Leček über den Rand des Blattes hinweg zu seinem Kumpel, der sich in großen Schlucken sein zweites Bier genehmigte.

»Ahh.« Er schmatzte zufrieden und stellte das Glas ab. »Ein Name ist angestrichen«, brachte er zwischen zwei Rülpsern hervor.

Und wirklich, ein Name war in der Bleiwüste angestrichen: Hubert Brandl.

»Ist das etwa … beim fliegenden Spaghettimonster, Georg! Das sind 42 Namen! Hast du dir die Opferliste gekrallt?«

»Da schaust du aber! War gar nicht so simpel, die ist druckfrisch und keinesfalls für die Augen der Öffentlichkeit bestimmt. Wie man mir erzählt hat, wurde die erst gestern Abend fertiggestellt, bis dahin liefen die Untersuchungen der letzten Opfer. Manche waren ziemlich schwer verbrannt, da war die Identifizierung am Schluss reine Glückssache.«

»Du bist wirklich unglaublich. Also gut, damit hast du dir das Essen verdient. Darauf ein Bier!« Leček faltete das Papier zusammen und steckte es ein, dann bestellte er beim Kellner zwei Bier. »Hast du sie dir schon durchgesehen, oder weißt du etwas von deinen Kollegen?«

Die schlechten Nachrichten begannen, Kainz schüttelte verneinend den Kopf. »Der Brand wird nach wie vor als tragischer Unfall angesehen, da werden keine Zusammenhänge unter den Fahrgästen gesucht. Hammerschmidts Tod ist zwar tragisch, aber das ändert an den eigentlichen Ermittlungen gar nichts.«

»Konntest du etwas herausfinden, oder ist dir etwas aufgefallen?

»Keine Chance, ich habe die Liste gerade erst in die Hände bekommen. Außerdem hat das nichts mit den Fernsehserien zu tun, in denen googleartige Polizeidatenbanken alle Informationen und Verbindungen über einen Menschen speichern. Manche Opfer kommen aus dem Ausland, etwa eine Gruppe von Japanern. Da müsstest du schon Anfragen an die Kollegen in Übersee stellen, Websites durchsuchen, Social Media-Profile, Konten durchleuchten, weiß der Teufel was alles. Das ist zu viel Arbeit für einen Einzigen.«

»Und für zwei?«, stachelte Leček.

»Wohl schon eher, aber du stellst dir das zu einfach vor. Ein Hintergrundcheck ist nicht in fünf Minuten abgetan, du musst dir dafür wirklich Zeit nehmen, eine richtige Personenrecherche halt.«

»Dann hilf mir und zeig mir, wie das geht.«

»Solltest du nicht wissen, wie man recherchiert? Ach ja, du schreibst ja für den Wallner.« Kainz verschüttete vor lauter Lachen etwas von seinem Bier. »Schmäh ohne, das würde ich sogar, gerade bei deinen ablaufenden Tagen, aber die nächste Zeit wird für mich genauso stressig. Fortbildungen, Abenddienst, und am Wochenende planen die Rechten wieder eine Kundgebung in der Innenstadt. Du weißt ja, die Linken kündigen Gegendemonstrationen an, ein paar Radikale drehen durch, manch ein Kollege vergisst sich, steckt etwas Persönliches hinein, das wird kein Spaß.«

Also würden Lečeks lange Nächte vor dem Bildschirm noch länger und die ohnehin kurzen Schlafphasen noch kürzer. Wenigstens kam mit dem ablaufenden Ultimatum auch die Aussicht auf Besserung.

»Soll ich sie dir auch per Mail schicken?«, wollte Kainz wissen.

»Nein, das reicht so. Seit dem letzten Update spinnt mein Rechner total, braucht ewig zum Laden.«

»Dein megahipes MacBook funktioniert nicht so, wie es soll? Das tut mir aber leid. Zum Glück kannst du ja den Akku tauschen. Oder dir neue Komponenten selbst einsetzen. Mobben sie dich jetzt beim Starbucks?«

»Halt bloß die Klappe«, schleuderte ihm Leček entgegen und trank einen Schluck Bier. Zum ersten Mal seit dem letzten Treffen mit Thanner konnte er wirklich etwas genießen, die Tage zuvor hatte sich sein Körper auf ein Minimum beschränkt, eine blöde Eigenart, unter Druck reagierte er immer so. Zumindest das Blödeln mit Kainz lockerte ihn auf, so einen Abend brauchte er insgeheim schon seit Wochen.

»Eine Sache wäre da noch«, begann Kainz, »und daran musst du dich dieses Mal wirklich halten. Diese Liste ist nicht für die Öffentlichkeit bestimmt. Die hätte ich niemals bekommen dürfen, du schon überhaupt nicht. Wenn davon auch nur eine Zeile in die Zeitung gerät, fällt das unweigerlich auf mich zurück. Also überleg dir gefälligst, was du damit tust, nicht so wie beim Tod vom Hammerschmidt.«

»Versprochen, Herr Revierinspektor, ich schwöre beim laufenden Motor meines Lancias.«

»Geh bitte, fällt dir nichts Besseres ein?«

Die beiden Männer lachten und tranken weiter. Leček setzte das Glas als Erster ab, seine Miene wurde säuerlich, nachdem er einen kleinen schwarzen Schatten sah, der sich vom Eingang der Gaststube näherte und Izabella vor sich herschob.

»Wir sind geliefert«, zischte er.

»Warum?« Kainz sah ihn sichtlich verwirrt an.

»Izabella hat ihre kleine Schwester mitgenommen, die wird mir jetzt zwei Stunden ätzendes Gift ins Gesicht spucken, und ich darf nichts dagegen sagen.« Er schüttelte sich und griff zu seinem Glas. »Lass uns schnell austrinken und noch eins bestellen.«

Vor den Fenstern graute der neue Tag, Vögel suchten nach Futter, Hausbesorger streuten Salz, und die aussterbende Spezies der Zeitungsabonnenten erhielt ihr Exemplar zum Frühstück. In der Altbauwohnung im zweiten Stock brannte bereits Licht, Lečeк saß an seinem Computer und scrollte sich durch Websites, Telefonbucheinträge und Social Media-Profile, während eine schlummernde Izabella unter einer Daunendecke auf der Wohnzimmercouch lag.

Der Abend im Gasthaus war lange geworden, und obwohl sie müde nach Hause kamen, konnten sie kein Auge zumachen. Aleksandra war in der Situation keine Hilfe, sie stichelte stattdessen lieber gegen den Freund ihrer Schwester. Um viertel eins war die Lage schließlich eskaliert, Leček hatte sich samt Laptop an den Küchentisch gesetzt und Kaffee aufgestellt, nur wenig später war ihm Izabella gefolgt.

»Fünf Minuten, dann lege ich mich wieder hin!« Aus den fünf Minuten wurden zwei Stunden, ehe sie zu guter Letzt mit dem Kopf auf der Tischplatte zwischen leeren Kaffeetassen, Zetteln und Laptop einschlief. Nur widerwillig ließ sie sich auf die Couch bugsieren. »Lass mich, ich bin eine Prinzessin«, murmelte sie im Gehen, das eher dem Schlafwandeln zuzurechnen war.

Nachdem Leček sie endlich zugedeckt hatte, war es auch schon halb drei in der Nacht. Da konnte er auch gleich aufbleiben.

Jetzt war es knapp vor sieben im Hause Bosenski-Leček, und die nächtliche Ruhe war den ersten Regungen des Tages gewichen, eben den Vögeln, Hausbesorgern und Zeitungszustellern draußen in der Kälte oder den hungrigen Katzen drinnen im Warmen.

›Izabella wecke ich vorsichtig um acht, Aleksandra wird hoffentlich länger liegen bleiben‹, dachte Lečeck beim Blick auf seine schmutzige Tasse. Der Kaffeesud hatte sich unten eingenistet und war dem vielen Nachschenken geschuldet.

Die ersten Recherchen in der Nacht hatten sich als Albtraum herausgestellt. Kainz sollte vollends Recht behalten, eine Hintergrundrecherche war keine Arbeit für Zwischendurch. Die halbe Nacht hatte Leček nach Verbindungen zwischen einzelnen Personen gesucht – teilweise auch auf gut Glück –, aber einfach nichts gefunden. Zu groß war der Datensatz, zu klein die bemessene Zeit und damit verschwindend gering die Chance, mit normalen Möglichkeiten etwas zu finden. Um fünf herum war ihm das erste Mal aufgegangen, dass das Licht am Ende des Tunnels bloß eine weitere Sackgasse war. Eine schöne Sackgasse mit Licht und Neonreklamen zwar, aber trotzdem eine Sackgasse. Er brauchte professionelle Hilfe, die ihm nur eine einzige Person bieten konnte. So früh am Sonntagmorgen war ein Anruf nicht drinnen, aber eine E-Mail sollte fürs Erste Abhilfe schaffen. Leček hatte gerade das Mail-Programm geöffnet und begann zu tippen, als sich die Schlafzimmertüre mit einem gefährlichen Knarzen öffnete.

»Wo ist mein Frühstück?«

»Sei leise!«, zischte Leček und deutete auf Aleksandras schlafende Schwester, »außerdem bist du gerne eingeladen, dir selbst etwas zu machen.«

»Nein«, brummte Aleksandra und setzte sich mit verschränkten Armen zu ihm an den Küchentisch. Schwarzer Pullover, schwarze Jogginghose, verlaufene schwarze Schminke und mies drauf wie immer. »Ich bin hier Gast, also mach mir gefälligst etwas.«

»Aber du bist nicht mein Gast, von mir aus kannst du also verhungern.« Nur noch schnell die paar Zeilen schreiben und absenden, er konzentrierte sich auf den Laptop.

»Martin, sei doch nicht so«, krächzte Izabella verschlafen aus ihrer Deckenburg auf der Couch. »Es ist Sonntagmorgen, vertragt euch und seid wenigstens heute nett zueinander, ja?«

»Sie hat angefangen.«

Izabella seufzte und schlug die Augen auf. »Du bist nicht 16, sie schon. Reiß dich zusammen, sei nett und mach uns allen Frühstück, bitte.«

Leček verzog das Gesicht, Aleksandra streckte dafür ihre Zunge raus. »Na gut, ich gehe zum Bäcker um die Ecke und kaufe uns frische Semmeln und Kipferl. Wartet nicht auf mich.«

In Windeseile hatte er sich dick angezogen, den grauen Wintermantel um den Körper gelegt und war in die Kälte hinausgestapft. An einer roten Fußgängerampel zog er sein Smartphone aus der Tasche und schrieb Chris++ endlich eine Mail. Betreff: ›Ich brauche wieder deine Hilfe …‹

Die weiße Tür ging gerade einen Spalt weit auf, die Sicherheitskette spannte sich, zwei Augen lugten suchend in den Gang hinaus. Nach einer kurzen Überprüfung des potenziellen Eindringlings, die offenbar zufriedenstellend ausfiel, wurde die Wohnungstür vollständig geöffnet.

»Hast du alles?«

»Zwei Pizzas, die Hälften jeweils mit verschiedenen Belägen. Salami, Champignons, Ananas – das ganze Zeug eben.«

»Keine Artischocken? Kein Fisch? Und auch absolut keine Meeresfrüchte?«

»Keine Artischocken, kein Fisch und schon gar keine Meeresfrüchte«, antwortete Leček.

»Gut, dann komm rein«, schmunzelte Chris++ und bat seinen Besucher in die Wohnung.

Im Vorraum der spartanischen Einzimmerwohnung standen mehrere schwarz-weiße Sneaker, immer das gleiche

Modell, darüber erhob sich ein hagerer Kleiderständer, an dem ein abgetragener Hoodie hing. »Mein Freund ist nicht da, kannst die Schuhe also ruhig anlassen. Ich pack schon mal die Pizzen aus, und dann geht's los.« Chris++ spazierte mit den zwei Schachteln in die Wohnküche und stellte sie auf den Couchtisch.

Das Wohnzimmer war ebenso karg eingerichtet wie der Vorraum: graue Stoffcouch, gläserner Tisch, dunkelbraune Wohnwand und eine günstig wirkende Küchenzeile. Die Wände waren kalkweiß, davor standen zwei Regale, zum Bersten voll mit Büchern über Programmiersprachen, Datenbanken, Elektronik, Elektrotechnik und die Geschichte der Computer. Leere Flecken gab es kaum, Poster verdeckten den Rest der Wände. An einer Stelle waren es Captain Kirk und die Enterprise, die Lečeks Aufmerksamkeit auf sich zogen. Das Filmplakat von Star Trek 2: ›Der Zorn des Kahn‹ war ein über 30 Jahre altes Kunstwerk.

»Das lässt deine Freundin nicht zu, oder?« grinste Chris++.

»Izabella mag keine fertigen Posterdrucke, sie malt die Motive lieber selbst. In unserer Küche hängt Iron Man, wie er auf einem Einhornpony reitet und gegen Terminatoren kämpft. War ihr letztes Sommerprojekt, frag mich nicht, wie es dazu kam, die Legende spricht von thailändischem Essen und Albträumen.«

»Macht sie auch Auftragsarbeiten?«

»Ich kann sie die Tage einmal fragen, momentan hat sie leider immer Abenddienst. Aber wenn du eine coole Idee hast, nimmt sie die Herausforderung bestimmt gerne an.«

»Stark!«, antwortete Chris++ und setzte sich an den Couchtisch. Er klappte den Laptop auf, nahm ein Stück Pizza und deutete seinem Besucher an, neben ihm Platz zu nehmen.

Leček folgte der Bitte und klappte Izabellas Laptop auf, ein mattschwarzes Gerät aus Aluminium mit einem großen Katzenaufkleber auf der Rückseite. »Meiner ist gerade am Eingehen«, meinte er entschuldigend.

»Ach so, hätte glatt gedacht, das wäre deiner.« Chris++ lachte auf und biss in die Pizza. »Okay, ich habe deine Liste bekommen. 42 Namen, was? Puh, das wird die ganze Nacht dauern.«

»Glaubst du, wir schaffen das? Ich hab's versucht, aber irgendwann bin ich angestanden.«

»Klar, mach dir keine Sorgen. Wir haben W-LAN, eine Glasfaserleitung, Pizza, Getränke, ein paar Bitcoins und einen Tor-Browser, solltest du dir übrigens auch laden.«

»Tor? Du meinst wir steigen ins Dark Web ein?« Leček runzelte die Stirn, von den versteckten, nicht indexierten Seiten des Internets hatte er vage Sachen gehört und gelesen, aber selbst einsteigen und nachsehen wollte er bisher nicht.

»Ja, du weißt schon, das Deep Web eben. Wir brauchen Hilfe von ein paar Typen mit Datenbanken, dafür auch die Bitcoins.«

»Aber du weißt, dass da auch andere Sachen zu finden sind? Waffen, Drogen, Kinderpornografie …«

»Habe ich leider gesehen, ja. Aber ich benütze das Deep Web ganz selten, meistens für Diskussionen oder um mir günstig Techgadgets zu besorgen, um den Rest surfe ich in weitem Bogen herum. Ich schwöre es!«

»Entschuldige, ich wollte dir nichts unterstellen. Momentan bin ich wohl nicht ganz auf der Höhe.«

Schulterzuckend nahm es Chris++ zur Kenntnis und schob sich das nächste Pizzastück in den Mund. »Ist doch egal. Komm, lass uns loslegen.«

Die Stunden vergingen, die Pizzakartons wurden entsorgt, und leere Plastikflaschen sammelten sich um den Couchtisch. Im Hintergrund flackerte die Wiederholung eines Spielfilms, ›Zurück in die Zukunft‹, über den Flachbildfernseher, drei Meter davor saßen Leček und Chris++ über ihre Laptops gebeugt und trugen wie ausgelaugte Zombies ihre Ergebnisse in ein eigens angelegtes Dokument ein.

Die Uhr an der unteren Bildschirmleiste machte dezent auf die frühen Morgenstunden aufmerksam, doch Leček konnte seine brennenden Augen kaum auf das kleine Kästchen konzentrieren. Seit über acht Stunden, natürlich mit kleinen Unterbrechungen, suchten sie das Internet und alle legal oder illegal zugänglichen Datenbanken nach Verbindungen zwischen den Opfern des U3-Brandes ab. Als Ausgangspunkt diente immer Hubert Brandl, der sich allerdings auch in totem Zustand weigerte, sich in irgendeine Form der Relation bringen zu lassen.

Zu Beginn hatten sie sich auf Urlauber und Touristen konzentriert, um sie über einige Punkte schnell ausschließen zu können. Danach nahmen sie Kinder und Jugendliche ins Visier, die sich als vermeintliche Schüler ebenfalls leicht abarbeiten ließen. Blieben ihnen schließlich 30 potenziell Verdächtige übrig, die auf jede nur erdenkliche Weise überprüft werden wollten. Ganze Lebensläufe taten sich auf, fanden sich in privaten Blogeinträgen, Behördenangelegenheiten oder gar offiziellen Schreiben wieder, die allesamt ein gemeinsames Ende fanden: im Feuertod der Wiener U3.

Kurz nach Mitternacht hatten die zwei Rechercheure erstmals Grund zur Hoffnung: In einem geheimen Forum fanden sie einen Thread über Katastrophen, dessen User Bilder und Videos vom Zeitpunkt des Geschehens untereinander austauschten, sogar damit prahlten. Ein Eintrag, verfasst in gebrochenem Englisch, hatte ihre Aufmerksamkeit gewonnen. Übersetzt bot der User ein Überwachungsvideo einer U-Bahn an, vermutlich aus dem deutschsprachigen Raum, die in wenigen Momenten in Flammen aufging. Für 0,25 Bitcoins, umgerechnet rund 120 Euro, konnten sie ein einminütiges Video in schlechter Qualität herunterladen. Darauf zu sehen war tatsächlich das Bild einer Überwachungskamera aus dem betreffenden U-Bahn-Waggon 3069, das einen Großteil des Geschehens einfing; vom Einsteigen der Fahrgäste und dem Schließen der Türen bis hin zum Ausfall aller elektrischen Anlagen beim explodierenden Lichtbogen.

Leček und Chris++ wollten das Video schon als sinnlos und grausam abstempeln, als fünf Sekunden vor dem Ende tatsächlich Hubert Brandl im letzten Augenblick seines Lebens ins Bild wankte. Er sah sich hektisch um, schien etwas zu erkennen und erstarrte plötzlich. Just eine Sekunde später brach das Video ab, mehr wurde in der U-Bahn nicht aufgezeichnet.

Die Euphorie über diesen makaberen Fund, der wie ein weiterer trockener Brotkrumen schmeckte, wich bald der Ernüchterung. Wieder hatten sie sich bloß am Stand bewegt, das Video brachte kaum neue Erkenntnisse. Selbst das Ende, als Brandl erstarrte, konnten sie nicht deuten. Hatte er ein bekanntes Gesicht gesehen oder bloß die Vorzeichen des Todes?

Vor dem virtuellen Hahnenschrei war Leček auf der Couch zurückgesunken und hatte sich in die schützenden Tiefen seines Pullovers gewickelt, um wenigstens ein paar Minuten Schlaf zu finden.

»Scheiße! Das glaubst du nicht.« Schlürfend zog Chris++ mit einem Strohhalm die restlichen Tropfen eines Energiedrinks aus der Dose, dabei drückte er wild auf die Enter-Taste seines Laptops.

Leček wollte weiter seinem leichten Schlaf nachhängen, musste aber den verziehenden Nebel akzeptieren und tauchte unwillkürlich in die Realität auf.

»Oida, Martin, Oida!«

»Ruhig, ganze Sätze mit Subjekt und Prädikat, ja?«

»Schau dir das an! Ich glaube, ich hab's geknackt.«

»Was denn?«, gähnte Leček und richtete sich auf. »Haben wir noch Zeit für einen Kaffee oder ist es eine echte Spur?«

»Setz du Kaffee auf, dort hinten steht die Filtermaschine. Ich muss mal auf den Seychellen anrufen.«

KAPITEL 25

Die Augenlider drückten träge nach unten, hartnäckige Kälte hatte sich eingenistet und floss bis in die letzten Zellen seines Körpers. Er drehte den Schlüssel zweimal im Schloss, hinter ihm hallten Schritte durchs Stiegenhaus, vermutlich der Zeitungsausträger.

»Georg, warte!«

»Bitte nicht«, seufzte Kainz und drehte sich um. »Martin, es ist früher Morgen, und ich komme gerade von der Nachtschicht. Mich hat ein Besoffener angekotzt, ich stinke nach Erbrochenem, bin müde, würde gerne was essen, aber muss vorher duschen. Was, in drei Teufels Namen, ist also so verdammt wichtig? Und wer ist überhaupt dein stummer Begleiter?«

»Okay, komm erst mal runter. Das ist Chris++, absolutes Genie und mein einziger Verbündeter bei der *JETZT*.« Leček deutete mit einem Kopfnicken ins Innere der Wohnung. »Lass uns reingehen, wir haben sogar Semmeln fürs Frühstück mitgebracht. Du duschst, wir bauen unser Zeug auf, und in einer halben Stunde bist du uns wieder los.«

»Versprochen?«

»Versprochen.«

»Die Semmeln sind noch warm?«

»Nicht mehr lange.«

Der Mund wurde zu einem schmalen Strich, Kainz' Augen wanderten zwischen den zwei Männern und dem Papiersackerl mit dem duftenden Gebäck umher. »Rein mit euch«, knurrte er zwischen den Zähnen hervor.

Keine zehn Minuten später hatten Leček und Chris++ einen Laptop an den Fernseher im Wohnzimmer angeschlossen, Familienfotos und Pokale hatten sie zur Seite geschoben, Kainz kam gerade frisch geduscht aus dem Bad, trug ein ausgewaschenes Unterhemd und Boxershorts.

»Was soll das werden, wenn es einmal fertig ist?«

»Die ultimative Infoshow. Pass ein paar Minuten auf, dann gönnen wir uns alle eine ordentliche Portion Schlaf.« Leček deutete zu seinem Mittäter am Laptop. »Chris++, bist dran.«

Die mattschwarze Leere des Fernsehers wich einer Tabelle mit Namen. »Wir haben 42 Namen bekommen, alles Opfer des Brandes. Hubert Brandl war unsere Ausgangsperson, blieben also 41 Menschen, die wir auf eine Verbindung zu ihm überprüfen mussten. Wir waren uns lange unsicher, ob überhaupt irgendwelche Beziehungen bestehen, bis wir dieses Video gefunden haben.«

Nach einem Doppelklick begann das grobkörnige Überwachungsvideo aus dem U-Bahn-Waggon zu spielen. Darauf zu sehen war Brandl, wie er am Ende kurz ins Bild stolperte, sich hektisch umsah und plötzlich erstarrte, als ob ihn die Medusa getroffen hätte.

»Beeindruckend«, murmelte Kainz mit vollem Mund, er hatte gerade in ein Marmeladensemmerl gebissen.

»Das war noch gar nichts«, bremste ihn Leček, »das ist erst die Aufwärmrunde. Brandl hat dort jemanden getroffen, das wurde uns durch das Video klar. Also haben wir durchgemacht, bis Chris++ auf eine neue Fährte gestoßen ist.«

»Eigentlich war es purer Zufall. Martin hatte schon den Haken vor die Zeile gesetzt und war eingedöst, doch beim Drüberschauen wurde ich stutzig. Ein paar Suchanfragen später war ich auf einer Spur. Es war die E-Mail-Adresse.«

»Wessen E-Mail-Adresse?«

»Maja van der Gardes«, antworteten Leček und Chris++ triumphierend im Gleichklang, Letzterer ergriff das Wort.

»Ich hatte mit dieser E-Mail-Adresse irgendwann schon einmal zu tun, was insofern ungewöhnlich ist, da ich in der IT nur für interne Problematiken zuständig bin. Maja.vandergarde@ppt.at stand also in irgendeinem Naheverhältnis zur *JETZT*. Mir ist dann auch die dazugehörige User-Story eingefallen, ein Filter hat sich an den Anhängen gestoßen und die Mail an einen falschen Empfänger weitergeleitet. War eine wilde Geschichte und ist mit der Bitte um dringende Erledigung bei mir in der IT gelandet.«

»Zugegeben, Jungs«, begann Kainz und belegte gerade die andere Hälfte seiner Semmel mit einer dicken Scheibe Schinken, »ihr habt mich gefesselt. Nur weiter, ich halte mich gerade noch wach.«

»Dann pass lieber auf, dass du nicht an deiner Semmel erstickst.« Mit zusammengefalteten Händen lehnte sich

Leček nach vorne, mit durchdringendem Blick sah er Kainz an. »Wir müssen weit ausholen, aber glaub mir, das ist es wert. Starten wir mit einer einfachen Frage: Wem gehört die *JETZT*?«

»Eigentlich hätte ich auf den alten Wallner getippt, aber wenn du so fragst, ist da bestimmt ein Haken dabei. Wahrscheinlich ergießt sich das typisch österreichisch in unzähligen Firmen und Beteiligungen?«

Ein verschwörerisches Grinsen breitete sich in Lečeks Gesicht aus, er hatte seinen besten Freund bereits auf die richtige Seite gezogen. »Fast richtig, lass uns ganz von unten anfangen.«

Es folgte eine Aufklärung, abwechselnd vorgetragen von Leček und Chris++, in Manier eines Universitätsprofessors; eines gut vorbereiteten Universitätsprofessors, der noch nicht auf seinen Ruhestand schielte.

Die Geschäftsfelder der *JETZT* gliederten sich in drei Sparten: die Tageszeitung, die Online-Plattformen und die verschiedenen Magazine, die Sport, Wirtschaft, Society und aus unerfindlichen Gründen auch ein Fachjournal für Fleischhauer umfassten. Die Magazine wurden im *JETZT Magazinverlag* gebündelt, der zu 70 Prozent in den *JETZT Medien Verlag* mündete, wie auch die Tageszeitung und die Online-Aktivitäten. 15 Prozent am *JETZT Medien Verlag*, darin waren auch andere Firmenbeteiligungen quer durch die Medienbranche enthalten, gehörten Reinhard Wallner als Privatperson, die anderen 85 Prozent flossen in die *Medien 24 Verlagsbeteiligungsholding GmbH*. Wiederum 30 Prozent dieser Verlagsbeteiligungsholding gehörten den Banken, die anderen 70-prozentigen Anteile verschwanden hinter dem karibischen Tor einer schützenden Hand.

»Geht das konkreter?«, fragte Kainz.

»Ich wollte es halt nett formulieren. Für dich gesagt:

Diese 70 Prozent Anteile gehören einer *Gesellschaft für neue Medien*, das ist eine Stiftung die von der *Platinum Premium Treuhandkanzlei* verwaltet wird, kürzt sich PPT ab. Kommt dir das bekannt vor? Und wehe, du sagst jetzt PowerPoint!«

Kainz grübelte eine Zeit lang, dann fiel der Groschen. »Wie ging noch mal die Mail-Adresse von dieser Frau?«

»Bingo!« Leček sah freudestrahlend wie ein Halogenscheinwerfer zu Chris++, der die verzweigten Firmenanteile am Bildschirm gegen das Bild einer rothaarigen Frau Ende 40 wechselte. »Maja van der Garde war in ebenjener Treuhandkanzlei als Sachbearbeiterin tätig. Wir wissen durch das Überprüfen von internen Serverprotokollen der *JETZT*, dass van der Garde regelmäßigen Kontakt mit jemandem im Haus unterhalten hat. Sie war nicht bloß irgendeine Angestellte in der Kanzlei, die zufällig in den falschen U-Bahn-Tross gestiegen ist. Die Frau stieg absichtlich in den Zug, vielleicht sogar aus den gleichen Gründen wie Brandl. Und das ist noch nicht alles.« Leček spielte die Doppelconférence zurück an seinen Partner hinter dem Laptop, Chris++. Wo nahm dieser Kerl nach der langen Nacht bloß die Energie her, um so frisch auszusehen?

»Wir wollten bei der *Gesellschaft für neue Medien* nachbohren, ein paar Fragen waren ja durchaus offen, à la wem gehört sie, woher kommt das Geld etc. Gelandet sind wir immer am gleichen Ort, nämlich der Postbox 472 auf dem Independence Avenue auf den Seychellen. Dort endet alles, was wir haben. Wir können es nicht weiter überprüfen ohne hinzufliegen, aber die *Gesellschaft für neue Medien* endet nicht in Österreich oder geschweige denn im Schoß der *Platinum Premium Treuhandkanzlei*, sondern irgendwo im Indischen Ozean.«

Damit war die Vorstellung zu Ende, das letzte Elektron hatte seinen Dienst getan, der letzte Transistor geschaltet,

Chris++ klappte sein Notebook zu und ließ den angeschlossenen Fernsehbildschirm zurück ins Mattschwarz gleiten.

»Und mehr gibt's nicht?«

»Na du bist gut«, seufzte Leček, er sah Kainz schon aus engen Augenschlitzen an, die schweren Gewichte der Nacht zogen an seinem Körper. »Wir haben eine Verbindung zu einem weiteren Opfer gefunden und wissen zudem, dass die Eigentumsverhältnisse der *JETZT* nicht wie allgemein angenommen in Wallners Brieftasche zusammenlaufen, zumindest nicht auf legalem Weg. Die Hintergründe zur Stiftung haben wir auf einem dunklen Pfad gefunden, was ich übrigens super für meinen *Telegraphen*-Artikel verwenden kann, aber das nur so nebenbei.«

Hach, die baldige Zukunft! Herbeigesehnt wie der dringend notwendige Schlaf, zum Greifen nah und doch hinter Hürden verborgen. Nur noch die Zeitspanne bis zum Bett, die letzten Tage in den Fängen Wallners und die Ermittlungen zu diesem Mord, dann durfte er jeweils die Arme in die Luft strecken, schreien und die Linie überqueren. Der Gedanke an den Zieleinlauf spendete ihm Kraft.

»So war das nicht gemeint«, fischte ihn Kainz' tiefe Stimme aus dem Gedankenmeer. »Die Verbindung zwischen dieser van der Garde und der *JETZT* ist Gold wert, aber das müssen wir unterlegen. Mit wem hatte sie Kontakt? Aus welchen Gründen? Was war ihre Aufgabe in Zusammenhang mit dieser Kanzlei?« Er erntete nur betretenes Schweigen und Kopfschütteln.

»Glaubst du ernsthaft, wir hätten uns darüber nicht den Kopf zerbrochen? Ab da wird es nämlich unlustig, vor uns liegt ein weißes Blatt Papier.«

»Keine Daten, keine Zahlen, rein gar nichts.« Selbst Chris++, nächtelange Hackathons gewöhnt, ließ die Mühen der Nacht mitschwingen.

»Aber irgendetwas werdet ihr doch gefunden haben?«

»Schau.« Leček kämpfte sich in seiner schlaffen Körperhülle nach oben und nahm ein letztes Mal vor der Heimfahrt eine aufrechte Position ein, die Couchlehne war eine große Hilfe. »Wir wollten uns die Geldflüsse im Hintergrund ansehen, frag bitte nicht wie. Aber selbst auf verschlungenen Wegen finden wir kaum etwas. Nimm zum Beispiel die Regierungswerbung, also diese Anzeigen, die öffentliche Ämter, Städte und Länder in den Zeitungen schalten. Meistens schieben die Parteien ihren Spezies so einen ordentlichen Batzen Geld zu. Der Rechnungshof führt daher seit einigen Jahren eine Liste mit öffentlichen Stellen, alle Werbeausgaben über 5.000 Euro pro Quartal werden da erfasst und in einer öffentlichen Auswertung angezeigt. Die *JETZT* hat laufend solche Regierungsinserate drinnen, erscheint in der Statistik aber nur im Mittelfeld.«

»Aha, wie geht das?«

»Durch Dutzende Schlupflöcher. Buchungen in Paketen, unregelmäßige Beilagen, Themenblätter, Online-Plattformen, die Möglichkeiten sind schier nicht enden wollend. Das Medientransparenzgesetz hat nur die Gänge verschleiert, nicht den Fluss gebremst. Bei der Presseförderung sieht es mittlerweile auch nicht viel besser aus. De facto habe ich keine Ahnung, wo der Wallner das Geld hernimmt.«

»Und das kommt dir nicht seltsam vor?«

»Doch, schon«, gähnte Leček und stand langsam auf, die Nacht würde für ihn gleich zu Ende gehen. »Aber wir finden dazu nichts.« Während er seinen Laptop verstaute, lebte auch jener kleine Funke in Chris++ das vorerst letzte Mal auf.

»Eigentlich wollte ich alle Anzeigen der *JETZT* in eine Datenbank einspeisen und dann je nach Geldgeber auswerten, aber anscheinend arbeitet unser Anzeigenverkauf nicht so organisiert. Händisch würde das Wochen dauern, außerdem hätten wir dann keinen Vergleich zu anderen Tageszeitungen, uns würde der Vergleich fehlen.«

Wie zwei geschundene Hunde schlichen sich Chris++ und Leček zur Tür. Die Botschaft an Kainz war überbracht, jetzt zollten sie dem Raubbau an ihren Körpern Tribut und wollten ihre verdiente Belohnung in den eigenen Betten abholen.

Kainz, dessen innerer Gesetzeshüter durch warme Semmeln und starken Kaffee gerade zu neuer Stärke gekommen war, wollte seinen unerwarteten Besuch nur widerwillig ziehen lassen. »Können wir denn keine Stichproben nehmen? Fällt euch denn nichts ein? Kein neuer Trick, kein Hacken von Accounts? Irgendetwas?«

»Vergiss es«, grummelte Leček und band sich mühsam die Schnürsenkel zusammen. Wo hatte er noch mal gelesen, dass Schlafentzug die Aufmerksamkeit genauso beeinträchtigte wie Alkoholkonsum? »Die ganzen Anzeigen laufen zum Großteil über Agenturen, Siran & Jung, Innovationskommunikation, HRT und wie sie alle heißen. Da die wahren Geldgeber zu finden, wird knifflig und ist im Moment ehrlich gesagt nicht meine größte Sorge.«

»Die wäre nämlich welche?«

»Wie ich verhindere, draußen in der Kälte auf der Bushaltestelle einzuschlafen. Und jetzt, Herr Revierinspektor, wünsche ich eine gute Nacht.«

So schnell wie die zwei Männer aus dem Dunkel des Hausflures gekommen waren, so schnell waren sie nun darin verschwunden. Nichts zeugte von ihrem Besuch, geschweige denn von der Existenz eines wachen Menschenlebens zu dieser frühen Stunde im Wohnblock. Einzig die Tageszeitung am Fußabstreifer war Beweis für das Leben da draußen.

Die Druckerschwärze der *JETZT* war noch frisch.

Der Schlaf war verdient, aber Leček durfte nur wenige Momente in ihn hineingleiten. Wie in einer Sanduhr rann er davon, glitt ihm durch die Hände und ließ ein zeitloses Loch aus Dunkelheit und Kälte zurück, bis das iPhone am Nachtkästchen zu vibrieren begann. Eine gleißende Lichtsäule schoss an die Decke, gefolgt vom Summen des gläsernen Klingeltons.

Der Strudel an absoluten Eindrücken war für den geschundenen Geist zu viel, dem zerkratzten Körper erging es gleich. In Zeitlupe, wie man sie aus einer Sportsendung oder einer Naturdokumentation kennt, bäumte sich Leček unter der Bettdecke auf, trat gegen die gefühlt tonnenschwere Last der Daunenfedern an und kämpfte sich schließlich an die Oberfläche. Sich auf sein Gefühl verlassend, ließ er die Hand grobmotorisch auf das Nachtkästchen fallen und tastete nach der Quelle der Störung, seinem Mobiltelefon. ›Izabella‹, war sein erster und einziger Gedanke, um diese Uhrzeit konnte es nur sie sein.

Stattdessen hörte er bloß ein dumpfes Rauschen durchs Telefon, gefolgt von einem zweimaligen Klicken. Nach ein paar Sekunden war der Spuk vorbei, ein schriller Warnton gab das Auflegen des Anrufers bekannt.

›Vermutlich verwählt‹, leuchtete in Lečeks Denkzentrum auf, danach versank er genauso schnell in den dunklen Tiefen des Bettes, wie er es schon eine gute Stunde zuvor getan hatte.

Vermutlich verwählt.

KAPITEL 26

Noch 14 Tage, sieben Stunden und 14 Minuten bis zu Hubert Brandls Tod.

Der Cognac brannte in der Kehle, am Weg in den Magen würde er alle Bakterien abtöten, die ihm begegneten. Viele konnten es nach dem fünften Glas ohnehin nicht mehr sein.

Brandl war betrunken, mehr noch, er hatte sich in der letzten Stunde einen herzeigbaren Rausch angesoffen. Der war selbst für jemanden beachtlich, der so dumm war und sich nach drei großen Bieren noch hinter das Steuer eines Fahrzeugs setzte. Nichtsdestotrotz hatten Whiskey, Pelinkovac und zwei Flaschen eines unerträglich seichten Wiener Lokalbräus Brandls Durst etwas gestillt und gleichzeitig seinem Geist auf die Sprünge geholfen; jetzt nicht mehr, da waren die Prozente der Spirituosen der geistigen Entwicklung längst nicht mehr zuträglich, aber früher.

Alles hatte sich verändert, und zwar ziemlich schnell. Wie ein Tablett mit Gläsern, das zuerst langsam in Schräglage geriet, dann immer schneller, und schlussendlich schossen die Gläser nach unten, zu diesem Zeitpunkt schon längst ihrem Schicksal als Scherbenhaufen ergeben. Darüber lehnte, besser wankte Brandl und musste entscheiden, was er mit den Scherben tat.

Bevor er sich am Abend ins halbkomatöse Nirvana gesoffen hatte, das bestimmt noch einige Stunden anhielt, waren dem guten Mann einige durchaus interessante Überlegungen gekommen. Wieder ging es um Scherben, und um die Interpretation, ob sie denn nun gut oder schlecht wären. Es lag nämlich ganz an Brandl selbst, wie sich die Sache gebar.

Die Indizien waren eindeutig, zwar nicht stichfest für sofortige Festnahmen, aber die Polizei würde auf jeden Fall das Blaulicht einschalten können. Aber war ihm das genug?

Einige Zeit nach dem Telefonat, also noch vor dem Cognac, aber schon nach dem Whiskey, dem Pelinkovac und den zwei Flaschen des unerträglich seichten Wiener Lokalbräus, hatte er den Notizblock zu seinen anderen Arbeitsmaterialien in das kleine Büro geschmissen.

Es grenzte direkt ans Wohnzimmer und bestand aus einem Schreibtisch, einem Regal mit Büchern und Kassetten und einem gegenüberstehenden Kasten. Die Wände waren blank, die Möbel deutlich heller und moderner als die kastanienbraune Panzersperre einer Wohnzimmergarnitur nebenan. Den Grund dafür hätte Brandl gerne vergessen.

Der Raum war schrecklich. Trotzdem blieb er im Türrahmen stehen, in der Hand ein volles Glas mit brauner Flüssigkeit. Als er die Wohnung damals gekauft hatte, war das der Raum für das potenzielle Kinderzimmer gewesen.

Irgendwann, natürlich nicht sofort, hätte er das Zimmer gerne so verwendet. Statt des Schreibtisches ein Bett, statt der kahlen Wände Poster von Skifahrern und Popstars, statt Mappen und Büchern Spielsachen und Stofftiere. Es hatte nicht sein sollen.

Brandl bemerkte das Beben seines Unterkiefers nicht, er bemerkte auch nicht das Glas, als es ihm aus der Hand glitt und am abgetretenen Parkettboden zerschellte.

So vieles war in seinem Leben schiefgegangen, so vieles ihm verwehrt geblieben, da war die Anschauungsweise plötzlich klar wie ein Stern, den seine Augen im berauschten Nebel aufgehen sahen.

Die Entscheidung war getroffen, er würde die Scherben als Glücksfall betrachten. Es gab nur noch einen Weg.

KAPITEL 27

Die Außenwelt schrammt an der U-Bahn entlang, ein farbiger Schlurf aus Häusern, Sonne und blauem Herbsthimmel fliegt an den Fenstern vorbei. Ein dumpfer Schlag, Dunkelheit, das rasante Spiel setzt sich im Untergrund fort. Der Waggon ist leer. Orange Plastikverkleidung, Sitze mit blauem Stoffmuster, dazwischen baumelnde Haltegriffe, Stangen und klaffende Leere. Die anderen Fahrgäste waren an der letzten Station ausgestiegen.

Lečak sitzt am Ende des Waggons, mittig, er hat den gesamten Innenraum im Blick, die Dunkelheit huscht in Fahrtrichtung an ihm vorbei.

Ein Ruck geht durch den Zug, das Licht flackert, die Fahrt wird turbulenter. Weiß erleuchtete Stationseinrichtungen tanzen vor den Fenstern, doch ein Stopp ist nicht in Sicht. ›Erdberg‹, ›Westbahnhof‹, ›Hietzing‹, die Namen sind bei dem Tempo kaum noch zu lesen, die Hintergrundfarben der jeweiligen U-Bahn-Linien werden zu einem bunten Streifen. ›Volkstheater‹, und die Endbeschleunigung setzt ein, drückt Lečak in den harten Kunststoffsitz. Schwarz, weiß, schwarz, weiß fliegt es draußen vorbei, hell und dunkel, die Nadel der Geschwindigkeitsanzeige muss auf Anschlag stehen.

Die Deckenlautsprecher knacken, zuerst Rauschen, dann erklingt glasklare Musik. Ein Sänger, raue Stimme, Wiener Dialekt, doch Lečec kann ihn nicht verstehen.

Der Zug muss mittlerweile abgehoben haben und über den Schienen schweben, anders lässt sich das enorme Tempo nicht mehr erklären. Was lässt sich überhaupt noch erklären? Die Musik wird lauter, beginnt zu dröhnen, Schlagzeug und Gitarrenriff im Hintergrund.

Jetzt der Aufprall. Der Waggon trifft auf eine lackschwarze Ziegelmauer, die Regeln der Physik sind auf Außendienst, nichts verhält sich wie bei einem herkömmlichen Zusammenstoß. Die Mauer agiert als Keil, die U-Bahn wird in Zeitlupe darauf zugeschoben und zerteilt. Metall krümmt sich zu unendlich langen Locken, drückt sich wie silbernes Geschenkband zur Seite. Achsen, Motoren, Hydraulikleitungen, Kabel werden als zusammenhängendes Gedärm zerteilt, schweben in der Luft, als ob es das Normalste der Welt wäre.

Behäbig schiebt sich auch das Waggonende auf die Mauer zu, Lečec ist noch etwa einen Meter entfernt. Er könnte die Hand ausstrecken, die Wand berühren. Wie sie sich wohl anfühlt? Kalt, feucht.

Wanda. Die Musik aus den Lautsprechern, er erkennt sie jetzt. Unerträglich laut brüllt sie auf ihn ein, er muss die Hände an den Kopf pressen. Irgendetwas von stehen gelassenen Weinflaschen, goldenen Handtaschen, darunter ein Glockenton. Der Zug teilt sich weiter auf, Lečec ist eine Nasenspitze von der Mauer entfernt, das Hartplastik seines Sitzes beginnt zu bersten. Der Glockenklang ist fehl am Platz, er passt nicht in das Szenario, kommt trotzdem wieder.

Nase und Stirn werden gegen die Wand gedrückt, der Waggon zerspringt in einem Regen aus Trümmern, zwischen dem Lied schießt der Glockenklang hervor, reißt ihn hinfort.

Das Smartphone am Nachtkästchen wackelte aufgeregt, die SMS hatte ihn gerettet. Bloß ein Traum, ächzte er innerlich und setzte sich auf. Wie getrockneter Schlamm fiel die Erinnerung mit jeder Bewegung von ihm ab, verlor sich zwischen Bettdecke und Polster und nahm bloß noch einen kleinen Platz im Raum seiner Erinnerungen ein.

›Schicht hat mich geschafft. Wie geht es dir? Hast dich gestern nicht mehr gemeldet. I.‹

Leček begann den Tag mit einem Schmunzeln, so wurde er gerne aus einem Alptraum gerettet. Er stand auf, schlüpfte in den Morgenmantel und schlurfte gähnend ins Wohnzimmer. Während die Kaffeemaschine das Wasser aufheizte, beantwortete er zügig Izabellas Nachricht und plante mit ihr den restlichen Tag. Heute würde er es ruhig angehen, vielleicht eine kleine Runde laufen, dann für seine Freundin kochen. Früh genug standen mit dem morgigen Tag wieder Mord und Totschlag in Österreichs bester Boulevardzeitung an, ein paar Stunden heile Welt zum Auftanken würden da sicher nicht schaden.

Das Handy war beinahe im Morgenmantel verschwunden, als sich Leček bruchstückhaft an vergangene Nacht erinnerte. War da nicht ein Anruf gewesen? Kurzes Tippen auf den Bildschirm, mehr brauchte es nicht, um das Anrufprotokoll des Telefons zu öffnen. Alles wie immer, auch in der Nacht waren keine Anrufe eingegangen. Ein weiterer Traum?

Kopfschüttelnd brühte er sich eine Tasse schwarzen Kaffees und setzte sich auf die Couch, am Fernseher lief das nachmittägliche Zeichentrickprogramm. Er konnte sein

Handy durchschauen, so oft er wollte, es fand sich kein Eintrag zu einem Anruf in der gestrigen Nacht.

›Vielleicht‹, so grübelte er bei seiner zweiten Tasse, ›sollte ich mir nach der ganzen Geschichte Urlaub nehmen. Nur Izabella und ich, ein schönes Wochenende in den Bergen. Oder vielleicht ein Städtetrip? Hauptsache, ich komme wieder zu Verstand.‹

Die Zeichentrickfiguren hoben ihn für einen kurzen Moment über diese Hürde.

»Nicht umsonst ist die Zeit das Feuer, in dem wir verbrennen«, rezitierte Leček den abgehalfterten Spruch aus einem Science Fiction-Film. Mit Smartphone in der einen und dem Kipferl in der anderen Hand rannte er soeben durch das weitläufige Foyer der *JETZT*.

Zuerst hatte Miller aus der Redaktion angerufen, er müsse heute unbedingt früher kommen, dann streikte sein Wagen, und zum katastrophalen Abschluss waren die Öffis an der Oberfläche seit Wochen überfüllt. Den einzigen Lichtblick stellte soweit ein Telefonat mit Kainz dar, der Leček sprichwörtlich zwischen Tür und Angel erwischt hatte.

»Ich hab kurz mit meinem Bezirksinspektor gesprochen.«

»Was sagt er?« Leček stolperte gerade aus der 58er-Bim und eilte auf die sich schließenden Türen der 5er-Linie zu.

»Noch nichts, das Gespräch war rein informell, nur so am Gang. Aber er hat jetzt ein offenes Ohr, das können wir uns zunutze machen. Gib mir noch ein paar Tage, dann haben wir möglicherweise mehr zur Finanzierung der *JETZT* und können etwas unternehmen.«

»Großartig! Du, ich muss weiter, wir hören uns. Ciao!« Irgendwie hatte es Leček dann doch in die Bim geschafft, sich zwischen andere Körper gequetscht und war halbwegs rechtzeitig in der Redaktion angekommen. Im Aufzug fand er einige Sekunden, um sich zu sammeln. Vielleicht war das ein guter Tag mit Fehlstart? Als der Lift nach oben kletterte, begann Leček leise zu summen.

Die Redaktionskonferenz und das Abklopfen der Themen verliefen gewohnt monoton, Wallner hatte sich am oberen Tischende aufgebaut und zeterte oder lobte in seiner manischen Art, sodass die Gläser am Tisch klirrten.

Leček saß zu seiner Linken und machte Notizen zur aktuellen Ausgabe. Er war nicht in die Gesamtgestaltung des Blattes involviert, doch manchmal zog ihn Wallner blitzartig aus seiner Chronik-Arbeit und setzte ihn testweise woanders ein.

»Ein guter Chefreporter muss mit allen Ressorts umgehen können«, pflegte er dann immer zu sagen, wenn er Leček wie ein bockiges Reh in die Politik oder den Sport warf.

Im Grunde hatten alle Ressorts ihre Eigenheiten, unterwarfen sich zum Redaktionsschluss aber entsprechend der Blattlinie. Geschichten aus der Politik konnten groß aufgeblasen werden – sogar noch größer, wenn sie aus dem fernen Ausland kamen –, mussten aber zumindest einem Samen der Wahrheit entspringen. Benötigte hingegen ein heimischer Politiker Aufmerksamkeit, fand sich gemeinsam mit dem Pressesprecher eine populistische Geschichte, die man leicht auf die Titelseite hieven konnte: unerfüllbare Forderungen standen auf der Tagesordnung, garniert von ein paar Anzeigenschaltungen. Beim Sport war es anders, da standen Sponsoren dahinter, die sich keinesfalls in einem falschen Kontext sehen wollten. Jedes Interview musste freigegeben werden, die Fragen wurden vorab vereinbart und selbst dann noch entschärft – die Antworten wurde weichgewaschen, alle Ecken und Kanten verschwanden, die Sportler wurden zu sich wiederholenden Werbetafeln. Die typische

Einstiegsfrage »Wie geht es Ihnen jetzt?« nach einem Sieg oder einer Niederlage funktionierte immer, danach wurde es happig, meistens sprach man über entscheidende Szenen. Mit gutem Willen und besseren Kontakten ließen sich selbst hier verwertbare Geschichten bauen, die Sportler hatten schon ein Gefühl dafür, welche ›Sager‹ es für einen Artikel brauchte. Höhepunkt der Qual war die Kolumne einer österreichischen Fußballlegende, die offiziell auch von ihr befüllt wurde, allerdings erhielt der zuständige Redakteur nur Vorschläge und Anmerkungen, das Schreiben wurde ihm selbst überlassen.

Es blieb also Leček selbst überlassen, welche Zeilen er am Ende unter das strahlende Zahnpastalächeln des ehemaligen Sportstars setzen wollte.

So ging es in seinem Broterwerb zu, Wallner hatte die Spiele eröffnet und würfelte kräftig mit. Nach vorne gab Leček den willigen Gladiator, der sein Medium mit flammender Klinge und Schild verteidigte, sogar manchen Kreuzzug dafür begehen würde. Dahinter stand der nachdenkliche, besorgte Reporter, der seine Erfahrungen und Eindrücke festhielt. Das Material für die Reportage im *Telegraphen* hatte er längst beisammen, aber Leček war gierig. Je mehr Vorfälle er notierte, desto mehr wollte er haben. Zahlen verloren ihre Bedeutung, das Material sollte in seiner Fülle der *JETZT* Schmerzen bereiten. Er wollte ihnen das Herz aus der Druckmaschine reißen, die Tinte aus den Adern saugen, um diese Menschen dorthin zu befördern, wo sie seiner Meinung nach hingehörten. Leček wollte nicht weniger als den Boulevard von innen heraus vernichten, ein bisschen wie Luke Skywalker den ersten Todesstern. Er war zuversichtlich.

»Martin?« Es war Heinz Messer, der ihn schließlich aus seiner Gedankenwelt an den Ort der physischen Präsenz zurückbrachte.

Es war bereits Nachmittag, Leček saß am Computer und brütete über einem Chronikartikel: klassischer Autounfall eines Alkolenkers mit Todesfolge, der richtige Dreh dazu fehlte noch.

»Martin, bist du da?«, fragte Messer erneut und lehnte sich gegen die Tischkante.

»Ja, sorry, ich war gerade in Gedanken«, erwiderte er ruhig und drehte sich vom Monitor weg. Eine angenehme Pause, die Augen brannten ihm bereits.

»Wir müssen über die Ausgabe reden, hast du Zeit?«

»Gerade so. Worum geht's?«

Messer verschränkte die Arme ineinander und machte ein ernstes Gesicht. »Der Sieger ist der Aufmacher geplatzt. Du weißt schon, der Skandal um die Nacktbilder von den Moderatoren. Wir haben überhaupt nichts in der Hand, die Rechtsabteilung hat uns davon abgeraten.«

»Blöd gelaufen. Und was willst du jetzt von mir?« Er war aufmerksam geworden, bereit, in Verteidigungsposition zu gehen.

Eigentlich war Messer ohnehin bloß Leiter des Chronik-Ressorts, der Aufmacher sollte ihn nur kümmern, wenn er aus seiner Abteilung kam. »Es ist so«, druckste er herum, »dass ich dem Alten einen Hinweis gegeben habe. Ich meinte, du hättest da eine tolle Geschichte aufgemacht, die sich als Aufmacher eignen würde.«

»Entschuldige, aber spinnst du?« Leček schüttelte vehement den Kopf und warf die Arme in die Luft. Bevor er weiterreden konnte, wurde er von Messer im Zaum gehalten.

»Beruhige dich erstmal. Fakt ist, du brauchst noch ein paar gute Geschichten, damit der Alte dich wirklich zum Chefreporter macht. Fakt ist auch, wenn du nichts lieferst, wird sich die Sieger trotzdem die Hände reiben. Die spitzt seit Ewigkeiten auf den Posten, jetzt stehst nur noch du im Weg.«

»Die Sieger will Chefreporterin werden?« Die Erkenntnis traf ins Schwarze, hatte sie doch weitreichende Auswirkungen auf Lečeks Privatvergnügen. Brandl wurde spektakulär aus dem Weg geräumt, und sein Posten wurde frei. Konnte das etwa ein Motiv sein? Würde Sieger alles für den Ruhm tun? Viele Jahre hatte sie dafür wahrscheinlich nicht mehr, und zuzutrauen war dem alten Drachen alles.

»Klar, seit du in der Society warst, intrigiert sie ordentlich gegen dich. Du oder sie, und momentan steht das Pendel für sie gar nicht so schlecht. Keine Ahnung warum, aber der Alte zweifelt an dir. Du brauchst dringend mehr Unterstützer und gute Geschichten, so wie jetzt.«

»Danke, Heinz, aber ich habe gerade nichts, was sich auch nur annähernd für den Aufmacher eignet.« ›Und extra dafür erfinden werde ich nichts‹, setzte er in Gedanken nach. Solche Sachen, Lügen, Auslassungen und Erfindungen, die tagtäglich das Bild der *JETZT* bestimmten, wurden unter Kollegen niemals direkt ausgesprochen. Sie passierten einfach, manchmal sprach man im Jargon von einem versehentlichen Fehlverhalten, aber offen zugeben würde man dem Kollegen gegenüber so etwas nie. Es war ein Code, den jeder kannte und dementsprechend achtete. Bloß der Leser wusste um dieses Geheimnis nicht, ließ sich aber willig an der Hand in ein Lügengebäude führen.

»Nein, Martin, du verstehst mich nicht ganz. Das ist kein Angebot. Ich habe dem Alten eine Geschichte von dir versprochen. Geht das schief, zaubert die Sieger doch noch eine Adabei-Geschichte aus dem Hut, du weißt ja, wie das geht. Deine Aktien rasseln dann ordentlich in den Keller.«

Also wieder ein Ultimatum, an dessen Ende fröhliches Leben oder vorzeitiger Printtod stehen würde. Es überraschte Leček, wie herzlich egal ihm solche Drohungen langsam erschienen. »Schon gut, ich hab verstanden. Ich muss zuerst die Chronik-Geschichte fertig schreiben, dann überlege ich mir etwas für den Aufmacher.«

»Hängst du da immer noch fest?« Gekünstelt stieß sich Messer von der Tischkante ab und ließ sich in den Drehstuhl neben Leček fallen. Er holte sein Feuerzeug raus und begann gedankenverloren damit rumzuspielen, kleine Funken schlugen zwischen seinen Fingern. »Wo liegt denn dein Problem?«

»Mir fehlt der richtige Dreh. In der Vormittagskonferenz dachte ich noch, die Geschichte gibt mehr her. Alkoholisiert, ein schrecklicher Unfall in einem Alpendorf irgendwo in Tirol, ein toter Hund, da sind alle Elemente vorhanden. Aber ich kann das nicht umsetzen, es ist, als würde sich alles in mir dagegen sträuben, mir den Zugang verwehren.« Welch ein Glück, dass dieser letzte Schutzmechanismus funktionierte.

»Hast du darüber nachgedacht, dir eine Grafik für den Unfallhergang anfertigen zu lassen? Wir können es so aussehen lassen, als hätte er zuerst den Hund gesehen und wäre dann ausgewichen und in den Straßengraben gerast. Dann steckt da gleich eine andere Geschichte drinnen, das arme Tier und so. Die Details muss ja keiner wissen.«

Zögerlich nickte Leček, Messer hatte eigentlich recht. So schwer es ihm auch fiel, aber er würde diese grausame Geschichte wohl auf diese Art und Weise ausspielen müssen. »Und wie stellst du dir die Grafik vor?«

»Warte, ich zeichne sie dir auf.« Blitzschnell wühlte Messer in einem Stapel auf der Ablage und zog ein Blatt heraus.

Eine Schockstarre überfiel Leček, sein Herz schlug bis in den Hals.

Auf der Rückseite des Blattes befand sich die ausgedruckte Opferliste, Brandls Name stach durch eine Markierung mit dem Leuchtstift sogar grell hervor.

»Willst du die Abos auch noch managen?«, lachte Messer und überflog die Seite, bis auch er realisierte, was er gerade in den Händen hielt. »Du Lügner, sagst noch, du hast keine Story!«

KAPITEL 28

Zäh wie Honig, so verlief der erste Augenblick nach Entdeckung des Papiers. Messer hatte im Ablagestapel rumgekramt und tatsächlich das Blatt mit den Namen und persönlichen Daten der Todesopfer aus der U3 gefunden. Wertvolle Informationen, deren Schutz Kainz an oberste Stelle gesetzt hatte und die gerade aus der Redaktion hinausmarschierten.

Nach dem Honig kam der Sturzbach, er riss Leček hinfort und schwemmte ihn ans Ufer des Herausgebers. Nass und benommen stand er neben Messer, als dieser Wallner den Zettel auf den Tisch klatschte.

»Schau dir das an! Der gute Martin hat eine Liste aller Opfer aus der U-Bahn und tut tatsächlich so, als ob er keine Geschichte für den Aufmacher hätte!« Dröhnendes Lachen, kräftiges Schulterklopfen, Messer sprach sein typisches Lob.

Leček quittierte das ungewollte Lob lediglich mit einem gezwungenen Lächeln, ehe er sich zum Anwalt der Toten aufschwang, was sich verblüffend nach einer Fernsehserie im Nachmittagsprogramm anhörte. »Wir können doch nicht einfach die gesamte Liste veröffentlichen. Das wäre pietätlos, außerdem hat sie keinen wirklichen Nachrichtenwert. Unter den Opfern ist niemand prominentes, damit treffen wir nur Familien, die eh schon viel mitmachen mussten.«

»Papperlapapp, das drucken wir! Die Liste ist pures Gold, niemand hat sie vor uns in die Finger bekommen! Wie hast du das überhaupt geschafft?« In einer drohenden Gebärde lehnte sich Wallner über den Tisch und sah Leček abwartend an.

»Kontakte, gute Kontakte«, gab er murmelnd zur Antwort.

»Die willst du wahrscheinlich nicht offenlegen? Aber die sind auf jeden Fall hervorragend, zahl ihnen ein Bier auf meine Kosten«, grunzte Wallner, er sah sich das Blatt zum wiederholten Male an. Das Glänzen in seinen Augen machte Leček Angst, bald würde bestimmt Sabber aus den Mundwinkeln rinnen. Ob er auf Leichenfotos auch so reagiert hätte?

»Um noch mal auf die Ethik zu kommen, der Presserat wird das sicherlich nicht gutheißen.«

»Der Presserat kann scheißen gehen«, warf Messer dazwischen, »außerdem sind wir kein Mitglied von denen, also Gusch.«

»Nicht zu vergessen, dass ich bestimme, was wir ins Heft nehmen und was nicht. Die Liste wird gedruckt, keine Widerrede!« Die Stimmung hatte sich gedreht, Wallner entriss Leček die Geschichte, würde sie im schlimmsten Fall im Alleingang erledigen. Er hatte schreibfähige Leute, willige Soldaten mit Stiften, die das sofort übernehmen würden.

Das durfte er nicht zulassen. Leček musste die Vorherrschaft über die Liste behalten, sonst geschah ein Unglück.

Vielleicht konnte er die Geschichte anders drehen, damit das Schlimmste abwenden und Kainz vorwarnen. ›Fuck, Fuck, Fuck.‹ »Gut, ich übernehme das.«

»Geht doch«, schmunzelte Wallner und schrieb etwas in seinen Blackberry. »Du wirst heute bis zur Schlussredaktion bleiben, die Story hat oberste Priorität. Heinz, du hilfst ihm bestimmt gerne. Wenn am Abend alles passt, dann trinken wir vielleicht ein Glaserl zusammen.«

Der Sturzbach wurde nach dem Gespräch mit Wallner nicht milder, ganz im Gegenteil. Titelseite und Aufmacher mussten grafisch gelöst und gebaut werden, es benötigte Rücksprachen mit den Grafikern und der Chefin vom Dienst. Die Uhr schritt unerbittlich auf die späte Nacht zu, doch Lečeks Arbeit war nicht getan. Der Artikel war längst fertig, aber die Umstände bereiteten ihm Kopfschmerzen.

In der Autorenzeile prangte sein Name, der musste vor dem Druck unbedingt herausgelöst werden, an dessen Stelle würde er das Kürzel ›red‹ schieben, das allgemein für die Redaktion stand. Zudem versuchte er in jedem unbeaufsichtigten Moment Kainz zu erreichen, aber der hatte entweder Dienst oder schlief sich schlichtweg aus, eventuell auch beides. Anruf um Anruf und SMS um SMS vergingen, doch auf Lečeks Handy sollte sich nichts melden. Knapp vor Mitternacht hatte er die Warnungen an seinen besten Freund beendet, es war ohnehin zu spät, die morgige Ausgabe war auf dem Weg zur Druckerei.

»Bloß meine Freundin, sie wollte wissen, wann ich komme.« Das Smartphone rutschte wieder in die Hosentasche, Leček schmunzelte kaum merklich.

Nachdem die Zeitung in Druck gegangen war, hatte er sich von Messer und Miller in eine Bar um die Ecke mitziehen lassen, er konnte etwas Zerstreuung brauchen. Wallner hatte sich schon vor Stunden verabschiedet, nicht ohne sein vollstes Lob auszusprechen.

Als ob das etwas ändern würde, so leerte er nur ein Glas um das andere.

»Freu dich doch endlich!«, forderte Messer und bestellte gleich die nächste Runde an Getränken, zwei Bier und einen Holunderspritzer. »Du hast den Alten heute richtig beeindruckt, nicht nur ihn! Die Sieger hat fast einen Herzkasper bekommen, uns geht es nicht anders. Martin, wenn die Kathi und ich nur früher gewusst hätten, wofür wir dich alles einsetzen können!«

Während sich Messer in weiteren Ausschweifungen und Lobhudelei ergab, blieb Leček gänzlich unerwartet am Echo des letzten Satzes hängen. Was zum Teufel wollte er damit sagen, war das eine Andeutung? Nein, so direkt konnte doch kein Mörder sein. Oder etwa doch?

Irgendwo beim Geschwafel über das zukünftige Gehalt, fanden Messers Worte wieder ihren Weg in das Ohr seines Zuhörers. »Als Chefreporter kannst du dir alle Wünsche erfüllen. Und denk an das viele Geld!«

»Ist Geld das Einzige, was zählt?«, bohrte Miller nach.

»Natürlich nicht, aber das muss er doch wissen. Und die Bevorzugungen! Martin, du wirst endlich richtig zu uns gehören. Wir drei werden das neue Triumvirat bilden, wir drei stellen die Zukunft der *JETZT* dar!«

»Ich bin beeindruckt«, erwiderte Leček lasch und trank einen weiteren Schluck, ihm war nicht sonderlich nach reden zumute. Der Stein, den er heute ins Rollen gebracht hatte, war zu groß, um ihn noch aufhalten zu können. »Apropos, Heinz, eine andere Frage. Warum hast du mir geholfen? Du hättest doch selbst einspringen und etwas aus der Chronik anbieten können?«

»Der Heinz ist doch kein Karrieretyp, oder?« spottete Miller und drehte sich zu ihrem Kollegen.

»Doch, früher, deswegen habe ich in den letzten Jahren auch bei sieben oder acht verschiedenen Zeitungen Halt gemacht. Mir reicht das Herumgespringe aber, ich will mich nicht mehr um alles prügeln müssen. Wie gesagt, wir drei werden das in Zukunft sowieso unter uns ausmachen.«

Eigentlich eine vernünftige Antwort, wie Leček befand. Bloß konnte das Anbieten einer Story auch eine Falle gewesen sein, eine Chance, um ihn aus der Redaktion hinauszukatapultieren.

»Hört doch endlich auf, über die Arbeit zu sprechen«, seufzte Miller und verschüttete beim Anheben ihres Glases einige Tropfen. »Unser Martin hat wieder eine gewaltige Sensation gefunden, wir dürfen auf Chefkosten feiern, und morgen werden alle unser Blatt lesen. Was wollt ihr mehr? Der Chef plant mit uns drei, er bastelt sogar schon groß an der Zukunft. Alles fügt sich ineinander, außerdem verschwindet der Alte in den nächsten Wochen bald eh wieder in seine Hütte zum Jagen. Also haltet endlich die Klappe und trinkt!«

»Moment, welche Zukunft?«

»Geh, Martin, nicht schon wieder.« Miller rollte mit den Augen, die Erklärung nötigte ihr einen großen Schluck ab. »Aber du verrätst nichts, ja? Also, wir werden die *JETZT* auf den Gratiszeitungsmarkt bringen, vielleicht schon nächstes Jahr. In ganz Österreich! Dann gibt es uns an Bushaltestellen, U-Bahn-Stationen, Postämtern, Tankstellen, Supermärkten, wo auch immer. Die einzelnen Ressorts werden dann stärker herausgelöst und erscheinen als eigenständige Hefte, also Wirtschaft, Sport, etc., für die die Leser natürlich zahlen müssen, Online wird dann auch kostenpflichtig werden. Das Ganze wird mit einer riesigen Marketingkampagne einhergehen, wir werden über das ganze Land brausen wie ein Feuersturm! Von den anderen wird nicht viel übrig bleiben, bloß Asche und Knochen!«

›Ich muss hier weg‹, schauderte es ihn plötzlich, ›Scheiße.‹

»Asche und Knochen!« Messer stimmte mit ein und erhob sein Glas.

An den Rest konnte sich Leček nicht mehr erinnern.

KAPITEL 29

Das sind die Feuer-Toten!

Familienväter, Kinder, Touristen. Eine Fahrt mit der U-Bahn brachte sie in ihr feuriges Grab. Erstmals liegt der *JETZT* exklusiv die Gesamtliste aller verstorbenen Brandopfer vor – die Bilanz: schockierend!

Wien. Wie herzlos muss man sein, um das Leben von geliebten Menschen unter Verschluss halten zu wollen? Die Ermittlungsbehörden pochen bis heute auf die Geheimhaltung, dabei steht die Unglücksursache – technisches Versagen – längst fest. Die *JETZT* hat trotzdem die gesamte Liste mit allen Opfern recherchiert. Wir machen die Namen öffentlich – die Toten bleiben nicht vergessen!

Vier verpasste Anrufe. Alle kamen von Kainz, voneinander getrennt durch wenige Minuten in den frühen Morgenstunden. Sie standen für die Wut, die Abrechnung, für das verspielte Vertrauen.

Eine Zeit lang saß Leček still auf der Couch und starrte auf sein schwarzes Handy. Die Anrufe wollten nicht verschwinden, sie waren keine Halluzinationen, keine Auswirkungen seines Katers, sie waren die Faust der Realität, die ihm einen harten Schlag in die Magengrube versetzt hatte. Natürlich könnte er das Anrufprotokoll löschen, die Mobilbox mit den wütenden Stimmen entleeren, aber seine Gedanken würde das auch nicht erleichtern. Leček musste jetzt die ihm zugedachte Rolle einnehmen, Kainz anrufen und die Sache ausdiskutieren, er musste retten, wozu er vorher nicht in der Lage gewesen war.

Der Wählvorgang dauerte entsetzlich lange, auch das Freizeichen schien ewig auf sich warten zu lassen. Kainz verhielt sich dagegen nicht ganz so zurückhaltend, als er endlich abgehoben hatte.

»Du gschissener Hundling!«

»Hör zu, es tut mir leid, das hätte nicht passieren dürfen.«

»Das hätte es wirklich nicht, tut es aber trotzdem! Es ist egal, was man dir sagt, du scheißt auf alles und jeden. Hauptsache, du stehst am Ende fein da!«

»Nein, das stimmt nicht! Ich wollte …« Weiter kam Leček an dieser Stelle nicht.

»Jaja, was auch immer du wolltest! Hier im Revier geht es wegen dir drunter und drüber, alle suchen nach der undichten Stelle. Dem Bezirksinspektor brauche ich gar nicht mehr unter die Augen zu kommen, der ist angefressen bis in die Haarspitzen!«

»Georg, ich es schwöre dir, ich hatte keine andere Wahl. Der Messer hat zufällig den Zettel gefunden, ich weiß auch nicht, wie der auf meinem Schreibtisch gelandet ist. Und dann ging alles so schnell, ich konnte nichts mehr dagegen tun.«

»Weißt du was, Martin? Du bist mir ab jetzt egal. Mach, was du willst und starte deine große Karriere bei der *JETZT*, da scheinst du dich eh wohlzufühlen. Müll zu Müll, das finde ich passend.«

Da war die Grenze erreicht, der klaffende Graben war zu groß, und Leček hatte nicht vor, ein neues Seil über diesen Abgrund zu spannen. Er hatte sich entschuldigt, wollte ihm entgegenkommen, sich erklären und gemeinsam einen möglichen Ausweg finden, doch Kainz wollte das nicht mehr. Dann konnte auch Leček getrost die Schotten dicht machen und auf stur schalten, er musste sich diesem Streit nicht schutzlos ausliefern. »Schön, dann schleich dich doch! Was hast du schon groß geholfen, ha? Ich brauch dich nicht, niemand braucht dich! Verschwinde zurück in dein Revier, sauf dich nieder und pass auf, dass du keinen umbringst.«

»Geh scheißen, Martin.«

Besetztzeichen, der Anruf endete abrupt. ›So weit sind wir also gekommen‹, dachte Leček. Dabei konnte er doch gar nichts dafür, war er nicht ein Opfer all dessen? In ihm stieg die Wut hoch, vermischte sich mit Angst und begann durch die Unsicherheit zu kochen. »Scheiße!«, schrie er aus ganzem Leib und schlug mit der Hand auf den Couchtisch. Die Glasscheibe zerbrach sofort in hunderte kleine Stücke, die klirrend zu Boden regneten.

Lečeks Puls hämmerte wie wild, Adrenalin durchflutete seinen Körper. Rote Tropfen mischten sich allmählich unter das Scherbenmeer. Betäubt, wie in Watte gepackt, sah er auf die Schnitte in seiner Hand. Die Welt um ihn brach zusammen, das hier war mehr als eine Metapher.

»Geht es dir jetzt besser?«

Mit Entsetzen im Gesicht fuhr Leček herum, Izabella lehnte in der Schlafzimmertür, er hatte sie im Zorn vollkommen übersehen. »Nein«, antwortete er leise und starrte in die Leere. Da waren immer noch Splitter und Blut.

Schweigend nahm ihn Izabella bei der Hand und führte in ins Badezimmer. Wie eine ruppige Kinderkrankenschwester, gewissenhaft, aber rau, reinigte sie die blutende Hand unter lauwarmem Leitungswasser, tupfte die Schnitte ab und desinfizierte sie. »Darfst dich bei Hippokrates bedanken«, murrte Izabella. Schweigen wäre ihr die liebste Strafe gewesen, aber dafür war sie zu zornig. »War das wirklich notwendig?«, brach es schließlich aus ihr heraus.

»Der Tisch? Nein, war es nicht.«

»Und das andere?«

»Das schon gar nicht, aber das war nicht meine Schuld.«

»Verstehe.«

Nun saßen beide da, starrten nach vorne und verliefen sich in ihren Gedankenwelten. »Du machst mir Angst«, flüsterte Izabella, »du hast dich verändert, ich erkenne dich nicht wieder. Du pfeifst auf deine Einstellungen, lässt dich in irgendetwas Dubioses hineinziehen und gibst Freundschaften auf.«

»Das wird sich ändern, versprochen. Ich kann damit nicht mehr leben, ich will nicht zu denen gehören.«

»Das tust du doch schon längst.«

»Danke für das Kompliment.« Als Trotzreaktion sprang Leček auf, der Blutverlust ließ ihn taumeln. Oder hatte der Schwindel andere Gründe? Vielleicht war das eine Abwehrreaktion seines Körpers, und Izabella hatte recht, er wurde schon zu lange von der *JETZT* vergiftet? Es war an der Zeit zu gehen, der *Telegraph* stand sowieso mit offenen Armen bereit, das Material für seine Reportage war längst vollständig. Am Überbringer des USB-Sticks hatte sich zwar selbst Chris++ die Zähne ausgebissen, aber das war nicht mehr wichtig. Jemand hatte Lečeks wahre Intention erkannt und sein Gewissen bei ihm erleichtert, er würde ihn als stillen Helden in Erinnerung behalten. Das war der erste Ausweg.

Nach dem Wechsel zum *Telegraphen* konnte er das Material zum Brandl-Zwischenfall mit neuen Gesichtern teilen, ja vielleicht sogar von seiner Idee überzeugen. Brandl, Hammerschmidt, van der Garde und die 40 anderen Menschen wären nicht vergessen. Das war der zweite Ausweg.

Ein paar dunkle Tage galt es noch zu überstehen, dann konnte er dem dreckigen Boulevard endlich Lebewohl sagen. Sein Seelenzustand würde ins Gleichgewicht kommen.

»Ist alles in Ordnung, geht es dir gut?« Izabellas zärtliche Stimme hatte ihn eingefangen.

»Es passt alles.« Abgeklärt winkte Leček ab und ging aus dem Bad. »Verzichte heute bitte auf den Blick in die *JETZT*. Lass uns die Zeit stattdessen nutzen und frühstücken gehen, nur wir zwei. Ich muss meinen Kopf freibekommen, die ganze Last zumindest für einen Augenblick abstreifen und fünf Minuten nicht daran denken.«

»Das klingt gut, aber deine Hand blutet noch immer. Warte kurz.« Rasch streifte sie ihr cremefarbenes T-Shirt über den Kopf und wickelte es behutsam um die Wunde. »Ich ziehe mir noch etwas an, dann können wir los. Ich fahre.«

Als der nackte Rücken seiner Freundin im Schlafzimmer verschwand, umspielte ein Lächeln Lečeks Lippen. Kainz' Abgang tat weh, aber daran war nur er schuld und den musste er verkraften, Izabella hingegen durfte er nie verlieren. ›Für dich werde ich alles tun.‹

»Damit hat sich das Frühstück auch erledigt.«

Ein Panorama voller Glassplitter. Dieses Mal ging es nicht um den durch Zorn und Angst zerstörten Couchtisch, sondern um die Überreste der Seitenscheibe, die bis vor Kurzem noch die Fahrertür des Lancia Beta Coupés geschmückt hatte.

Die Splitter hatten sich im Innenraum verteilt und bedeckten das Armaturenbrett, den Fahrersitz und den Fußraum. Das Autoradio, obwohl ein uraltes Modell mit Kassettendeck, war verschwunden, das Handschuhfach daneben stand offen und war durchwühlt worden. Mehr zur finalen Feststellung als in guter Hoffnung umschritt Leček den Wagen und besah sich den Kofferraumdeckel; ebenfalls aufgebrochen, das Schloss war zerkratzt und ging nicht mehr zu.

»Kennst du dieses Gefühl, wenn dir so viel Schlechtes passiert und du einfach nur mehr schreien möchtest? Und dann wird dir aber bewusst, wie sinnlos das Ganze ist, weil sich rein gar nichts dadurch ändert, und du verfällst in Lethargie?« Leček vergrub seine Hände in den Manteltaschen, abwartend sah er zu Izabella.

»Ich weiß, was du meinst, aber alles wird gut.« Mit einem warmen Lächeln im Gesicht kramte sie in den Taschen ihrer Daunenjacke nach dem Samsung mit rosafarbenem Katzenaufkleber und durchsuchte ihr Adressbuch. »Sollen wir gleich jemanden anrufen?«

»Meinetwegen, bleibt uns ja nichts anderes übrig.« Im Gegensatz zum Einbrecher öffnete er mit dem Schlüssel die Autotür. Der rostende Wagen würde ihn noch mehr Geld kosten, als er es ohnehin schon tat. Zumindest würde er ihm bei der Gelegenheit endlich eine neue Batterie spendieren. »Oida, wir wohnen eh schon im 13. und dann passiert trotzdem sowas!« Ein dreifacher Fluch stand an: Einmal verfluchte er den Einbrecher, der bis auf das Radio anscheinend nichts erbeutet hatte, dann verfluchte er den Schaden an seinem geliebten Wagen, der durch diesen sinnlosen Akt entstanden war, und schlussendlich verfluchte er den Wiener Dialekt, der dem gebürtigen Kärntner immer öfter über die Zunge schnalzte. Zum Zetern war er allerdings brauchbar, zugegeben.

»Hallo, ist dort die Polizeiinspektion Meidling? Hier spricht Izabella Bosenski, ich möchte gerne einen Autoeinbruch melden.«

Den Rest des Gesprächs nahm Leček nur als dumpfen Fetzen wahr, der allmählich von ihm wegdriftete. Er schien in einen Schacht zu fallen, hinuntergezogen von den Belastungen der letzten Tage. Da war Thanner, der Druck machte und ihn zu schnellen Ergebnissen nötigte, da war das Trio Wallner, Messer und Miller, die ihn regelmäßig auf die dunkle Seite des Papiers zogen, da waren seine Schandtaten in der *JETZT*, die er sich nie verzeihen würde können. Da waren noch die Opferliste, Kainz, seine Hand, der Schwindel, der Einbruch in den Wagen. Druck baute sich auf und manifestierte sich in Lečeks Brust. Das Atmen fiel ihm schwerer, kalter Schweiß stand ihm auf der Stirn. Seine Lunge wurde regelrecht zusammengepresst.

An die Motorhaube gelehnt stand Izabella, sie bemerkte Lečeks stummen Hilferuf nicht.

So sehr er sich auch anstrengte, die Lippen versagten, die Zunge blieb trocken liegen, aus seinem Mund kam kein einziger Ton. Flehend zog er sich an der Dachkante entlang, dann schoss ein pochender Schmerz durch seine kaputte Hand. Der Schwindel wurde stärker und zog ihn zu Boden, Leček konnte mit dem Rücken gerade noch am Lancia hinabgleiten.

Zwei schiere Ewigkeiten vergingen, ehe Izabella das Fehlen ihres Freundes auffiel, sie ließ ihr Handy fallen und rannte um das Auto.

KAPITEL 30

Noch 14 Tage und zwei Stunden bis zu Hubert Brandls Tod.

»Kogelnig?«

»Begrüße Herr Kogelnig! Pardon, natürlich Oberst Kogelnig, Brandl am Apparat, Tageszeitung *JETZT*. Herr Oberst, ich würde gerne über einen alten Fall mit Ihnen sprechen.«

Die Worte versickerten in der Sprechmuschel, Brandls Gegenüber am Telefon wich ihm allerdings geschickt aus und wählte seine Worte mit Bedacht. Der Oberst war ein gerissener Fuchs, die Vermutung war Brandl durchaus schon beim Einholen der Hintergrundinformationen gekommen.

»Von welcher Zeitung sind Sie?«, wollte Kogelnig noch einmal wissen.

»*JETZT*. Wissen'S eh, jetzt informiert, jetzt aktuell, gelbe Schrift, blauer Hintergrund.« Mindestens tausendmal hatte er diesen Satz schon von sich gegeben, jeweils brav aufgesagt wie der Junge im Sonntagsanzug, der vor versammelter Verwandtschaft ein Gedicht zum Besten geben musste. Brandl hatte diesen Teil seiner Kindheit immer gehasst, wenigstens gab es danach ein kleines Taschengeld. Heute war es nicht anders.

»Ach so, das trifft sich gut, die lese ich so gerne! Mir gefallen die Kreuzworträtsel und die Sportseiten immer so gut. Die zwei Nackerten sind auch nicht schlecht, aber verraten'S das nicht meiner Frau.« Die brüchige Stimme schien sich aufzuhellen, nach einer kurzen Pause fuhr sie fort. »Sie wissen ja, man muss immer aufpassen. Gerade in der heutigen Zeit muss man immer auf der Hut sein.«

»Sehr richtig, man merkt, selbst im Ruhestand sind Sie noch immer hochaktiv. Eine Schande, dass Sie nicht mehr im Dienst sind, einen Mann mit Ihren Fähigkeiten braucht unser Land heutzutage mehr denn je.«

»Danke, aber was soll man machen? Eigentlich bin ich ja ganz zufrieden, bis auf den fehlenden Lottogewinn darf ich nicht klagen.« Das Lachen war wider Erwarten nicht seicht, ein voller Brustton erhob sich, nur am Ende vom Husten flankiert.

Brandl stimmte ins Lachen mit ein, das gehörte alles zur Show. Einschmeichelei, Leichtigkeit und Humor gefielen den meisten seiner Interviewpartner, vom Straßenkehrer bis zum Regierungspolitiker, er bekam sie alle.

»Was kann ich also für Sie tun?«

»Das ist eine prekäre Sache, ich weiß nicht, ob Sie mir helfen können, aber ich wollte es nicht unversucht lassen. An allen Stellen wurde mir immer gesagt: Geh zum Oberst Kogelnig, der kennt sich aus.« Die Falle war ausgelegt, sein Opfer rechnete mit einer unmöglichen Aufgabe. Wenn die Frage entgegen aller Erwartungen doch leicht zu beantworten war, würde ihm Kogelnig freudig und erleichtert hineintappen. Es war immer die gleiche Masche. »Mir ist da etwas unklar, ich schildere Ihnen die Sache einmal.«

Das Telefonat entspann eine unvorhergesehene Länge, Brandl hatte sich in der Zwischenzeit hingesetzt und den Blick aus seinem Wohnzimmerfenster gerichtet. Immer wieder beugte er sich konzentriert nach vorne, notierte etwas auf seinem Notizblock und brummte abwesend. Die Seiten wurden schnell gefüllt, manches war trotzdem nur Kritzelei.

Nach anderthalb Stunden beendeten sie das Gespräch. Mit eiserner Miene legte Brandl den Hörer auf die Gabel, schob Telefon, Block und alle Gedanken von sich weg und stand auf.

Der Donaukanal war ihm schon lange nicht mehr so leer vorgekommen, so ruhig, so tot. Der Sommer war ohne Chance auf Wiederkehr verschwunden, der Herbst war verfrüht eingezogen und hatte sich die Stadt und ihre Einwohner Untertan gemacht. Bald würden die Blätter braun werden und fallen, die flüssige Lebensader ihren Charme verlieren und vereinsamt in den Winterschlaf gleiten. Ja, der Donaukanal halt. Eh.

Dem Blick zum Trotz beschäftigten Brandl in Wahrheit andere Themen mit brennendem Inhalt. Er wollte sich mit ihnen nicht auseinandersetzen, schob Kulissen davor und benutzte einen gebirgsartigen Schutzwall aus dem Theaterfundus.

Zu dumm, die Flammen loderten bereits durch das Pappmaschee hindurch.

KAPITEL 31

Am Tag nach der Panikattacke war Leček gerädert. Matt lag er im Bett, starrte aus dem Fenster hinaus in einen grauen Herbst, der aus viel Nebel, fallenden Blättern und dürren Ästen bestand.

Im Nachhinein konnte er sich nur noch vage an den Vorfall erinnern. Irgendwie hatte ihn Izabella nach oben bugsiert und auf die Couch gelegt. Sie gab ihm ein Beruhigungsmittel, dann hatten sie lange geredet. Später wurde der Schlafmangel zum Glücksfall, und er war für einige Stunden eingeschlafen. Leček wäre sogar noch in die Redaktion gefahren, wenn ihn nicht eine Kollegin von Izabellas Station krankgeschrieben hätte, zwei Tage hatte er verordnet bekommen. Zwei Tage, die reichen mussten, damit er wieder auf den Damm kam.

»Ich hatte keine Panikattacke«, war die eine Phrase, die er unerlässlich wiederholte, »mir geht es gut« die andere, die Izabella regelmäßig zu hören bekam. Durch das ständige Abstreiten und Vorlügen war er mittlerweile so weit, die Wahrheit irgendwo dazwischen zu verorten.

Eine Panikattacke mit Anfang 30. Lächerlich! Verkrampft klammerte er sich an seine gewohnte Denkweise, nach der ihn sein junges Alter vor allen gesundheitlichen Beschwerden schützen würde; was es aber nicht mehr tat. Die gebündelten Eindrücke am Vortag waren zu viel gewesen, sein Körper war überfordert und sandte ein Hilfesignal aus. Nun lag er hier, verfolgte den herbstlichen Stillstand vor dem Fenster und wartete auf Izabella, die jeden Moment von ihrer verkürzten Schicht nach Hause kommen würde.

Die Ingredienzien des gestrigen Vorfalles konnte sich Lečeк leicht zusammensuchen. Der angestaute Druck der letzten Wochen, für den er mitunter selbst verantwortlich war, hatte sich in einem Moment entladen. Der Gedanke daran war beunruhigend, er musste sich seine Exit-Strategie immer wieder ins Bewusstsein rufen:

Nur noch die letzten Tage bei der *JETZT* absitzen, dann konnte er getrost zu Thanner und dem *Telegraphen* wechseln. Die folgende Zeit würde bestimmt nicht einfach werden, aber zumindest konnte er sich in einer sicheren Umgebung wähnen. Selbst für den Fall, dass niemand von seiner Theorie um Brandls Ermordung etwas hören wollte, hatte er einen Plan B bei der Hand, um endlich Geist und Gewissen zu entlasten. Er würde alle Unterlagen anonym ins Internet stellen und die Verlinkung der Staatsanwaltschaft zukommen lassen. Welcher Fall auch eintreten mochte, es konnte nur besser werden, der Stress würde abnehmen.

Angespornt von dem Gedanken schlug Leček die Bettdecke zurück, zog sich Pullover und Jogginghose an und schlurfte in dicken Wollsocken ins Wohnzimmer. Tee statt Kaffee stand heute auf dem Programm. Er stellte eine Kanne an und schaltete danach die Stereoanlage ein, verschiedene Rock-Klassiker von Journey und Midnight Oil strömten leise durch den Raum.

Dumpfe Kopfschmerzen trommelten von innen gegen seine Stirn, ein kleiner Nachgeschmack von gestern. Der Blick auf die Straße verursachte ein beklemmendes Gefühl in ihm, verblüfft wandte sich Leček ab und stützte sich gegen das Bücherregal. Schweißperlen standen auf seiner Stirn, sein Herz klopfte gegen die Rippen, als wollte es den Brustkorb sprengen. Trotzdem, es wurde besser. Mantraartig wiederholte er seine Beruhigungsformeln, spulte Izabellas Worte in Gedanken ab und vergegenwärtigte sich der Sicherheit der Wohnung. ›Alles ist gut, mir passiert nichts‹, war das kleine Schloss, in dem er Zuflucht bekam.

Im Vorzimmer wurde der Schlüssel in der Wohnungstür umgedreht, Izabella kam nach Hause, sie hatte unterwegs Lebensmittel eingekauft. »Was machst du auf den Beinen? Leg dich sofort wieder hin!«, harschte sie und küsste ihn flüchtig. »Ab ins Bett oder auf die Couch, du hast dich auszuruhen!«

»Und wenn ich dir nicht folge, Frau Doktorin?« Leček streckte zwar die Zunge raus, legte sich aber doch artig auf die Couch. Er wusste, wie unangenehm Izabella die Situation war, als Ärztin sollte sie nicht für ihren Freund zuständig sein müssen.

»Dann werde ich eine Therapieempfehlung für dich aussprechen, aber zuerst folgt die Hendlsuppe.«

Eigentlich war der Krankenstand gar nicht so schlecht, befand Leček.

Die Amnestie vor den giftigen Tentakeln der *JETZT* währte nur kurz, tags darauf rief Catherine Miller an und verlangte nach ihrem Journalisten. Es gäbe eine wichtige Geschichte, ein unumstößlicher Termin stand an, et cetera. Blödsinn. Entweder war der freie Mitarbeiter als Ersatz zu teuer, oder es brauchte jemanden, der sich in gewohnter *JETZT*-Manier die Hände schmutzig machte, also konform mit der Blattlinie arbeitete. Nach kurzer Bedenkzeit entschied Leček, nicht dagegen anzukämpfen, die Details seiner Erkrankung brauchte niemand zu erfahren, außerdem wurden Zusammenbrüche und Burnouts gerne als Schwäche angesehen und breitgetreten. Als würden die anderen Redakteure über ein krankes Tier herfallen und einen weiteren Mitstreiter beseitigen, gerade das richtige Verhalten in solch einer Situation.

Das Schlimmste war gar nicht das Verlassen der Wohnung, das ging relativ einfach. Schlimm wurde es in der Straßenbahn, die in letzter Zeit bis zum Bersten gefüllt war; eine Sardinendose, randvoll mit atmenden, warmen Leibern. Alleine der Gedanke daran beschleunigte Lečeks Herzschlag auf das Niveau eines Radfahrers bei der Österreichrundfahrt auf der Glockneretappe. Nach zwei Stationen konnte er das beklemmende Gefühl nicht mehr ertragen, entsprang dem ihm sicher erscheinenden Tod und ging zu Fuß durch die kalte Herbstluft, sie brannte angenehm in seinen Lungen. Erstmals schien die U-Bahn, das verlassene Skelett der Unterwelt, wieder eine nützliche Alternative zu sein.

Der Schock der Wiener über das U3-Feuer war mittlerweile abgekühlt, trotzdem fanden sich weniger Menschen als gewöhnlich in der U-Bahn-Station Hietzing ein. Der Umstand gefiel Leček, der Feuertod in der U-Bahn erschien ihm unwahrscheinlicher als das Ersticken in der Bim, glaubte er doch fest an die Manipulation durch Dritte.

Der Metalltubus schoss klappernd in die Station und Leček nahm in einem gespenstisch leeren Waggon Platz, immerhin war es eine Garnitur der neuen Bauart, subjektives Sicherheitsempfinden und so.

Die Säulen der Station, die grünen Markierungen und schließlich auch die Hochwasserschutzwand zum Wienfluss zogen klackernd und schaukelnd vorbei, sie erzeugten ein beruhigendes Echo der Stadt. Leček fühlte sich erstaunlich heimelig, er bemerkte das Läuten seines Handys im dicken Wintermantel zuerst gar nicht.

Thanners Name prangte prominent am Display. Durchatmen, abheben, ruhig bleiben. »Ja bitte?«, meldete sich Leček.

»Martin Leček? Hier Thanner«, die Stimme war geladen. »Ihr Ultimatum läuft ab, aber ich dachte, es geziemt sich nachzufragen, wie Ihr derzeitiger Stand ist. Konnten Sie alle offenen Enden miteinander verknüpfen?«

»Um ehrlich zu sein, nein, zumindest nicht so, wie ich es mir vorgestellt hatte. Aber ich habe mein Material zusammen und bin bereit zu gehen.« Endlich waren diese erlösenden Worte über seine Lippen gekommen, er war bereit loszulassen, das klang zwar nach einem dramatischen Abschied, aber glücklicherweise war das kein Anruf aus dem Jenseits.

»Dann werte ich das als gute Nachricht, sehr schön. Haben Sie heute Nachmittag schon etwas vor?«

»Heute sieht es schlecht aus«, antwortete er wahrheitsgemäß und beobachtete, wie der U-Bahn-Zug am Wienfluss entlang immer weiter Richtung geschlossenem Tunnel raste. Ob die Verbindung noch so lange halten würde? »Wäre morgen für Sie eine Alternative?«

»Sagen wir morgen am späten Nachmittag? Ich schicke Ihnen noch eine SMS mit dem genauen Treffpunkt, wahrscheinlich wird es der 21. Bezirk werden.«

»Ist mir recht, dann sehen wir uns morgen, Herr Thanner.«

»Bis morgen, auf Wiederhören.«

Gerade noch rechtzeitig hatten sie aufgelegt, keine fünf Sekunden später grub sich die U-Bahn unter die Erde und kappte zumindest bei der Einfahrt den Handyempfang.

Triumphierend, mit aufgerichteten Schultern stieg Leček am Karlsplatz aus. Er mochte das schwarze Gerippe der mehrstöckigen Station nicht, so stellte er sich das bedrückende Innere eines sowjetischen Atom-U-Bootes vor, aber was durfte er von der ältesten Station der Stadt mit mehr als 40 Jahren auf dem Buckel schon erwarten?

Die U-Bahn fuhr aus, und erstmals seit Beginn dieser Odyssee vernahm er bewusst sein Gesicht in den Spiegelungen der vorbeifliegenden Scheiben. Die schwarzen Locken waren etwas gewachsen, doch ungeordnet wie immer, der Bart war über die Stoppeln hinausgegangen, und die Augen hatten etwas von ihrem kalten Glanz eingebüßt. Mit zurückgesteckter Eitelkeit musste er eingestehen, dass sogar ein paar kleine Furchen den Weg in sein Gesicht gefunden hatten, aber darum ging es gar nicht, es ging nicht um sein Aussehen. Da stand Leček nun nach all den Strapazen der letzten Wochen, durchgebeutelt von Hoch- und Tiefpunkten, einer aufgekündeten Freundschaft und seiner ersten Panikattacke, die zweite schon im Anschlag, und trotzdem konnte er lächeln. Das Blatt hatte sich gewendet, Leček hatte all seine Kräfte wieder beisammen. Er würde sich nicht mehr wie ein totes Stück Holz den Fluss hinabtreiben lassen. Jetzt war er mit Spielen an der Reihe.

»Wie bitte?« Das aufgemalte Dauerlächeln der Schlagerprinzessin schien endgültig einzugefrieren.

›Muss blöd sein, wenn man verärgert ist und trotzdem dämlich grinsen muss‹, dachte Leček.

Das Schicksal, oder vielleicht das unsichtbare Spaghettimonster, hatte es nach seiner kurzen Auszeit wirklich gut mit ihm gemeint. Kaum war er in der Redaktion eingetroffen, hatte ihn schon Monika Sieger zur Seite genommen und wollte ihn mit einer Geschichte bestrafen.

»Die Michaela Stern ist morgen Abend für ein Konzert in der Stadthalle, der Interviewtermin ist mit ihrem Management ausgemacht, ich muss aber auf ein wichtiges Charity-Dinner. Geh du hin.«

Schulterzuckend nahm Leček sein Briefing entgegen, er hatte sich Schlimmeres erwartet, etwa Fotos von Unfallopfern oder eine Buchpräsentation eines Prominenten, die schossen ja wie Pickel aus der Nase eines 16-Jährigen. »Wann geht's los?«

»Nachmittags um halb zwei, ihr trefft euch im Grand Hotel Am Ring. Steht aber alles in der Einladung, also los!«

Nach einem Abstecher ins Chronik-Ressort wandte sich Leček voll und ganz der bunten, klebrigen Welt des Schlagers zu. Die Klatsch- und Tratschblätter brachten zu den Stars der Szene immer dieselben Fragen, es gab kaum Unterschiede. Nach einer halben Stunde Recherche fühlte er sich innerlich tot, konnte daraus aber eine Idee entwickeln. Er würde den Spieß umdrehen und dieser Schlagerprinzessin richtige Fragen stellen, kritische Fragen zu ihren Liedern, ihren Aufritten und so weiter. Ein Interview war immerhin keine Gefälligkeits-PR für den Interviewten.

Pünktlich um halb zwei fand sich Leček somit in einem Konferenzraum des Grand Hotels Am Ring ein, ihm gegenüber saß aufgebrezelt in einem engen blauen Bühnenoutfit Michaela Stern, hinter ihr schwebte der Manager als unangreifbare Entität.

»Michaela, Sie sind jetzt schon mehrmals in Wien gewesen. Wie gefällt Ihnen die Bundeshauptstadt?« Die wohl hirnloseste Standardfrage schlechthin, die heimische Medien einem Star von auswärts zuallererst stellten; ein Klassiker. Auf das übliche Bewundern und Abfeiern der Stadt würde Leček eine weitere Standardfrage nachreichen, die Prinzessin und ihr Agent sollten nicht so schnell Lunte riechen. »Was dürfen Ihre Fans morgen in der Stadthalle erwarten?«

Auch hier kam die selbsternannte Schlagerprinzessin mit den üblichen Satzbausteinen, es wäre ein Auszug aus dem aktuellen Album, viele altbekannte Lieder und ein paar Medleys. »Für all meine Fans ist bestimmt etwas dabei«, lächelte sie zuckersüß.

Just zu dem Zeitpunkt befand der Manager das Interview wohl für in Ordnung und wanderte gedankenlos mit seinem Handy am Ohr aus dem Konferenzraum. Vor dem gezügelten Reporter der *JETZT* hatte er nichts zu befürchten, mit der Society-Chefin war ja auch alles besprochen worden. Umso verwunderlicher muss ihm das Interview im Nachhinein vorgekommen sein.

»Schreiben Sie Ihre Lieder eigentlich selbst, Michaela?«

»Früher schon, heute geht das leider nicht immer. Ich produziere sie aber mit, gebe immer Ideen und Geschichten von mir dazu. Jedes Lied stammt also wirklich aus meinem tiefsten Herzen, auch wenn ich es nicht selbst geschrieben habe.« Wieder strahlte ein Lächeln unter den goldenen Haarsträhnen hervor, doch das sollte gleich vergehen.

»Sehr schön, dann würde ich mit Ihnen gerne über Ihre Lieder sprechen, hier habe ich ein paar Textpassagen rausgesucht und markiert. In dem Lied ›Nachtfieber‹ zum Beispiel singen Sie wörtlich: ›Die Nacht beginnt, ich brauche dich, steig in mein Bett, ganz fürchterlich‹. Was wollen Sie damit ausdrücken? Welche Geschichte hat Sie dazu inspiriert?« Das hat gesessen, Leček sah es an ihren Augen, die plötzlich unsicher den Raum abtasteten.

»Ähm, es ging mir dabei um Kindheitserinnerungen, ich hatte nachts oft Angst, dann war ich immer beruhigt, wenn jemand bei mir im Bett schlief.«

»Verstehe. Und was steckt hinter der Strophe ›Lust pulsiert in meiner Brust, will dich endlich heftig spüren, weil du mich berühren musst, an das Bett kannst du mich schnüren‹ aus dem Lied ›Liebeskarussell‹?«

Erneut gefror das Lächeln ein, wieder druckste sie lange vor der Antwort herum. »Da singe ich über das Gefühl der Liebe. Die Frau in dem Lied ist zwischen zwei Männern hin und her gerissen, dabei will sie nur von ihrem Traumprinzen festgehalten werden.«

Als Leček seine nächste Salve vorbereiten wollte, machte ihm die Schlagerprinzessin ein Geschenk, vielleicht in der

Hoffnung, das Interview zu retten und einen kleinen Skandal lostreten zu können.

»Aber natürlich geht es auch um das, was sich alle Frauen insgeheim wünschen: Sex mit dem richtigen Mann.«

An dieser Stelle schlug Leček kalkuliert zu, er würde sie nicht mehr aus der Zange lassen, bis dieses Interview vorüber war. »Wie erklären Sie solche Texte eigentlich Ihren Fans, die ja oftmals noch Kinder sind und diese Lieder begeistert mitsingen?«

»Wie bitte?«

Und da waren sie wieder, zwei gegenübersitzende Menschen in dick gepolsterten Ledersesseln, der Journalist und die Schlagerprinzessin.

»Überlegen Sie sich, welches Vorbild Sie mit dieser Botschaft für Ihre weiblichen Fans abgeben?« Siegessicher sah Leček das aufgesetzte Lächeln zerbröckeln. Es tat gut, wieder auf der richtigen Seite zu stehen und echten Journalismus zu betreiben. Für den Gegenschlag musste er nicht auf die dreckigen Methoden des Boulevards zurückgreifen, es reichten eine gesunde Portion Kritik und eine neutrale Herangehensweise, um der bunten Glitzerwelt die Spiegel zu zerschlagen. Das Interview mit Michaela Stern führte er keineswegs für die *JETZT*, Sieger würde es ja doch noch umschreiben, wie es zwischen ihr und Sterns Management abgesprochen war. Nein, das hier war sein erster Schritt zurück in Richtung Aufrichtigkeit. Dabei stellte er lediglich Fragen und gab Impulse, die Interviewte beantwortete sie oder wich lieber aus, das war ihre Entscheidung.

›Das Interview muss ich unbedingt verwenden, das ist doch unbezahlbar‹, dachte Leček. Sterns Aufpasser sah das leider anders und ließ ihn unsanft vor die Tür setzen.

Es war ein Erfolg auf der ganzen Linie.

Bei der Rückfahrt in die Redaktion wurde Lečeks Triumphgefühl durch ein Piepsen seines Handys abrupt beendet. Am Bildschirm leuchtete eine Nachricht mit einer eindeutigen Botschaft. Ein Absender oder eine Nummer, von der die SMS gekommen war, wurde seltsamerweise nicht angezeigt.

»Du bewegst dich auf dünnem Eis.«

Diese Warnung genügte, damit sich Lečeks Hals wieder zuschnürte. Gleich würde ihm die Luft wegbleiben, oder schlimmer noch, sein Herz stehen bleiben! Er musste sofort aus dem Taxi raus. »Passt so«, stammelte er mit käseweißem Gesicht und sprang nach dem Abbremsen aus der Tür. Er brauchte unbedingt Frischluft.

Das Taxi hatte nicht unweit vom Rathausplatz gehalten, die große Fläche sollte Leček beruhigen. Wackelig schritt er auf eine Parkbank zu, wiederholte währenddessen die immer gleichen Botschaften zur Beruhigung.

Für die SMS gab es viele mögliche Gründe. Sieger konnte wegen des Interviews sauer sein, Kainz hatte einen Zorn wegen der Opferliste, der fehlende Absender ließ sich bestimmt auf einen Programmfehler zurückführen. Vielleicht war es auch nur ein Hacker, der mit der Sperrung des iPhones Geld erpressen wollte? Durch die ganzen Cloud-Dienste traten solche Szenarien ja regelmäßig ein.

Nach Luft ringend, ließ sich Leček auf die Parkbank fallen. Mit schweißnassen Händen suchte er am Handy nach Izabellas Nummer, verzweifelt tippte er darauf. Das Freizeichen wurde zu einer Tortur aus Schmerzen und Angst.

Als ihre Stimme endlich kam, war es eine Aufzeichnung der Mailbox.

KAPITEL 32

Vom kleinen Ecktisch hatte man als Gast einen guten Überblick. Sah man über das rechteckige Tablett mit dem Cappuccino hinweg, reihten sich braune und weiße Tische fast Kante zu Kante aneinander. Ihnen gegenüber befand sich die Bedientheke, an deren Front große Kaffeemaschinen, Mixer und eine gläserne Kühlvitrine standen. Hinter einer durchlässigen Trennwand aus dunkelbraunen Holzlamellen kamen das Klappern von Plastiktabletts, das Piepsen von Registrierkassen und der Geruch von frittiertem und gebratenem Fast Food.

Zuerst ein abgewirtschaftetes Café im 15. Bezirk, dann das noble Kaffeehaus im 1. und nun ein McCafé am Stadtrand im 21. Johannes Thanner schien keine besonderen Anforderungen an einen guten Kaffee zu stellen, Hauptsache es gab eine trinkbare braune Brühe.

Leček schüttelte genervt den Kopf und verdrehte nervös seine Armbanduhr am Handgelenk. Thanner war schon wieder überfällig. Natürlich, als angesehener Chefredakteur konnte er sich eine Verspätung leisten und hatte wahrscheinlich eine handfeste Erklärung dafür, aber trotzdem empfand Leček das lange Warten als zermürbend. Gerade heute! So viele Wochen hatte er auf genau diesen Tag hingearbeitet, ihn sogar selbst noch um zwei Wochen hinausgeschoben, alles für den vermeintlich guten Zweck. Gänzlich zufrieden war er mit den letzten Ergebnissen nicht, aber zumindest würde er ein gut gefülltes Portfolio an Material zum *Telegraphen* mitnehmen, den Rahmen einer ordentlichen Reportage würde er locker sprengen. Insgeheim schielte Leček auf den zugehörigen *Telegraphen*-Verlag, der schon des Öfteren tieferreichende Reportagen in Buchform erweitert hatte. Aber das waren Hirngespinste, hervorgerufen durch heroisierte Darstellungen von Journalisten in Buchform.

Wie durch eine erfolgreiche Teufelsbeschwörung hervorgerufen, glitt die gläserne Eingangstür zur Seite, und Thanner betrat die Filiale, er trug einen klassischen grauen Zweiteiler mit Flicken an den Ellbogen, unter dem Arm hielt er eine schwarze Aktentasche geklemmt. Wäre die Situation ein Fehlersuchbild in einem Kinderbuch gewesen, Thanner hätte definitiv nicht dort hingehört. Ruhig ließ er seinen gehobenen Blick durch den Raum schweifen, setzte dann mit großen Schritten Kurs auf das kleine Café im rückwärtigen Teil.

»Herr Thanner, freut mich, dass wir uns wieder zum Kaffee treffen. Das wird langsam zu einer angenehmen Gewohnheit«, begrüßte ihn Leček.

»Die Freude ist ganz auf meiner Seite«, entgegnete er trocken und stellte die Aktentasche auf den Boden. Als er zum Tresen ging, um sich ebenfalls einen Kaffee zu bestellen, klackerten seine schwarzen Lederschuhe wie aufeinanderschlagende Metallplatten am Boden.

»Noch einmal zu den offenen Enden«, begann Thanner und leerte ein Päckchen Zucker in seine Tasse, »Sie wollten sich die Herkunft des USB-Sticks näher ansehen. Konnten Sie da gar nichts herausfinden?«

»Leider nicht, nein. Ich weiß lediglich, dass er eben in der Redaktion mit diesen Daten bespielt wurde, aber nicht, wer es getan hat, geschweige denn, woher er diese gesammelten Daten hat – oder gar, warum er sie mir gegeben hat. Ich schätze, jemand wollte sein Gewissen erleichtern und sah in mir eine gute Gelegenheit dafür.«

Thanner nickte bedächtig und rührte seinen Verlängerten um. »Wie wollen Sie den Umstand dann in der Reportage aufgreifen? Sind die Daten überhaupt valide?«

»Ja, definitiv, zumindest der Teil, den ich bisher überprüfen konnte. Es wird sicherlich noch einiges an Arbeitszeit benötigen, um jede kleine Geschichte zu sezieren. Aber grundsätzlich geben die Artikel und die angefügten Hinweise genügend Aufschluss darüber, was an der Geschichte falsch ist oder manipuliert wurde. Zusammen mit dem Online-Archiv lässt sich das spielend herausfinden.«

»Schön, aber Sie haben mir meine andere Frage nicht beantwortet: Wie greifen Sie diese Thematik im Text auf? Irgendeine Idee?«

Leček nickte eifrig und löffelte etwas Milchschaum von seinem Cappuccino. »Ich würde kein großes Geheimnis drum machen, sondern offen und ehrlich agieren. Jemand hatte ein schlechtes Gewissen und verwendete meine verdeckte Recherche als Vehikel zur Vergebung. Die Abweichungen zur Wahrheit lassen sich wie gesagt einfach feststellen, ich könnte auch jeden beanstandeten Artikel nachrecherchieren.«

»Sie müssen es dann natürlich sachlicher formulieren. Mir bereitet bloß Ihr unbekannter Tippgeber etwas Sorgen, wie konnte er Sie enttarnen?«

Schulterzuckend starrte Leček auf Thanners immer noch volle Kaffeetasse. »Mit ein paar Kollegen habe ich in Gesprächen auch Medienethik und die Auffassung unseres Berufsstandes angesprochen, möglicherweise hat da jemand eine Spur vermutet. Wir reden hier immer noch von neugierigen Journalisten, selbst bei der *JETZT*.«

Ermahnend sah Thanner über sein dünnes Brillengestell hinweg, er ließ sich mit seinen nächsten Worten Zeit. »Wahrscheinlich haben Sie recht, hoffen wir nur, dass die

Spur nicht zu uns führt.« Mit einem großen Schluck leerte er die Tasse fast vollständig. »Also«, setzte er an und öffnete die Aktentasche, um eine dicke Mappe hervorzuholen. »Erledigen wir die Formalitäten. Sie waren verdeckt in der Redaktion eines Boulevardblattes unterwegs und haben alle dortigen Vorkommnisse mitgeschrieben und dokumentiert, ist das richtig?«

»Ja, das stimmt.«

»Und Ihnen ist sicherlich bewusst, dass Sie damit einige Leute sehr wütend machen werden? Die werden Anwälte schicken, Sie in Artikeln angreifen, vielleicht sogar noch mehr.«

»Sollen Sie kommen, ich kenne die Schlafschlacht bereits von innen. Ich bin gerüstet und verteidige mich bis zum Äußersten.« Wieder stieg das siegessichere Lächeln in Lečeks Gesicht, dieses Mal mischte sich sogar etwas Selbstzufriedenheit dazu. Er hatte die letzten Monate unter schweren Bedingungen durchgestanden, jetzt konnte er den Ertrag seiner Arbeit einfahren. Wenn die Wogen um die *JETZT* erst einmal hochgingen, würde er auch seine Unterlagen zu den Morden veröffentlichen.

»Eine Sache wäre da noch.« Thanner öffnete die Mappe und zog eine *JETZT* heraus, es war die Ausgabe mit der Liste der U3-Todesopfer; die Titelseite mit dem ausgebrannten Wrack und einer Tabelle ließ keinen Zweifel daran.

»Dieser Artikel hier, wer hat ihn geschrieben? Die *JETZT* ist zwar nicht Mitglied im Presserat, aber wir werden trotzdem ein Verfahren dagegen anstreben. Als Senatsmitglied möchte ich das gerne wissen.«

Ein kalter Stich ging durch Lečeks Brust, leichter Schwindel baute sich auf. Der Artikel war auf seinem Mist gewachsen, da gab es keine Ausrede. Allerdings wurde er zur Veröffentlichung der Liste gezwungen, ja geradezu erpresst, wobei das Druckmittel in diesem Fall die Aussicht auf eine bessere Position in der Hierarchie der *JETZT* bestand. ›Fuck!‹ Da half auch sein edler Gedankengang nichts, dass er durch das Verfassen der Zeilen weitaus Schlimmeres verhindern wollte, es hatte sowieso nicht funktioniert. Sollte er mit einer Lüge den Moment retten? Nein, auf Dauer würde er damit nicht davonkommen, er musste sich seiner Mittäterschaft stellen, hier im Fastfood-Café und später in seinem *Telegraphen*-Artikel.

»Der Artikel stammt von mir. Mir wurde die Liste der Todesopfer zugespielt, durch einen blöden Zufall blieb das Dokument aber nicht in meinen Händen, sondern wanderte weiter bis nach oben in das Büro des Herausgebers. Zu zweit haben sie mich dann genötigt, einen Artikel dazu zu schreiben. Hätte ich es nicht getan, hätte es jemand anders gemacht, und so wollte ich noch das Schlimmste abwenden.«

Der eisige Blick hinter Thanners Brillengläsern durchbohrte ihn, sofort war Leček klar, dass er gerade einen Großteil seines Kapitals verloren hatte, wenn nicht sogar alles.

Ruhig und korrekt, wie bei den Interviews mit Regierungspolitikern, hakte Thanner nach. »Wie sind Sie denn an dieses Dokument gekommen? Es muss ja einen Grund geben, warum Ihnen solche Sachen zugespielt werden. Oder landet so etwas bei Ihnen einfach als Spam im E-Mail-Postfach?«

»Nein.« Schuldbewusst sah Leček auf seinen Cappuccino, den er jetzt lieber zurückgehen lassen wollte. »Im Zuge von Recherchen hat mir ein Informant bei der Polizei die Informationen zugespielt.«

»So so, im Zuge von Recherchen, die sich mit dem geklärten Feuer in der U-Bahn befassen. Und wehe, Sie kommen mir jetzt wieder mit der Theorie, das Unglück sei nur inszeniert gewesen!«

»Aber …« Ein Seufzen schaffte es noch aus dem trockenen Mund, dann ließ Leček seine Schultern hängen. »Der Grund dafür ist doch unwichtig, ich wurde dazu gezwungen.«

»Nein, der Grund ist nicht unwichtig! Und wie in aller Welt sollte Sie jemand dazu zwingen? Mit welchen Mitteln denn? Haben die etwa kompromittierendes Material gegen Sie? Ich hoffe es inständig, denn eine andere Erklärung lasse ich nicht mehr gelten. Sie hätten einfach gehen können, um die paar Tage mehr oder weniger wäre es egal gewesen, den Urheber des USB-Sticks konnten Sie ja sowieso nicht ausfindig machen.« Angesäuert schlug Thanner die Mappe zu und steckte sie zurück in die Aktentasche. Gleichwohl würde er am liebsten den Namen Leček verschwinden lassen. »Sie haben sich ein paar Ausrutscher geleistet, das kann ich mitten in der Recherche noch verstehen, zu handfestem Material kommt man nicht einfach so. Aber zum Schluss? Für Leute wie Sie habe ich keine Verwendung, Ihre Reportage für den *Telegraphen* ist hiermit gestorben.«

»Aber es tut mir doch leid, ich bin ja einsichtig!«

»Das kommt zu spät, hätten Sie sich das früher überlegt. Schlagen Sie Wallraff nach, der hat selbst bei der *BILD*-Zeitung Grenzen gekannt und betroffenen Menschen geholfen. Ich will weder meinen Namen, noch den des *Telegraphen* da hineingezogen wissen. Sollten Sie etwas anderes behaupten, werden Sie von unseren Anwälten hören.« Thanner legte eine Pause ein und atmete laut aus. »Dank Ihnen kann ich eine Erklärung zu dieser unsäglichen Geschichte verfassen. Ich hoffe, Ihnen ist bewusst, was Sie angerichtet haben.« Die Schuhe klackerten über glatten Fliesenboden, da wandte sich Thanner um. »Wir sind die Guten. Erinnern Sie sich?«

KAPITEL 33

Laufen, einfach nur laufen. Einen Fuß vor den anderen setzen; Flugphase, aufkommen, den Untergrund spüren, abstoßen und nach vorne springen, immer wieder, die Anzahl der Wiederholungen verschwimmt mit jedem Kilometer mehr. Beim Atmen fließt die kalte Luft gleichmäßig in die Lunge, wird erwärmt und strömt beim Ausatmen durch Mund und Nase hinaus.

Laufen, die wohl ursprünglichste und reinste Sportart der Menschheit. Es braucht keine Ausrüstung, keine Ausbildung oder sonstiges Zubehör. Man kann vor die Tür gehen und loslaufen. Die alten Griechen taten es – nackt.

Solche Gedanken beschäftigten Lečk gerade nicht, er hatte auf Automatik geschaltet, Körper und Geist agierten unabhängig voneinander.

Thanners Abgang hatte ihn ordentlich ins Wanken gebracht. Im Journalismus gab es nichts mehr für ihn zu tun, er hatte in seinem vormaligen Traumberuf auf ganzer Linie versagt. Alle Wunschvorstellungen und Träume waren ins Leere gefallen, wie ein Turm aus Legosteinen, umgeworfen von einem tollpatschigen Kind, und Schuld daran trug nur er.

Nach dem Treffen war Leček zur angrenzenden U6-Station getaumelt, Übelkeit und Herzklopfen hatten ihn übermannt, nach der Abfahrt wurde ihm schwarz vor Augen. Mitten auf der Strecke war er zu sich gekommen, völlig ungestört, von den anderen Fahrgästen als vermeintlicher Alkoholiker oder Junkie ausgeblendet.

Zu Hause hatte ihn nur gähnende Leere erwartet, Izabella arbeitete noch im AKH, und auch telefonisch war sie nicht zu erreichen. Die Wohnung drohte sich in ein Gefängnis zu verwandeln, das Leček einsperren und so bald nicht wieder freilassen würde. Seinem Gehirn würden unsichtbare Türen und gläserne Gitterstäbe entwachsen, die ihn endgültig außer Gefecht setzen und ihn tage-, wenn nicht gar wochenlang ans Bett fesseln würden. Die Wahl gestaltete sich daher ganz einfach: Leček konnte sich in der Wohnung verstecken und in Dunkelheit vergraben, oder er stürzte nach vorne und lief dieser kranken Sturzflut an Unglücken davon. Er hatte sich also für Letzteres entschieden und in einer Kurzschlussreaktion die Laufsachen aus dem Schrank geholt.

Minus zehn Grad waren keine Ausrede, um nicht zu laufen. Der erste Kilometer war etwas unangenehm, danach übernahm der angestrengte Körper unter der dicken Schicht an Kleidung automatisch das Aufheizen.

Lečeks Beine schoben ihn unaufhörlich voran, selbst auf Eis und Schnee boten die Trailschuhe mit ihrem tiefen Profil guten Halt. Die Pulsuhr zeigte 180 Herzschläge pro Minute und lag damit über dem üblichen Trainingspuls, aber das war der laufenden Gestalt unter Jacke, Haube und mit Tuch vor dem Mund völlig egal. Leček lief, um sich zu zerstören. Solche Aussetzer bekam er ansonsten im Sommer, wenn er aus den verschiedensten Gründen einen anstrengenden Lauf in der brütenden Mittagshitze in Angriff nahm. Ein Ereignis musste nur negativ genug sein, dann schaltete er alle Sicherungen des menschlichen Verstandes aus, Selbstdestruktivität wurde zum einzig verfügbaren Ziel auserkoren. In solchen Phasen war der Puls egal, und die Laufstrecke wurde ordentlich nach oben geschraubt, ein paar Kilometer mehr als Minimum. Im Idealfall, so hoffte Leček immer, würde er sich überanstrengen, einen Kreislaufzusammenbruch heraufbeschwören und einfach umfallen. Dann hätte er sein Ziel erreicht, hätte sich selbst bestraft und müsste sich für den Moment keine Gedanken mehr machen.

Beim Karlsplatz drehte er um und lief auf den Naschmarkt zu, mit knappen 15 Kilometern hatte Leček gerade die Hälfte seiner geplanten Laufaktivität hinter sich gebracht. Dem Körper blieben also weitere 15 Kilometer Zeit, um schlappzumachen und den gewohnten Dienst seiner Funktionen zu verweigern.

Im engen Graben zwischen den Gleisen der U4 und dem Wienfluss brodelte Lečeks Wut über das Geschehene erneut hoch. Zuerst Kainz und dann Thanner! Was war ihm jetzt noch geblieben? ›Nichts‹, rekapitulierte er, ›alles liegt in Trümmern, nachdem ich den Vorschlaghammer in die Hand genommen habe. Ich Trottel!‹ Er hatte ein gefährliches Spiel gespielt, das war ihm bewusst, doch nie waren die Würfel gegen ihn gefallen. Wie oft er wohl bereits mit dem gleichen Risiko gespielt und trotzdem gewonnen hatte? Diesmal war der Kelch an ihn gegangen, er hatte verloren.

Keuchend lief Leček am Bruno-Kreisky-Park und der U-Bahn-Station Margaretengürtel entlang, Plakatwände pflasterten seinen Lauf: ›Geile Wäsche für geile Frauen‹ und ›Eine Starke Wirtschaft für ein Starkes Österreich, LPÖ‹ waren kaum zu übersehen, ›Echte Männer hassen Wasser und lieben Bier‹ warb das unerträglich seichte Wiener Lokalbräu. So vielfältig und trotzdem dumpf konzentrierte sich der Werbedschungel in Wien, die Fußnoten auf den Plakaten waren ohnehin gleich: Siran & Jung, Innovationskommunikation oder HRT, immer waren die alten Platzhirsche der Agenturszene dafür zuständig.

Eigentlich mochte Leček die Gegend, die engen Straßenschluchten und alten Häuser, selbst die kafkaeske Welt der Werbung, doch im Moment waren sie ihm egal. Gleich verhielt es sich mit der fabelhaften Zwischenzeit am Display der Pulsuhr, den letzten Kilometer hatte er in 4:20 Minuten geschafft. Nichts sollte seinen Ärger dämpfen, durch das Laufen wollte Lečck Wut und Enttäuschung schlicht in pure Energie verwandeln.

Am Gaudenzdorfer Gürtel reichte ein Moment der Unachtsamkeit, eine verdeckte Eisplatte brachte ihn fast zu Fall, nur mühevoll konnte er im Rutschen einen Sturz verhindern. Einen Zwischenstopp gab es natürlich nicht, Leček erholte sich im Laufen von dem kurzen Schrecken, schon hatte er bei Rot den Gürtel überquert und lief neben der Trasse der U6 her. In der Gegend hatte man letztens einen Toten gefunden, Izabella sah es seitdem nicht gern, wenn er hier alleine lief.

»Such dir doch eine andere Laufstrecke. Wien ist groß, und wir wohnen eh fast in Niederösterreich«, pochte sie immer.

Er versprach darauf zu hören und vermied es vorerst, heikle Grätzl nachts oder in den frühen Morgenstunden zu durchlaufen. Heute Nachmittag gab es keinen Grund zur übertriebenen Vorsicht, außerdem waren einige Fußgänger, Radfahrer und Läufer auf dieser beliebten Route unterwegs. Drei letztere Exemplare in grauer Funktionsbekleidung überholten ihn knapp vor der U-Bahn-Station Längenfeldgasse, ein herber Schlag für Lečeks angeknackstes Ego. ›Jetzt hetz ich so, und dann überholen mich die traurigen Gestalten. Die pack ich auch noch‹, setzte er sich zum Ziel und steigerte das Tempo eine letzte Nuance, mehr gaben die Beine nach den vielen Kilometern vorab nicht her. Der Kraftakt genügte, um Leček gerade so an der Läufergruppe vorüberziehen zu lassen. Was für ein Triumph, jeder Läufer überholte und wurde überholt, Ersteres erzeugte natürlich ein besseres Gefühl.

Die Gruppe blieb ihm allerdings auf den Fersen, machte kurz darauf sogar Anstalten, ihn wieder zu überholen. ›Nichts da!‹, grunzte Leček und trat laut Pulsuhr über die anaerobe Schwelle, seine Sauerstoffaufnahme war bei der Geschwindigkeit nicht mehr ausreichend, um den Gesamtbedarf seines Körpers zu decken, die Erschöpfung würde ihn bald einholen und aus dem Rennen reißen. Aber nicht jetzt! Der Tag war in seinem Kern bereits gescheitert, da brauchte sich Leček keine Niederlage in seiner Paradedisziplin aufbrummen zu lassen.

Sein inneres Feuer ließ sich ideal kanalisieren und erhitzte den Dampfkessel, einen Kilometer hatte er nach dem anderen in den Asphalt gebrannt, doch so sehr er sich bemühte, die Läufer rückten näher auf, er konnte schon das Brummen ihrer Stimmen hören.

›Die können bei dem Tempo noch reden? Das gibt's doch nicht, das müssen Ultraläufer oder Profis sein!‹ So sehr sich Leček als Bestrafung für sein Versagen quälen wollte, an diesem Punkt musste er einen Gang zurückschalten, sonst käme er selbst joggend nicht mehr bis nach Hause. Ein Ziehen hatte sich in den Oberschenkeln breitgemacht, außerdem brannte die kalte Luft in Hals und Lunge. Für den Bruchteil eines Atemzugs spielte er mit dem Gedanken, den Vorsprung bis zur nächsten Kreuzung zu halten, dann abzudrehen und mit der nebenher verlaufenden U-Bahn nach Hause zu fahren.

Gebeutelt von einem Hustenanfall und der Einsicht, nicht der einzig schnelle Läufer in der Stadt zu sein, drosselte Leček sein Tempo allmählich und senkte den Puls zurück in den Trainingsbereich. Gleich würde er der schnelleren Gruppe anerkennend zulächeln, nicken und sich zurückfallen lassen, ein Musterbeispiel aus der Laufetikette. Mit etwas Glück würden sie ihr Tempo nach dem

Überholmanöver ebenfalls reduzieren, sodass er sich ziehen lassen konnte.

Mit ein paar Metern Vorsprung überquerte Lečék die nächste Kreuzung und lief auf den Radweg, links eine Plakatwand, rechts ein Bauzaun. Warum überholten sie ihn nicht?

Als er den Kopf zur Seite drehte, traf ihn ein harter Gegenstand an der linken Schläfe. Von der Wucht vollkommen überrascht, verlor Lečék unverzüglich das Gleichgewicht und fiel ungebremst zu Boden. Es blieb kaum Zeit, den Körper auf den Sturz vorzubereiten, Hände und Arme hatten nur geringfügig eine Schutzfunktion übernommen. Lečék sah sich auf den Beton zurasen, den Aufprall spürte er nur dumpf, ein stiller Zuseher in einer Theateraufführung. An manchen Körperstellen wurde ihm warm, ein entferntes Brennen schob sich durch den dunklen Saum hindurch; Arme, Beine und allen voran der Kopf schmerzten.

Stoßweise schien ihm das Bewusstsein zu entgleiten, das Gefühl in den Extremitäten wurde zusehends wattig, die Atmung wurde langsamer, als würde er nur einschlafen, sich zur Seite drehen und bald erholt aufwachen.

Lečéks Sichtfeld wurde schwarz. Ihm blieb die Erinnerung an den kupfernen Geschmack des Blutes, das langsam in seinem Mund zusammenrannte.

KAPITEL 34

Noch 21 Tage, 18 Stunden und zwölf Minuten bis zu Hubert Brandls Tod.

Die Datenpakete schossen durch Berlin, London, quer über den Atlantik, wanderten über einen amerikanischen Server in Washington und kamen durch das Transatlantikkabel zurück nach Wien, setzten alle Einser und Nullen zusammen und leuchteten schließlich als rote Markierung in Hubert Brandls E-Mail-Postfach auf.

Absender: maja.vandergarde@ppt.at
Empfänger: h.brandl@jetzt-online.at
Betreff: Unser letztes Abendessen

Lieber Hubert,

die angesprochene Nachricht kann ich nicht mehr in meinem Postfach finden. Ich bin mir nicht sicher, ob ich sie aus Versehen gelöscht habe oder ob jemand an meinem Mail-Account war. Das macht mir Angst. Aus dem gleichen Grund will ich dir über elektronische Wege nicht mehr zu viel verraten, bloß das:

Weitensfeld war kein Unfall.

Wir sehen uns bald,
Maja

KAPITEL 35

»Da bist du ja wieder. Wollen wir es noch einmal versuchen? Aller guten Dinge sind bekanntlich drei.«

Die sanfte Stimme, sie kam ihm so bekannt vor. Hinter einem dicken Nebel aus Watte sprach jemand, aber wer? Und an wen waren diese Wortfetzen gerichtet?

»Martin, hörst du mich?«, wurde seine Frage sogleich beantwortet.

Hatte er etwa laut ausgesprochen, was sich in seinem Kopf zusammengebraut hatte? Ein Systemcheck: Nein, das war unmöglich, der Mund war trocken und die Zunge klebte am Gaumen, außerdem fühlten sich die Lippen geschwollen an. Ein unbestimmtes Raunen musste vorerst genügen, mehr konnte der Körper nicht von sich geben.

»Da, er ist wach«, sagte die Stimme erneut und brach wieder in seine kokonartige Ruhe ein.

›Izabella‹, der Gedanke hatte sich langsam in seinem Kopf aufgebaut und Form angenommen, wie ein träger Glühfaden in einem Stromkreis, dessen Schalter nach und nach geschlossen wurden. Natürlich war das die Stimme seiner Freundin, wie konnte er sie nicht sofort erkennen? Leček wollte aufspringen, die Augen aufreißen und seinen Gedanken freien Lauf lassen, doch die Schwerkraft schien ungewöhnlich stark zu sein. Sein Oberkörper rührte sich kein bisschen, nicht einmal die Augen folgten in gewohnter Geschwindigkeit den Kommandos aus den Nervenbahnen und öffneten sich nur zögernd. Ein Kraftakt sondergleichen.

»Schau, er kann sogar die Augen aufmachen.« Ein heller Lichtkranz umspielte Izabellas Haare, außer bunten Strähnen konnte Leček nichts erkennen. »Wir sind zu Hause, die Schmerzmittel haben dich ziemlich ausgeknockt. Du hast lange geschlafen, aber jetzt solltest du etwas essen. Ich hab Suppe gemacht.«

»Was …«, stieß Leček krächzend hervor, das eine Wort musste vorerst genügen.

Da verdunkelte sich Izabellas Miene schlagartig, Mundwinkel und Augenlider wanderten nach unten, die Gesichtszüge wirkten straffer, ernster. So hatte er sie noch nie gesehen. »Du wurdest beim Laufen niedergeschlagen, vermutlich wollten sie dich ausrauben, zum Pech der Täter hattest du nur deine Schlüssel dabei. Ein Ehepaar hinter dir hat den Überfall beobachtet und schnell Hilfe gerufen. In deinem Sportarmband war ich als Kontakt angeführt, und ich hab wiederum den Georg angerufen.«

»Warum gerade den?«, raunzte Leček, der mit jeder wachen Minute mehr Kontrolle über seinen Körper zurückerhielt, gleichzeitig aber auch seine Schmerzen zu spüren bekam.

»Siehst du, was habe ich dir gesagt? Er wird stur bleiben und sich wie ein Kleinkind aufregen.« Eine sonore Stimme tönte aus dem Hintergrund, es war ohne Zweifel Kainz.

»Habt's euch nicht so, beide!«, fauchte Izabella, ehe sie ihrem Freund vorsichtig ein paar Schluck Wasser aus einem Plastikbecher zu trinken gab. »Als der Notarzt bei dir eintraf, war Georg schon mit einem Streifenwagen vor Ort und hat sich um dich und die Formalitäten gekümmert, du kannst ihm also ruhig dankbar sein.«

Ein leises Brummen konnte als Lečeks Zustimmung interpretiert werden. Mittlerweile hatte sein Geist erkannt, dass er auf der Couch im Wohnzimmer lag, nicht wie eigentlich zu erwarten in einem Krankenbett. Als er sich aufrichten wollte, drückte ihn Izabella mit der flachen Hand auf der Brust behutsam, aber doch bestimmend zurück in die Decken.

»Du bleibst fürs Erste liegen. Wir durften dich nur mit nach Hause nehmen, weil wir dem Arzt versprachen, dass du dich genügend ausruhen würdest.«

»Gutes Stichwort«, krächzte Leček, »warum liege ich überhaupt hier?«

»Tja, du bist ein wirklicher Dickschädel«, lächelte Izabella. »Kurz nach dem Überfall warst du schon bei Bewusstsein, der Notarzt wollte dich aber nicht gehen lassen und hat dich zur Sicherheit ruhiggestellt, er musste zuerst innere Verletzungen ausschließen. Und wirklich: Du hast bloß eine leichte Gehirnerschütterung! Jedenfalls hast du dann solange rumgequengelt, bis wir dich mit nach Hause nehmen durften. Erinnerst du dich?«

In Lečeks Kopf fing ein abgenütztes VHS-Band mit Querstreifen im Bild an zu spielen, getriggert wurde es durch Izabellas Erzählung: der Notarzt, die Aufnahme in der Ambulanz, der Computertomograph, die Infusionen im Arm, die Rückbank des Lancias, alles kurze Filmausschnitte. »Mir fallen ein paar Bruchstücke ein.«

»Na bitte, geht ja doch. Die Müdigkeit kommt übrigens von den ganzen Schmerz- und Beruhigungsmittel in deinem Körper, langsam solltest du dich aber ausgeschlafen haben. Wie fühlst du dich jetzt?«

»Groggy«, antwortete er, nicht ohne sich die Frage selbst zu stellen. Wie ging es seinem Körper überhaupt? Der Kopf schmerzte höllisch, immer wieder pochte es gegen die Schläfe. Die Handballen brannten bei jedem Kontakt, Knie und Beine waren dagegen fast zu vernachlässigen. »Und müde«, setzte er erneut an, als er seine Schläfe abtastete. ›Spaghettimonster, waren das Nähte?‹ »Müde und verletzt. Oder was meinst du?«

»Eine Platzwunde, sonst geht's dir gut, weder der Schädelknochen noch die Arterie wurden beschädigt.« Izabella lächelte erneut und stand auf, ihr Blick ging über das Sofa hinweg, Kainz musste direkt dahinterstehen. »Zumindest geht es ihm gut, aber was unternehmen wir weiter?«

»Wir?«, wiederholte Kainz ungläubig. »Von welchem wir redest du? Ich für meinen Teil bin zufrieden, dass der da ohne gesundheitliche Schäden davongekommen ist, andernfalls hätte das einen ordentlichen Papierkram nach sich gezogen.«

»Sehr feinfühlig«, seufzte Izabella und verdrehte die Augen, »wie geht es weiter, gibt es eine Fahndung nach den Typen?«

»Das fragst du den Falschen.« Schwere Schritte kamen um die Couch herum, erst jetzt trat Kainz in Lečeks Sichtfeld, er war in Uniform. Abschätzig musterte er die Gestalt, die unter Decken versteckt vor ihm lag. »Kannst du dich an etwas erinnern? Irgendwelche Anhaltspunkte? Kleidung, Aussehen, Stimmen, Akzente? Wir haben bloß eine dürftige Beschreibung von dem Ehepaar, das uns verständigt hat.«

Die Frage war gut. Da waren Erinnerungsfetzen vor dem Schlag auf den Kopf gespeichert – U-Bahnen, Werbeplakate, Laufschuhe –, aber sonst nahezu nichts, nur drei Gestalten in grauer Sportbekleidung, vielleicht 1,70 bis 1,80 Meter groß; das war in der Jahreszeit eine Allerweltserscheinung, und im Schätzen war Leček immer schon schlecht gewesen. Nein, da war gar nichts. »Tut mir leid«, sagte er leise.

»Dann haben wir nichts.« Kainz schlenderte ein paar Schritte umher, ließ seinen Blick durch die Wohnung schweifen. »Mit der bisherigen Beschreibung läuft eine Fahndung in der Gegend des Zwischenfalls, aber die wird wohl kaum etwas bringen. Drei Läufer mit grauen Jacken in Wien, das könnte ja jeder sein.«

»Aber irgendetwas müssen wir doch tun!«, forderte Izabella. »Jemand wollte ihn schließlich umbringen!«

»Nein, das glaube ich nicht. Wenn dem so wäre, würden wir uns jetzt auf der Pathologie befinden, ganz zu schweigen, dass der da nicht so lässig rumliegen würde. Der Übergriff muss einen anderen Grund gehabt haben.« Kainz' Augen wanderten zu Leček hinab, fokussierten ihn erstmals direkt. »Hast du einen parat?«

Sekundenlang starrten sich die beiden Männer an. »Eventuell«, beendete Leček das Duell, kämpfte sich trotz aller Bitten langsam hoch und fuhr sich durch die zerzausten Locken. Der Rücken schmerzte schon vom langen Liegen. »Ich habe mich zuvor mit dem Chefredakteur vom *Telegraphen* getroffen.« Zähneknirschend kramte er einen Abriss über das Gespräch hervor und durchlebte die Schmach ein zweites Mal. »Jedenfalls ist die Sache mit dem *Telegraphen* gelaufen. Bleibt, wenn überhaupt, nur noch die *JETZT*.«

»Da gehörst du eh hin«, sagte Kainz.

»Kannst du bitte endlich dein Maul halten?«, antwortete Leček harsch, ab dem Zeitpunkt konzentrierte er sich nur noch auf seine Freundin. »Wir wissen nicht, wer mir den USB-Stick gegeben hat. Vielleicht war das keine gut gemeinte Geste?«

»Sondern?«

»Irgendein Trick. Zuerst wiege ich mich in Sicherheit, dann ist plötzlich jemand hinter mir her. Zuerst der Einbruch in den Lancia und dann der Überfall, das passt doch zusammen.«

»Oder es ist extrem blöd gelaufen.« Kainz nahm seine Kappe ab, fuhr sich durch die dünnen blonden Haare. »Wisst ihr, wie viele Menschen da draußen rumlaufen? Knappe 1,8 Millionen. Und was glaubt ihr, wie viele davon einfach nur Pech haben? Ich werde tagtäglich mit den ärgsten

Schicksalen konfrontiert, egal ob Betrunkene einen Obdachlosen zusammenschlagen oder eine reiche Familie Opfer einer mafiösen Bande aus dem Osten wird. Das da«, er deutete auf Leček, »ist Usus, leider. Vielleicht war es Absicht, vielleicht ein blöder Zufall. Bis die Täter gefunden werden, was nach dem jetzigen Ermittlungsstand recht unwahrscheinlich ist, schaut es einfach schlecht aus.«

»Musst du eigentlich aus dienstlichen Gründen so negativ sein? Oder, keine Ahnung«, Izabella blies Luft aus ihrem Mund, »nachschauen, ob du noch Eier in der Hose hast? Schau nicht so blöd, du weißt, ich bin nicht auf den Mund gefallen.«

In den Mund des Polizisten hätte ein Sattelschlepper gepasst, nur langsam brachte er seine Kinnlade nach oben. »Hat der dich angesteckt, ist das eine Krankheit, und spinnt ihr jetzt beide? Wegen des Affentheaters lasse ich mich herholen, riskiere erneut meinen Job und werde dann zum Trottel degradiert? Ja tickt ihr noch ganz richtig?«

»Meinetwegen hättest du auch gar nicht kommen brauchen«, setzte Leček nach.

»Du bist auch ruhig!«, schrie Izabella. »Beide! Ihr setzt euch hin und diskutiert die Sache aus, oder ich schlage eure beiden Schädel gegeneinander, bis ihr nicht mehr bis drei zählen könnt – was bei euch eh nicht lange dauern dürfte!«

Für einen Moment herrschte Totenstille, einzig das Ticken der Standuhr war im Hintergrund zu hören. Wo kam die eigentlich her?

»Wisst ihr was? Ich habe die Schnauze gestrichen voll. Ich will helfen, aber Martin baut ständig Mist, und ich komme dafür unter die Räder, das geht die ganze Zeit so. Und jetzt soll ich mir anhören, was ich angeblich falsch gemacht habe? Nein, mir reicht's, ich will damit nichts mehr zu tun haben, Martins Akte wandert an die Kollegen weiter, ruft im Revier an und kümmert euch selbst darum. Ich habe keinen Bock mehr auf den Mist.« Wütend stapfte Kainz aus der Wohnung, die Tür schlug er donnernd zu.

Zurück blieben eine ebenso geladene Izabella sowie ein geschlauchter Leček, der immer noch mit den Schmerzimpulsen seines Körpers zu kämpfen hatte. Ganz so, als ob nichts geschehen wäre, legte er sich hin und streckte die Beine aus. »Wie lange war ich eigentlich weg?«

»Schau auf die Uhr und rechne es dir selbst aus.« Mit einer abweisenden Handbewegung ließ ihn Izabella alleine zurück.

Wie bei einem Brettspiel war Leček zurück an den Start gesetzt worden. Niederlage hatte sich an Niederlage gereiht, er saß in den Ruinen seines Tuns und hatte keinen Ausweg gefunden. Schlimmer noch, ihm wurde eine Narbe zugefügt, die über die Metapher hinausging und nicht erst im Fleisch endete.

KAPITEL 36

So fühlte sich also sterben an. Leček war tot, erschlagen vom Bücherregal, vermutlich auch von der Vitrine daneben. Die Wohnung hatte sich in den letzten Tagen zu einem Gefängnis verwandelt, er fühlte sich erschlagen, erdrosselt, er erstickte in Langeweile und Lethargie. Izabella hatte Wochenenddienst, das war so kurzfristig nicht zu ändern, absolute Bettruhe hatte sie ihm trotzdem verordnet. Ursprünglich hatte sie Aleksandra gebeten, nach dem Patienten zu schauen, aber die dachte zu Lečeks Glück nicht einmal im Traum daran.

So blieb Leček also bloß der ständige Wechsel zwischen Bett und Couch. Zwar hatte er seinen Aktionsradius bald auf die ganze Wohnung ausgedehnt, aber rasch engten ihn diese vier Wände ein. Dabei ging es ihm doch bestens! Die Abschürfungen an Händen und Knien waren unter langärmeliger Kleidung nicht zu sehen, einzig das Gesicht sah durch die Nähte und ein paar Krusten mitgenommen aus, schmerzte aber durch die Medikamente kaum noch. Leček erfüllte die gesamte Checkliste zur Zufriedenheit – bloß eine klitzekleine Gehirnerschütterung, keine inneren Blutungen, keinen Knochenbruch –, trotzdem wurde er daheim eingesperrt, fast in Quarantäne gehalten, als hätte er eine hochinfektiöse Krankheit.

Die einzige Aufregung bot ein Telefonat, als er sich in der *JETZT*-Redaktion erneut krankmelden musste. »Ja, mich hat's schon wieder erwischt. Schlimm«, sagte er und strich über die Nähte, jeden einzelnen Stich konnte er spüren, hatte sie mehrmals gezählt, es waren immer fünf. »Kam völlig aus dem Nichts. Ja, blöde Jahreszeit mit den ganzen Verkühlungen, in den Öffis husten die Leute schamlos durch die Gegend. Was? Ja, nächste Woche komme ich bestimmt wieder.« Nach dem Auflegen pochte sein Herz wie wild, er starrte zur hohen Decke und verlief sich im weißen Nichts. Hatte es wirklich jemand aus der *JETZT* auf ihn abgesehen – oder war alles nur ein blöder Zufall, wie Georg gemutmaßt hatte? Der Gedanke, am Montag wieder in das gläserne Hochhaus zu gehen, beunruhigte ihn zutiefst.

Nach der ungewollten Abwechslung stieg das Meer der Langeweile wieder an. Die nächsten Stunden verbrachte Leček vor allem mit geplantem Nichtstun. Da ihm jegliche Anstrengung verboten war, bewaffnete er sich mit der Fernbedienung und zappte durch alle Fernsehkanäle, die der Receiver herzugeben wusste, verlor aber schließlich zwischen deutschem Verkaufsfernsehen und spanischen Nachrichtensendern die Lust an der Entdeckung der dreistelligen Kanäle. Als Nächstes wollte er endlich dieses Buch – war es jetzt ein Dostojewski, Márquez, Pynchon oder doch der skandinavische Krimi von der Bestsellerliste? – beenden, an dem er schon seit Monaten las, doch zuerst musste er es von zwei Katzen befreien, und dann verließ ihn nach wenigen Seiten die Motivation. Gerade so konnte er sich durch das Kapitel retten, stellte das Buch danach zurück ins Regal.

Grund für die Lustlosigkeit war ein Metronom in Lečeks Kopf, das ihn regelmäßig in dieselbe Richtung abdriften ließ: Was hatte es mit diesem USB-Stick und dem belastenden Material auf sich? War das gestern bloß ein dummer Raubüberfall? Und wie konnte er so blind sein, um es sich tatsächlich mit dem *Telegraphen* zu vergeigen? So sehr er seinen geschundenen Kopf darüber zermarterte, eine Antwort auf bloß eine dieser Fragen wollte ihm nicht ansatzweise einfallen. Eigentlich war ihm das recht, Leček begann damit, die ganze Geschichte abzuschließen.

Izabella würde erst am Abend heimkommen, also musste er sich den restlichen Tag alleine beschäftigen. Den einzigen Ausweg in eine halbwegs annehmbare Aktivität befand er im Internetsurfen; auf der Couch, unter einer Decke und mit einem ausgeborgten Laptop samt Katzenaufkleber auf der Rückseite. So sehr sich Leček gegen seine hintergründigen Gedanken wehrte, manchmal brachen sie durch, ähnlich einem leckgeschlagenen Staudamm, und überfluteten sein Denkzentrum. Dann konnte er nicht anders als auf jetzt-online.at oder telegraph.at zu gehen, sich durch die Archive zu klicken, alte Artikel über die Fehde der zwei Tageszeitungen in Drittmedien zu lesen und in Gedanken ein weiteres dunkles Kapitel hinzuzufügen, an dem nur er alleine Schuld trug.

Der Sonntag verlief ähnlich. Zuerst klickte er sich vermehrt durch die Website des *Telegraphen* und hing dort seinem alten Lieblingskolumnisten nach: CMÜ. Die meisten Kolumnen in dieser Zeitung wurden unter einem Pseudonym geschrieben, nicht immer war dabei klar, wer wirklich hinter den drei Buchstaben steckte. CMÜ, ob reale Person oder Schreibkollektiv, hatte immer unterhaltsame, trotzdem kritische Kolumnen geschrieben, die gerne gegen den Boulevard gifteten. Irgendwann war CMÜ dann verschwunden, vermutlich im Zuge von Einsparungen.

Nach einem stümperhaft zubereiteten mediterranen Reisgericht, das Basilikum-Limetten-Pesto ließ grüßen, pflanzte sich Leček auf die Couch, schloss die Augen und lauschte den analogen Klängen von Status Quo, Journey und Genesis.

Er hatte beschlossen aufzugeben. Die Posse mit den beiden Zeitungen war ohnehin anstrengend genug gewesen, die Nachforschungen zu Hubert Brandl, Thomas Hammerschmidt und Maja van der Garde noch gar nicht in die Rechnung mit einbezogen. Am Montag würde er der *JETZT* kündigen, das war überfällig. Er würde direkt zu Wallner gehen, ihm die Meinung sagen, seinen Schreibtisch räumen und verschwinden. Als psychiatrische Ärztin verdiente Izabella nicht schlecht, und obwohl er ihr nicht auf der Brieftasche liegen wollte, würden sie fürs Erste auch so zurechtkommen. Irgendeinen mies bezahlten Job als Redakteur würde er schon auftreiben, schlimmstenfalls wechselte er halt die Seite und schrieb in Zukunft für die PR-Branche.

Nachholbedarf bestand bei vielen Agenturen, außerdem war so von vornherein klar, in welchem Interesse er kommunizierte; transparenter als bei den meisten Medien.

Das Material aus der Recherche, Brandls Ordner, das Überwachungsvideo aus der U-Bahn, die Opferliste, der Befund des Gerichtsmediziners und die Aufzeichnungen über das undurchsichtige Firmenkonstrukt, das die *JETZT* umgab, würde er allesamt anonym der Polizei zukommen lassen oder ins Netz stellen. Nicht zu vergessen natürlich Brandls gelöschter Artikel, der den Stein erst ins Rollen gebracht hatte.

Aufgeben fühlte sich gut an. Lečeks Verstand machte ihm ein Geschenk, gab ihm einen Moment, in dem er mit sich und der Welt zufrieden war. Das wohlige Gefühl wickelte ihn ein und zog ihn hinüber in eine Zwischenzeit seines Geistes, ließ ihn von der Musik getrieben auf einem unsichtbaren Fluss dahingleiten.

Journey setzte erneut zum hämmernden Gitarrensolo an, doch die feine Harmonie der 80er wurde durch einen metallischen Glockenklang von Lečeks iPhone unterbrochen. ›Einfach ignorieren‹, dachte er und warf sich zurück in das Konzert vom Band. Doch die akustische Meldung kam wieder und wieder, zum vierten Mal mittlerweile, als ob die Elektronik ein aufmüpfiges Eigenleben entwickelt hätte und erst Ruhe geben würde, wenn sein Besitzer das Handy endlich beachten würde.

Mürrisch griff Leček zum Drahtgestell des Couchtisches, sie hatten die Glasplatte noch nicht ersetzt. Anscheinend hatte ihm jemand ein Bild geschickt. Mit fragendem Gesicht entsperrte er den Bildschirm und sah sich die eingegangene Nachricht an. Sie war eindeutig, daran hegte er nicht die geringsten Zweifel:

Traurigen Herzens geben wir bekannt, dass

Martin Leček

durch einen tragischen und unvorhersehbaren Unfall verstorben ist.

In Gedenken an dich
– Freundin Izabella
– Freund Georg
– Freund Christian
– und im Namen aller Angehörigen und Arbeitskollegen

Von Beileidsbezeugungen am Grab bitten wir Abstand zu nehmen.
Für bereits erwiesene und noch zugedachte Anteilnahme recht herzlichen Dank.

Links neben dem Text befand sich ein schwarzes Kreuz, darunter standen Geburts- und Sterbedatum. Laut diesem Faksimile war Leček vorgestern ums Leben gekommen.

›Ruhig bleiben, überleg, was du jetzt tun musst‹, sagte er zu sich selbst und überprüfte die Zeile mit dem Absender: leer. Da wusste jemand, wie er unerkannt Nachrichten verschicken konnte, das machte den Fremden nicht minder gefährlich.

Mit rasendem Herzen sah er sich noch einmal die eigene Todesanzeige an. Die Botschaft war eindeutig, Leček hatte verstanden.

Die Wohnung Bosenski-Leček lag im Halbdunkel, gedimmtes Licht warf dünne Fächer über Bücherregale, Stühle und andere Möbel, die wie die reduzierte Kulisse einer Theaterbühne im Hintergrund lagen.

»Der Spaß ist vorbei, wir müssen etwas unternehmen.« Ohne Zögern fummelte Izabella ihr Handy aus der Hosentasche, »ich rufe die Polizei.«

»Nein, warte«, rief Leček und sprang auf, der Schwindel packte seinen malträtierten Körper. »Und dann? Was sollen wir der Polizei erzählen? Wir recherchieren in einem Mordfall, haben dabei Gesetze gebrochen, Beweise unterschlagen, und nachdem ich jetzt mehrmals bedroht wurde, ist uns die 133 wieder eingefallen? Die Geschichte glaubt uns doch niemand, außerdem gehen wir davor in den Häfn.« Er atmete tief durch, flehenden Blickes sah er Izabella an. Es durfte nicht so enden.

»Aber wir müssen etwas unternehmen, so kann das nicht weitergehen.« Widerwillig löschte sie die Notrufnummer der Polizei aus dem Display, spielte stattdessen mit dem dunklen Smartphone in der Hand. »Wenn das die Gleichen sind, die Brandl, van der Garde und Hammerschmidt auf dem Gewissen haben, werden sie vor einem weiteren Mord nicht zurückschrecken. Die scheren sich einen Scheiß um Konsequenzen, so wie du, wenn du illegal Musik runterlädst.«

»Und dann werden sie uns alle am Stück umbringen? Chris++, Georg, dich und mich, vier Leute auf einmal? Die haben eine U-Bahn in Brand gesetzt, um einen Doppelmord darin zu verstecken, die würden uns nicht einfach umlegen wie in Mafiafilmen. Was glaubst du, was die anstellen müssten, um vier Leute aus dem Weg zu räumen? Einen Flugzeugabsturz? Den nuklearen Holocaust?« Mit dem Zeigefinger hämmerte Leček wie wild gegen sein Handy. »Sieh's doch positiv! Die setzen mich unter Druck, haben Panik. Wir haben hier belastende Beweise, und das setzt unsere unbekannten Freunde erheblich unter Druck! Und überhaupt hast du meine illegalen Downloads immer gern gehört, Beweisstück D wie David Bowie.«

Izabella stieß einen lauten Seufzer aus und fuhr mit den Fingern durch ihre bunten Haare. »Na gut, lass uns ausnahmsweise annehmen, du hast recht. Welche Optionen bleiben uns? Weitermachen wie bisher bringt nichts, also müssen wir der anderen Seite zeigen, dass wir an der Story nicht mehr interessiert sind.«

»Was schlägst du also vor?«

»Weglaufen.« Mit einem Ruck sprang Izabella auf den Küchentisch, ließ die Beine baumeln, während ihr Blick verträumt zur Decke ging. Ihre Stimme war klar, als würde sie von ruhiger Klaviermusik begleitet werden. »Wir brauchen Urlaub, dringend. Du und ich, irgendwo in der Südsee, weit weg von alledem, auf einem anderen Kontinent. Oder wir fliegen nach Australien, mieten uns ein Auto und machen endlich diese Rundreise, von der wir schon so lange träumen. Und wenn in der Zwischenzeit jemand hier einbricht, alle Materialien klaut und die Wohnung niederfackelt, soll mir das nur recht sein.«

Langsam, als müsste er sich durch unsichtbaren Honig kämpfen, trat Leček an seine Freundin heran, stellte sich vor sie und strich mit einer sanften Handbewegung die bunten Haarsträhnen aus dem Gesicht. Die letzte Zeit war anstrengend gewesen, in körperlicher wie auch geistiger Hinsicht, ganz zu schweigen von ihrer Beziehung. Eine Flucht wäre genau das Richtige. »Du hast recht«, flüsterte er.

»Ich kenne dich, da kommt ein Aber.« Ihr Mund lag an seinem Ohr, streifte mit den Lippen die Muschel. Wieder das Klavier, gekoppelt an Worte.

»Das kannst du nur sagen, weil du Psychologie studiert hast.«

»Und weil ich dich liebe, aber komm endlich zur Sache.«

Mit wiederholtem Nicken trat Leček einen Schritt zurück, seine Arme lagen mittlerweile um Izabellas Hüfte. »Aber, um deine Vorlage aufzugreifen, der Druck von denen wird immer höher. Die hauen mir eine runter – und wir weichen zurück, die schlagen mich zusammen – und wir weichen zurück. Izabella, ich fühle mich in die Ecke gedrängt, mehr noch, komprimiert, ja zusammengepresst. Beim allmächtigen fliegenden Spaghettimonster, ich habe auch nicht vor, einfach so zusammenzuklappen.« Leček hielt inne, streichelte Izabella über den Rücken. »Weißt du, wie eine Atombombe funktioniert?«

»Kommt drauf an, welches Prinzip du meinst.«

»Entschuldige, ich vergaß für einen Moment, mit wem ich rede. Also, Implosionsbombe, fand ich auf eine perverse, eigenartige Art immer faszinierend. Das radioaktive Spaltmaterial wird so lange zusammengepresst, bis es überkritisch wird und zur Explosion kommt.« Die Stimme hatte sich aufgeschwungen, nach einer Pause fing sie einige Oktaven weiter unten erneut an. »So fühle ich mich seit dieser Todesanzeige, bereit zum Explodieren. Wenn wir weglaufen, ändert das nichts an meiner Angst.«

»Du hast Angst? Das hast du mir bisher nicht gesagt. Ist es wegen mir, spielst du den großen Beschützer?«

»Ich bitte dich, du wirst mit jedem fertig. Mit deinen schwarzen Gürteln solltest du auf mich aufpassen, dir fehlt nur der Waffenschein«, lachte er müde. »Nein, ich habe Angst um die Art, wie wir leben, um unsere Entwicklung. Was bringt uns weglaufen, wenn sie uns weiter verfolgen und jagen wie wilde Tiere in einem Gehege? Selbst in Australien würden wir – würde ich – mich hinter jeder Ecke umdrehen, zusammenzucken und mich fragen, ob uns nicht doch jemand verfolgt. Ich will mich dem Druck hier stellen, will zur Implosion kommen. Ich will es hier und jetzt beenden, damit wir ohne Angst weiterleben können, und zwar ganz so, wie wir es wollen, einzig mit den Schranken, die wir uns selbst in den Kopf gebaut haben.«

Stumm beugte sie sich vor, spreizte die Finger, legte sie auf seine Wange. Klaviermusik erfüllte den Raum, gespielt auf zwei Herzen. »Ich verstehe«, flüsterte Izabella, »und ich kann dich nicht davon abbringen?«

»Nein.«

»Dann lass uns einen Auslöser bauen.«

Crescendo.

Der Morgen verlief zurückhaltend, das Frühstück war ein letztes Abwiegen der Für und Wider bei einer kalten Tasse Kaffee. Izabella machte kein Geheimnis um ihre Zweifel, wollte ihrem Freund stattdessen mit allen Mitteln vom geplanten Feldzug abraten.

»Tu es nicht, bitte.«

»Jetzt hast du auch Angst um mich.«

»Ja.« Keine neckische Beschimpfung, kein liebevolles Treten oder Boxen, bloß eine Silbe, die über blasse Lippen wanderte.

»Gestatte mir diesen letzten Versuch, den letzten Trick vor dem Vorhang, wenn du so willst. Der Schlüssel zu alldem – der Aufklärung und unserer verdammten Rettung – liegt in der Redaktion der *JETZT*. Es gibt keinen anderen Ausweg für mich, ich muss da hinfahren und mich meinen Dämonen stellen. Endgültig.«

Das weitere Frühstück verlief wie in einem Stummfilm, die untermalende Klaviermusik existierte in den Köpfen. Beide nahmen nur Kaffee zu sich, Brot und Semmeln blieben in den Vorratsschränken, Wurst, Käse und Marmelade im Kühlschrank, die Tageszeitungen auf dem Fußabstreifer, und sogar die Katzen verzogen sich in ihr Körbchen vor der wärmenden Heizung.

Beim Verlassen der Wohnung startete Izabella einen verzweifelten Versuch. Ob ernst gemeint oder nicht, es war ein Appell an seine Seele, den Frieden der Geschichte noch einmal zu retten. »Versprich mir, dass du hier bleibst und nichts unternimmst, bis ich wieder daheim bin. Wir können zusammen weggehen, irgendwohin, überallhin. Aber tu bitte nichts Unüberlegtes, ja? Morgen ist auch noch ein Tag, der erste von vielen. Versprich es mir.«

»Izabella …«

»Versprich es mir!«

»Ich werde daheim sein, wenn du kommst. Versprochen«, antwortete Leček.

»Danke«, sagte Izabella leise und schloss die Tür hinter sich. Zumindest dieses Versprechen hatte sie ihm abgewonnen, ein schwacher Trost in dieser bedeutungsschwangeren Stunde.

Beide wussten um die stille Abmachung, die keiner auszusprechen brauchte, die Entfernung, die sie gemeinsam überwinden mussten. Leček würde ein letztes Mal in die Redaktion fahren, mit der Hilfe von Chris++ einen Rundumschlag ausführen, hoffentlich den letzten Baustein für ihre Theorie finden und sich damit in Sicherheit bringen. Und wenn es sich ergeben sollte, würde er den gesamten Laden gleich bis auf die Grundmauern niederfackeln. Implosionsbombe.

Er zog sich kurz nach Izabellas Abschied seinen schwarzen Wintermantel an und ging hinunter zum Wagen. Dann fuhr er unbeirrt los, bereit, die letzte Rechnung zu begleichen. Leček hatte nichts mehr zu verlieren. Die Stadt sollte brennen.

KAPITEL 37

In der dunkelgetäfelten Bauernstube war es warm, das knackende Feuer im Kachelofen versuchte über die Unbarmherzigkeit der Situation hinwegzutäuschen, die wie ein dicker, fettiger Bratengeruch in der Luft hing. An einem abgewetzten Tisch saßen die eingefallenen Körper eines Ehepaares, Eltern, für die die letzten Stunden zum Albtraum ausgewachsen waren. Ihr Kind war gestorben, und jetzt kam dieser Krawallreporter und störte sie in ihrer Trauer.

Es brauchte nur eine knappe Vorstellung seinerseits, dann hatte ihn die Mutter wortlos eingelassen und in die Stube geführt. Kurz darauf war ihr Mann erschienen, hatte mit seiner Frau ein paar Worte gewechselt und verschwand daraufhin im Nebenzimmer, um etwas zu holen.

Nun saßen sie gemeinsam am Tisch, mit zittrigen Fingern schob der Vater ein Foto seiner Tochter in fremde Hände. Das Mädchen hieß Manuela, so viel wusste der Reporter bereits, auf dem Bild würde er sie um die 16, vielleicht 17 schätzen. Schulterlange blonde Haare, ein kräftiges Zahnspangenlächeln und die Augen geradeaus in die Kamera gerichtet – wahrscheinlich ein Foto vom Schulfotografen.

Leček nahm das Bild in die Hand, begutachtete es ausführlich. Er räusperte sich, doch seine Stimmbänder formten nur ein einziges Wort.

Wie war er nur so weit gekommen?

Der dunkelblaue Lancia Beta stand in einem Parkhaus und gönnte sich eine Verschnaufpause. Das Hämmern der Zylinder war verstummt, und aus dem Auspuffrohr kroch die Restwärme der vorangegangenen Verbrennung. Ein paar hundert Meter entfernt hatte Leček das Redaktionsgebäude der *JETZT* betreten; zum letzten Mal, wenn es nach ihm ging.

Zielstrebig eilte er durch das weite Foyer, das nicht erst heute an den Vorplatz eines leeren Schlachtfeldes erinnerte. An Kollegen, ob bekannt oder nicht, lief er unbeirrt vorbei und stieg in den Lift, mit dem er in den fünften Stock hinauffuhr.

Die verletzte Hälfte seines Gesichts spiegelte sich in der Glasverkleidung der Kabine. Schrammen und Kratzer lagen neben dem kargen Bart unter den blauen Augenhöhlen; kleine Furchen machten den Anblick noch eckiger. Die fünf Stiche an der Schläfe fielen gar nicht mehr auf, es war, als ob sie schon immer an dieser Stelle aus der Haut hervorgestochen hätten.

Im fünften Stockwerk angekommen bog Leček mehrmals ab und betrat durch ein Nebenbüro den zentralen Newsroom. Alles war wie immer, der bunt flimmernde Monitorkranz, das rege Treiben der Frauen und Männer darunter sowie die ständige Überwachung, die durch den in seinem Büro thronenden Reinhard Wallner ausging. Anscheinend hielt dieser gerade eine Besprechung ab, er war also beschäftigt.

Bis zur Vormittagskonferenz würden noch einige Minuten verstreichen, es war also der perfekte Moment, um seinen Plan von der Blaupause in die Realität zu übertragen. Zuerst musste er sich um seinen Computer kümmern. Grundsätzlich waren darauf keine brisanten Daten gespeichert, aber Leček wollte auf Nummer sicher gehen und die Festplatte formatieren sowie all seine Dateien aus den Netzlaufwerken am Server entfernen. Durch eine Sicherungskopie ließen sich diese Daten bestimmt wiederherstellen, aber bis dahin hätte er schon einen schönen Vorsprung aufgebaut. ›Vielleicht sollte ich noch eine falsche Spur legen?‹

»Martin, dich schickt der Himmel!«

Verdammt, wo kam der Messer plötzlich hergeschossen? »Heute ist's eher die Hölle«, antwortete Leček mit einem gequälten Lächeln und sprach schnell weiter, ohne seinen Kollegen zu Wort kommen zu lassen. »Weißt du, wo die Miller ist? Ich muss mit ihr dringend etwas besprechen.«

»Die Kathi? Irgendwo beim Alten, die schnapsen gerade etwas aus, aber zuerst sind wir dran.« Messer legte seinen Arm um Lečeks Schulter und zog seinen Schützling ein paar Schritte mit. »Der Wallner ist gut drauf, will heute deinen Vertrag als Chefreporter unterzeichnen. Aber du musst uns dafür noch einmal bei einer heiklen Sache helfen.«

»Eh klar, wie immer.«

Messer schien die Bemerkung zu überhören und sprach weiter. »Hör zu, die Geschichte ist wichtig, kommt auf den Titel. Eine Jugendliche aus Wien ist heute Nacht gestorben, war mit ihrem Moped unterwegs und wurde von einem Lastwagen erfasst. Ist einfach über sie drübergefahren. Möglicherweise war es sogar Selbstmord, das recherchieren wir noch nach, wobei das eigentlich eh klar ist. Aber uns fehlt das Herzstück für unseren morgigen Aufmacher. Errätst du's?«

»Ein Foto«, antwortete er zurückhaltend. Die Routine war ihm bekannt.

»Bingo!« Messer klopfte Leček fest auf die Schulter. »Siehst du, ich wusste, du bist der Richtige für den Job. Da, nimm das.« Er drückte ihm einen zusammengefalteten Zettel in die Hand. »Das ist die Adresse der Eltern, wohnen draußen in Aspern, irgendwo bei der Seestadt. Fahr hin, besorg uns ein Foto und komm zurück.«

»Und wenn ich Nein sage? Heinz, ich muss wirklich dringend mit der Miller sprechen.«

»Hop oder top, das hat der Alte gesagt, entweder wirst du befördert oder rausgeschmissen. Die Geschichte ist wichtig, außerdem braucht die Kathi sowieso länger, mindestens eine Stunde.«

Natürlich, warum fragte Lečeк auch, bei der *JETZT* gab es nur hell oder dunkel, Freund oder Feind, Spitzenkraft oder ungeeigneter Mitarbeiter. Das Prinzip lief immer auf dasselbe hinaus, alles musste in fein säuberlich beschriftete Schubladen passen. Jetzt wollten sie ihn in eine stecken, dazu sollte er endgültig alle Skrupel zurücklassen.

»Bis wann brauchst du das Bild?«

So brach er also kurzentschlossen auf und setzte über nach Transdanubien, die östliche Hälfte der Stadt, die durch den Donaustrom abgenabelt dalag und gern abschätzig bezeichnet wurde.

Der wuchtige Reifen mit der Aufschrift Pirelli auf der Seitenwand rollte die letzten Meter in die Mitte eines Bauernhofes. Der Motor wurde abgestellt, die Fahrertür flog auf, und Lečeк setzte einen Fuß auf den gefrorenen Untergrund, Kieselsteine.

Der Hof wirkte schlecht erhalten, das bezeugte vor allem der abbröckelnde Verputz, trotzdem pochte noch Leben in ihm. Aus dem Kamin des einstöckigen Wirtschaftsgebäudes stieg Rauch auf und aus dem Stall drang ein dumpfes Muhen; verzweifelt, setzte Lečeк gedanklich hinzu. Einzig der hölzerne Maschinenunterstand gab mit Schutt, gebrochenen Balken und einem dreirädrigen Traktor in der Ausfahrt zu verstehen, dass der Besucher hier mit keinerlei Leben rechnen durfte.

Ein kurzer Blick auf die Armbanduhr, dann ging Lečeк zur Haustür des Wirtschaftsgebäudes. Laut Messer geschah der Unfall erst vor wenigen Stunden, alle Wunden würden ganz frisch sein.

Leček läutete, erwartete aber keine Reaktion. Mehrmals drückte er auf den Schalter für die Türklingel, mehrmals schellte sie auf, doch geöffnet wurde ihm nicht. Nach einigem Zögern legte er seine Hand auf die Klinke, die just in diesem Augenblick nach unten verschwand. Eine Frau um die 50 stand ihm plötzlich gegenüber, zerzauste Haare, gerötete Augen und verweintes Gesicht. Es war schwer, aber für Rückzieher war es jetzt zu spät. Er musste das durchziehen.

»Nein.« Lečeks feste Stimme durchbrach die knisternde Stille der Stube. Zwei geweitete Augenpaare starrten ihn an, rechneten bereits mit dem Schlimmsten; vielleicht wollte er noch mehr Bilder haben? Oder andere?

»Schauen Sie, ich wurde von der Redaktion geschickt, um Fotos von Ihrer Tochter zu besorgen. An Ihrer Stelle hätte ich einen Reporter mit dem Anliegen gar nicht erst ins Haus gelassen, sondern gleich vom Hof verjagt. Ich hätte also vollstes Verständnis dafür, wenn Sie das sofort in die Tat umsetzen und mich rausschmeißen. Aber dann wird ein anderer kommen, vielleicht der Kollege Messer. Der ist allerdings ein anderes Kaliber, erfahrener Chronik-Berichterstatter, abgebrühter Hund, der hat bis jetzt alles bekommen. Er wird nicht so zögerlich agieren wie ich, er wird vielleicht gar nicht mit Ihnen reden. Er wird die nähere Umgebung Ihrer Tochter auskundschaften und bei Mitschülern, Freunden, Nachbarn und Verwandten nach Bildern bohren. Irgendetwas findet sich immer, und wenn es nur Facebook-Bilder von der letzten Schaumparty in der Disco sind.« Eine kurze Pause entstand. »Manche suchen auch genau danach.«

»Was wollen Sie denn dann von uns?« Der Mann gegenüber ballte seine Fäuste und drückte sie gegen die Tischplatte, die Knöchel traten weiß hervor. Er zitterte noch mehr, ob aus Trauer oder Zorn konnte Leček nicht erkennen, er sollte sich in jedem Fall beeilen.

»Ich will helfen.«

»Was?«

»Sie haben mich richtig verstanden. Aus verschiedenen Gründen habe ich heute meinen letzten Tag für die *JETZT* – das muss Sie gar nicht weiter beschäftigen. Ich möchte dieses Loch aber mit einem guten Gefühl, mit zumindest einer guten Tat verlassen, und die gedenke ich hier zu tun. Ich möchte verhindern, dass Ihre Tochter morgen zur Schlagzeile wird.«

Das Elternpaar sah sich verwundert an, die Entwicklung hatten sie nicht vorhergesehen. »Und wie soll das funktionieren?«, fragte die Frau mit brüchiger Stimme.

»Mit der Beachtung einiger Grundregeln«, begann Leček. »Zuallererst geben Sie niemandem Fotos, ganz egal, als wer er sich ausgibt – und sei es ein Polizist oder ein Reporter vom *Telegraphen* oder dem Rundfunk. Polizisten besitzen Uniformen oder Ausweise, Reporter von Qualitätsmedien tun so etwas nicht. Lassen Sie sich nicht einschüchtern und bleiben Sie hart, die Typen können Ihnen gar nichts anhaben. Versuchen Sie Mitschüler und Freunde für das Thema zu sensibilisieren, am besten direkt über die Schule. Dann bleibt nur noch Facebook als Quelle übrig. Ihre Tochter hatte bestimmt einen Computer oder ein Smartphone?«

Die Mutter nickte behäbig und fuhr sich über ihr Handgelenk. »In Ordnung, das wird der schwierigste Schritt werden. Loggen Sie sich mit dem Facebook-Account Ihrer Tochter ein und löschen Sie alle Fotos, oder setzen Sie die Einstellungen meinetwegen auf privat. Die Bilder bleiben zwar bis in die digitale Unendlichkeit irgendwo auf amerikanischen Festplatten gespeichert, aber dann liegen sie zumindest im Datennirvana und nicht auf dem Präsentierteller für die Journalistenmeute.«

»Können Sie uns dabei helfen?«, fragte die Mutter leise. »Bitte.«

Er dachte kurz darüber nach, die Bitte abzulehnen, aber zum Teufel mit der *JETZT* und seinem Rachefeldzug, auf die paar Minuten kam es auch nicht mehr an.

Der Vater war aufgestanden und über eine schmale Holztreppe im Vorraum nach oben geeilt, kurze Zeit später stellte er einen schwarzen Laptop auf den Esstisch.

Alles andere war ein Kinderspiel. In wenigen Minuten hatte Leček das System hochgefahren und war unter dem Namen des toten Mädchens auf Facebook eingestiegen – Passwort und E-Mail-Adresse waren gespeichert. Beim Klick auf den LogIn-Button wurde ihm etwas mulmig in der Magengrube, aber schließlich tat er das hier für einen guten Zweck.

»112 Bilder.« Das Löschen würde zu lange dauern, außerdem erschien es ihm doch etwas drastisch. Wer gab ihm das Recht, das virtuelle Leben eines Kindes vor dessen Eltern für immer verschwinden zu lassen? Die Einstellungen auf privat zu setzen musste reichen.

Als Leček damit beginnen wollte, setzte sich der Vater auf die Bank neben ihn. »Zur Sicherheit«, wie er sagte.

Leček nickte verständnisvoll, ›würde ich an seiner Stelle auch tun‹. »Natürlich«, antwortete er und drehte den Bildschirm nach rechts, sodass der Vater alles sehen konnte. Ob er auch verstand, was Leček da tat?

Eine Viertelstunde hatte die ganze Aktion gedauert, dann waren alle Bilder für die Öffentlichkeit verschwunden.

»Ich kann Ihnen keine Garantie geben, aber potenziellen Rechercheuren dürfte das Suchen nun ziemlich schwerfallen.« Bedächtig, wie ein Chirurg nach der überstandenen Operation mit ungewissem Ausgang, stand Leček von der abgenutzten Tischplatte auf, klappte den Laptop zu und wandte sich zum Gehen.

»Können wir Ihnen irgendwie danken?« Die Mutter, sie stützte sich kraftlos an eine Stuhllehne.

»Seit Wochen konnte ich in diesem Medienwahnsinn erstmals jemandem helfen, etwas für mein Gewissen tun, damit ich wieder in den Spiegel blicken kann. Das ist mir Dank genug.«

In der Mitte des Hofes war Leček stehen geblieben und widmete seine gesamte Aufmerksamkeit dem iPhone in seiner Hand. »So sollte es funktionieren«, murmelte er vor sich hin und steckte das Handy nach ein paar weiteren Eingaben zurück in die Manteltasche.

Aus einer frei zugänglichen Bilddatenbank im Internet hatte er mit wenigen Suchkriterien – blond, jugendlich, Frau – ein paar Bilder abgespeichert, die vorerst als Platzhalter für das verstorbene Mädchen dienen sollten. Noch schwankte Leček, ob er Messer die Bilder direkt schicken sollte, um ihn nachher bloßzustellen, oder ob er später den Versuch wagen sollte, sie im Redaktionssystem gegen völlig andere Motive auszutauschen.

Die Frage hatte sich vorerst erledigt, als sich das Handy mit vertrauten Klängen aus der Manteltasche an die Außenwelt wandte. Eine Textnachricht prangte in der Mitte des Displays, ein Absender fehlte erneut.

In einer Stunde wird die gesamte *JETZT*-Redaktion über deinen Auftrag für den *Telegraphen* informiert. Laufen oder sterben – für was entscheidest du dich?

Die hellen Bildpunkte brannten sich heiß in Lečeks Netzhaut. Mehrmals wiederholte er die Botschaft laut, obwohl er den Inhalt längst verstanden hatte. Jemand war ihm auf seinem Rachefeldzug zuvorgekommen, ob Zufall oder nicht spielte keine Rolle mehr. Die Pläne und Absprachen mit Izabella, die Mahnung zur Vorsicht, alles zerfiel gerade zu Staub und leeren Worthülsen.

Das Schwindelgefühl bemerkte Leček erst, als er schneller als gewollt auf sein Auto zu strauchelte.

›Nicht jetzt, um Himmels Willen, nur nicht jetzt!‹, flehte er. Der Kampf gegen die Übelkeit war aussichtslos, schon das erste Aufstoßen war zu viel, und Leček verteilte den gesamten Inhalt seines Magens auf der Motorhaube des Lancias. So viel hatte er gar nicht gefrühstückt.

KAPITEL 38

Noch 15 Tage, 23 Stunden und vier Minuten bis zu Hubert Brandls Tod.

Im Kellergewölbe war es kalt. Durch ein gesprungenes Milchglasfenster drangen manchmal gedämpfte Gesprächsfetzen, an der Decke surrte ein Aufgebot an Leuchtstoffröhren. Zwischen meterhohen Regalen und Aktenschränken, die wie im Märchen unter einer ansehnlichen Staubschicht lagen, regte sich in kurzen, aber regelmäßigen Abständen das Rascheln von Papier. Rauchschwaden wanden sich um vollgeräumte Regale wie eine Schlange, die Ausschau nach ihrer Beute hielt. Die Totenruhe des Archivs wurde gestört.

»Verdammter Dreck.«

Eine geschlagene Stunde hing Brandl schon im kalten Verlies fest. Wenn er nicht gerade Zigarette an Zigarette anzündete, konnte er sogar seinen eigenen Atem sehen. Warum musste er auch in dieses Loch fahren! Dabei hatte die Sache nach Majas Tipp so aufgelegt gewirkt.

Ein paar sorgfältig getätigte Anrufe in der Vorwoche hatten genügt und ihm die notwendige Basis verschafft, um dem Konto seiner Überzeugungen einen großen Betrag gutschreiben zu können. Nachforschungen vor Ort waren zwar trotzdem notwendig, aber mit dem letzten Auftrag von Wallner hatte er ohnehin den perfekten Aufhänger, um unbemerkt für mehrere Tage aus Wien rauszufahren.

Die hungerstillende Glückssträhne aus Brotkrumen versiegte aber just in diesem kalten Gemäuer. Es war Brandl sowieso unverständlich, wie man solche kalten Abgründe ernstlich als Archiv verwenden konnte. Der Boden bestand nur aus festgetretener Erde, die Wände waren feucht und rochen modrig. In einigen Jahren würde hier alles schimmeln, geplante Digitalisierung hin oder her.

Mit dem Geschmack herber Enttäuschung im Mund, oder möglicherweise einfach nur zu vielen Zigaretten, legte er einen weiteren Lederband auf den ansehnlichen Stapel. ›Das ist jetzt schon der fünfte‹, grämte er sich, ›bald wird irgendwer kommen und nachsehen, ob es mir wohl gut geht. Ich muss mich beeilen.‹

Also kam der sechste Band an die Reihe. Und der siebte. Allmählich hatte er genug von Klassenfotos, Schulausflügen, hölzern nachgestellten Aufnahmen aus dem Alltag und den hohen Feiertagen des Katholizismus – davon gab es ja doch einige! Wie auf Zuruf fiel heiße Asche von der Zigarettenspitze herab und verbreitete sich in Brandls Schoß; vielleicht wurde der Tabak von einem strenggläubigen Pflücker in Spanien geerntet, der den Gedanken weniger amüsant fand? Verärgert wischte Brandl die Asche auf den Boden, warf den Filter hinterher und wollte auch das Jahrbuch sicherheitshalber abwischen, das Papier war recht dünn und relativ alt. Doch da war es, sein gesuchtes Gut, das eine Gesicht. Maja hatte recht, das war kein Zufall. Wieder wurde auf seinem Überzeugungskonto ein Betrag eingezahlt.

Mit selbstzufriedenem Grinsen ging Brandl zum in die Jahre gekommenen Kopierer und überzeugte sich durch wahlloses Drücken auf die Tasten, ob das Gerät ein Lebenszeichen von sich gab. Er legte den dicken Einband unter den Deckel, tippte auf den großen grünen Knopf und sah zufrieden zu, wie nach einigem Blitzen und mechanischem Knirschen eine Kopie des alten Jahresberichtes aus dem Gerät geschoben wurde.

»Herr Magister Brandl?«

Eine männliche Stimme tauchte aus dem Hintergrund auf, ihr Träger, rothaarig und in Schuluniform, schloss eine massive Eisentür und hüpfte wie ein Showmaster der alten Garde über einen kleinen Treppenabsatz nach unten. »Der Herr Direktor lässt fragen, ob Sie zurechtkommen? Kann ich Ihnen irgendwie helfen?«

»Danke, alles bestens. Ich habe bereits gefunden, was ich gesucht habe.«

Die zusammengefaltete Seite verschwand unbemerkt in der Tasche seines Sakkos.

KAPITEL 39

Kieselsteine spritzten zur Seite weg, als die Reifen des Lancias darin wühlten und den Wagen eifrig nach vorne stürzten. Der Motor fauchte auf, dann donnerte das italienische Stahlkonstrukt vom Hof und bog nach einer kurzen Fahrt über den Schotterweg zurück auf die Hauptstraße. Die rasch anwachsende Geschwindigkeit verstrich das orange Erbrochene wie mit einem unsichtbaren Buttermesser auf der Motorhaube und Teilen der Windschutzscheibe.

»Fuck!«, brüllte Leček und rüttelte wild am Lenkrad. Sein Vorteil war soeben zunichtegemacht worden, der Erstschlag hatte nicht stattgefunden. Wie so oft in letzter Zeit war er gezwungen, auf eine Aktion bloß mit einer Reaktion zu antworten. Die würden sie aber definitiv bekommen.

Unter Druck rasch zu handeln war eine Spezialität, die er schon als Jugendlicher in Schwierigkeiten perfektioniert hatte. Egal, ob er beim Schwänzen oder Schummeln erwischt wurde, eine funktionstüchtige Antwort samt grobem Aktionsplan lag immer schnell parat. Man musste nur alles zu Tuende blitzschnell hintereinander aufreihen, priorisieren und dann einen Punkt nach dem anderen abarbeiten, so einfach war das. Das galt auch in diesem Moment, zumindest in der Theorie.

Als Erstes hing Lečeks Blick an seinem Handy, er steckte es aus Ermangelung einer Freisprecheinrichtung immer ins kaputte Kassettendeck, aus dem das iPhone nun zu einem Viertel herauslugte. ›Irgendetwas haben die mit meinem Handy angestellt, sonst würden die Drohgebärden nicht ohne Absender und immer zur unpassendsten Zeit kommen‹, war er sich sicher. Die Schlussfolgerung war simpel: Handy wütend packen, Fenster runterkurbeln und den teureren Alltagsdiktator bei hoher Geschwindigkeit ruhig auf den Asphalt gleiten lassen. Der nachfahrende Lastwagen erledigte die Drecksarbeit.

Weiter im improvisierten Plan, Leček musste sich mit dem Ultimatum befassen, eine Stunde war schon in Anbetracht der reinen Fahrzeit zur *JETZT*-Redaktion knapp bemessen. Es würde Qualitäten eines Rallyefahrers und einen lockeren Umgang mit der Straßenverkehrsordnung benötigen, um diese Etappe zu gewinnen. Stand theoretisch nur noch Catherine Miller auf der Liste, er musste um jeden Preis mit ihr sprechen.

»Eine Stunde …«, murmelte er und sah auf die Uhr in der Mittelkonsole, Minus Fahrzeit samt Verkehr würde das verdammt knapp werden, immer noch unter der Voraussetzung, dass die Galgenfrist kein Bluff war. Nicht auszudenken, welches Meer an Hass und Gewalt ihm entgegenspeien würde, wenn er in der Redaktion eintraf und alle über ihn Bescheid wussten.

Den Blick stur auf die Fahrbahn gerichtet, griff er ins Handschuhfach und fummelte ein hellblaues Nokia Lumia 720 mitsamt Ladekabel heraus. Das eine Ende kam ins Handy, das andere stöpselte er in einen Adapter für den Zigarettenanzünder. »Versucht das zu orten.«

›Feuerwehrzufahrt – Tag und Nacht freihalten!‹, stand auf der Hinweistafel zwischen den rot-weiß gestreiften Stangen. Der Platz hinter dem Verlagsgebäude war klein bemessen und nicht als Parkplatz gedacht, doch einen Umweg zum Parkhaus oder zur Tiefgarage kam für Leček nicht in Frage. Hastig stieg er aus dem Wagen, sperrte ihn ab und eilte zum Vordereingang.

50 Minuten waren für die Fahrt draufgegangen, blieben noch genau zehn, bevor die Bombe hochging. Wie ein Eisbrecher im Polarmeer schob er im breiten Foyer Besucher beiseite oder teilte Menschentrauben, eilte nickend am Portier vorbei und trat in den Aufzug. Wenn die Kabine nicht krachend nach unten stürzte, würde er endlich einen Schlag gegen die *JETZT* landen können. Wagners Walkürenritt bot sich als passende Untermalung an.

Den Weg zum Newsroom nahm er effizient wie ein Roboter, alle Ecken, Abbiegungen und Türen hatte er über die vergangenen Wochen hinweg längst einprogrammiert, wie sich nun herausstellte für genau diesen einen Zweck. Miller hatte er sofort beim Betreten ausfindig gemacht, sie saß ganz hinten an ihrem Schreibtisch und telefonierte, mitten im Raum lungerte allerdings Messer rum, sich gerade mit einem Grafiker unterhaltend. »Laufen oder untergehen«, murmelte Leček, dann ging ihm plötzlich die Melodie eines Falco Liedes durch den Kopf. Kerzengerade hielt er auf Messer zu, und noch bevor der ihn auch nur aus dem Augenwinkel wahrnehmen konnte, schoss Leček mit einem lapidaren »Bilder gehen klar, hab sie dir per Mail geschickt« vorbei.

Messer, überrascht von dem unerwarteten Auftritt, rief ihm zwar dankend nach, konzentrierte sich aber offensichtlich auf das unterbrochene Gespräch mit dem Grafiker.

›Umso besser‹, konstatierte Leček und stand kurz darauf an Millers Schreibtisch. Er konnte nicht sicher sein, ob sie auch mit drinnen steckte, aber jetzt war sowieso alles egal.

»Wir müssen reden – dringend.« Nervös sah er zum Monitorkranz an der Decke, laut der Uhr blieben ihm weniger als fünf Minuten. Die Falle durfte nicht zuschnappen, solange er noch im Newsroom war, eine Fluchtmöglichkeit musste her. »Aber nicht hier, sondern draußen im Gang.«

»Meinetwegen.« Widerwillig folgte sie ihm nach draußen.

»Also, worum geht's? Hast du wieder Albträume wegen einer Geschichte oder soll ich deine Mama anrufen?«

»Nein, wir unterhalten uns jetzt über einen gemeinsamen Freund.«

Millers Augenbrauen zogen sich bedrohlich zusammen.

»CMÜ und HRT. Kommen dir die sechs Buchstaben irgendwie bekannt vor?«

»Nein? Was soll das werden, verkaufst du mir gerade eine neue Story?« Die Antwort kam zurückhaltend, schien wohlüberlegt, ungewohnt defensiv für Millers starke Züge.

»Na gut, ich will deiner Erinnerung auf die Sprünge helfen. Letztes Wochenende lag ich krankheitsbedingt im Bett und konnte nichts machen, also habe ich mir mein Notebook geschnappt und etwas im Internet gesurft.« Das Wort krankheitsbedingt hatte Leček zusätzlich betont, dabei hatte er besonders auf ihre Reaktion geachtet; nichts, also weiter im Text. »Dabei habe ich mich durch den *Telegraphen* und sein Online-Archiv geklickt, tolle Sache, da kannst du die Ausgaben der letzten Jahre durchsuchen. Ich war immer ein Fan der Medienkolumnen, die wurden meistens von derselben Handvoll Leute verfasst.

Die Kolumnisten beim *Telegraphen* haben gerne verschiedene Kürzel verwendet, aber das weißt du wahrscheinlich eh. Mein Lieblingsschreiber war immer CMÜ. Jahrelang war mir völlig gleichgültig, wer der Typ war, aber im Bett kommt man vor lauter Langeweile auf blöde Gedanken, also hat mich das schließlich doch interessiert. Eine Google-Suche später war ich leider nicht schlauer, ich fand nämlich gar nichts. Und gar nichts zu finden ist in heutigen Zeiten auffällig. Also habe ich einen Kumpel gebeten, mir bei diesem Projekt zur Hand zu gehen.«

Leček legte eine Pause ein und sah auf seine Armbanduhr, er musste sich sputen. »Er kam zu dem Schluss, dass CMÜ wohl für Claudia Katharina Mühlbacher stand, eine aufstrebende Reporterin des *Telegraphen* Ende der Neunziger. Sie schrieb später kritische Artikel gegen die Boulevardwelt und insbesondere die *JETZT*, verschwand dann aber plötzlich aus allen Ausgaben, als hätte sie jemand getilgt.« Er zuckte unschlüssig mit den Schultern. »Mehr war nicht zu finden, damals waren Social Media Profile und gescheite Internetauftritte für aufgeblasene Journalistenegos noch Zukunftsmusik.« Abwartend starrte er sein Gegenüber an, um die Nasenspitze wirkte sie blasser. Einbildung per Wunschdenken?

»Und, was geht mich das an?«, fragte sie abwehrend.

»Einige Zeit nach Mühlbachers Verschwinden bist du bei der *JETZT* aufgetaucht und direkt zur Chefin vom Dienst aufgestiegen. Ganz so unterschiedlich sind sich die Namen ja nicht.«

»Ich komme aus den USA, in den Neunzigern war ich …« Miller wurde lautstark abgewürgt.

»Hör endlich mit den beschissenen Ausreden auf!« Leček schnaubte und ballte seine Hände zu Fäusten, ließ dann aber locker. »Dann eben weiter im Text. HRT, eine heimische Werbeagentur, kümmert sich gänzlich um Inserate und Werbelinien von Großkonzernen und Ministerien, die *JETZT* bekommt von denen verdammt viel rein, geschätzt muss das mindestens ein Drittel der Werbeeinnahmen ausmachen. Praktischerweise sprechen wir da von ganzseitigen Anzeigen, Inseraten am Titel, aufwändigen Kooperationen et cetera, das spült wahnsinnig viel Geld in die Kassen. Bis vor Kurzem hast du Anteile an der Agentur gehalten und sie dann verkauft.«

»Da liegst du falsch«, blockte sie ab, ihr Blick wich seinen funkelnden blauen Augen aus und wanderte in die Weiten des Korridors.

»Nein, tue ich nicht! Du bist Claudia Katharina Mühlbacher, du hast für den *Telegraphen* gearbeitet und warst Anteilseigner dieser Agentur. Ich sehe das Ergebnis, aber beim Rechenweg musst du mir helfen, und zwar jetzt!« Wütend schlug er mit der Faust gegen die Mauer, der dumpfe Schmerz zuckte sogleich durch den Arm bis hinauf in den Kopf. Seufzend rieb er sich nach diesem Ausbruch die Hand und setzte wieder an. »Wallner hat dich gekauft, stimmt's? Du solltest beim *Telegraphen* Ruhe geben und dann hier anfangen. Damit dein Seitenwechsel nicht gar so auffällig kommt, hast du dir eine neue Identität überlegt, für einen komplett anderen Namen warst du aber entweder zu eingebildet oder zu feige. Du bist so erbärmlich.«

»Pah!«, spuckte Miller verächtlich aus, endlich hatte Leček sie zum Kochen gebracht. »Du darfst als Allerletzter eine große Rede schwingen! Oder stehst du etwa nicht gerade neben mir in der Redaktion des Mediums, für das du gelogen und betrogen hast? Erst heute hast du trauernden Eltern ein Foto ihres toten Kindes abgeluchst! Du bist keinen Deut besser als ich. Also glaub mir ruhig, es war keine leichte Entscheidung für mich.«

Die Breitseite hatte gesessen, an ihr stimmte zu viel, aber für seine Sünden würde Leček ein andermal büßen, nicht heute, nicht hier. »Will ich ja, verdammt noch mal! Aber dann rede gefälligst mit mir.«

In der Zwischenzeit hatte Miller eine Zigarettenschachtel aus ihrem Hosenanzug geholt und spielte damit nervös in ihren Händen. »Lass uns nach draußen gehen und …«

»Nein«, fuhr Leček entschieden dazwischen. »Dazu haben wir nicht die Zeit, dazu habe ich keine Zeit. Erzähl es mir jetzt oder lass es bleiben.«

»Schon gut.« Sie seufzte resignierend, genug des Widerstandes. »Der Johannes Thanner war auch damals Chefredakteur beim *Telegraphen*, er wollte dem Alten unbedingt eins auswischen und die *JETZT* an der Wurzel packen. Ich galt in seinen Reihen als größte Kritikerin des Boulevards, war noch jung und relativ unbekannt, also sollte ich hier unterschlüpfen. Wir heckten einen Plan aus, in dem Thanner mich rausschmiss, ich als Rache zur Konkurrenz zog und hier ein paar Monate arbeiten sollte; einem guten Journalisten wurden die Stellen in den Neunzigern nachgeschmissen, den weniger guten allerdings auch. Zuerst lief alles wie geplant, doch wir hatten Wallner unterschätzt, ich hatte ihn unterschätzt.« Millers Augen glitten nach unten, sie kontrollierte scheinbar das abgerissene Cellophan der Zigarettenpackung. »Er setzte mich unter enormen Druck, lobte mich und meine Artikel aber gleichzeitig über den Klee, gab mir größere Geschichten und mehr Verantwortung – mehr als ich beim *Telegraphen* hatte. Lange fürchtete ich, dass er mich durchschauen würde, doch das hatte er längst getan. Ich lieferte Wallner all mein Recherchematerial über die *JETZT*, und im Gegenzug gab er mir diesen Job und zehn Prozent an der HRT Werbeagentur. Die Namensänderung war eine Notwendigkeit, glücklicherweise habe ich wirklich einen US-amerikanischen Background. Bis ich neun Jahre alt war, lebte ich mit meinen Eltern in Washington, auf der Suche nach einer plausiblen Geschichte kam mir das gelegen.«

Leček erschauderte, als er die wahren Ausmaße der Geschichte erkannte, all das hatte sich schon einmal abgespielt, er selbst war bloß Teil einer Samstagabendwiederholung. Der Faden, er musste unbedingt den Faden wiederfinden. »Und dann hast du begonnen, der Agentur zuzuarbeiten und Kunden zu akquirieren, indem du positiv gesinnte Artikel über Firmen, Parteien und Politiker geschrieben hast, richtig?«

»Nein. Zumindest verhalte ich mich nicht anders als bei Großkunden generell.«

Also auch hier ein totes Ende. ›Verdammt!‹ Warum konnte ihm das Schicksal nicht ein einziges Mal hold sein? Blieb eine Frage übrig.

»An welcher Geschichte hat Brandl vor seinem Tod gearbeitet?«

»Wie kommst du jetzt darauf?«

»Das hat dich nicht zu interessieren. An welcher Geschichte hat er gearbeitet, weißt du's oder weißt du's nicht?«

Nachdem Miller ihre frühere Schuld zugegeben und anscheinend alle Last von den Schultern gekippt hatte, stieg sie wieder in den Abwehrpanzer. »Nein, keine Ahnung.«

»Komm mir nicht wieder mit dem Schaß! Du hast für den *Telegraphen* gearbeitet, erinnerst du dich noch? Da zählten höhere Motive, Ehrlichkeit und Transparenz. Hast du denn gar keinen Funken Anstand mehr im Körper? Hier geht es nicht um deine oder meine Karriere, sondern um Menschenleben! Wenn du schon nicht meins retten willst, dann zumindest das meiner Freunde, meiner Freundin. Quäl mich, reiß mich runter in die Hölle, ist mir egal, ich habe nichts mehr zu verlieren, aber gib mir diesen letzten Hinweis, damit ich noch jemanden retten kann, der mir sehr am Herzen liegt, der mein Leben ist. Früher oder später muss ich die Rechnung für meine Sünden zahlen, aber hilf mir zuvor noch. Bitte.«

Das Cellophan knirschte in Millers Händen, sie kämpfte mit sich.

Als ob das Warten nicht Folter genug wäre, sah Leček durch die Glastür, wie Wallner und Messer im Newsroom wild gestikulierend umherbrüllten, ehe sich beide mit funkelndem Zorn in seine Richtung wandten. Die Zeit war gekommen.

»Kärnten«, zischte sie zwischen den Zähnen hervor. »Es ging wohl um eine Geschichte in Kärnten, er fuhr mehrmals runter. Mehr weiß ich wirklich nicht.«

Das wollte er hören, und es kam sogar im letzten Moment! Mit den herannahenden Wallner und Messer im Augenwinkel, packte er Miller an den Schultern und drückte kurz zu. »Das reicht mir. Meine Absolution hast du, wenn das die Wahrheit war. Ich muss los!« Er fuhr herum und ließ die verwirrt dreinschauende Miller alleine stehen, von jetzt an waren sie ganz offen hinter ihm her. Ob er es überhaupt beim Portier vorbeischaffen würde?

Die Antwort auf diese Frage nahm ihm ein plötzlich ansteigendes Dröhnen ab, das von allen Seiten auf ihn einhieb. ›Feueralarm. Du Geschenk des Spaghettimonsters.‹ Leček rannte an den Aufzügen vorbei und riss die Tür ins Treppenhaus auf. Ein Blick über die Schulter offenbarte, dass die Mitarbeiter den Alarm durchaus ernst nahmen und ihre Arbeitsplätze zügig verließen, so lagen zwischen ihm, Wallner und Messer bereits ein Dutzend Menschen und gute 15 Meter, Tendenz steigend.

Als ob er sein Leben lang nichts anderes getan hätte, als wäre es ein Spiel aus der Kindheit oder die Trainingsroutine eines Sportlers, nahm er gleich mehrere Stufen auf einmal, hakte sich bei jeder Zwischenebene im Geländer ein und sprang direkt auf den nächsten Treppenabsatz. Innerhalb einer Minute hatte er sich vom fünften Stock bis ins Erdgeschoss hinab gehangelt, und je weiter er nach unten vordrang, desto mehr Menschen säumten seinen Weg. Das kostete zwar Zeit, würde aber auch den Abstand zu seinen zwei Verfolgern erhöhen, sofern diese sich nicht gegen den Strom gekämpft hatten und wider Erwarten den Lift benutzten.

Die Tür zum Foyer kam näher, und Leček überlegte, ob es nicht klüger wäre, zuerst den Kopf vorsichtig rauszustrecken, entschied sich dann aber doch für die schnellere Variante und rannte dem Menschenstrom blind hinterher. In der Mitte der Halle, den Ausgang vor Augen, sollte er seine Entscheidung bereuen, als ihn jemand fest an der Schulter packte und herumwirbelte.

»Chris++!«

Ein Grinsen kam ihm aus dem Gesicht seines neuen Kumpanen entgegen. »Überraschung. Irgendwie fiel heute die ganze Zeit dein Name, da wollte ich dir doch etwas unter die Arme greifen.«

»Der Feueralarm, das warst du?«

Wieder leuchtete ihm ein freches Grinsen entgegen, wie ein Gebirgsfluss entsprang es direkt unter der dicken Rundbrille. »Scharf kombiniert.«

»Wie kann ich dir dafür danken?«

»Indem du dich beeilst und verschwindest, sonst war die ganze Aktion umsonst. Und jetzt hau ab!«

Mit einem anerkennenden Nicken, der größten Geste, zu der sich Leček gerade imstande sah, drehte er sich um und wollte in der Menschenmasse untertauchen. »Eine Sache wäre da noch, ein letzter Gefallen.«

»Ja?« Verunsichert hielt Chris++ in den türmenden Mitarbeitern seine Position, die Reihen lichteten sich allmählich.

»Der Messer hat von mir eine E-Mail mit Bildern bekommen, leider harmlos. Kannst du die nicht gegen etwas Aufregenderes austauschen?«

Natürlich, mehr brauchte das IT-Genie nicht zu hören. »Mach ich, und jetzt verschwinde endlich!«

Das wütend aufblitzende Augenpaar von Reinhard Wallner genügte, um die Aufforderung schnell in die Tat umzusetzen. Während Leček auf den Ausgang zusprintete, hörte er trotz des aufgebrachten Trubels einen dumpfen Knall. Im Spiegelbild der Glasfassade sah er zwei liegende Körper, einer davon rappelte sich behäbig wieder auf. ›Danke, Chris++.‹

Draußen konnte Leček sein Tempo erhöhen und die antrainierten Reserven als Hobbyläufer abrufen. Die kalte Winterluft brannte scharf in seinen Lungen, als er mit großen Schritten und wehendem Mantel über den Gehsteig lief, schlitternd über eine ungepflasterte Ecke abkürzte und zwischen den Absperrungen der Feuerwehreinfahrt auf sein Auto zustürzte.

Der Strafzettel unter den Wischerblättern war das geringste Problem auf Martin Lečeks Liste. »Effizient«, pfiff er anerkennend und legte einen Le-Mans-Start hin. Der Motor sprang ohne Murren an, gleichsam folgte auch der Rückwärtsgang und der Wagen drehte auf dem schmalen Hinterhof um. Die Stoßstange schnupperte in den Fließverkehr hinein, bereit, sich ihren Weg durch die Blechkolonne zu bahnen. Die Dringlichkeit der Unternehmung unterstrichen Feuerwehrsirenen, die aus der Ferne herannahten. »Und ich Trottel steh' in der Einfahrt, super!« Wenn er nicht gleich in die Straße abbog, würde ihm die Feuerwehr den Weg abschneiden und er war geliefert, eine weitere Flucht konnte er sich dann in die schwarzen Lockenhaare schmieren.

Auf der übernächsten Kreuzung tauchten bereits die leuchtend roten Fahrzeuge mit ihren wirbelnden Blaulichtern auf, in wenigen Augenblicken würden sie hinter das Verlagsgebäude biegen. Leček musste weg – sofort. Der einzige Ausweg hieß Hoffnung, sollten gefälligst die anderen Autofahrer ausweichen. Mit einem lautlosen Stoßgebet ließ er die Kupplung schnalzen, unter quietschenden Reifen und wildem Hupen machte der Lancia einen Satz nach vorne, ehe er sich frech auf der zweiten Spur durchdrängte. Im Rückspiegel waren die Einsatzfahrzeuge zu sehen, vor wenigen Sekunden hatte an derselben Stelle ein Wagen gestanden.

Die Partie war vorerst an ihn gegangen, die vollen Punkte musste er sich noch verdienen. Leček lächelte zuversichtlich.

Hastig, so verlief sein Leben in den letzten Wochen und genauso hatte er den Wagen auch vor dem kleinen Wohnhaus im 13. Bezirk geparkt; schräg auf dem Randstein.

Auf dem Weg nach oben in die Wohnung hatte er das Lumia zur Hand genommen und seine wenigen Kontakte im Telefonbuch aufgerufen. Es waren bloß zwei einprogrammiert, bei beiden ging nur die Mobilbox ran: Izabella und Georg. ›Ladies and Gentlemen, der Oscar in der Kategorie schlechtestes Timing in Krisensituationen geht an …‹ Leček steckte das Wertkartenhandy grummelnd in die Hosentasche, blieb dann aber wie angewurzelt stehen. Er war zu spät, da war jemand in der Wohnung.

Ein Flashback in den pubertierenden Schuljungen, wieder war Leček in Problemen, eine dringende Lösung musste her. Wie bei unangekündigten Flashbacks üblich, war auch der Kurzschluss nicht weit, und so entschloss sich der arme Tor aus Überzeugung, den Sturm nach vorne zu wagen. Er sperrte die Wohnungstür auf und trat ein.

Der Flur lag ruhig und dunkel vor ihm, aus dem Wohnzimmer drang hingegen ein dumpfer Knall, als ob jemand Regale umstürzen würde. Lečeks Puls stieg rasant nach oben, Blut schoss durch die Adern und rauschte in den Ohren.

Ihm fehlte eine Waffe. Im Vorraum gab es lediglich eine Garderobe, einen Schirmständer und einen Schuhschrank, also nichts, womit er den Eindringling abwehren könnte, es sei denn, er wollte ihm den Mantel reichen und zur Tür hinausbitten. Möglicherweise fand sich etwas in der Abstellkammer. Zaghaft, als ob seine Schuhe das Laminat liebkosen würden, setzte er einen Fuß vor den anderen, bemüht, mit keinem Ton seine Existenz zu verraten. Andächtig hob er den Werkzeugkoffer aus Hartplastik von der Stellage und griff nach dem Hammer; es war nicht die richtige Zeit, um darüber zu philosophieren, ob Schraubenzieher, Zange oder Säge sich besser als Waffe eignen würden.

Den Hammer in der Linken fest umschlossen, drückte er sich an die Wohnzimmertüre und lauschte in den Raum hinein. Ja, das fröhliche Durchsuchen ging weiter voran, in ungleichmäßigen Abständen tropften Gegenstände auf den Boden, wahrscheinlich Bücher und Ordner. Lečeks Herz pochte gegen seinen Brustkorb, als ob es aus dem Knochengefängnis ausbrechen möchte. Trotz der Aufregung an diesem Tag verlangte ihm der nächste Schritt einiges ab. Mit schweißnassen Händen änderte er seinen Griff um den Stiel und legte gleichzeitig die freie Hand auf die Türklinke. ›Das Überraschungsmoment ist schon eine tolle Erfindung, hoffentlich klappt's auch hier‹, hoffte er.

Dann brach ein Sturzbach aus Fragmenten los. Leček riss die Tür auf, warf sie gegen die Wand und sprang mit dem zum Schlag erhobenen Hammer in den Raum hinein, das Ziel blitzschnell fixierend.

»Oida, spinnst jetzt komplett? Was geht mir dir?« Mit geweiteten Augen und aufgerissenem Mund stand Izabellas schwarze Monstrosität einer Schwester an der Wohnzimmerwand, zwei Bücher in den Händen abwiegend. »Drehst jetzt endlich durch und willst mich umbringen? Ich ruf die Kiberer, ich schwör's dir.«

»Entschuldige.« Konsterniert sah er sich im Zimmer um, kein Eindringling in Sicht, zumindest nach normaler Definition. »Ich habe mit jemand anderem gerechnet. Was machst du hier überhaupt?« Zum Unterstreichen seiner Gesten deutete er mit dem Hammer auf die Bücher, Mappen und Ordner am Boden.

Als Antwort erntete er ein schelmisches Grinsen. »Ich dachte, du verschwindest von selbst, wenn ich dir schon einmal die Koffer packe. Hab gerade mit angefangen.«

»Passend. Wie amüsant.« Kopfschüttelnd legte Leček den Hammer aus der Hand, die nebulöse Aufregung in seinem Körper wich allmählich einer klaren Liste an Dingen, die er sofort abarbeiten musste. An oberster Stelle befand sich der rote Aktenordner, den sie aus Brandls Nachlass erbeutet hatten, er leuchtete zwischen Zetteln und Büchern am Boden hervor. Leček kniete sich nieder und hob das unversehrte Stück auf. Kärnten, hatte die Miller gesagt. Er könnte den Ordner gleich durchsuchen, aber das würde massig Zeit kosten – und zu welcher Conclusio führen? Brandl war nach Kärnten gefahren, er sollte es ihm gleichtun, je mehr Abstand sich zwischen ihm und Wallner befand, desto sicherer fühlte er sich. »Danke für die Hilfe«, sagte er verschmitzt, stand auf und eilte ins Schlafzimmer. Wie ein Bankräuber öffnete er die deckenhohen Kästen, riss von jeder Kleidungssorte – Socken, Unterhosen, T-Shirts – wild ungezählte Stücke heraus und stopfte sie in eine schwarze Sporttasche. Aus einer versteckten Spardose holte er die gemeinsamen Bargeldreserven. Die eine Hälfte der Scheine steckte er ein, mit der anderen wandte er sich Aleksandra zu, die gerade ihre Beine demonstrativ auf der Couch ausstreckte. »Tust du mir einen Gefallen? Es geht um deine Schwester.« Er schob ihre Stiefel von der Sitzfläche.

»Sicher nicht.«

»Bitte, ich zahle dir auch etwas dafür.«

»Das Geld kannst du mir geben, aber ich mach trotzdem nix für dich.«

»Verdammt noch mal, warum müssen heute alle so stur sein!« Mit voller Wucht schleuderte Leček Brandls Aktenordner auf den Boden. Aleksandras erschrockenes Gesicht gab ihm Hoffnung, dass er einen kleinen Funken Aufmerksamkeit in ihr entfacht hatte. »Hör mir genau zu, denn ich werde das sicher nicht wiederholen. Du hasst mich, was eigentlich ganz okay ist, ich kann dich auch nicht ausstehen. Aber wir gleichen uns in einem Punkt, wir beide lieben Izabella. Und wenn du sie wirklich so liebst wie ich, dann verstehst du auch, dass ich alles tun werde, damit ihr nichts zustößt. Sie kann sich bestens selbst verteidigen, daran habe ich keine Zweifel, aber es reicht schon, wenn ich mit dem Feuer spiele.«

»Aber …«

»Klappe!« Noch immer wütend, klatschte er Aleksandra ein dünnes Bündel aus gelben und grünen Euroscheinen in den Schoß. »Nimm das Geld, pack ein paar von Izabellas Sachen und hol sie heute direkt von der Arbeit ab. Sucht euch ein Hotel, in dem ihr die nächsten Tage bleiben könnt, dann sehen wir weiter.« Erleichtert, seiner angestauten Wut etwas Luft machen zu können, atmete Leček tief aus und schob sich den begehrten Aktenordner unter den Arm. »Kannst du das für deine Schwester tun? Wenn ja, dann hilf ihr und mach, was ich dir gesagt …« Er brach ab und korrigierte sich selbst: »worum ich dich gebeten habe.«

Abwartend, ob seine drastischen Worte wirklich das Innere des schwarz gekleideten Teenagerkörpers erreicht hatten oder bloß an den sonst mit Kopfhörern besetzten Ohrmuscheln abgeprallt waren, starrte er auf die liegende Aleksandra hinab.

»Okay, ich werd's tun«, brachte sie leise hervor.

Wenn Leček davon ausging, dass der Hass auf beiden Seiten etwa gleichstark war, konnte er sich ausmalen, wie schwer ihr dieses Zugeständnis gefallen war. Er beließ es daher bei einem einfachen »Danke« und drehte sich um.

Sein Blick fiel auf das Whiteboard in der Küche mit den roten Strichen, Anmerkungen, Ausdrucken und Notizzetteln, die sie zu dritt angebracht hatten. »Und wenn du einen kleinen Feuerteufel spielen möchtest, dann verbrenn' das bitte.« Sprach's und stürmte aus der Wohnung. Aleksandra war aktiviert, er konnte sich für den Moment auf sie verlassen.

Eine andere Wahl blieb ihm ohnehin nicht.

Der Innenraum des Lancias war merklich abgekühlt, die Restwärme kroch durch alle Ritzen, Löcher und defekten Dichtungen. Ein Blick auf das neue Handy: keine verpassten Anrufe. Ob er richtig entschieden hatte? Izabella war aus der Schusslinie und konnte ohnehin auf sich selbst aufpassen, die schwarzen Gürtel in Krav Maga und Taekwondo hatte sie nicht umsonst erhalten. Aleksandra dürfte selbst dann nichts zustoßen, wenn jemand vor dem Haus warten würde. Sie suchten ihn, keine pubertierende Teufelsbraut mit schlechtem Death Metal-Geschmack.

Leček startete den Motor, schob aus der eigenwilligen Parklücke und steuerte in Richtung Westen. Kärnten also.

KAPITEL 40

Jetzt hatten sie ihn erwischt, und daran war er ganz alleine Schuld. Es musste an der letzten oder vorletzten Kreuzung geschehen sein, als er bei tiefem Gelb einbog und das Heck des Lancias gerade so vor einen Bus der Wiener Linien schwingen konnte.

Innerhalb weniger Minuten war Leček durch die Bezirke 13 und 23 gesaust, immer richtig Süden, die schnelle Flucht aus der Stadt als oberstes Ziel. Auf der Breitenfurter Straße war es dann geschehen, hier mussten sie ihn gesehen haben, vermutete er. Das Blaulicht war wie aus dem Nichts aufgetaucht, dann neben und schließlich vor ihm gewesen.

Beide Wagen standen am Straßenrand. Ein stämmiger Polizist mittleren Alters war gerade ausgestiegen, hatte die dunkelblaue Kappe tiefer ins Gesicht gezogen und stampfte gemütlich auf Leček zu.

In dessen Kopf spielten die Gedanken inzwischen Rambazamba, dutzende Ausgangsmöglichkeiten wurden aus dem Tiegel gehoben, begutachtet und wieder eingeschmolzen. ›Nur die Ruhe, der kann mir nichts anhaben‹, dachte Leček. ›Ich habe nichts verbrochen. Zumindest nichts, wovon eine normale Streife wissen könnte.‹ Er kurbelte bereitwillig das Fenster herunter und atmete tief durch, spürte die raue Winterluft in seinem Gesicht. Die andere Seite war ihm auf den Fersen, eigentlich sollte er die melden. Aber was hatte er schon in der Hand? Anonyme Drohungen, die allesamt auf seinem iPhone gespeichert waren, das aber mittlerweile zu Staub zermahlen in einem Straßengraben lag. Stichhaltige Beweise hatte er gegen niemanden, deswegen stockte die ganze Geschichte ja so. Wenn es jemanden gab, der sich strafrechtlich ins Abseits gestellt hatte, dann war er das momentan selbst. ›Schmarrn.‹

Der Polizist lehnte sich an die Fahrertüre. »Ich darf davon ausgehen, dass Ihnen die Begrifflichkeit der Straßenverkehrsordnung nicht völlig unbekannt ist? Dann wissen Sie sicherlich, dass Sie Ihr Fahrzeug bei gelbem Ampellicht, wenn möglich, anhalten sollten – und keineswegs zusätzlich beschleunigen dürfen.« Ohne eine Entgegnung Lečeks abzuwarten, fügte der Polizist stakkatoartig hinzu: »Führerschein, Fahrzeugpapiere und das Pannendreieck.«

»Geht das auch freundlicher?«

»Was haben Sie gesagt?«

»Nix.«

Um eine Diskussion zu vermeiden, die ihn womöglich den Führerschein gekostet hätte, händigte er dem Polizisten die geforderten Papiere aus und zeigte ihm den Kofferraum. Am Verbandskasten entzündete sich eine neuerliche Auseinandersetzung – »der ist ja abgelaufen« –, die zusammen mit der überfahrenen Gelbphase in einer Anzeige mündete. Alternativ wären 120 Euro fällig gewesen, aber Leček konnte seine begrenzten Bargeldreserven nicht gleich zu Beginn seiner Fahrt dermaßen beschneiden. Also eine Anzeige.

»Soll mir auch recht sein.« Der Polizist zückte seinen Block.

Zehn Minuten später saß Leček hinterm Steuer und fuhr bei Altmannsdorf auf die Südosttangente auf. Der Zwischenfall mit der Polizeistreife ließ ihm keine Ruhe, mehr noch, er hatte ihm vor Augen geführt, an welch seidenem Faden der Spielausgang eigentlich hing. Ein falsches Wort hier, eine Unachtsamkeit da, jedes Blinzeln konnte das letzte sein, konnte zum Verhängnis führen. Daher auch die Routenänderung.

Die Wiener Stadtschluchten lagen hinter ihm, und die Autobahn brachte ihn auf Dauer schneller voran, doch gleichzeitig kam er sich wie auf dem silbernen Präsentierteller einer Jagdgesellschaft vor. Auf 300 Kilometern musste er sich vor potenziellen Verfolgern in Acht nehmen und durfte sich keinen Fehler, keine Ablenkung leisten. Nein, dazu war die Anspannung zu groß, er würde die verwinkeltere Alternative wählen und demnächst von der Autobahn abfahren, um sich über Landstraßen bis nach Kärnten durchzuschlagen.

Und er musste endlich aufhören, das Ganze als Spiel zu bezeichnen.

Mehrere Stunden war Leček schon unterwegs, als sein Magen durch lautstarkes Grummeln eine dringliche Nahrungsaufnahme einforderte. Seit der Tasse Kaffee am frühen Morgen hatte er nichts mehr zu sich genommen, der Umstand machte sich deutlich bemerkbar. Flugs schnellte das Augenpaar zur eingelassenen Uhr in der Mittelkonsole, bevor Leček den Wagen entschieden durch eine langgezogene Rechtskurve lenkte. Es wurde Zeit für eine Pause, bald würde er sich ohnehin neu orientieren müssen, ein Unterschlupf war auch noch ausstehend.

Klagenfurt, seine Heimatstadt, kam ihm als Erstes in den Sinn, disqualifizierte sich aber sogleich wieder. Gegen das Haus seiner Eltern sprachen so manche Gründe, und mit seinen fast 100.000 Einwohnern war Klagenfurt zwar zu einer niedlichen Provinzstadt am Wörthersee angewachsen, aber man lief sich doch schneller über den Weg, als einem lieb sein konnte. Nein, die Landeshauptstadt fiel aus. Villach? Als gebürtigem Klagenfurter bekamen ihn keine noch so starken Pferde in dieses Sodom und Gomorra. Überhaupt fielen alle Orte in Oberkärnten weg, zwischen den Ausläufern der Alpen fühlte er sich nicht wohl, hatte fast schon klaustrophobische Zustände in geologischer Dimension. Blieb also bloß Unterkärnten, in das er über den Grenzübergang bei Neumarkt sowieso hineinfahren würde. St. Veit bot sich an, die Stadt war klein, halbwegs unübersichtlich in die Länge gezogen und befand sich in Nähe einer Schnellstraße, allerdings bedeutete das eine weitere Stunde Fahrt. Gab es dort überhaupt kleinere Hotels oder Pensionen, vom riesigen Fuchspalast und dem üblichen Kongresshotel abgesehen? Ein drittes Nein. Blieb noch – Friesach? Die kleine Ortschaft lag direkt hinter der Grenze, hatte unzählige kleine Herbergen und war durch seine Berge, Burgen und verwinkelten Gässchen ein idealer Ort zum Untertauchen. Für heute würde er dort unterkommen, morgen hatte Leček möglicherweise ein neues Ziel im Auge.

Zurück in die Gegenwart, Kärnten war morgen und Hunger war jetzt. Die bisherige Route war einfach gewesen, Autobahnen galt es um jeden Preis zu vermeiden, also war er bei Vösendorf abgefahren und hinter Mödling auf die B11 gebogen. Bis hier hatte er gerade noch aus dem Gedächtnis gefunden, danach war er auf Tafeln und Hinweisschilder angewiesen, die ihn zielsicher von Ort zu Ort bugsierten.

Aus dem Radio strömten leise Töne von Bon Jovi, während das blaue Auto auf dunklen Straßen zwischen schneebedeckten Feldern und angestaubten Wäldern vorbeifuhr, einem Tropfen Tinte gleich, der einem zarten Bleistiftstrich folgte, behutsam, damit das unbefleckte Weiß erhalten blieb.

Leček hob den Fuß vom Gaspedal und ließ das Beta Coupé von alleine auf 50 Stundenkilometer verlangsamen, als die nächste der unzähligen Ortstafeln am Seitenfenster vorbeisauste. In solchen Dörfern würde es bestimmt ein altes

Gasthaus oder ein heruntergekommenes Tankstellenbistro geben. Nach der Einfahrt in den Ortskern stellten sich seine Vermutungen als zutreffend heraus, an einer bröckelnden Fassade baumelte ein altmodisches Schild mit der Aufschrift ›Gasthaus zur neuen Post‹. Eh klar. Um nicht auffallend auf der Hauptdurchzugsstraße zu parken, drehte Leček zügig um und stellte den Wagen in einer schmalen Seitenstraße ab. Ein anderes Auto würde vorbeikommen, um mehr musste er sich hier keine Gedanken machen.

Beim Aussteigen griff er zur Sicherheit nach Brandls Aktenordner, das gute Stück durfte er keinesfalls riskieren, zu viel Arbeit, Leid und Blut hatte er sie gekostet. Sie – von wem sprach er da überhaupt? Georg, Chris++, Izabella … Er schüttelte den Kopf, das gehörte nicht hierher, den nagenden Gedanken würde er sich ein andermal stellen.

In der Trafik auf der anderen Straßenseite kaufte er zwei Zeitungen, ausnahmsweise weder die *JETZT* noch den *Telegraphen*, trotzdem grinste der populistische Wirtschaftsminister von der Titelseite. Die falschen Spielregeln galten für alle.

Mit den Zeitungen und dem Ordner war seine Tarnung perfekt, Leček würde auf den ersten Blick als Beamter, Versicherungsvertreter oder sonstiger Außendienstler durchgehen, der sich an diesem späten Nachmittag in der Einöde eines niederösterreichischen Dorfes herumtrieb.

Überzeugt stieß er die alte Holztüre des Gasthauses auf: Es begrüßten ihn Rauchschwaden, tote Fliegen, eine verdreckte Speisekarte, Gläser mit Kalkrand und der Stammtisch aus alten Männern, die den neuen Gast abschätzig musterten. Das Essen war geschmacklich bestimmt ein Abzug des Ambiente.

Martin Leček freute sich, genau danach hatte er gesucht.

Die Leberknödelsuppe war klar wie Wasser, was der bemühte Koch mit zu viel Salz und einer tiefgefrorenen Einlage wettzumachen versuchte. Ähnlich verhielt sich das Gulasch, das farblich in Richtung grau abzudriften drohte. Neben dem knapp entgangenen kulinarischen Terroranschlag ärgerte sich Lečeck vor allem über die 25 Euro, die er für diese Zumutung bezahlen sollte. Aber gut, er war schon wieder am Sprung, hatte nur wenig Zeit verloren und konnte zügig weiterfahren. Noch immer lagen mehr als 200 Kilometer auf gewundenen Landstraßen vor ihm, die er heute zurücklegen musste. Es würde eine anstrengende Fahrt werden, das hatte ihm die Navigations-App seines Nokias beim Warten auf das Essen verraten.

Lečeck zog gerade die Brieftasche hervor, als sein Blick zufällig das Profil eines Paares draußen am Gehsteig streifte: Er mittleren Alters und verklebte Haare, sie deutlich jünger, Haare aufgesteckt, blond. Messer und Miller? ›Unmöglich, die können mich nicht so schnell gefunden haben. Oder etwa doch?‹

Panisch sprang er auf, legte das Geld auf den Tisch und griff flugs nach seinem Aktenordner. Ein erneuter Blick durchs Fenster, doch das Pärchen war verschwunden. Kein Grund, um sich zu entspannen, im Gegenteil. Lečeck lief eilig über den Schneematsch zurück zum Wagen, warf den Ordner auf die Rückbank und fuhr sofort los. Das Ziel hieß wieder Friesach in Kärnten, weitere Zwischenstopps waren ersatzlos gestrichen.

Wenn das wirklich Miller und Messer waren, musste er an irgendeinem Punkt auf seiner Flucht einen Fehler begangen haben. ›Ich muss besser aufpassen und schneller vorankommen. Apropos.‹ Er schaltete das Abblendlicht ein, um der einbrechenden Dämmerung entgegenzuwirken, erste Flocken von einsetzendem Schneefall verschlechterten die Sicht überdies.

Mit dem letzten Tageslicht ließ Leček die Ortschaft Scheibbs hinter sich, dann tauchte der Lichtkegel des Lancias in die samtene Dunkelheit des Abends ein. Der Schrecken über die vermeintlichen Phantome saß ihm immer noch in den Knochen, also gab er sich beim Fahren nicht zurückhaltend. Gerade, als sich Leček halbwegs mit dem Gedanken anfreundete, nur einem Hirngespinst aufgesessen zu sein, bemerkte er aus weiter Ferne ein grelles Aufblendlicht im Rückspiegel.

Die zwei Autos befanden sich freilich auf einer langen Geraden, aber die letzten Minuten schnellen Fahrens mussten eigentlich jeden normalen Autofahrer abgeschüttelt haben. Wieso näherte sich dann von hinten trotzdem ein Auto? Die Tachonadel hielt schon auf 110, mehr war bei diesen Verhältnissen auf der Landstraße kaum zu machen. Vielleicht eine Zivilstreife? Oder jemand aus der Gegend hatte es eilig mit dem Heimkommen? Ja, das musste es sein.

Krampfhaft konzentrierte sich Leček auf die Klänge des Radios, er ging vom Gas und versuchte, sich vom normalen Straßenverkehr nicht verunsichern zu lassen. ›Alles ist in Ordnung‹, wiederholte er als Mantra.

Doch die Rechnung ging nicht auf, als Leček langsamer wurde, passte sich auch die Geschwindigkeit seines Hintermannes an. Beide Autos fuhren konstant 70, die aufgeblendeten Scheinwerfer klebten förmlich am Heck des Lancias. Es entwickelte sich ein Spiel, bei dem die Fahrer schlagartig beschleunigten und verzögerten, schneller und langsamer, 100 und 80, schneller und langsamer, 90 und 70. Was immer Leček auch versuchte, er konnte die grellen Scheinwerfer hinter sich nicht zum Überholen bewegen.

»Was soll's.« Die Bedenkzeit war um, er schaltete einen Gang runter, ließ den Motor aufheulen und erhöhte die

Drehzahl. Der Lancia schoss nach vorne und wedelte wie ein Slalomfahrer durch eine dunkle Kurve, nur um auf dem nächsten geraden Straßenteil einen Gang nach oben zu wechseln und weiter zu beschleunigen. »Ich muss ihn abhängen, ich muss einfach.« Von allen Sinnen verlassen, fühlte sich Leček wie ein Spieler am Roulettetisch, der soeben gesetzt hatte und der Kugel beim Tanzen zwischen den Feldern zusah. Zumindest in der Realität lag das Ergebnis auch in seinen Händen.

Die hinterherjagenden Scheinwerfer verschwanden kurz in einer S-Kurve, tauchten aber mit etwas Verspätung wie Katzenaugen aus der Dunkelheit auf. Leček hatte ein paar Meter gewonnen, den Abstand galt es auszubauen. In die nächste Ortschaft waren es noch einige Kilometer, bis dahin musste er den Wagen abgehängt haben, andernfalls hatte er wohl verloren, schließlich konnte er schlecht mit 160 Sachen durchs Ortsgebiet brausen. So wiederholte sich der Kampf um die Kurven, der immer wilder, immer unkontrollierbarer wurde. Der Lancia wanderte beständig auf die linke Fahrbahnhälfte, schnitt Kurven, erwischte ideal den Scheitelpunkt und überfuhr rücksichtslos Sperrlinien. Nach gefühlt endlosen Minuten dieses kräftezehrenden Schlagabtausches, brauchten die Scheinwerfer merklich länger, um aus der letzten Kurve aufzuschließen. Für ein Entkommen war das allerdings zu wenig. Da kam Leček beim Schlittern durch die nächste Kurve eine waghalsige Idee.

In der Ferne des Scheinwerferkegels sah er rechts eine Abzweigung, der Weg führte hinunter zwischen schneebedeckten Feldern und hielt dann auf eine Hügelkette zu. Er könnte versuchen die Abzweigung zu nehmen, das Licht auszuschalten und dann in Richtung der Hügel zu fahren. Das Schneegestöber und die Dunkelheit würden ihn gut verdecken, der dunkle Wagen würde in der Nacht untergehen. Die Idee war absolut verrückt, aber zum Ausarbeiten von Alternativen blieb keine Zeit.

Kaum war der Lancia aus der Kurve aufgetaucht und starrte kerzengerade in Fahrtrichtung, trat Leček fest auf die Bremse, fing den Wagen ab und warf ihn nach rechts, die Abzweigung hinab. Sofort drehte er das Licht ab und fuhr zwischen den Feldern weiter. Der Abstand zur Hauptstraße wurde größer, dafür tat sich ein neues Problem auf, als ein Bildstock wie aus dem Nichts auftauchte. Leček stieg panisch auf die Bremse, doch die blockierenden Reifen fanden auf dem vereisten Untergrund keinen Halt, rutschten über das Eis und verdrehten die Front nach rechts. Das Gegensteuern kam zu spät, mit einem heftigen Ruck drehte sich der Wagen schließlich um die eigene Achse und schlitterte in das schneebedeckte Feld hinab.

In einiger Entfernung zog währenddessen ein schnell fahrendes Auto vorbei.

›Das Radio ist aus.‹

Der erste Gedanke galt der fehlenden musikalischen Untermalung, dann fiel auch das ausbleibende Geräusch des Motors auf, überhaupt: Stille.

Zaghaft legte Leček den Sicherheitsgurt ab, öffnete die Tür und stieg aus. Seine Hände zitterten, dazu musste er gar nicht hinsehen. Nachdenklich drehte er eine Runde ums Auto, anscheinend war nichts kaputt und den vermeintlichen Verfolger war er auch losgeworden, das Manöver ließ sich als Erfolg verbuchen. Die Meinung änderte sich geringfügig, als er nach einiger Überwindung wieder am Steuer saß und die durchdrehenden Räder bemerkte. Der Motor wurde lauter und lauter, doch der Wagen bewegte sich keinen Zentimeter. »Eh klar. Super, super, super.« Ein Fluch entglitt in die kalte Luft.

Die Vorderreifen ruhten in einer Mulde, außerdem hatte sich beim Abflug Schnee unter die Bodenplatte geschoben und bockte den Wagen auf. »Das wird ein langer Abend«, seufzte Leček, legte sich auf den Boden und begann mit bloßen Händen, so viel Schnee wie möglich unter dem Auto hervorzuholen.

Nachdem der Erfolg weiterhin ausblieb, wanderten die Fußmatten unter die Antriebsräder, außerdem stapfte Leček an den nahegelegenen Waldrand, um ein paar Äste für zusätzlichen Halt zu sammeln. Bei dem kleinen Fußmarsch begann er sich Gedanken über die Situation zu machen.

Wie war es nur so weit gekommen? Er war nach Kärnten unterwegs – und dann? Worum ging es ihm überhaupt? Das Risiko nahm er doch nicht in Kauf, um den Mord an Hubert Brandl, Thomas Hammerschmidt, Maja van der Garde und diesen anderen 40 Menschen aufzuklären, dafür war er zu wenig Held, zu sehr auf den eigenen Vorteil bedacht. Es ging um blinde Rache. Die *JETZT* sollte daran glauben müssen, am besten auch der dekadente *Telegraph*. Alle sollten sie erzittern vor ihm! Voller Wut warf er die Äste in den Schnee und brüllte aus Leibeskräften, so lange er konnte, bis jedes Sauerstoffmolekül seine Lungen verlassen hatte. Erschöpft fiel er gegen die Motorhaube, beugte den Kopf nach oben und starrte gedankenleer ins Schneegestöber.

Später wusste Leček nicht mehr, wie lange er auf der Motorhaube gelehnt und nachgedacht hatte, aber es half, sein Kopf war gereinigt und klar. Er konnte Tote nicht zum Leben erwecken, aber zumindest ihre Geschichte richtigstellen. Und irgendwie würde er sein eigenes Leben auch heil aus der Schlinge ziehen müssen.

Vielleicht steckte im Fahrwerk des Lancias eine Seele, und vielleicht wusste diese Entität, dass sein Fahrer diesen

Moment der Läuterung gebraucht hatte, denn jetzt ließ er sich problemlos aus dem Schnee und auf die Straße zurück steuern.

Eine Stunde vor der Ankunft in Friesach leuchtete das Handy aus dem Kassettendeck heraus. Izabella. Endlich. Er stellte das Radio leiser und klemmte das Handy zwischen Kopf und Schulter. Sie begrüßten sich kühl und drucksten herum, wussten nicht, worüber sie sprechen sollten, wie damals bei ihrem ersten Date.

Izabella fasste sich ein Herz: »Lassen wir die Spielchen. Wie geht es dir? Wo bist du überhaupt? Aleksandra war nicht sehr aufschlussreich.«

Es folgte ein kurzer Abriss des letzten Tages, vom letzten Auftritt in der Redaktion, dem verunglückten Mädchen, bis hin zum überstürzten Aufbruch nach Kärnten. Die vermutlich eingebildete Verfolgungsjagd mit dem glimpflichen Ende im Schnee war ihm vorübergehend entfallen.

»Und wo bist du jetzt?«

»Knapp vor der Kärntner Landesgrenze, eine Stunde dürfte wohl noch hin sein.«

»Du wirst bei dem Wetter aber hoffentlich nicht im Auto übernachten wollen?«

»Nein, keine Sorge, so dumm bin selbst ich nicht.« Leček verwarf den aufgedeckten Gedanken sofort. »Friesach liegt gleich hinter der Grenze, irgendein Gasthaus wird schon noch ein Zimmer für mich haben.«

»Na gut.« Natürlich, sie hatte ihn durchschaut. »Wie soll es dann weitergehen?«

Tja, das war die Hundertpunktefrage. Müde stierte Leček auf die Landstraße, Schneeflocken tanzten im Scheinwerferlicht. »Ich weiß nicht. Miller hat nur von Kärnten gesprochen, das kann erschreckend groß sein. Immer vorausgesetzt, sie spielt kein falsches Spiel! Ich werde mir gleich morgen früh Brandls Ordner anschauen, dann weiß ich mehr.« ›*Hoffentlich*‹, setzte er in Gedanken nach.

Eine Pause schob sich zwischen die Sätze, ein wohlbekanntes Gefühl blühte wieder auf. »Wir könnten noch weglaufen.«

»Ja, könnten wir.«

»Direkt von Kärnten aus, weißt du? Ich hab mir das schon ausgemalt, wir steigen ins Auto, halten auf den Südwesten zu und fahren irgendwo nach Italien, Frankreich oder Spanien. Dann mieten wir uns irgendwo unter, direkt an der Küste. Wir könnten dort für Wochen bleiben. Oder gar für immer.«

Die warme Sonne, das Meer, ein Leben an der Küste, solche Traumfragmente waren zweifelsfrei schön. Er musste ihr ein Zugeständnis machen, alleine schon weil dieser Plan B besonders verlockend klang. Er brauchte bloß ein paar Tage Zeit. »Kommst du bis dahin zurecht?«

»Na hör mal, überleg, mit wem du redest!« Endlich erklang ein herzerwärmendes Lachen, selbst die Heizung im Fahrzeuginneren wirkte dagegen kühl. »Natürlich, ich passe gut auf mich auf. Wir wohnen im Hotel, Aleksandra ist noch bei mir, wenn ich aber nachkommen soll, geht sie wieder zu unseren Eltern. Und so schlecht ist das Hotelleben überhaupt nicht! Kein Kochen, kein Abwaschen, kein Aufräumen – wir sollten uns ernsthaft überlegen, ob wir nicht für immer im Hotel wohnen möchten.« Izabella lachte noch einmal auf, dann wurde sie auf einmal ruhiger, eine Spur von klarer Traurigkeit kehrte in ihre Stimme ein. »Ich vermisse dich, Martin.«

»Ich vermisse dich auch.« Der Blick ging durch die Windschutzscheibe, Schnee und Kälte, aber keine Izabella, kein mediterranes Klima. »Aber wir bringen den ganzen Mist hinter uns. Gemeinsam.«

»Gemeinsam«, wiederholte sie, doch das Wort wurde plötzlich in drei Fetzen zerteilt.

»Die Verbindung wird schlechter, müssen wohl die Berge sein.«

»Was sagst du?«

»Die Verbindung wird schlechter, das sind bestimmt die Berge und das Wetter!«, schrie Leček regelrecht. Er dachte daran stehen zu bleiben und die letzten Minuten des Gesprächs zu genießen, doch die Entscheidung kam zu spät. »Ich liebe dich«, brüllte er ins Handy, als ob sie ihn dann besser verstehen würde. Ein zerhacktes Echo erklang aus dem Lautsprecher, dann verstarb der Empfang und das Telefonat brach ab.

Sie hatte die drei Worte bestimmt auch gesagt.

Ernüchtert legte Leček das Nokia zurück ins Kassettendeck und schaltete die Scheibenwischer auf die höchste Stufe, um einigermaßen freie Sicht auf die verschneite Straße zu bekommen. Noch eine Stunde, dann durfte auch er sich ins Warme legen.

Izabella.

KAPITEL 41

Das niedrig einfallende Sonnenlicht bohrte sich träge in Lečeks Augen, gleichzeitig kroch eine beißende Kälte seine

Beine nach oben. Der resultierende Kopfschmerz wurde ihm erst beim Umdrehen bewusst, er schien durch die Stirn tiefer in das Schädelinnere zu sickern. Schlaftrunken und orientierungslos setzte er sich auf.

Pension Hölzel. Friesach. Die Einrichtung des Zimmers hatte er im Dunkeln nicht mehr begutachtet, holte es jetzt nach: ein Doppelbett, zwei Nachtkästchen mit abblätternder Laminierung, ein Schrank mit drei Türen und Holzwürmern, dazu ein verstaubtes Fenster und ein löchriger gelber Vorhang mit Blumenmuster. Eben ein typisches Touristenzimmer. Das Quartier wurde wahrscheinlich in den 70ern erbaut und hatte seitdem keinen Groschen oder gar Cent an Modernisierung gesehen. Neumodischer Schwachsinn.

Leček schlug die Decke zurück und raffte sich auf, bereute den Entschluss allerdings umgehend, als seine Fußballen den kalten Dielenboden berührten. Als ob die durchgelegene Matratze nicht genug wäre. Er seufzte genervt und legte eine Hand auf den Heizkörper unter dem Fenster: kalt. Resigniert trottete er ins Bad und drückte auf den Lichtschalter. Eine Neonröhre flackerte auf und gebar im kalten Licht eine Nasszelle mit braunen Fliesen und grüner Keramik.

Wenigstens die Dusche war warm.

Eine Viertelstunde später saß er mit feuchten Haaren beim Frühstück. Einen eigenen Raum für Übernachtungsgäste gab es in der kleinen Pension nicht, so frühstückte Leček neben der Laufkundschaft von der Straße. Die Leute tranken Kaffee, rauchten Zigaretten und blätterten in ihren regionalen Tageszeitungen. Ein paar feine Unterschiede zur Bundeshauptstadt bestanden dann doch: Statt der Melange gab es Verlängerten, statt dem *Wiener Anzeiger* wurden *Die Kärntner Nachrichten* ausgelegt. Ein Schmunzeln entschlüpfte seinem Inneren, ungewiss, ob vom heimgekehrten Kärntner oder dem ausgeflogenen Wiener.

Lesematerial gab es genug, aber zuerst verlangte der leere Magen nach einem ergiebigen Frühstück. Leček erhielt ein Kännchen Kaffee, zwei Semmeln, ein fingernagelgroßes Stück Butter, einen Klecks dunkle Marmelade, einen Klecks helle Marmelade, vermutlich etwas Honig, zwei Scheiben Toastschinken und eine Scheibe Käse, dessen Kilopreis im Großmarkt im niedrigen Eurobereich liegen dürfte. Da Hunger bekanntlich die besten Speisen zubereitete, verzehrte Leček alles mit großem Appetit, wagte dann sogar eine Wiederholung und bestellte das gleiche Abzocker-Frühstück ein zweites Mal.

Noch eine Semmel, noch eine Schinkenscheibe, noch eine Kanne Kaffee, dann legte er das Buttermesser befriedigt auf den Teller, zog seine Brieftasche hervor und entfaltete daraus sorgsam eine Zeitungsseite.

Gleich nachdem er aus der Dusche gestiegen war, galt Lečeks volle Aufmerksamkeit Brandls rotem Aktenordner voller Kopien. Die ganze Aufregung, die vielen Wochen, Tage und Stunden, der überstürzte Aufbruch, alle Elemente seines jüngeren Lebens sollten damit in Verbindung stehen. Es galt den Schlüssel zum obersten Rätsel zu finden.

Behutsam schlug er den Ordner auf und blätterte durch Karten, Artikel und Notizzettel, soweit nichts Neues, er kannte das Material zur Genüge. Aber etwas musste sich doch finden lassen, Kärnten galt als Schlüssel! Seine Hoffnung begann zu bröckeln, nur noch wenige Blätter konnten ihn vor einer Enttäuschung bewahren.

Und dann fand er ihn.

Ein Zeitungsartikel, schwarz-weiß, ausgeschnitten aus den *Kärntner Nachrichten* vom 23.02.1972:

Auf Schneefahrbahn Kontrolle verloren: 21-Jährige stirbt bei Autounfall

Für den Bauernhof ihrer Eltern lieferte Maria Hofer Milch, Butter, Würste und andere Erzeugnisse zum Marianum Heiligenberg. Bei der Rückfahrt geschah das Unglück: Ihr VW-Käfer kam von der Straße ab und stürzte in den Wald, die Frau verstarb noch an der Unfallstelle.

Weitensfeld. Es geht etwa 40 Meter bergab. Dort liegt, von Baumstämmen, Gestrüpp und Neuschnee verdeckt, ein Auto verkehrt auf dem Dach. Die Fahrerkabine ist völlig eingedrückt.
Die Straße zum Marianum Heiligenberg ist schwach befahren, der Neuschnee erschwert dazu die Sicht den Hang hinab. Als die Gendarmeriekräfte am Unfallort eintreffen, können sie zuerst nichts erkennen. »Ein Förster glaubte etwas gesehen zu haben, er verständigte uns und zeigte uns die Stelle. Wir mussten aber erst in den Wald hinabsteigen, um das Auto wirklich sehen zu können«, erklärt Inspektor Hermann Kogelnig.
Wie lange Frau Hofer in dem eisigen Wrack lag, ist ungewiss. Drei Fahrzeuglenker fuhren nachweislich vorbei, konnten aber keine Angaben zum Unfall machen. »Der starke Schneefall in der Nacht hat alle Reifenspuren verdeckt. Wir warten auf den ersten Bericht des Gerichtsmediziners, gehen aber zur Stunde davon aus, dass sich der Unfall schon am Vorabend ereignet haben muss«, so Kogelnig.
Eine offizielle Unglücksursache ist noch nicht bekannt, mangelnde Fahrpraxis und rutschige Fahr-

bahn gelten in Kombination als wahrscheinlichste Ursache.

Sorgfältig las Leček den Text dreimal durch, dann legte er das gefaltete Stück Papier nachdenklich in die Ruinen seines Frühstücks. Zu den anderen Bundesländern oder Fällen gab es dutzendfaches Material, aber Kärnten beschränkte sich auf dieses eine Blatt. Und selbst das setzte voraus, dass Miller die Wahrheit gesprochen hatte.

Die Minuten verstrichen, dann leerte Leček seinen kalten Kaffee in einem Zug. Die Frage der Sinnhaftigkeit hätte er sich stellen müssen, bevor er Hunderte Kilometer mit dem Auto quer durch Österreich gefahren war. Jetzt war er nun einmal hier und musste der Spur nachgehen. Kurzerhand zog er sein Notizbuch aus der Tasche und begann zu arbeiten.

Der Artikel hatte nur eine offizielle Quelle zitiert, sie müsste als Anlaufstelle herhalten. »Inspektor Hermann Kogelnig«, murmelte er und gab den Namen in ein Suchfeld auf seinem Handy ein. Google spuckte eine Unmenge Ergebnisse aus, von denen bekanntlich einzig die erste Seite zu gebrauchen war. Leček zog die zwei Werbeanzeigen an oberster Stelle ab und widmete sich den Nachrichten darunter. Anscheinend fand sich sogar etwas zu diesem Kogelnig.

Bei Unfällen oder Verbrechen im Gurktal kam er manchmal zu Wort, das Fortschreiten der Jahre stand in direktem Zusammenhang mit dem Durchlaufen der Dienstgrade. In den späten Neunzigern tauchte Oberst Kogelnig noch sporadisch auf, dann verebbte der Nachrichtenstrom. Hoffentlich war er bloß in Pension gegangen, alles andere würde die Angelegenheit unnötig erschweren.

Der Dienstposten in Weitensfeld hatte tatsächlich die

harten Jahre der Schließungen und Zusammenlegungen überstanden, das Herausfinden der Telefonnummer war ein Klacks.

»Polizeiinspektion Weitensfeld, Matschnig.«

»Grüß Gott, da spricht Martin Leček.« Katholische Begrüßung und tiefster Dialekt, das sollte das abgefärbte Wienerisch schleunigst unterdrücken. »Ist der Oberst Kogelnig zufällig zu sprechen?«

»Tut mir leid, der Oberst ist schon seit Jahren in Pension. Worum geht es denn?«

»Schade, ich hätte die Angelegenheit gern mit ihm selbst besprochen. Trotzdem danke. Auf Wiederhören.«

»Wiederhören«, schallte es verhalten aus dem Telefon, gefolgt vom Auflegen des anderen Apparates.

Sackgasse, er musste klassischer recherchieren. Das zusätzliche Frühstück ließ Leček auf die Gesamtrechnung schreiben, dann packte er seine Sachen und verließ die Pension in Richtung Hauptplatz. Hier würde es doch bestimmt eine Telefonzelle geben. Gefunden! Er ging den Hauptplatz hinab und hielt auf zwei Telefonzellen am unteren Rand zu. Eine Zelle war als letzte Auflehnung mit Touchscreen, Videokamera und Internetzugang ausgestattet, die andere hatte ein einfaches Tastentelefon, unter dem ein gelbes Telefonbuch lag. Er nahm den dicken Band, schlug ihn im Bezirk St. Veit auf und blätterte bis nach Weitensfeld vor. »Hermann Kogelnig, Gurkerweg 4. Na bitte, damit kann man arbeiten.« Ein Blick über die Schulter, ob ihn auch ja niemand beobachtete – in einem kleinen Dorf konnte so ein Vergehen schnell Fackeln und Mistgabeln nach sich ziehen –, dann riss er die Seite heraus und steckte sie in die Manteltasche.

Pfeifend ging er zum Lancia.

Wenn man diese ganze Misere als Roulettespiel betrachtete, würde Fortuna die Kugel heute großzügig für Leček rollen lassen. Friesach und Weitensfeld trennten lediglich kleinere Berge und Wald, auf der umfahrenden Landstraße machte das eine knappe halbe Stunde.

Beim Gurkerweg handelte es sich um eine kleine Wohnsiedlung aus etwa ein Dutzend Einfamilienhäusern, die still nebeneinander standen und sich gegenseitig zu bewachen schienen. Auf dem Land war das unter den Bewohnern gar nicht so abwegig, ihnen war bestimmt das blaue Auto aufgefallen, aus dem soeben ein jüngerer Mann gestiegen war.

Mehrmals schon hatte Leček seine Finger auf die Klingel gepresst, aber das Einfahrtstor rückte um keinen Meter. Dahinter lag still und starr ein Haus, die Fenster geschlossen, die Jalousien allerdings raufgezogen, und auch sonst gaben die müde wirkenden Mauern mit zwei, drei Jahrzehnten auf dem Buckel keine Auskunft darüber, wie es um ihre Bewohner bestellt war.

Unschlüssig stieg er wieder in das warme Wageninnere und sah auf die Uhr. Vielleicht war Kogelnig einkaufen oder beim Arzt? Das taten Pensionisten doch liebend gerne in aller Früh, allerdings würde ihn das schlimmstenfalls in die nächstgrößere Stadt führen, und die Rückkehr könnte sich hinziehen; Stichwort Tagesausflug. Wieder wanderte Lečeks Blick auf die Uhr, Zeit hatte er genug, einen Versuch war das Abwarten ja wert. Kurzerhand ließ er den Motor an und schob den Wagen zurück, um nicht direkt vor der Einfahrt parken zu müssen. Neben einem Schneehaufen am Straßenrand blieb er stehen, von hier hatte er eine gute Aussicht auf Kogelnigs Haus, außerdem würde ihn die nachglühende Heizung eine halbe Stunde warmhalten, ehe er sich dicker in den Mantel wickeln würde müssen. Einzig ein Detail galt es zu verschleiern. Er stieg aus, nahm eine Handvoll Schnee und verdeckte damit so gut es ging die Kennzeichen an den Stoßstangen, zumindest das Wiener Landeswappen sollte man nicht erkennen können. Andernfalls konnte sich Leček schon ausmalen, wie schnell die stille Post in dem kleinen Ort heißlaufen würde. »Du, da steht schon den ganzen Tag ein Auto mit Wiener Kennzeichen rum!« Nein, darauf konnte er verzichten. Kärnten, wo jeder Fremde als potenzieller Verbrecher galt und der Hausverstand an der eigenen Schädeldecke endete. Manchmal vermisste er dieses Land so gar nicht.

Nachdenklich zwängte er sich wieder in den Fahrersitz und rieb seine vor Kälte schmerzenden Hände über den noch warmen Lüftungsgittern. Das konnten ja spannende Stunden werden.

Um der zu erwartenden Tristesse Einhalt zu gebieten, griff Leček automatisiert wie ein Roboter zu seinem Smartphone. Wozu sonst gab es ein digitales Dickicht aus Furz-Apps, bildgewaltigen, aber inhaltsleeren Artikeln in Listenform, Youtube-Tipps von Vierzehnjährigen und Podcasts von Fans längst abgesetzter Fernsehserien, wenn nicht zu dem Zweck, um Wartezeiten zu überbrücken, seien sie auch noch so kurz? Der höhnisch blinkende Strich – Einzahl –, der den geringen Empfang verkündete, sorgte für ein jähes Abfallen von Lečeks Mundwinkeln. Das war jetzt unnötig. Praktisch jeder Multimediainhalt fiel unter diesen Voraussetzungen weg, somit blieben lediglich textlastige Websites über. ›Wie können die Menschen hier nur überleben?‹, fragte er sich beiläufig, ›welche Freuden hatten sie sonst, Alkohol und Inzest?‹

Es dauerte eine halbe Ewigkeit, bis das Nokia eine einzige Seite geladen hatte; es war jetzt-online.at. Aufgeregt scrollte er über die Website, doch über ihn selbst war nichts zu lesen. Warum auch? Wallner würde keinesfalls öffentlich zugeben, wie sein Meisterstück von einem intriganten Journalisten ausgespäht wurde. Schlimmer noch, er wollte diesen Verräter sogar zum Chefreporter befördern. Irgendeine mediale Retourkutsche würde schon noch kommen.

Die Zeit verrann wie zähflüssiges Karamell, und Leček surfte gelangweilt weitere Nachrichtenportale an. Soweit nichts Neues, das Wichtigste hatte er schon beim Frühstück gelesen: U-Ausschüsse, Wirtschaftsreformen der Liberalen, Kochrezepte und Topmeldungen aus dem Sport, Österreichs mediales Abbild bestand immer aus den gleichen Ingredienzien – mit Ausnahme einer Meldung, die er erst bemerkte, als er das Medienressort anklickte. Seine Augen weiteten sich unwillkürlich, er konnte den Ladevorgang kaum abwarten, so schrecklich schön waren die Zeilen und Bilder, die nach und nach am Bildschirm auftauchten. Es war unglaublich.

Die Website der *JETZT* war am Abend des Vortages Opfer einer Hackerattacke geworden, Unbekannte hatten einen Artikel über ein totes Mädchen bearbeitet und dazugehörende Bilder gegen Urlaubsfotos aus Reinhard Wallners privatem Fotoalbum ausgetauscht. »Tragödie: Junges Mädchen wirft seine Zukunft weg!«, lautete die Überschrift, darunter räkelte sich eine barbusige Bikinischönheit in Wallners Armen, er selbst war rot gebrannt wie ein sozialistischer Hummer.

Nachdem Leček wusste, wonach er zu suchen hatte, fand er auf anderen Nachrichtenseiten mehr Details. Der Angriff war zwar bald bemerkt und wieder rückgängig gemacht worden, aber im Internet reichten schon Sekunden, um etwas auf ewig festzuhalten. Screenshots und Kommentare zogen sich über die gesamte österreichische Medienlandschaft, sogar deutsche Boulevardmedien waren schon darauf aufgesprungen. Ob das nicht auch etwas für die britische Yellow Press wäre? Es war herrlich, Leček wollte sich schon auf Twitter einloggen und mitlesen oder Chris++ eine dankspreche nde Nachricht schicken, aber beides ließ er mit Gedanken an die Sicherheit fallen. SMS konnten zurückverfolgt werden, manipulierte Twitter-Accounts Möglichkeiten zur Ortung bieten. Beides musste warten. Leček gab sich indes zufrieden, Wallner gemeinsam mit Chris++ bloßgestellt zu haben. Die Methode war zwar nicht sauber, aber da der Zweck bekanntlich die Mittel heiligte, war Feuer gegen Feuer in dem Fall gar nicht so verkehrt. Außerdem hatte er sich dadurch doch ein paar Pluspunkte auf seinem Karmakonto verdient?

So unterhaltsam der nächste Etappensieg über die *JETZT* auch war, durch alleiniges Rumsitzen kam Leček seinem Ziel nicht näher. Zwei weitere Stunden vergingen, in denen die Hauseinfahrt weiter ereignislos vor ihm gelegen hatte. Zur halbherzigen Kontrolle fuhr Leček noch einmal vor und klingelte erneut, doch die Reaktion des leeren Hauses war dieselbe; eine müde Trägheit der Fensterläden, die ihn auch schon früher abgewiesen hatte.

Musste er eben zum nächsten Punkt auf seiner To-do-Liste springen: dem Marianum.

Dann würde er gleich an der Unfallstelle von Maria Hofer vorbeifahren. Ein eisiger Gedanke, der ihm gerade ganz und gar nicht gefiel.

KAPITEL 42

Der prächtige Ortskern, wenn man ihn denn so nennen konnte, bestand aus einer Parkbank. Insofern dauerte es keine fünf Minuten, bis Lečeк ihn durchfahren hatte und an der Gabelung am Fuße eines Berges stand.

Links vom Kühlergrill würde es in Richtung Pisweg gehen, rechts über eine abgelegene Landstraße, wie auch immer diese das Prädikat verdient hatte, in den nächstgrößeren Ort, Feldkirchen. Für Leček stand keine der beiden Straßen zur Auswahl, er entschied sich für den unscheinbaren Asphalt in der Mitte.

Der Vierzylinder-Motor ging die Herausforderung optimistisch an und schob den marineblauen Wagen geschmeidig aus einer Haarnadelkurve in die nächste. Ein paar hundert Meter verlief die Straße zwischen Wiesen, die von einer dünnen Schneedecke überzogen waren, dann hielt sie auf den Wald zu, dessen Einfahrt wie das dunkel klaffende Maul einer Bestie wirkte.

Das Radio gab auf den meisten Sendern nur statisches Rauschen von sich, das unregelmäßig von Gesprächsfetzen oder Volks- und Schlagermusik unterbrochen wurde. Leček drehte das Radio ab, die Straße verlangte ohnehin seine ganze Aufmerksamkeit. Einige Stellen wurden durch die Vormittagssonne aufgetaut und später im Schatten wieder gefroren, statt Schnee wartete in manchen Kurven blankes Eis. Gut, immerhin hatte jemand die Fahrbahn mit Streusplitt garniert, aber das änderte nichts an Lečeks Gefühl, auf rohen Eiern zu fahren. Schon in der letzten Kurve hatte er die Frontpartie einfangen müssen, als die Reifen beim

Beschleunigen weniger Halt als erwartet fanden. Diese Straße war im Winter keine Spielerei, so viel wusste er bereits.

Die Minuten verrannen, und die Scheinwerfer des Autos bohrten sich weiter ihren Weg durch den einsamen Wald, jegliches Zeichen von Zivilisation hinter sich lassend. Bäume, Büsche, einige größere Steine, wenige Felsen und daneben der scharf abfallende Hang. Die ersten hundert Meter nach dem Ort waren durchgehend von Leitplanken gesäumt, doch im Wald hatten die Straßenplaner fast völlig darauf verzichtet. Einzig an manch brenzligen Stellen – als ob andere besser wären! – waren ebenfalls welche montiert, doch einen schnellen Zusammenstoß hätten auch diese nicht abfangen können. Diese Strecke war gespenstisch. Gänsehaut baute sich bei Leček auf, als er nach weiteren Fahrminuten in eine Parkbucht an der Seite fuhr und anhielt.

Der Lancia stand auf einem kleinen Flecken Kopfsteinpflaster, gerade groß genug, um einem ausgewachsenen Auto Platz zu bieten, und wurde auf einer Seite eingefasst von hohen Randsteinen. Dahinter erhob sich ein schmales Marterl aus dem Boden, nicht mehr als 2,50 Meter hoch, schätzte Leček, es war aus Stein gemauert und endete spitz in einem Blechdach, unter dem ein einfacher Jesus am Kreuz hing. Vor ihm standen drei erloschene Kerzen in Plastikbehältern, allesamt vom Schnee bedeckt. Das Andenken an eine Bauerntochter, genau wie man es erwarten würde.

Leček kniete sich auf das rutschige Kopfsteinpflaster und wischte Schnee von einer Erhebung am Boden; es war ein bronzenes Täfelchen.

›Im Gedenken an Maria Hofer, verunglückt am 22.02.1972. Die Todesstunde schlug so früh, doch Gott der Herr bestimmte sie.‹

Lange starrte er die Tafel an, ließ die Stille auf sich wirken, die ihn wie eine dicke Decke einhüllte und nur manchmal von Vögeln zerrissen wurde. Eine unerwartete Reise hatte ihn hierher geführt, jetzt war er an der Reihe, Licht in die Angelegenheit zu bringen. Wenn es sich am Ende wirklich nur um einen Unfall handelte, hatte er all seine Karten ausgespielt und war blanko, aber wenn er bloß den Hebel ansetzen musste, um ein Verbrechen, um viel mehr Verbrechen aufzudecken, dann würde er diese Aufgabe schultern.

Die feuchte Kälte war Leček durch die Kleidung gekrochen, er erhob sich aus dem Schnee und deutete mit der linken Hand ein Kreuzzeichen vor seiner Brust an. Das war zwar weder sein Glauben noch seine Welt, aber er würde sich respektvoll verhalten; es sah ihm ja niemand zu.

Die dünnen Sneaker gingen ein paar Schritte auf den rutschigen Pflastersteinen und wandten sich in Richtung der nächsten Kurve, bergwärts. Theoretisch war es möglich. Ein Auto konnte mit Tempo aus der angedeuteten S-Kurve kommen, die Kontrolle verlieren und genau an dieser Stelle nach unten in den Wald schießen.

Kopfschüttelnd stieg Leček ins Auto, was hatte er erwartet? Eine lange Gerade, Leitschienen und Warnschilder, die allesamt gegen einen Unfall sprachen? »Schön wär's.« Er löste die Handbremse und fuhr weiter. Ein paar Minuten Fahrt lagen vor ihm.

Das Marianum Heiligenberg lag auf einer kleinen Anhöhe, umzäunt von Wäldern hatte man dort einen guten Ausblick auf die umliegenden Hügel und Täler. Die Anlage wurde von mehreren Hektar freier Fläche umgeben, unter einer brüchigen Schneedecke zeichneten sich gefrorene Ackerfurchen ab.

Das Schloss, im Spätmittelalter ursprünglich als Burganlage erbaut, bestand aus vier Trakten, die um einen rechteckigen Innenhof verliefen. Ständige Erweiterungen über die Jahrhunderte vermischten so manche Stile miteinander, die gerade in den Obergeschossen und Dachgiebeln miteinander zu kämpfen hatten. Die grauen Außenmauern hingegen liefen schnurgerade bis zur nächsten Ecke entlang, jedoch waren auch sie den Anfeindungen der Zeit ausgesetzt. Das bezeugte der raue Putz, der an manchen Stellen aufgesprungen war und den Blick auf Ziegel und grobe Steine freigab; das tragende Skelett unter der feinen Haut des Gebäudes.

Die kargen Mauern wirkten im Zusammenspiel mit den frisch gedeckten, rot strahlenden Dachziegeln mehr denn je wie eine Burg, eine Festungsanlage. Oder anders gesagt: Ein Ort, an dem Eindringlinge nicht erwünscht waren. Eine passende Einstellung für ein katholisches Internat, wie Leček befand.

Er fuhr die letzten Meter der einzigen Zufahrtsstraße entlang und bog unter einer offenen Schranke auf einen leeren Schotterparkplatz, dieser drängte sich mit drei Abstufungen in den abfallenden Hügel hinein.

Nachdem Leček den Wagen geparkt hatte, wanderte er die imposante Anlage entlang, und betrat durch das gewaltige schmiedeeiserne Haupttor den Innenhof. Einem Wegweiser folgend wandte er sich nach rechts, stieg über flache Steintreppen in den ersten Stock hinauf und ging über die lange Balustrade zum Sekretariat, dessen Türen angelehnt waren. Die Holzdielen quietschten unter seinen Schuhen, als er eintrat und sich unschlüssig umsah. Eine abgetretene Stelle am Boden markierte den Empfang für Bittsteller.

»Was kann ich für Sie tun?« Eine graugelockte Frau mit dicker Rahmenbrille und Kettchen sah ihn durch die gummiartigen Blätter einer Topfpflanze hinweg an.

»Grüß Gott, Martin Leček von den *Kärntner Nachrichten*. Ich war gerade für einen Artikel in der Nähe und dachte, ich schaue einen Sprung bei Ihnen vorbei. Es geht um unseren Chefredakteur, er feiert bald seinen Fünfziger.« Er legte eine Pause ein, hinter der Fassade seines aufpolierten Lächelns suchte er das Gesicht der Frau nach Regungen ab; einzig, es gab keine. »Wir Redakteure wollen ihn mit einem Bericht über sein Leben überraschen, natürlich nur intern. Er war damals Schüler des Marianums, daher wollte ich fragen, ob ich mir das Archiv ansehen könnte? Ein altes Foto aus Jugendtagen wäre Gold wert!«

Die Dame starrte ihn unnachgiebig an, verzog die Mundwinkel und hielt sich den Telefonhörer ans Ohr. »Da muss ich den Herrn Direktor fragen, das kann ich nicht entscheiden.«

Leček nickte eifrig, natürlich musste er ihr zustimmen. Kein Seufzer durfte sich ihm entringen, kein angedeutetes Augenrollen. Ein falscher Fingerzeig und der Drachen würde ihn rauswerfen. Als ob etwas Schlimmes passieren würde, wenn sie ihm eine Auskunft erteilte. Auf welchen Erfahrungen die Verhaltensweise wohl beruhte? Sein Blick fiel auf einen Wandspiegel, der ihn selbst am Schreibtisch stehend zeigte. Natürlich.

»Der Herr Direktor hat zu tun! Er wird sich aber Zeit nehmen«, sagte die Sekretärin barsch und holte den Bittsteller damit aus dem kalten Sumpf der Selbsterkenntnis.

Die Minuten tropften wie altes Fett durch die Fritteuse, kalt und zäh, dann öffnete sich der Flügel einer weißen Doppeltür zu Lečeks Rechter, und ein grauhaariger Mann in feinem Anzug trat heraus. »Kapaldius, grüß Gott.«

Die beiden Männer schüttelten sich die Hände, dann wurde Leček in den Raum nebenan geführt. Kapaldius setzte sich in einen gewaltigen Schreibtischstuhl mit Lederbezug, der eher Graf Dracula oder Lord Vader vorbestimmt sein dürfte als dem Direktor eines katholischen Internats.

Bedächtig faltete Kapaldius die Hände und legte sie auf die ledernde Schreibunterlage. »Also Herr Leček, in welchen Belangen können wir Sie unterstützen?«

Wieder betete Leček sein erfundenes Alibi herunter, und wieder ließ sich seinem Gegenüber keine Regung entnehmen. Musste ein katholisches Leiden durchs ständige Rosenkranzbeten und Büßen sein. Am Ende erhielt er zumindest ein verständliches Kopfnicken als Lohn. »Ich denke, wir können Ihnen helfen. Das Marianum Heiligenberg hat im Laufe der Zeit eine Elite hervorgebracht, die in vielen Bereichen Führungspositionen einnimmt oder für die Gesellschaft hervorragende Leistungen erbringt.« Gemächlich griffen Kapaldius' lange Finger zum Telefon, stramme Anweisungen folgten, dann wandte er sich an Leček. »Der Schulsprecher wird Sie im Sekretariat abholen und mit Ihnen ins Archiv gehen. Er hat dort selbst Arbeiten durchgeführt und ist der Systematik erhaben. Fragen Sie ihn um Hilfe, wenn Sie etwas benötigen sollten. In der Zwischenzeit werde ich hier in der Direktion Akten und Zeugnisse durchsehen. Wissen Sie denn etwa, zu welcher Zeit Ihr geschätzter Chefredakteur bei uns im Internat war?«

Der Ausgabepreis von Guten-Rat-Aktien war für Leček soeben gestiegen, sollte er Kapaldius in die völlig falsche Richtung schicken oder sich doch lieber nahe der fraglichen Zeitperiode orientieren? »Wie gesagt, er wird demnächst 50. Ich denke also an die späten Siebziger, mehr kann ich Ihnen leider auch nicht sagen.«

»Gut, gut, damit können wir schon arbeiten. Es wird sich bestimmt etwas finden.«

In Windeseile wollte sich Leček aus dem Büro des Direktors hinausstehlen wie seinerzeit, als ihm Kapaldius rasch über den schweren Teppich folgte. »Ach, Herr Leček? Da wäre noch eine Sache.«

»Ja?« Die Guten-Rat-Aktien wurden immer teurer, kein Wunder bei der Nachfrage!

»Sie verstehen natürlich, dass wir nicht jedem beliebigen Besucher einen Einblick in unsere Aufzeichnungen erlauben können. Wären Sie so gütig und könnten mir einen Ausweis zeigen? Sozusagen eine Verifizierung Ihres Tuns.« Kleine Fältchen kräuselten sich um Kapaldius' Mundwinkel, eine bizarre Art des Lächelns.

»Selbstverständlich«, erwiderte Leček und zog den Presseausweis im Scheckkartenformat hervor, der musste vorerst als Legitimation genügen. Die Frage nach einer Visitenkarte oder ein Anruf bei den *Kärntner Nachrichten* würden genügen, und aus dem Bluff wäre die Luft schneller draußen als aus einem kaputten Luftballon.

Kapaldius' graue Augen huschten von links nach rechts, als sie das Kleingedruckte am Ausweis lasen, dann bewegten sie sich nach oben. Ob er den Köder geschluckt hatte?

»Vielen Dank für Ihr Entgegenkommen, wenn Sie mir nun bitte folgen möchten.«

Erleichtert folgte Leček dem Direktor zurück ins Sekretariat, dort wurden sie bereits vom Schulsprecher erwartet: groß gewachsen, gertenschlank, rote Haare und in einer Schuluniform verschnürt. Wie auf Befehl begann er zu lächeln und streckte Leček die Hand entgegen. Erneutes Händeschütteln und Austauschen der Namen – »Kummer, Leček« – dann ließ Kapaldius zufrieden ab, verschwand wieder in seinen Gemächern und räumte damit den Zugang zum Archiv. Einzig der katholische Albtraum in Rot konnte ihn jetzt noch abhalten, dabei wirkte sein »Wollen wir?«, gepaart mit der weißen Zahnreihe, gar nicht so feindselig. Oder heilig.

Vom ersten Stock ging es über die Balustrade und die flachen Steinstufen nach unten, den Säulengang im Innenhof entlang und dann durch eine dicke Eisentür. Ein Treppenabsatz führte nach unten, und da waren sie, im Archiv: mehrere Regalmeter mit Ordnern, Aktenschränken, verstaubten Pokalen und Schulmöbeln, zwischengelagert für die Ewigkeit.

Getrieben vom Tatendrang, hatte sich Kummer sofort auf die Suche gemacht und hievte kurze Zeit später einen Stapel dicker Jahrbücher auf den Tisch. Sie wirkten nicht ganz so verstaubt wie der Rest. »Versuchen Sie es mal hiermit.«

»Danke«, entgegnete Leček gezwungen freundlich, er besah die ledernen Buchrücken mit ihrer golden gestanzten Schrift. Er schlug den ersten Band auf und blätterte durch die vergilbten Seiten; es waren die falschen. Kapaldius und Kummer wollten ihm bei der Suche nach dem Chefredakteur helfen, dabei musste er in eine gänzlich andere Zeitperiode. Irgendwie musste er für Ablenkung sorgen und sich freien Zugang zum Material verschaffen, aber dazu musste er sich seines Aufpassers entledigen. Bloß: wie? Um Zeit zu schinden blätterte er gemächlich durch die Bände, eine plausible Ausrede musste her, und zwar bevor ihm die Seiten ausgingen.

»Stört es Sie, wenn ich kurz … ?«, war der verhaltene Schulsprecher fragend an ihn herangetreten und deutete auf das Handy in seiner Hand.

Na bitte!

»Nein, natürlich nicht, nur zu«, schmunzelte Leček und setzte ein übertrieben gönnerhaftes »ich bin ja kein Lehrer« hinzu. Der vom rechten Weg abgekommene Junge war die Chance, jetzt konnte er sich frei zwischen den Regalen bewegen und die richtigen Bände heraussuchen.

Kummer sah anfangs zaghaft zu ihm herüber, tauchte aber bald ganz in den elektronischen Ausflüchten in seinen Händen ab. Im Marianum bekam man solche Gelegenheiten während der Unterrichtszeit wohl nicht oft geboten; dabei war der Schulsprecher doch des Direktors Vorzeigemodell. Der Arme.

In der Zwischenzeit wanderten Lečeks Finger flink über die Jahrbücher, das gesuchte aus 1972 musste doch irgendwo hier sein. Da war es! Vorsichtig zog er es in der Deckung eines Aktenschranks heraus, schlug es am Regalboden auf und blätterte gierig durch die Seiten. Wonach suchte er überhaupt? Es würde sich bestimmt kein Aufsatz oder Foto zu dem Unfall finden lassen, und doch, etwas musste in diesem Buch stehen. Er sollte auf jeden Fall die komplette Liste aller Schüler fotografieren. Ob der Kopierer in der Ecke funktionierte? Die fehlende Staubschicht könnte ihn fast zu einer Wette mit der Technik verführen.

Eilig blätterte Leček weiter, durchforstete Seite um Seite, sah in namenlose Gesichter, überflog Erlebnisaufsätze und wurde durch Klassenfotos Teil einer schwarz-weißen Welt, in der Glaube und strenge Erziehung die zwei tragenden Säulen bildeten. Ergebnisse blieben in dieser Welt aus, nichts hatte er gefunden. Wie immer hatte er zwar damit gerechnet, aber trotzdem etwas anderes gehofft. Noch einmal blätterte er den Band durch, dieses Mal von hinten nach vorne, aber eigentlich nur aus Einfallslosigkeit. Klassenfotos, Erlebnisaufsätze, Namen, Listen – Moment, der Aufsatz! Erschrocken blätterte Leček zurück, bis er den hellen Fetzen aus seinem Kurzzeitgedächtnis wieder vor sich fand. Warum war ihm das nicht sofort aufgefallen?

Im Hintergrund knarzte die Eisentür in ihren Angeln. Flüchtig sah er zum Kopierer, verwarf die Idee aber unverzüglich und zog sein Handy aus der Tasche. Ein Foto, dann war der Band im Regal zwischen gleichfarbigen Brüdern und Schwestern verschwunden.

Kapaldius stieg die wenigen Stufen nach unten, sein harter Blick traf Leček und den eilig herangeeilten Schulsprecher zu gleichen Teilen. »Würden Sie bitte mitkommen? Beide.«

Als Leiter eines angesehenen Internats wollte Kapaldius vorbildlich reagieren und durchsuchte mit Hilfe seiner Sekretärin die Akteneinträge, um diesen vermeintlich berühmten Schüler zu finden, der heute ein angesehener Journalist in Kärnten, ja ganz Österreich war. Welch ein Aushängeschild! Einzig: Er fand zu diesem ominösen Schüler rein gar nichts. Die Zusammenkunft mit einem anderen Journalisten vor einigen Monaten hatte Kapaldius Vorsicht walten lassen, daher begleitete er dessen jüngeren Berufskollegen sicherheitshalber persönlich vom Schulgelände.

»Wir melden uns bei Ihnen, falls wir etwas finden sollten«, verabschiedete er Leček aufrichtig. Während Kapaldius tatsächlich im Archiv Nachforschungen anstellen wollte, war Leček nicht nur räumlich, sondern auch geistig längst woanders.

Im kalten Fond des Lancias starrte er ungläubig auf den soeben erlegten Schnappschuss aus dem Jahrbuch.

Darauf waren zwei Burschen zu sehen, sie saßen auf einer Holzbank und lehnten an einer Steinmauer, vermutlich das Internat in den Siebzigern, aber das spielte keine Rolle. Beide lachten aus ganzer Seele, der eine nach vorne auf die Knie gestützt, der andere nach hinten gelehnt. Die Gesichter lagen festgefroren in der Vergangenheit, er hätte sie wahrscheinlich nie erkannt. Nein, sein Gewicht erlangte das Foto erst durch die Zeile darunter:

›Reinhard Wallner mit seinem Freund und Zimmerkollegen Christian Stark‹

KAPITEL 43

Der weiße Kleintransporter hupte wild, dann schrammte er nur wenige Zentimeter am Außenspiegel des Beta Coupés vorbei.

Die Fahrt vom Berg hinab war Leček zu überstürzt angegangen. Seine Gedanken spielten nach dem Fotofund verrückt, alles schien sich zu überschlagen, das Marianum bäumte sich zu einer finsteren Gestalt auf und drohte, ihn mitsamt Auto zu verschlingen. Flucht war die einzige logische Möglichkeit. So war er viel zu schnell unterwegs, schaltete in höhere Gänge als notwendig und hatte sich in der letzten Haarnadelkurve schließlich überschätzt. Beim Beschleunigen war er auf die Gegenfahrbahn geraten, erst der Adrenalinstoß des Beinaheunfalls brachte ihn zur Besinnung. Leček ging vom Gas, bremste behutsam und fing den Wagen ein. Nachdem der erste Schrecken überstanden war, fuhr er an den Straßenrand und hielt an.

Viel hätte nicht gefehlt, dann wäre er frontal in den Transporter reingedonnert. Mit wackeligen Knien stieg er aus und lehnte sich gegen die Fahrertür. Die Panikattacken waren zurück: eine unsichtbare Schlinge legte sich um seinen Hals, sie konnte sich jederzeit zuziehen. Er musste gegensteuern, sich bewusst machen, dass er Herr der Lage war, die Zügel standen unter seiner Kontrolle. ›Niemand kann mir etwas anhaben, die sind alle Hunderte Kilometer entfernt. Izabella passt auf sich selbst auf, besser, als ich es je könnte. Ich bin in Kärnten, im letzten Kaff, hier kann ich mich sicher fühlen.‹

Das Ansageband in seinem Kopf lief solange, bis die Worte schließlich in sein Innerstes gesickert waren und den

Druck auf Hals und Brust lösten. Schwerfällig atmete Leček tief ein, die kalte Waldluft sollte seinen Körper durchströmen. Er musste zurück ins Tal fahren, dieses Mal vorsichtiger.

Schweigend legte Leček seine Hände um eine heiße Tasse Früchtetee. Die letzte halbe Stunde hatte er im Wagen gesessen und die Lage rekapituliert, dann hatte ihn die Kälte ins nächste Gasthaus getrieben.

Brandl hatte, aus welchen Beweggründen auch immer, zu einem vermeintlichen Unfall in Kärnten recherchiert, Leček selbst war diesem Hinweis gefolgt und fand ein altes Bild, das Wallner und Stark als Freunde zeigte – damals freche Lausbuben, heute war aus dem einen der Herausgeber einer großen Tageszeitung geworden, aus dem anderen der Wirtschaftsminister der Liberalen. Ein verdammt großer Zufall, wenn die Umstände nichts miteinander zu tun hätten.

»Angenommen«, begann er zu murmeln und sah in seine volle Teetasse, spielte den Gedanken dann aber stumm weiter: Angenommen Wallner und Stark hatten etwas mit dem Tod von Maria Hofer zu tun, stellten sich immer noch die Fragen nach dem Motiv und dem Tathergang.

Nachdenklich rührte er in seinem Tee, der leere Blick folgte dem Löffel, und bald drohte er Gefahr zu laufen, im Strudel aus Brombeeren und Himbeeren zu ertrinken. Der Wirt hinter der Theke, ein gütiger Mensch mit Schnurrbart, schien das zu bemerken.

»Angenommen?«, fragte der Wirt, während er ein Glas trocken wischte.

»Was?« Leček fuhr überrascht hoch.

»Na, du hast etwas angenommen. Stimmt mit dem Tee etwas nicht?« Der Wirt unterstrich seine Frage, indem er mit dem Geschirrhangerl in der Hand auf den Tresen deutete.

»Nein, der wird schon passen. Ich habe nur ins Narrenkastl geschaut.«

Der fragende Blick des Wirts wurde verstärkt.

»Ins Leere geschaut«, ergänzte Leček.

»Aha, verstehe.« Der Mann ließ jedoch nicht locker und musterte seinen auffälligen Gast. In so einem kleinen Ort gab es keine Geheimnisse, der Fremde aus Wien war längst bemerkt worden.

Ruhigen Blutes hielt Leček dem Blick des Wirts stand, auf solche Spielchen hatte er keine Lust. Auf der anderen Seite, wenn er schon aus seiner Gedankenwelt entführt wurde, konnte er die Gelegenheit eigentlich auch genauso gut nützen. »Vielleicht gibt es da doch eine Sache. Ich bin zwar nur auf der Durchreise, aber die Gegend erinnert mich an entfernte Verwandte, die Hofers. Vor Jahrzehnten müssen sie hier im Tal gelebt haben. Hatten einen Bauernhof, eine Tochter muss Annemarie oder so heißen. Kennen Sie sie?«

»Das haben wir gleich.« Der Wirt ließ seine fette Pranke auf die Theke fallen und stieß einen lauten Pfiff aus. Für einen Moment verstummte das Rauschen der Gespräche im Hintergrund, einzig die Schlagerprinzessin Michaela Stern drang aus dem Radio und sang von Liebe und Sehnsucht. »Franz!«, rief der Wirt und winkte einen halbglatzigen Mann Ende 40 zu sich. Er sprach das A dabei wie ein O aus, was den Franz zum Fronz machte.

»Franz, das ist«, der Wirte stockte und schaute Leček nachdenklich an. »Wie heißt denn du eigentlich?«

»Martin«, antwortete Leček gezwungen, dem schon seit jeher unwohl wurde, wenn ihm fremde Leute zu nahe traten. Das prinzipielle Duzen am Land oder am Berg war immer ein guter Anwärter, um einen Schutzwall niederzureißen.

»Also Franz, das ist der Martin. Er hat so verloren dreingeschaut, dabei will er nur was über seine Verwandten wissen. Hilfst ihm eh, oder?«

»Klar, sicherlich.« Der Franz, der wie ein Fronz klang, ließ sich auf den Hocker neben Leček nieder, während der Wirt zufrieden zurück an die Zapfanlage ging. ›Der macht kein schlechtes Geschäft, wenn er auf jeden Gast so achtet‹, dachte Leček.

»Also, wie kann ich dir helfen?« Der aufmerksame Blick im freundlichen Gesicht wartete auf ein Stichwort.

»Es geht um die Hofers, hauptsächlich um die Tochter. Aber ich habe aufgeschnappt, dass sie …« Er ließ den Satz unvollendet. Wollte Franz oder Fronz ihm wirklich helfen, würde er an dieser Stelle schon einhaken.

»Das ist eine tragische Geschichte.« Sein Gegenüber rieb sich die Bartstoppeln am Kinn und sah zur Decke. »Zum Tod von der Maria hat es viele Gerüchte gegeben. Weißt eh, im Dorf redet man ja mehr miteinander als in der großen Stadt.«

»Woran ist sie denn gestorben?«, fragte Leček, sich ein Kommentar verkneifend. Immer diese bösen, großen Städte.

»Autounfall, vor vielen, vielen Jahren, aber daran scheiden sich die Geister. Einige im Dorf haben lange behauptet, Hinweise auf einen Mord oder Selbstmord gefunden zu haben. Die Tratschweiber vor der Kirche haben dazu nicht wenig beigetragen, Gott hab die alten Schachteln selig.« Grinsend erhob Franz sein Bierglas.

»Warum sollte es kein Unfall gewesen sein?«

»Schau, die Maria hat viele Verehrer gehabt, alleine bei der Figur.« Mit den Händen formte er eine Birne. »Ein Prachtweib!« Er trank erneut einen Schluck Bier. »Aber da gab's noch einen zweiten guten Grund, weißt. Ihr Vater, der alte

Hofer, hat zwei Söhne gehabt, einer älter, einer jünger als die Maria. Der Ältere starb als Bursch beim Arbeiten am Hof, ein Stier ist durchgegangen und hat ihn totgetrampelt. Das war nicht leicht für die Familie, für keinen im Ort, aber die Maria war schon auf der Welt und die Bäuerin war wieder schwanger. Der jüngere Sohn war aber leider ein Krüppel. Ein netter Bursch, aber er hat immer seine Krücken zum Gehen gebraucht. Weißt, ich hab nix gegen solche, aber zum Arbeiten am Hof kannst ihn halt vergessen.«

»Ah ja«, warf Leček trocken ein.

»Genau. Jedenfalls, der Hof wär' an die Maria gegangen, das war ein offenes Geheimnis. Hätt' sie jemanden geheiratet, wäre der zu ihr auf den Hof gezogen und alles hätte den beiden gehört.«

»Also hatte sie keine andere Wahl als den Hof vom Vater zu übernehmen? Das ist ein ordentlicher Druck, ablehnen hätte sie das wahrscheinlich schlecht können«, überlegte Leček laut. Selbstmord als Ausweg?

»Mag sein, dass ihr alles zu viel geworden ist. Wer weiß das schon?« Belanglos zuckte Franz mit den Schultern, als würde er über eine neue Verordnung der bösen EU sprechen.

»Wie ist es mit dem Hof weitergegangen? Lebt von den Hofers noch jemand?«

Franz schüttelte bedächtig den Kopf und senkte seinen Blick. »Ich sagte ja, eine tragische, sehr, sehr tragische Geschichte. Ein paar Jahre nach dem Tod von der Maria kam es zu einem Brand, der den ganzen Hof vernichtet hat; Stall, Wirtschaftsgebäude, alles. Der alte Hofer und sein Sohn sind dabei ums Leben gekommen.«

»Hat man jemals die Ursache herausgefunden?«

»Laut Feuerwehr war's ein Kurzschluss vom Dieselaggregat im Stall, aber man munkelt halt einiges. Es sind Gerüchte umgegangen, dass der alte Bauer das Feuer absichtlich gelegt hat. Vielleicht war ihm alles zu viel, vielleicht wollte er die Versicherung kassieren. Wer weiß das schon.«

»Und die Frau? Was ist mit ihr geschehen?« Lečeck hatte mittlerweile seine Lust auf Tee verloren, ihm war schon warm genug. Es wurde wohl Zeit für ein Bier, das Gespräch mit Franz entpuppte sich als überraschend informativ. In Wahrheit ging es hier um alles oder nichts.

Der gedanklich Angesprochene schüttelte beim Fortsetzen der Erzählung den Kopf. »Die ist nach den Begräbnissen schnell verschwunden, wollte alles hinter sich lassen. Irgendwer will's angeblich in München getroffen haben, aber das ist bestimmt 20 Jahre her.«

»Wer weiß das schon«, kam ihm Lečeck mit den Schlussworten zuvor. Zumindest konnte er diesen Punkt auf seiner Liste abhaken, die Hofers waren eine Sackgasse. Selbst das Aufstöbern der Mutter, die womöglich nicht mehr am Leben war, würde einer Mammutaufgabe gleichkommen und wenig bis gar nichts bringen. Nein, die aussichtsreichste Informationsquelle war das beste soziale Netzwerk aller Zeiten: der Dorftratsch. Der namenlose Wirt und Franz mit O waren ihm eine große Hilfe, ob sie noch mehr wussten? Einen Versuch war es wert, für heute hatte er genug erreicht, und von Izabella würde er vor Dienstschluss nichts hören.

»Du bist mir eine große Hilfe. Trinken wir noch eines?«

Franz zögerte, seine Augen huschten an Lečeck vorbei und fixierten einen Punkt im Hintergrund. »Kannst du Viererschnapsen?«, fragte er.

»Grundsätzlich schon. Ich bin zwar aus der Übung, aber das dürfte kein Problem sein.«

Auf einmal strahlte ihm ein Grinsen entgegen. »Dann gerne!«

Die Biere verrannen und ihnen folgten die Stunden. Franz alias Fronz hatte Leček in eine Runde der professionellsten Kartenspieler des ganzen Tals gebracht, die ihn Stunde um Stunde mehr ausnahmen, gleichzeitig aber an ihren Geschichten teilhaben ließen. Zu anfangs spielten sie um 50 Cent pro Bummerl, dann, als die Beträge auf Lečeks Seite des Zettels anstiegen, um Getränke und schließlich ein ganzes Essen. Die stille Abmachung war gut, er erhielt tiefen Einblick in das Dorfleben und die Gründe, die zu Maria Hofers Unfall geführt haben könnten.

Einer der Mitspieler hatte zu vorgerückter Stunde anklingen lassen, hinter dem Unfall könnte doch mehr stecken. Die Gendarmerie soll damals länger als üblich ermittelt haben, die Gründe dafür wurden aber nie bekannt.

Und dann war da natürlich noch das Internat auf dem Berg.

So streng die Regeln, die Erzieher und die Brüder und Schwestern damals auch waren, die Entfernung zum nächsten Ort ließ bei manchen Schülern die Sicherungen durchbrennen. Wochenlang waren sie eingesperrt zwischen beten, büßen und lernen. Der fehlende Kontakt zur Außenwelt, von Mädchen ganz zu schweigen, war gerade in der Pubertät kaum zu ertragen. Zwischenfälle mit den Burschen hat es immer wieder gegeben, Kirchtage oder andere Feste waren dafür prädestiniert. Das Marianum hielt die Zügel zwar stramm angezogen, aber vorauseilende Kollektivbestrafungen waren selbst der katholischen Bildungs- und Erziehungsanstalt zu viel. »Den Rotzlöffeln war viel zuzutrauen«, raunte einer ins Bierglas hinein.

»Aber die manipulieren doch niemandem das Auto. Außerdem, durchgeschnittene Bremsleitungen merkst doch sofort!«, erwiderte ein sichtlich erheiterter Franz.

»Du kommst von Hadernitzen, du hast von gar nichts eine Ahnung!«

Ehe sich Leček versah, bog die Diskussion auf die Ortschaften und deren Verfeindungen ab, machte eine Kurve um den neuen polnischen Pfarrer, steuerte auf die Politik zu und stoppte schließlich beim Gedenken an den verstorbenen Landeshauptmann: Haider. Der Name hatte in Kärnten sakrale Bedeutung. Der Geruch von Weihrauch und rechter Gesinnung, wie immer diese auch riechen mochte, wahrscheinlich fäkal, lagen bei jeder Erwähnung in der Luft.

An diesem Punkte angelangt, hatte Leček genug, es war an der Zeit zu gehen. Mehr würde er von den Männern nicht erfahren, und so wenig getrunken hatte er auch nicht.

Die Kartenrunde protestierte lautstark bei seinem Abschied, doch Franz alias Fronz zeigte Erbarmen und schloss sich sogar an.

»Soll ich dich fahren? Ich bin noch gut beieinander«, meinte Franz, bevor er den Kleiderständer leidenschaftlich umarmte und ihn all seiner Jacken und Mäntel entledigte.

»Ihr fahrt heute nirgends mehr hin. Ich habe gerade die Polizei gerufen.«

Erschrocken sah Leček zum Wirt. In dem Zustand hätte er sich schon nicht hinters Steuer gesetzt, schon gar nicht wäre er bei wem anders mitgefahren. Selbst am Land musste man doch von der Erfindung des Taxis gehört haben!

Noch bevor er etwas entgegensetzen konnte, schob der Wirt beide Gäste nach draußen auf die Straße, direkt in die offene Autotür eines Polizeiwagens. Das ging verdammt schnell.

Wieder wollte Leček zur sogleich rettenden Rede ansetzen, doch die Figur am Vordersitz war schneller. Lässig drehte sich die Frau mit dem haselnussbraunen Pferdeschwanz herum und musterte die zwei Männer auf der Rückbank. »Geht's euch gut? Ihr schaut gar nicht so betrunken aus, das ist schon einmal gut, wir brauchen kein Theater.« Langsam hoben sich ihre Lippen zu einem beruhigenden Lächeln. »Franz, bei dir kenn' ich den Weg auswendig. Aber wo will unser neuer Freund hier hin? Wie heißt du überhaupt?«

»Leček, Martin Leček«, murmelte er erstaunt. »Entschuldigung, aber was passiert hier eigentlich?«

»Ach, kein Einheimischer?« Die Frau am Steuer lachte, während sie den Motor anließ und losfuhr. »Brauchst keine Angst haben, solange du die Fahrt für dich behältst. Wir haben mit dem Wirt eine Abmachung: Er gibt uns Bescheid, wenn ein paar Rauschige partout nicht mit dem Taxi fahren wollen oder können. In dem Fall drücken die Kollegen und ich ein Auge zu, fahren die unbelehrbaren Wirtshausgeher selbst nach Hause, bevor ein Unglück geschieht. Da profitieren alle davon.« Die Polizistin lächelte in den Rückspiegel, ehe ihr Blick auf die Finsternis der Landstraße abwanderte. »Zu oft sollte das halt nicht passieren, gell Franz?«

»Natürlich, Frau Inspektor!« Er lachte und hielt sich am Türgriff fest, als der Wagen in der nächsten Ortschaft in die Bucht einer Bushaltestelle fuhr.

»Für dich immer noch Frau Revierinspektor Kogelnig. So, und jetzt schau, dass du die letzten Meter gut nach Hause kommst. Und sauf endlich weniger.«

Ein Blitz zuckte in dem Moment durch Lečeks Kopf, das Gefühl des Rausches war wie weggeblasen, sein Verstand wieder glasklar, als ob jemand den Resetknopf gedrückt hatte.

»Du auch«, gluckste Franz wie Fronz letztmalig. Er stieg aus dem Wagen, bedankte sich noch einmal überschwänglich und verschwand in der Umarmung der Dunkelheit.

Die Frau am Steuer drehte sich nach hinten. »Und wo bist du daheim?«

Leček kratzte sich kurz am Kinn, er wirkte abwesend. »Ich schlafe in Friesach, wenn es keine Umstände macht.«

»Wo genau? Friesach ist ja nicht gerade klein.«

»Pension Hölzel, am Hauptplatz«, sagte Leček und sparte sich einen Kommentar über die Größe des Ortes. In ihm brannte eine weitaus wichtigere Frage. »Sag, Frau Revierinspektor«, begann er holprig, das allumfassende Duzen verkomplizierte die Situation unnötig. »Du bist nicht zufällig mit dem Oberst Kogelnig verwandt?«

Eine Antwort vom Fahrersitz blieb aus, einzig das Brummen des Dieselmotors war zu hören. »Doch, ich bin seine Tochter. Wieso?«, fragte sie mit einiger Verzögerung.

Leček biss sich auf die Lippe, zumindest mit einem Teil der Geschichte musste er herausrücken, sie einsetzen und damit spielen wie im Casino. »Es geht um eine alte Geschichte, die während seiner Dienstzeit geschehen ist. Ich glaube, er ist der Einzige, der mir weiterhelfen kann.«

Schweigen, dann: »Was macht dich da so sicher?«

»Er war damals an den Ermittlungen beteiligt, das weiß ich aus einer alten Zeitung. Eine andere Spur habe ich nicht.« Die Zähne bohrten sich in seine Unterlippe, dann atmete er hörbar laut aus, sie merkte, wie sehr er mit sich rang. »Hör zu, ich weiß, dass diese Frage gerade von einem Unbekannten um diese Uhrzeit äußerst seltsam klingen mag, aber ich muss dringend mit deinem Vater reden. Kannst du ihm das bitte ausrichten?« Im dämmrigen Schein der Innenbeleuchtung holte Leček einen Kugelschreiber und sein Notizbuch aus der Manteltasche, riss eine Seite heraus und kritzelte etwas darauf. »Meine Telefonnummer. Falls er sich dazu entscheidet, mich anzurufen.« Leček reichte die Nummer nach vorne und ließ sich wieder auf die Rückbank fallen. »Nur ein Gespräch, bitte, mehr möchte ich gar nicht.«

»Meinetwegen, ich werde mit ihm reden, aber ich kann nichts versprechen.«

Der Motor verstummte auf einmal, die Scheinwerfer gingen aus. »Wir sind da.« Ihr bittersüßes Lächeln war verschwunden.

KAPITEL 44

Noch 24 Tage, zehn Stunden und 14 Minuten bis zu Hubert Brandls Tod.

Die zarte Flamme der Tischkerze erzitterte respektvoll, als Maja van der Garde eine Stoffserviette neben dem leeren Dessertteller ablegte.

Sie befanden sich in einem Nobelrestaurant im 4. Bezirk, etwas zu teuer und etwas zu abgehoben für Brandls Geschmack und Brieftasche, aber seine Begleitung hatte darauf bestanden. Während er in einen grauen Anzug mit dunkelgelbem Hemd und gelb-schwarz gestreifter Krawatte geschlüpft war, trug van der Garde immer noch ihre rote Seidenbluse.

»Der Nachmittag war voller Termine«, rechtfertigte sie sich, doch in Brandls Augen gab es nichts zu entschuldigen, ganz im Gegenteil.

Ein Drei-Gänge-Menü, Gläser Wein und Biere später waren sie zum Grund ihres Essens vorgedrungen.

»Du siehst gut aus.«

»Das sagtest du bereits«, winkte van der Garde genervt ab, stützte sich auf ihre Ellbogen und beugte den Oberkörper vor. »Konzentrier' dich, denn ich werde dir das nur einmal sagen, hörst du?«

Brandl nickte ernst und flüchtete sich in einen Schluck Bier, innerlich verwünschte er sich für die leichtfertige Bemerkung. Er fühlte sich zu sicher, sein Fehler.

»Ich werde Österreich verlassen.«

»Ach so?«, entgegnete Brandl trocken.

Van der Garde hob mahnend die Augenbrauen. »Meine Zeit bei der Platinum Premium ist abgelaufen, zumindest aus meiner Sicht. In den letzten Wochen habe ich mehr erfahren, als mir zuträglich, ja lieb ist.« Unerwartet brach sie ab, ihr Blick wurde leer und verlor sich im dunklen Schimmer des Weinglases, als hätte sich ein Schatten über ihr Gesicht gelegt. »Letztens hat mir Wallner eine E-Mail geschickt«, setzte sie mit erstarkter Stimme an. »Ich halte sie für eine Unachtsamkeit seinerseits und keine Prüfung meiner Loyalität oder ein sonstiges Spielchen. Das hat mir unfreiwillig einiges über die Eigentumsverhältnisse der *JETZT* erklärt. Mich beschlich seit längerer Zeit das Gefühl, nur eine von vielen zu sein, in meinem Bereich zu sitzen, einer Box, wenn du so willst, und nicht darüber hinaus zu sehen. Ein gutes System, alles läuft und keiner erfährt mehr als notwendig. Die E-Mail hat meine schlimmsten Vermutungen bestätigt. Ich wusste, dass Wallner in irgendetwas verstrickt sein musste, aber erst jetzt ergibt es einen Sinn. Die Finanzierung seiner Medien, das ganze Geld – so verkommen, so dreckig. Ich möchte das nicht mehr, Hubert. Ich habe ausgesorgt, ich steige aus.«

»Weil du bei diesen Machenschaften mitgeschnitten hast oder weil du dein eigenes Erspartes so gut angelegt hast?«

»Bitte.« Angewidert wischte van der Garde die erbärmliche Frage mit einer Handbewegung weg, als wollte sie eine lästige Fliege verscheuchen. »Heute ist mein letzter Tag in Österreich. Zuerst geht es in die Niederlande, dann später nach Jamaika oder auf die Bahamas.«

Seine nächste Frage abschätzend, drehte Brandl das Bierglas in der Hand. »Warum verrätst du mir das? Was habe ich damit zu tun?«, wollte er wissen.

»Weißt du, Hubert«, begann sie mit gesenktem Blick, ließ ihre Finger aber nicht vom Stiel des Weinglases, »ich bin mir selbst nicht sicher, warum ich dich mit hineinziehe. Die wahrscheinlichste Antwort ist, dass ich etwas für dich übrig habe. Meine zwei Ex-Männer haben mich einiges gelehrt, vor allem, wie trügerisch Masken sein können. Wir alle tragen eine. Bei dir bin ich mehr denn je überzeugt, dass du dir eine ausgesucht hast und damit eine Rolle spielst. Dieser zweidimensionale Reporter, der trinkt und raucht, existiert nicht. Vielleicht versteckst du dich aus einem guten Grund, soll so sein. Aber ich sehe mehr in dir, oder möchte mehr sehen.« Ruhig und bestimmt ließen ihre Finger vom Glas ab, van der Garde richtete sich auf und musterte jeden Winkel von Brandls verlebtem Gesicht.

Der Sand im unsichtbaren Stundenglas blieb stehen, kurz und unbemerkt, bis sich Brandls raue Lippen öffneten und Silbe um Silbe formten.

»U-und du sagst mir das, damit ich dir helfe?«

»Nein. Aber ich könnte jemanden brauchen, der mir Cocktails mit Eis holt, während ich am Strand in der Sonne liege«, antwortete sie mit einem lasziven Lidschlag. »Außerdem suchst du doch gerade Informationen zu ungelösten Mordfällen, oder nicht?«

Brandl schluckte und griff wie ferngesteuert zum Bier, doch das Glas war bereits geleert.

KAPITEL 45

Im Zimmer war es dunkel und kalt wie in einem Kühlschrank. Hinter einer angelehnten Tür erklang ein dumpfes Tropfen, durch die Vorhänge mit Blümchenmuster drang ein schwacher Mondschein, der auf einen regungslosen Körper fiel.

Auf der Spitze seines Deliriums aus Erschöpfung und Alkohol schreckte Leček hoch, vom Klingeln eines altmodischen Telefons aus dem so notwendig gewordenen Schlaf gerissen.

Zuerst musste die grässliche Nachttischlampe auf den Boden scheppern, ehe er im ersten Moment sich und im zweiten das Nokia gefunden hatte. Nach dem Abheben grunzte er müde ins Handy.

»Herr Leček? Hier spricht Kogelnig!«

Wieder war es der gleiche Name, der innerhalb eines Wimpernschlages Lečeks Verstand freilegte und ihn glasklar denken ließ.

»Herr Oberst, danke für den raschen Rückruf.«

»Den Oberst können Sie ruhig weglassen, ich bin ja im Ruhestand und außerdem auf Urlaub.« Es folgte ein tiefes Lachen, um die witzige Bemerkung auch recht zu unterstreichen. »Kommen wir besser zur Sache. Meine Gattin ist nervös, weil mich meine alte Arbeit selbst auf den Bahamas nicht in Ruhe lässt. Überhaupt, ich hoffe, ich habe Sie nicht geweckt? Die Zeitverschiebung dürfte recht ordentlich sein.«

»Es geht schon«, brummte Leček, der jetzt den Preis für den Raubbau an seinem Körper zu spüren bekam.

»Meine Tochter sagte, Sie möchten über einen alten Fall sprechen?«

»Allerdings.« Leček saß nach einiger Anstrengung aufrecht im Bett und rieb sich die Stirn. Für das Gespräch hatte er sich nicht vorbereitet, er musste die Fäden spontan im Kopf zusammendrehen. »Erinnern Sie sich an den Autounfall von Maria Hofer, im 72er Jahr?«

Eine Pause klaffte auf, die lediglich durch das statische Rauschen der Überseeleitung getragen wurde. Wer trug eigentlich die Kosten für das Gespräch?

»Das war einer meiner ersten Fälle, ich war damals ein junger Inspektor. Eine schlimme Geschichte. Aber wie kann ich Ihnen da helfen?«

»Mich interessiert der Unfallhergang in allen Details. Ob es irgendwelche Auffälligkeiten gab, Verdächtigungen, so etwas in der Art.« Noch direkter konnte er nur mit dem Panzer ins Haus fallen, aber für diplomatisches Geplänkel mangelte es ihm gerade an Feingefühl, vom Wert des Blutalkohols ganz zu schweigen.

»Warum wollen Sie das wissen?« Die großväterliche Stimme hatte eine ungeahnte Schärfe angenommen, die Hand zum Schlage erhoben.

»Schauen Sie, ich will nicht lange um den heißen Brei reden. Ich recherchiere an einem Artikel und bin auf diesen Unfall gestoßen. Mit der Zeit ist leider mein eigenes Schicksal damit verknüpft worden, und meine einzige verbliebene Hoffnung sind nun Sie.«

»Sind Sie Journalist?«

Bei einer falschen Antwort wäre alles aus, Kogelnig könnte sofort auflegen, und die Entfernung der zwei würde mit einem Schlag auf Tausende Kilometer über den Atlantik anwachsen. Aber was würden Lügen bringen, was hatten sie ihm bei der *JETZT* gebracht? Er musste, nein, er wollte es mit der Wahrheit versuchen.

»Ja, bin ich. Oder war ich zumindest.«

»Und für welche Zeitung?«

»Im Moment bin ich freier Journalist, am ehesten arbeite ich aber für *Die Kärntner Nachrichten.*« Das stimmte theoretisch sogar, eine gute Geschichte würde er den Kollegen bestimmt verkaufen können.

Erneut entstand eine lange Pause, während der Kogelnig alle Für und Wider abzuwiegen schien.

»Herr Leček, das ist eine heikle Angelegenheit und Sie verstehen sicherlich, dass ich Ihnen gegenüber nicht Vermutungen oder private Ansichten verraten kann. Das käme einer Beschuldigung gleich.«

›War das etwa ein dezenter Hinweis?‹, fragte sich Leček. ›Tja, es gibt nur eine Möglichkeit das herauszufinden.‹ »Angenommen, ich stelle konkrete Fragen, können Sie mir zumindest darauf eine Antwort geben? Immerhin kam die Anschuldigung dann von mir.«

Das statische Rauschen überspannte die Stille, dann hörte Leček Kogelnig tief durchschnaufen, er hatte sich anscheinend zu einer Entscheidung durchgerungen.

»Na gut, versuchen wir's.«

»Gut, also der Unfall 1972, Maria Hofer. Ich könnte mir vorstellen, dass der Unfall nicht so eindeutig abgelaufen ist, wie er am Ende in der Zeitung dargestellt wurde. Kann man das so sagen?«

»Ja, dem stimme ich zu«, antwortete Kogelnig vorsichtig.

»Und jemand trug daran Schuld.«

»Kann man das anders formulieren?«

»Natürlich. Könnte ein unbekannter Dritter in die Sache involviert gewesen sein?«

»Ich weiß nicht so recht …« Kogelnig geriet ins Stocken.

»Und ein Schüler vom Marianum Heiligenberg trägt eine Teilschuld.«

»Also das wird mir zu abstrakt.«

Doch Leček kannte keinen Halt mehr, er sah die Ziellinie und wollte sie mit aller Brutalität überqueren. »Und Reinhard Wallner hatte etwas damit zu tun!«

Das hitzige Gespräch war erstorben, Leček war mit seiner Anklage fertig und überließ den Spielball völlig Kogelnig. Er konnte antworten oder auflegen, so oder so, er musste jetzt eine Reaktion zeigen.

»Wie kommen Sie gerade auf ihn?« Die Stimme schien gefestigt, das Scharfe darin war verschwunden. Kogelnig schien ihn als Verbündeten anzuerkennen.

»Helfen Sie mir? Dann verrate ich Ihnen etwas.«

»Na gut, Leček, Sie haben mich erwischt.« Endlich kehrte das tiefe Lachen zurück. »Aber wir müssen uns beeilen, meine Frau wird ganz ungeduldig.«

Trotz höllischer Kopfschmerzen hievte sich Leček in die Höhe und stand auf, er kämpfte verzweifelt ums Gleichgewicht. »Ich stecke in der Klemme. Vom, sagen wir tödlich-süßen Handkuss der Pallas Athene getroffen, bin ich in eine blöde Parabel geraten, in der es um viele Menschenleben geht. Zu viele Menschenleben. Vergangene Menschenleben.« Lečeks Blick wurde schwer, voller Traurigkeit glitt er in die Dunkelheit des Raums und verlor sich auf dem Weg zur kalkweißen Wand. Was tat er hier überhaupt, einem alten Mann auf den Bahamas sein Herz ausschütten, während er darum kämpfte, seinen Mageninhalt drinnen zu behalten? Fast wäre ihm das Handy aus der Hand gerutscht, der Griff hatte sich gelockert.

»Die Geschichte ist lange und idiotisch, an manchen Stellen brüchig, aber ich war so dumm und habe mich reingestürzt. Diese Angelegenheit ist eine lange Strecke, an deren beiden Enden ein und dieselbe Person steht: Reinhard Wallner. Und nach Dutzenden Anstiegen, Kurven und Kreuzungen ist das ein verdammt großer Zufall. Und deshalb brauche ich Ihre Hilfe, damit ich es beenden kann, ein und für allemal. Für mich.«

Die Sonntagspredigt samt Beichte schien geholfen zu haben.

»Was genau wollen Sie wissen?«

Leček schloss die Augen und atmete tief durch, seine Stimme drohte in Tränen zu ertrinken. »Welche Anzeichen sprachen damals gegen einen Unfall?«

Kogelnig begann zu erzählen. »Die junge Hofer war eine gute Autofahrerin, die lieferte regelmäßig die Waren vom Hof aus, sogar ins ganze Tal. Schneefahrbahn war für sie noch nie ein Problem gewesen. Dann waren da blaue Kratzer auf der hinteren Stoßstange, von der Familie konnte uns allerdings niemand sagen, ob die schon früher dran waren. Der Käfer war deren Nutzfahrzeug, die Hofers achteten nicht unbedingt aufs Äußere. Wenn es an dem Abend Reifenspuren von einem anderen Fahrzeug gab, wurden die vom Neuschnee zugedeckt. Trotz eingehender Untersuchungen fanden wir auf offiziellem Wege nichts.«

»Und auf inoffiziellem?« Allmählich hatte sich Leček unter Kontrolle, die Vernebelungen des Alkohols verdrängte er in die hinterste Kammer seines Kopfes.

»Kurz vor dem Zwischenfall hat jemand Anzeige erstattet, ein blauer Porsche hätte ihn auf der Straße belästigt, soll ziemlich gefährlich gefahren sein.«

»Dadurch sind Sie auf Wallner gekommen?«

»Naja, gute Kontakte und kriminalistischer Spürsinn haben auch dazu gehört.« Kogelnig lachte verhalten, seine Zufriedenheit wirkte durch Lečeks ambivalente Stimmung etwas gedämpft. »Sie vergessen da jemanden, oder wollen Sie ihn absichtlich nicht erwähnen?«

»Wie bitte?« Nachdenklich schob Leček den Vorhang zur Seite und starrte in den vom Vollmond erleuchteten Innenhof, als könnte die gesuchte Person dort unten stehen und zu ihm heraufstarren.

»Der damalige Landesrat Walter Stark hatte ein Autohaus im Nachbarort, hat damals Volkswagen verkauft, heute noch deutsche Marken. Sein Sohn ist Christian Stark, heute Wirtschaftsminister für die Liberalen. Raten Sie, wo der zur Schule gegangen ist.«

Fuck. Ein weiterer Groschen fiel in die Maschine, die Lečeks Verstand darstellte. Dann war das Foto kein Zufall. »Ins Marianum! Dann gehört er dazu?«

»Vermutlich. Das Autohaus Stark hat angeblich damals zur selben Zeit einen Porsche 912 geliefert bekommen. War zwar ein gebrauchtes Modell und wurde nicht mehr hergestellt, aber auf dem Land hätte das viel Prestige gebracht.«

»Was ist mit dem Wagen geschehen?«

»Niemand im Tal hat ihn je gesehen. Es hieß, die Aktion sei bloß ein Bluff gewesen, um Aufmerksamkeit zu erlangen. Kostenlose Werbung, stand damals sogar im Gemeindeblatt.«

»Und an was glaubte die Gendarmerie?«

»Mhm.« Gemächlich schien Kogelnig ein weiteres Album seiner Erinnerung hervorzukramen, klappte es im Geiste auf und deutete auf den Platz neben sich. »Wir sahen uns im Autohaus um, aber ohne Durchsuchungsbefehl war das schwer. Ich habe schließlich einen Mechaniker bezahlt, um einen Blick in die Buchhaltung zu erhalten, aber gefunden habe ich rein gar nichts. Zulassungspapiere fälschen oder verschwinden zu lassen war keine Kunst, selbst damals nicht.«

Um Gleichgewicht ringend, wickelte Leček seine freie Hand in den Vorhang, um im schlimmsten Fall ein klein bisschen Halt zu haben. Er hätte auf die Schnäpse verzichten sollen. »Eine Sache verstehe ich nicht. Wenn sich die

Indizien so aneinanderreihen lassen, wieso hat die Gendarmerie damals niemanden festgenommen?«

»Was hätten wir denn machen sollen? Die forensische Abteilung war damals bei Weitem nicht so hochtechnisiert wie heute, außerdem fehlte uns der blaue Wagen zum Abgleich. Der Porsche war wie vom Erdboden verschluckt.«

»Aber das war nicht alles, richtig?«

Kogelnig seufzte in den Telefonhörer, das Sprechen fiel ihm schwer, als würde ihm eine jahrzehntealte Last auf dem Brustkorb ruhen. »Wallner und Stark hatten ein Alibi, selbst andere Schüler im Marianum, die wir routinemäßig kontrolliert haben, waren zum möglichen Tatzeitpunkt im Internat.«

»Was sagt Ihr Spürsinn dazu, glauben Sie daran?«

»Nein, keine Sekunde. Meine ganze Laufbahn als Gendarm habe ich es bereut, damals niemanden gefasst zu haben. Aber es gab keine Möglichkeit, und das Gesetz wollte ich nicht umgehen.«

Sanft massierte sich Leček mit der linken Hand die Schläfen, er saß am Bettrand, die Augen geschlossen, ganz konzentriert auf die ferne Stimme des Obersten im Ruhestand.

»Gibt es denn gar keine Möglichkeit, an der ich noch einen Hebel ansetzen könnte?«

Als Antwort kam lediglich ein abschätziges Glucksen aus der Leitung. »Was glauben Sie, wen Sie vor sich haben? Ich habe damals alles versucht, aber die Geschichte ist erledigt, leider. Hören Sie auf, alte Wunden zu öffnen, dadurch ist niemandem geholfen.«

»Doch, mir ist damit geholfen, mir und vielen anderen.« Vom hohen Promillewert gegeißelt, sprang Leček vom Bett und wollte mit vollem Körpereinsatz protestieren, verlor aber den Finalkampf gegen die Schwerkraft und krachte in einer Umarmung einer Stehlampe in die Ecke. Zum Glück hatte sich Videotelefonie nie durchgesetzt. »Ich brauche einen Ansatzpunkt, bitte, sonst waren die ganzen letzten Monate umsonst. Ich habe Qualen gelitten, wir, meine Freundin, meine Freunde, wir alle mussten so viel einstecken. Wenn ich jetzt versage, war alles umsonst.« Leček unterdrückte ein Husten, als er gleichzeitig den verstaubten Lampenschirm vom Kopf nahm. »Sagen Sie mir einfach, welchen letzten Beweis wir brauchen, dann kann ich mir den Kopf zermartern.«

Irgendetwas schien Kogelnig dazu gebracht zu haben, seinen letzten Widerstand fallen zu lassen. Seine Stimme wirkte lethargisch, gar schon müde. »Finden Sie den Wagen, er ist das fehlende Verbindungsglied.«

»Danke.«

Der Höhepunkt des Gespräches war erreicht, was folgte war ein lockeres Plaudern, das Lečeks Wissensstand nicht mehr erweiterte. Er wollte auflegen, doch dann rückte Kogelnig noch mit etwas raus, wahrscheinlich, um sein Gewissen abzuputzen.

»Eigentlich habe ich das schon Ihrem Kollegen erzählt, nur nicht so detailliert.«

»Meinem Kollegen?«

»Na, der Dings. Wie hieß der schnell? Der wirkte resolut, sehr drängend, aber das gehört bei euch ja zum Berufsstand. Vielleicht wollte ich ihm deshalb nicht alles verraten. Irgendetwas mit Feuer.«

›Hm, Feuer‹, überlegte Leček. In der Medienszene hatte er einen guten Überblick, aber ein Nachname mit Feuer war ihm nicht geläufig.

»Brandl! Meinen Sie Hubert Brandl?«

»Genau!«, jauchzte Kogelnig, »der war's! Kennen Sie ihn persönlich? Was macht der Kollege denn so?«

»Nicht viel, momentan liegt er hauptsächlich rum.«

Das Telefonat hatte eine Dreiviertelstunde gedauert, Leček war danach erschöpfter als zuvor. Oder war das der falsche Ausdruck? Er fühlte sich fertig, erschlagen von der neuen Realität, die sich soeben vor ihm aufgetan hatte.

Ein Blick auf sein Handy verriet ihm, dass der Akku bald zur Neige gehen würde, außerdem brannten sich die hellen Ziffern tief in seine Netzhaut. Halb sechs, stand da auch bei geschlossenen Augen. Sein Verstand war zu diesem Zeitpunkt so mitgenommen, dass ihm seine innere Uhr nicht den Unterschied zwischen Früh und Abend erklären konnte.

Die Dusche wirkte erlösend, nachdem er sich wie ein Roboter ins Bad begeben hatte. Heißes Wasser, billiges Shampoo von der Pension, dann ein paar Sekunden eiskaltes Wasser und zurück ins Bett.

Die Anrufliste des Handys ließ Leček wissen, dass Izabella in der Nacht zweimal angerufen hatte, er saß zu der Zeit im Wirtshaus, entweder war der Empfang miserabel oder er hatte es schlichtweg nicht bemerkt. Woran auch immer es gelegen hatte, Izabella nahm die Schuld auf sich, in einer SMS entschuldigte sie sich fürs späte Melden, sie hatte Überstunden geschoben, nachdem ein Kollege ausgefallen war. Sie liebte ihn und hoffte, dass sie sich morgen sprechen würden.

Mit dem abgeschalteten Handy am Nachtkästchen, verkroch sich Leček wieder in die kratzende Bettwäsche. An Schlaf war trotz völliger Erschöpfung nicht zu denken, das Gespräch mit Kogelnig hatte ihn aufgewühlt.

Brandl hatte mit ihm gesprochen. Das war der nächste Beweis, dass er nicht umsonst nach Kärnten gekommen war. Wallners Bild im Internat war der erste gewesen.

›Brandl. Brandl. Ich muss ihm folgen.‹

KAPITEL 46

Die blauen Augen blickten aufmerksam in den Rückspiegel. Entschuldigend hob er die Hand, dem Lastwagen hätte er mehr Platz lassen sollen, dann lag Lečeks Konzentration wieder auf den Metern vor ihm.

Das Überholmanöver hätte er sich schenken können, aber er brauchte zumindest das Gefühl, jede nur mögliche Sekunde an der Hand zu packen und auf seine Seite zu ziehen. Den halben Tag hatte er im Bett gelegen und seinen Rausch ausgeschlafen, das konnte doch nicht wahr sein! Überhastet war er aufgebrochen und hatte nach seinem Wagen gesucht. Eine überteuerte Taxifahrt später war er mit seinem geliebten Metall wieder vereint, mittlerweile stand auch die Agenda für den Tag fest. Der erste Punkt auf seiner Liste zog gerade in bunten Streifen am Beifahrerfenster vorbei.

Das Autohaus Stark. Eigentlich hatte es auf seiner Liste gestanden, aber die kreativen Ideen waren ihm ausgegangen. Untertags vorstellig werden und – was genau tun? Hinweise auf den Porsche würde er so nicht finden. Letzte Nacht war wohl Vollmond gewesen, die abnehmende Käsescheibe würde ihm auch diese Nacht gute Dienste erweisen. Durch das lange Ausschlafen wäre er für eine spätnächtliche Aktion sicher fit genug.

Einbrechen konnte er später immer noch.

Punkt zwei behandelte den Zugang zu einem der größten Informationsarchive Kärntens, den Leček leider nur über eines der größten Arschlöcher Kärntens bekommen konnte. Vereinbart war ein Treffen um fünf Uhr nachmittags in einem St. Veiter Café, also musste er zusehen, dass er sich beeilte.

Und dann klingelte es in Lečeks Manteltasche. Verwundert sah er die Nummer des Anrufers auf dem Display und hob nach einigem Zögern ab.

»Hallo, Trottel.«

»Hallo, Izabella.« Ein zufriedenes Schmunzeln umspielte ungewollt Lečeks Lippen, es leuchtete sogar durch die feinen Barthaare hindurch. »Schön, dich zu hören.«

»Finde ich auch.« Die süße Stimme drang wie Zuckerwatte aus dem Telefon, er konnte fast ihren Duft riechen.

»Du hast mir gefehlt.«

»Das tust mir immer noch, Trottel.« Jetzt lachte sie, laut, wahrscheinlich den Kopf in den Nacken geschmissen, die Regenbogenhaare weit den Rücken runterhängend. Es war, als ob sie vor ihm stehen würde, direkt da, neben dem desolaten Buswartehäuschen, an dem er gerade vorbeizischte.

»Es tut mir leid, dass wir uns gestern nicht mehr gehört haben«, erklang es von beiden Stimmen gleichzeitig, wie auch das volle Lachen danach.

»Aber ernsthaft, Martin, ich muss mich beeilen, ich habe nur eine kurze Pause und muss noch aufs Klo.«

»Groß oder klein?«

»Willst du unsere kostbare Zeit wirklich damit verschwenden?«

»Nein, es gibt Wichtigeres.« Leček verstummte, eiserne Starre war in sein Gesicht so schnell zurückgekehrt, wie sie auch verschwunden war. »Ich habe gestern viel rausgefunden. Ich weiß mehr, und ich weiß, was ich alles nicht weiß.«

»Geht's noch kryptischer? Oder willst du's mir übers Telefon bloß nicht verraten?«

»Du hast es erfasst.«

Ein entnervtes Grummeln sollte wohl Izabellas Antwort sein. »Dann erzählst du es mir halt morgen, denn – Surprise, Surprise – ich komme nach Kärnten. Kann mir der feine Herr endlich sagen, wo wir uns treffen?«

Der rechte Sneaker hob sich vom Gaspedal, Leček dachte nach. »Fahr bis Unzmarkt, ich hol dich dort mit dem Auto ab.« Das Geräusch des Fahrtwinds wurde lauter, als der Fuß aufs Gas drückte. Die Pausen waren nicht mehr leise. »Wann kommst du?«

»Ohne dich gar nicht«, kam es gefolgt von kleinkindlichen Furzlauten. Doch dann kehrte ein neuer Ernst in ihre Stimme ein. »Tut mir leid, Martin, aber es ist nicht leicht für mich. Du schlägst dich irgendwo rum und machst dir das Leben schwer, während ich tagtäglich arbeiten gehe, mit Aleksandra im Hotel wohne und ihre Stimmungsschwankungen aushalten muss. Sie ist eine Mini-Version von mir! Verstehst du, eine Mini-Version meiner labilen Psyche! Machtübernahmen in Nordkorea gehen geregelter ab als unser gemeinsames Zu-Bett-Gehen!« Das müde Lachen am Schluss verschaffte Leček etwas Mut, bis morgen würden sie noch durchhalten.

»Morgen sind wir zusammen. Und entweder wir lösen den ganzen Scheiß oder setzen uns ins Auto und fahren nach Frankreich oder Spanien oder Italien, weiß der Teufel wohin.«

»Versprochen?«

Aus der Ferne tauchten drei leuchtende Punkte auf, die sich einen Weg durch die grauen Nebelwände suchten und Mauer um Mauer vor sich wegsprengten. Die Zugtrasse verlief direkt neben der Straße. ›Einsteigen und wegfahren, den Ausstieg entscheiden wir‹, dachte Leček just in diesem Moment.

»Versprochen, Izabella.« Zurück waren Mut und Kraft und Zuversicht, nicht neu, aber poliert und geflickt. Kainz,

Chris++ und Izabella hatten so viel seines Leides mitgetragen, da durfte er sie an dieser Stelle nicht enttäuschen. Mit Izabella, mit dieser Kraftquelle in Person, würden sie es schaffen. Und sonst blieb immer noch Italien.

»Dann will ich dir glauben. Muss los, Pause gleich zu Ende und so. Übrigens: klein!« Kichernd legte sie auf.

Einen Moment später brauste die rot-graue Garnitur an Leček vorbei, verdrängte anbahnende Dunkelheit und Nebelschwaden und verschwand kurz darauf im gleichen Verdruss der Jahreszeiten.

Wie gerne wäre er eingestiegen und davongefahren.

Blieb also das größte Arschloch vor dem größten Archiv, auch Wagner genannt. Das Arschloch, wohlgemerkt, nicht das Archiv. Wie er diesen Typen hasste. Hielt sich selbst für eine Kreuzung aus Adonis und Schwarzenegger, hatte eine große Klappe und nichts dahinter. Journalist durch Selbstüberschätzung, das passierte.

Seufzend schlug Leček die Autotür zu, ›eXpressO‹, leuchtete es ihm von einer Reklametafel entgegen. Wie ihm das Café Dänemark im 15. fehlte, dort, wo alles angefangen hatte.

Also Wagner. Er würde ihm eine Mehlspeise von einer Geschichte auftischen, sie mit Schlag garnieren und im gleichen Zug den Schlüssel zum Archiv der *Kärntner Nachrichten* kassieren. Sollte Wagner doch auf der Rechnung sitzenbleiben, Rache war schließlich süß.

Das würde aber wirklich der letzte miese Schachzug sein.

KAPITEL 47

Noch 24 Tage, 15 Stunden und 38 Minuten bis zu Hubert Brandls Tod.

Ungezählte Minuten hatte er sie angestarrt, die rote Silhouette, verborgen hinter Spiegelungen der Scheiben. Wie eine Rose lag sie verborgen unter dickem Glas. Ob sie sich auch unerreichbar gab?

Nachdenklich rieb sich Brandl sein Kinn, warf sich im Bürosessel zurück und stellte die Füße breitbeinig auf den Boden.

Es musste die rote Bluse sein, ganz bestimmt, abgesehen davon war ihm keine Veränderung an ihr aufgefallen. Obwohl, hatten die Haare immer schon ein dunkles Blond angenommen?

Die kurze Begegnung im Gang hatte Spuren in seinen Gedanken hinterlassen. Sie hatte gut geduftet, süßlich, leicht nach Honig, aber zu zart für ein Parfüm. Konnte eine Frau glücklich riechen?

Eigentlich sollte er sich auf die Arbeit konzentrieren, er musste noch ein paar Archivausgaben anderer Zeitungen anfordern – aber Teufel noch eins, im Moment wollte er etwas anderes.

Der rote Schatten verschwand plötzlich aus seinem Sichtfeld; sie musste also gleich den Konferenzraum verlassen! Überraschend geschwind für seine Verfassung sprang Brandl auf, tastete die Taschen seiner ockerfarbenen Lederjacke ab und eilte aus dem Newsroom. Er konnte eine Zigarettenpause vortäuschen, das klappte immer.

Schmierig grinsend, wie eine selbstsichere Hyäne im Lauf zu ihrer Beute, kam er zur selben Zeit in den Korridor, als sie von der oberen Etage herabstieg.

»So ein Zufall, grüß dich!«

»Hallo, Hubert.« Maja van der Garde schmunzelte. Sie trug eine rote Seidenbluse, die ihren molligen Körper an den richtigen Stellen betonte. Ihre Haut war leicht gebräunt, die zarten Falten und Krähenfüßchen waren wie die feine Interpunktion in einem Gedicht, verliehen ihr Würde und kein Alter. Brandl wusste bis heute nicht, wie alt sie wohl sein mochte, schätzte sie aber fünf Jahre jünger als sich selbst, bloß hatte sie auf ihren Körper geachtet. Van der Garde hatte ihn immer schon auf eine bezaubernde Weise angezogen, einen Annäherungsversuch hatte er allerdings noch nie gewagt.

»Was machen die Finanzen?«, fragte Brandl unschuldig und klopfte sich hastig eine Zigarette aus der Packung.

»Die gleichen krummen Geschäfte wie immer.« Beim Lachen legte sie den Kopf schräg, ihre Augen musterten ihn kurz. »Was machen deine Recherchen? Wieder einen Knüller an der Angel?«

Ihr holländischer Akzent war wie immer hinreißend. Warum wirkte sie heute nur so überaus anziehend? Sie strahlte ja direkt! Das verwandelte den Small Talk umgehend in ein trockenes Brachland, jeder Schritt konnte bei der Hitze der letzte sein. »Die Chancen stehen gut«, sagte er, nur, um schnell »für mehrere!« dranzusetzen.

»Du willst mir nicht verraten, worüber du gerade schreibst?«

»Naja«, begann er mit einer imposanten Geste und führte die herausgezogene Zigarette langsam zurück in die Schachtel, »ich nehme mir mysteriöse Unfälle und ungeklärte Morde aus ganz Österreich vor. Da ist einiges vorgefallen in den letzten Jahrzehnten, wie du dir sicher denken kannst.«

Für den Splitter einer Sekunde erstarrten van der Gardes Augen in der Bewegung, weiteten sich zu Planeten, dann war jegliche Regung verschwunden. »Ich kann dir auch eine Geschichte erzählen«, sagte sie und drückte seine Hand. »Lädst du mich zum Essen ein?«

KAPITEL 48

Um elf Uhr nachts war sich Leček sicher: Er konnte ans Werk schreiten.

Bis dahin hatte der Lancia unauffällig auf dem obersten Parkdeck gestanden und mit trüben Augen in die Nacht gestarrt. Der Hauch eines Schneegestöbers umspielte die Windschutzscheibe und siedelte kleine Flocken darauf an, wie gestockte Milch, und davor lag die ganze Pracht einer ruhenden Stadt, die sich allmählich für den nächsten Tag bereitmachte.

Zu gekommener Stunde stieg Leček aus dem Wagen, ging das zugige Stiegenhaus nach unten und wanderte knapp 200 Meter in die Innenstadt – oder was sich lokal halt so bezeichnen ließ.

Dort stand an einer Ecke die traditionsreiche Redaktion der *Kärntner Nachrichten*. Das Gebäude hatte gewiss bessere Tage erlebt, doch weiße Farbe und rote Leuchtschilder mit Namen und Logo gaukelten Lesern, Passanten und vielleicht sogar den Mitarbeitern eine rosige Vergangenheit und eine noch rosigere Zukunft vor.

Aus dem Großraumbüro im zweiten Stock fiel Licht auf den Gehsteig. Die Schlussredaktion war gerade im Gang, Leček hatte bewusst so lange gewartet, bis nur noch wenige Kollegen in den warmen Räumen dort oben waren. Hätte es irgendeinen nachrichtentechnischen Notfall gegeben – der Bundespräsident wäre auf einer Banane ausgerutscht und hätte dabei geflucht –, wären mehr Mitarbeiter damit beschäftigt, bereits gesetzte Artikel wie Unkraut rauszureißen, um im nächsten Atemzug frische Buchstaben und Wörter zu säen, die spätestens bis zur Zustellung auf der Fußmatte zu einem sinnvollen Artikel gedeihen sollten.

Den Notfall gab es aber nicht, so war nur das letzte dünne Redakteursregiment zugange, und es fiel niemandem auf, als Leček spätabends mit einer geborgten Codekarte das Foyer betrat. Zielsicher wählte er die Tür links neben dem Aufzug, ging das Stiegenhaus hinunter und den langen Korridor entlang.

Es war stockdunkel im Keller, doch kaum tapste seine Sohle auf das rote Linoleum, klickte es in einem Schaltkasten, ein Relais nahm seinen Dienst auf und erleuchtete den Korridor hell. Die nächste verschlossene Türe hatte ein Zahlenschloss. Sie war aus Glas, neben ihr stand ein surrender Kaffeeautomat. Der Blick durch die Tür verlor sich in Dunkelheit zwischen hohen Regalen, vollgestellt mit Ordnern und Büchern, darunter schienen hin und wieder mattgraue Kartons mit unleserlichen Aufschriften hervor.

Es konnte losgehen.

Noch einmal legte Leček die Codekarte auf das Lesegerät, tippte den fünfstelligen Zahlencode in die Edelstahltastatur und quittierte zufrieden das Klicken des Türschlosses.

Wieder trafen die Sneaker auf roten Linoleumboden, doch die endlos scheinenden Reihen an Neonröhren blieben dunkel. Vorsichtig tasteten Lečeks Finger die Wand entlang, fanden mehrere Schalter und legten sie nacheinander um. Lautes Knallen beim Einschalten von Leuchtstoffröhren gab es nur in Filmen, wenn der Held etwa ein Lagerhaus stürmte und der Zuschauer möglichst dramatisch in die Szenerie gezogen werden sollte. Hier, in einer Abwandlung der Realität, brauchte es solche enormen Leistungsschalter nicht. Einige Röhren flackerten, gaben flapsige Geräusche von sich, doch schlussendlich hatten sie das Archiv bis in den letzten Winkel, bis zur letzten Wand erhellt.

Nüchtern musterte Leček die Regalmeter. Ausgabe an Ausgabe, dazwischen Fotos, Pressemeldungen, Skripte und unentwickelte Negative, die es noch nicht in den digitalen Speicher geschafft hatten.

»Praktikanten werden das für uns erledigen, in den nächsten fünf Jahren oder so«, hatte Wagner lachend verkündet, »die kommen dann so zu ihrem Praktikum bei einer Zeitung. Schreiben dürfen's natürlich nix, aber zumindest lernen sie die Arbeit von der Pike auf. Meine Idee!«, verkündete er stolz. So stolz, dass er sich am liebsten selbst auf die Schulter geklopft hätte. Bei Wagner glich das immer einer Selbstbefriedigung.

Warum konnte es nicht schon fünf Jahre später sein? So blieb Leček nur das Analoge, das Stromlose, der altertümliche Gegenentwurf zur allseits vorhandenen Elektronik. Resigniert legte er seinen Mantel über eine Stuhllehne, drehte sich gemächlich um und beobachtete zwei zuckende Zeiger an der Wand. Viertel zwölf. Er hatte bis in die frühen Morgenstunden Zeit. Wenn er bis dahin nichts fand, würde dieser Raum sowieso nichts mehr für ihn bereithalten.

»Ich vergeude mein Leben in Archiven«, seufzte Leček.

Der Kaffeeautomat rumorte, spuckte einen braunen Tropfen aus und gab durch ein elektronisches Piepsen zu verstehen, dass seine Vorstellung eines Cappuccinos mit Zucker hiermit vollendet sei.

Mit fragendem Blick griff Leček nach dem roten Plastikbecher und beäugte das Gesöff kritisch. Die Wiener Melange, der Espresso und der Verlängerte waren, sowohl mit als auch ohne Zucker, jeder für sich eine Zumutung gewesen. Vorsichtig nippte er am Rand und ließ einen Schluck der braunen Brühe in den Mund schwappen. Süß, klebrig, fast schokoladig, aber mit kaum merkbarem Kaffeegeschmack. »Besser als das Gift vorher«, murmelte er und drehte sich zur gläsernen Archivtür um.

Auf Wagners Codekarte befand sich ein Guthaben für die Kaffeeautomaten im Gebäude, das hatte Leček zufällig entdeckt und kaltblütig ausgenutzt, wie ein Bergarbeiter schürfte er das Guthaben mit jedem Kaffee Stück für Stück ab. Er brauchte das Zeug einfach, je später die Stunde, desto stärker musste der einstellbare Koffeingehalt sein. Mittlerweile war es kurz nach vier Uhr früh, da konnte es gar nicht stark genug sein.

Leček ignorierte das Schild mit dem Getränkeverbot schon seit dem dritten Kaffee um halb eins, das war etwa zu der Zeit, als er die Zeitungsausgabe mit dem Artikel über Maria Hofers Unfall fand. Zwei rote Becher später hatte er in diesem unüberschaubaren Chaos auch Materialien zu der entsprechenden Ausgabe gefunden: Hauptsächlich waren es abgedruckte Fotos und unentwickelte Filme, die in einer

Kiste den gesamten Feber von 1972 abdeckten, einige Notizen und handgeschriebene Manuskripte mischten sich ebenfalls dazu.

In einem vergilbten Umschlag befanden sich unentwickelte Negative, die es niemals in die Zeitung geschafft hatten; wahrscheinlich hatte der Fotograf damals den ganzen Film verkauft.

Am Arbeitstisch stand eine Leuchtplatte samt Vergrößerungslupe, sodass Leček sich die Negative direkt ansehen konnte. Eines nach dem anderen wanderten sie über den gläsernen Laufsteg, präsentierten sich und gaben einen gefrorenen Moment aus purer Zeit wieder.

Ein genervtes Seufzen entglitt Leček, als er sich die brennenden Augen rieb. ›Wonach suche ich überhaupt? Das ist schlimmer als die Nadel im Heuhaufen, ich weiß ja nicht einmal, wonach ich Ausschau halte.‹

Die zeitliche Eingrenzung – Feber 1972 – war das eine, die geografische Eingrenzung das andere. Er hatte mit Weitensfeld und dem Unfall angefangen, dann hatte er sich andere Fotos der näheren Umgebung angesehen, musste die Negative aber ohne Ergebnis zurück in die Umschläge stecken. Mittlerweile war er bei Material über das damalige Weitensfelder Käsefest angelangt. »Wer kommt auf sowas? Noch dazu zu der Jahreszeit.« Sorgfältig legte Leček den nächsten Negativfilm auf die Leuchtplatte und ging die Reihen aus Vierergruppen durch. »Wahrscheinlich stinkt der Käse in der Kälte weniger. Wie kann man …«

Da war sie. Unauffällig, aber klar sichtbar, eine Randnote der Geschichte im Hintergrund.

Leček starrte gebannt auf das Negativ, überprüfte es wieder und wieder, verringerte den Abstand zwischen Leuchtplatte, Auge und Lupe, aber es gab keinen Zweifel. Sein Verstand fühlte sich an wie ein kompliziertes Schaltwerk, das nach dem Hinzufügen des letzten Zahnrades endlich zu arbeiten beginnen konnte. Alles war an die passenden Stellen gerückt, Schalter, Hebel, Zahnräder griffen ineinander, spannten sich an, bauten ein Bild auf und hoben die Wahrheit aus dem Nebel.

Endlich ergab es einen Sinn, Leček konnte sehen.

Kreidebleich stürzte er aus dem Gebäude.

Mit voller Wucht riss Leček die Sicherheitstür zum Parkdeck auf und rannte zu seinem Auto. Den pulvrigen Schnee wischte er mit einer schnellen Handbewegung von der Frontscheibe, sodass er vorerst etwas sehen konnte. Er war in Eile, den Rest mussten die Scheibenwischer erledigen.

Viel zu schnell fuhr er die Parkdecks nach unten, bog aus dem Parkhaus und weiter auf den Völkermarkter Ring. Von hier an konnte ihn nichts mehr stoppen. Die Tachonadel zeigte 70 Kilometer pro Stunde, manchmal etwas mehr, aber Leček fand das in Ordnung. Auch rote Ampeln zählten nicht, sie flogen am Fenster vorbei wie die Lichter einer beleuchteten Stadt unter einem Flieger oder der Widerschein eines Zuges. Krankenhaus, Flughafen und Zentralfriedhof ließ er innerhalb kürzester Zeit hinter sich, schon vor der Stadtgrenze hatte das Auto auf weit mehr als 100 Stundenkilometer beschleunigt.

Sobald er den Lancia auf Kurs gebracht hatte und nur die dunkle Schnellstraße vor ihm lag, nestelte er hastig das Handy aus der Hosentasche.

Zuerst war Kainz an der Reihe, dessen einzige Reaktion aus der unmotivierten Beschallung seiner Mobilbox bestand. Bei Izabella verhielt es sich ähnlich, auch der an sie gerichtete Hilferuf blieb unbeantwortet, zu gut hatte sie die langen Schichten verinnerlicht und konnte schlafen, bis sie einzig und alleine der Wecker rief.

Verärgert pfefferte Leček das Handy auf den Beifahrersitz, nur um Sekunden später wieder nach dem Nokia zu fischen. Erneut wählte er Kainz' Handynummer, doch dieses Mal ließ er sich nicht von der blechernen Ansage abspeisen. Sollte der Idiot doch seine Nachrichten abhören, Leček würde ihm auf jeden Fall eine Menge bescheren!

In einem kurzen Abriss erzählte er der überaus neugierigen Mobilbox seine Erkenntnisse der letzten Tage und Stunden.

Das letzte Negativ des Käsefestes war eigentlich ein misslungener Versuch. Der Fotograf wollte scheinbar das Anschneiden eines großen Käselaibes festhalten, hatte den Festakt allerdings verpasst. Seine Daseinsberechtigung verdiente sich das Bild erst durch den Hintergrund. Ein Absperrband verlief durch den unteren Rand, wohl einen Meter über dem Boden. Dahinter stand eine Autokolonne, die wohl zu spät von den großräumigen Sperren im Ort erfahren hatte. An vorderster Front stand ein Porsche, Typ 912 und in heller Farbe. Auf dessen Motorhaube thronten altbekannte Gesichter. »Schweine.«

Das Negativ hatte Leček eine Verbindung zwischen Wallner, Stark und dem Wagen aufgezeigt, doch auch das Käsefest trug einen wesentlichen Teil zur Aufklärung bei. Laut Kogelnig musste der Wagen unterhalb des Marianums gestanden haben, als der Porsche dem Käfer von Maria Hofer nachfuhr, andernfalls wäre er bemerkt worden. Dachte man die Straße entlang, folgte zuerst die Unfallstelle und schließlich Weitensfeld. Aufgrund des Käsefests war aber das gesamte untere Dorf abgesperrt, inklusive der Zufahrt zum Marianum. Alle Autos, die zum Internat fuhren oder von ihm kamen, mussten zwangsläufig am Rand des Festes warten oder am späten Abend über den Platz begleitet werden. In einem kleinen Ort ging das, so etwas wäre nicht einmal heute ein Problem.

Leček hatte nachgesehen, in einer Ausgabe vor dem 22. Feber, und fand tatsächlich einen ausführlichen Bericht und Bilder über das Käsefest. ›Dank sei dem Lokaljournalismus!‹, dachte er. Wallner und Stark hätten nach dem Zwischenfall mit Maria Hofer also entweder zum Marianum umkehren oder am Rande des Festes warten müssen. Selbst am Abend wären sie noch von Gendarmen oder freiwilligen Helfern drübergewunken worden. Dieses Risiko wären sie niemals eingegangen, also blieb nur die dritte Möglichkeit: das Auto verstecken.

Und was lag in der Nähe, hing sogar als Bild in Wallners Büro? Bingo, eine Jagdhütte!

Auf der Karte in Lečeks Kopf lag sie genau in der Mitte zwischen dem Internat und dem Dorf. Wenn er dem Foto in Wallners Büro Glauben schenkte, musste sie schon einige Jahre dort gestanden haben, vielleicht auch 1972.

Als neutraler Beobachter hätte man den gezogenen Schluss, ja all die Schlüsse natürlich anzweifeln können, Leček an der Schulter packen, ihn zurückreißen und als manisch bezeichnen können; dessen war er sich sogar bewusst. Aber gleichzeitig war er sich sicher, die unsägliche Geschichte beenden zu können.

In Gedanken sah er sich erneut das Negativ an, wie es da auf der Leuchtplatte gelegen hatte.

Das Auto, die Männer.

Es zeigte genug, um die meisten Fragen zu beantworten, aber die Tiefe fehlte, es war eben bloß zweidimensional.

Das Auto, die Männer.

Zu Mittag konnte bereits alles vorbei sein.

Das Auto, die Männer.

Das Foto zeigte noch mehr.

KAPITEL 49

Die Lichtkegel der Scheinwerfer wanderten von einer Straßenseite auf die andere, als das dazugehörende Auto von einer Kehre in die nächste raste.

Der Schneefall hatte sich vor allem auf die Landeshauptstadt beschränkt, hier am Land war kaum etwas liegengeblieben, zwischen den Bäumen im Wald schimmerte es an manchen Stellen braun und grün hervor.

Der eng umschlungene Kurventango kam zu einem Ende, als der Fahrzeuglenker zur Vernunft gelangte, in den ersten Gang schaltete und den Lancia sanft zum Stillstand kommen ließ.

›Forststraße‹, verkündete ein rundes Schild mit roter Umrandung und weißer Innenfläche. Leček brummte leise, als er die ersten Meter des dahinter liegenden Schotterwegs musterte. Wenn er mit dem Wagen da reinfahren würde, könnte das Verstecken schwierig werden. Nein, er würde eine Kehre weiter oben parken und zu Fuß gehen, das war weniger auffällig. Langsam setzte er zurück, fuhr durch eine enge Kurve und stand kurz darauf rund 20 Meter über der vorherigen Abzweigung. ›Das muss reichen‹, dachte er und rollte in eine verwilderte Auffahrt zu einem Waldstück, die sonst wohl nur forstwirtschaftlichen Maschinen und Traktoren vorbehalten war. Selbst von der Straße aus war das Auto kaum zu sehen. Leček zog die Handbremse an, packte sein Handy und stieg aus. Aus dem Kofferraum holte er eine silberne Stabtaschenlampe sowie einen schweren Kreuzschlüssel, den er sonst für den Reifenwechsel verwendete. Mehr Werkzeug führte er nicht bei sich – und mehr würde er hoffentlich nicht brauchen.

Die zunehmende Dämmerung tauchte den Wald in ein graues Schimmern, sodass Leček zumindest die Umrisse des Weges vor sich sehen konnte. Das würde funktionieren. Er ging zuerst die Straße zurück bis zur Abzweigung, dann den Waldweg weiter, tief hinein in den Berg, dem letzten Ziel entgegen.

Die aufsteigende Sonne erklomm die Spitzen der umgebenden Berge und war kurz davor, den ersten goldenen Schein des Tages in das kalte Tal zu werfen. In den Wäldern keimte Leben auf, im feuchten Unterholz raschelte es bedeutsam, im Geäst rief ein Uhu, und mitten in diesem kollektiven Aufwachen, auf einem verfallenen Schotterweg, trottete Leček grimmig dahin.

Es mussten so zwischen drei und fünf Kilometer gewesen sein, die er in der letzten Dreiviertelstunde zurückgelegt hatte. Genau wollte er das nicht beziffern, das war eben die österreichische Art, sich nicht auf einen Wert festzulegen, sondern immer nach oben und nach unten etwas Luft zu lassen. Sich genau auf etwas einzuschießen, etwa 4,318 Kilometer, lag eher bei den deutschen Nachbarn im Norden, gehörte also nicht hierher.

Die Füße gehorchten mittlerweile einer unsichtbaren Automatik, Lečeks Kopf dagegen hing anderen Dingen nach. Die letzten 24 Stunden hatte er ganze Arbeit geleistet, nach und nach wurden große Stücke ins Gesamtbild geschwemmt. Und jetzt? Es fehlte die letzte Verbindung, der endgültige Beweis, der die graue Theorie mit der blutroten Realität verbinden sollte. Leček hing so sehr in seinem Gedankennetz fest, dass er die vor sich liegende Entdeckung beinahe übersehen hätte.

Ein Zufahrtsweg führte von der Schotterstraße ab und ging zwischen dichtem Gebüsch auf eine kleine Lichtung zu. Hinter Blättern und Ästen war ein verwittertes Dach mit Holzschindeln auszumachen. Nachdenklich ging Lečeк die letzten Meter über den Weg hinab und trat auf die Lichtung, sich Schritt für Schritt vorantastend.

In der Mitte stand eine alte Holzhütte, sie war einstöckig, hatte nach vorne zwei Fenster und eine Türe, daneben stand ein Zubau mit einem breiten Holztor, ebenfalls verwittert und heruntergekommen. Leček trat näher und sah sich das Gebäude an. Selbst zwischen den Dachschindeln ließ sich grünes Moos erkennen.

Als wäre er sich über den Besitzer nicht mehr absolut sicher, schlich er um die Hütte herum und begutachtete den rückwärtigen Bereich. Er fand einen Tisch und zwei Bänke, alles aus Holz und an der Wetterseite morsch. Ein paar Meter davon entfernt lag eine große flache Ebene, gerade so bedeckt mit puderzuckerartigem Schnee. Leček trat näher und wischte mit seiner Schuhspitze einen kleinen Halbkreis frei, unter der dünnen Eisschicht sah er trübes Wasser und grünes Gewächs. »Der Tümpel hat schon lange keine Fische mehr gesehen«, murmelte er und beendete seinen Rundgang. Mehr war da nicht, bloß ein rostiges Abflussgitter am hinteren Ende des Erdwalls, und schon stand er wieder an seinem Ausgangspunkt, direkt vor der Hütte.

»Was soll's«, entschied Leček schließlich, schloss für einen Moment die Augen und atmete mehrmals tief ein und wieder aus. Es hatte mit einem Einbruch angefangen, es würde mit einem enden.

Das Vorhängeschloss am Holztor des Nebengebäudes sah neu aus, es blitzte im dunstigen Sonnenlicht und ließ kaum Kratzer oder Schrammen erkennen. Das würde sich jetzt ändern.

Leček rüttelte zum Test am Schloss, aber der Bolzen bewegte sich keinen Millimeter, er hing fest in seiner

Umklammerung. Dann musste es eben auf die harte Tour passieren. Durch einen hektischen Rundblick vergewisserte er sich, dass keine Wanderer oder Jäger zu unbeabsichtigten Zusehern wurden, dann nahm er das Radkreuz in die linke Hand, hob es weit über den Kopf und ließ es mit aller Kraft runtersausen.

Metall schlug auf Metall, der Knall hallte über die ganze Lichtung, musste Lečeks Wahrnehmung nach auch mehrmals um den Erdball gegangen sein. Er wartete ab und lauschte in den Wald, doch schon nach kurzer Zeit vernahmen seine Ohren das beruhigende Erwachen der Vögel. Also weiter. Das Werkzeug sauste auf das Schloss herab, wieder und wieder, dazwischen lagen kurze Pausen. Alle Erinnerungen der letzten Wochen wurden in pure Kraft umgewandelt, Wut, Liebe, Hass; Emotionen wurden gemixt und auf die barbarischste Ebene des menschlichen Verstandes transferiert, wanderten von dort auf das Schloss, fester und fester. Als Leček bemerkte, wie sich die Halterung des Riegels ein Stück herausbewegt hatte, überwand er die letzte Sperre und erging sich in blindem Hass.

Mit einem Schlag verstummte der Lärm, und beides, Radkreuz und Riegel, fielen klappernd zu Boden.

Leček blies etwas Luft durch seine zusammengepressten Lippen. Der Teil wäre erledigt, er konnte sich den Schuppen ansehen. Da er nicht mehr kaputt machen konnte, als ohnehin schon zerstört worden war, öffnete er das Tor nicht zimperlich. Einmal fest angezogen, ging das breite Holztor knirschend auf. Er lehnte es an und trat ein.

Dunkelheit umgab ihn, der erste Sinneseindruck. Die Nase brauchte etwas länger, bis sie ebenfalls zwei Reize vermelden konnte: Es war modrig und roch nach Öl. Vorsichtig tastete sich der Eindringling nach vorne und bemerkte dabei den leicht nachgebenden Erdboden unter seinen Sohlen. Leček verharrte kurz im Schritt, griff dann nach seiner Taschenlampe im Mantel und sah sich um.

Das Innere des Schuppens war dem Anschein nach quadratisch. An der Rückwand stand ein hohes Metallregal, es ragte bis an die flache Holzdecke. Auf den obersten Stellagen lag Fischereiausrüstung, Angeln, Haken, Kübel und Stiefel. Darunter fand sich verschmiertes Werkzeug, viele Schraubenschlüssel in unterschiedlichen Größen, Hämmer, ein Winkelschleifer sowie zwei weitere, silbern glänzende Werkzeugkästen. Das Regal nahm nicht die gesamte Rückwand ein, ein etwa 60 Zentimeter breiter Streifen zwischen Regal und Wand verlief nach oben und endete unter einem kleinen Fenster.

Der Lichtkegel der Taschenlampe wanderte in die andere Ecke, dort lehnte eine verdreckte Schaufel. Was war das daneben? Leček kniete sich nieder und las die Aufschrift auf einem umgefallenen Sack. »Betonestrich«, las er leise vor. Daneben lagen zwei weitere Säcke, ebenfalls gleich beschriftet. Nachdenklich fuhr Leček herum und leuchtete mit der Taschenlampe auf den Boden. Die meisten Stellen waren festgetreten, zum Rand hin sah die Erde locker aus.

Die Taschenlampe wanderte ins Regal und leuchtete als Notfalllicht den kleinen Schuppen halbwegs gut aus. Leček hängte den Mantel daneben, schnappte sich die Schaufel aus der Ecke und stach zu. Die Schaufel glitt bis zur Hälfte in den Boden, er war kaum gefroren.

Erneut folgte die Arbeit eines Manischen. Wieder steigerte sich Leček in etwas hinein, dem Gefühl hinterher hinkend, tief in die Erde rein. Vielleicht hätte er besser in die Hütte gesehen? Vielleicht hätte er sein Gefühl beiseiteschieben und mehr auf seinen Kopf achten sollen? Vielleicht war zu diesem Zeitpunkt aber ohnehin schon alles zu spät.

Die Schaufel traf auf Metall.

›Sieh an, ich bin nicht völlig verrückt‹, dachte er. Grob tastete die Schaufel die Umrandung der metallenen Fläche ab, dann stieß sie wieder zu. Schließlich legte Leček einen mit Öl und Erde verschmierten Block aus Metall frei. Mit wenigen Wischbewegungen hatte er einen Großteil der Oberfläche von Dreck befreit. Es gab keinen Zweifel, in diesem Loch lag ein Motorblock begraben. Und wenn er die Betonsäcke in der Ecke richtig deutete, stand er gerade in einem Grab für die Ewigkeit.

Langsam glitten Lečeks Finger über die Flanken, bedacht, eine kleine Plakette oder eingestanzte Nummern zu finden. Einzig eine ausgefeilte Stelle war an der Seite, keine Motornummer, aber selbst das reichte ihm schon.

»Glückwunsch«, kam es aus dem Hintergrund, gefolgt von unmotiviertem Applaus. Leček sprang auf und starrte Reinhard Wallner in die Augen.

»Sie!«

»Überrascht?« Grinsend machte Wallner einige Schritte auf den schmutzigen Leček zu. Dieser versuchte den Abstand zu wahren und bewegte sich halbkreisförmig an Wallner vorbei. Sie starrten sich an wie zwei wilde Tiere, kurz bevor sie aufeinander losgingen.

»Zumindest hätte ich Sie nicht hier erwartet.«

»Geht es dir um den Zeitpunkt? Oder wunderst du dich einfach, dass ich diese alte Baracke noch nicht ganz vergessen habe?«

»Beides«, blieb Leček einsilbig.

Wallner nickte und trat näher an den freigelegten Motorblock heran, ließ sein Gegenüber allerdings niemals völlig aus den Augen. »Da warst du ja ganz schön fleißig, und das um diese Uhrzeit!«

»Ja«, knurrte Leček. Er hatte keine Lust, auf die Fragen näher einzugehen, vielmehr lag ihm an einer Situationsanalyse. »Liegt da noch mehr drinnen?«, er deutete auf das gegrabene Loch.

»Teile der Motortrennwand, etwas vom Rahmen.«

»Aha.« Bei näherer Betrachtung schätzte Leček die Situation gar nicht so schlecht ein. Wallner würde sich zwar nicht ohne Weiteres ergeben, also standen nur Konfrontation oder Flucht zur Auswahl. Sein Gegenüber schien unbewaffnet, außerdem war er älter und schlechter in Form als Leček. Beim Weglaufen konnte er ihn auf jeden Fall abhängen, die Andeutung einer Kugel unter seiner Jacke würde ihn bestimmt an einer längeren Verfolgung hindern.

Dann fasste Leček Mut und ergriff die dritte Möglichkeit. Er tastete seine Hose ab und holte sein Nokia heraus; kein Empfang.

»Wird dir hier nichts nützen«, sagte Wallner überheblich.

»Jaja.« Er wechselte in das Kameraprogramm und hob sein Handy an.

»Erzählen Sie mir doch, wie Sie damals …«

Die Scharniere der Holztür knarrten, dann schlug ein spitzer Gegenstand gegen Lečeks Hinterkopf. Aus seinem Körper wich sofort die komplette Spannung, seine Muskeln lockerten sich, und er fiel kopfüber auf den Boden, das Handy flog aus der Hand, krachte beim Aufschlag gegen die Ecke des Metallregals.

Ein zweiter Mann trat ein. Er drehte den Schraubenschlüssel in der Hand und sah abwartend zwischen dem stehenden Wallner und dem liegenden Leček hin und her. Schließlich hockte er sich auf den Boden und drehte den schlaffen Körper herum.

Lächelnd blickte Johannes Thanner in Lečeks Gesicht.

»Redaktionsschluss.«

KAPITEL 50

Wie der Donner eines herannahenden Gewitters zuckte der Schmerz durch Lečeks Hinterkopf. Er stöhnte, als der Donner mit der Regelmäßigkeit eines Metronoms wiederkehrte, im gleichen Takt, an der gleichen Stelle. Mit ihm kamen auch andere Sinneseindrücke zurück.

Zuerst vernahm Leček dumpfe Töne, als wäre sein Kopf dick in Watte eingewickelt. Doch dann ließ die Ummantelung nach, Schicht für Schicht fiel ab, und der Ton wurde klarer. Zwei Stimmen kehrten an sein Ohr, tiefe Männerstimmen, die miteinander sprachen. War da soeben sein Name gefallen?

Als Nächstes kehrte das Gefühl in Hände und Beine zurück, er fühlte innerlich aufsteigende Wärme, gleichzeitig schien er an einer kalten Holzwand zu lehnen.

Leček wollte die Augen öffnen, um sich umzusehen, doch nach mehrmaligen Versuchen erkannte er, dass seine Lider längst geöffnet waren. Erst nach und nach wurde das Schwarz aus seinem eingeschränkten Sichtfeld vertrieben, wich Farben, die sich schließlich in Formen ergossen und am Ende das Innere des Schuppens abbildeten.

Das letzte Stöhnen war zu laut, jetzt hatten sie ihn bemerkt.

»Schau an, wer wieder wach ist.«

»Lass ihn, er interessiert nicht mehr.«

Es rang Leček große Mühe ab, beide Stimmen voneinander zu unterscheiden und ihren Besitzern zuzuordnen. Das Bild vor seinen Augen war verschwommen, aber er wollte sich keine Schwäche anmerken lassen. Er spuckte angewidert auf den Boden und sah in die Richtung, in der er Wallner und Thanner vermutete. »Ihr hattet bloß Glück.« Das Sprechen fiel ihm schwer.

»Du doch auch. Und jetzt hast du halt Pech.« Wallner lachte kurz auf, dann wandte er Leček den Rücken zu und hantierte mit einem Gegenstand auf der untersten Stellage.

»Was erwartet ihr von mir? Wollt ihr, dass ich rede?«

Jetzt war das Los wohl an Thanner, mit Leček zu sprechen. Er trat von der Holztür weg und ging vor Leček in die Hocke. In seiner rechten Hand lag eine doppelläufige Flinte; er hielt sie so locker, als wäre sie ein normaler Alltagsgegenstand, wie ein Kugelschreiber oder ein Handy. »Nein, wir erwarten, dass Sie sterben.« Mit versteinerter Miene wendete er sich ab und ging zu Wallner.

In Lečeks Kopf ratterte es auf Hochtouren, einzig: Es wollte ihm nichts einfallen. Auf die Situation war er nicht vorbereitet, ihm blieb nur die Flucht, aber wie sollte er das anstellen? Thanner hielt die Flinte bestimmt nicht zur Dekoration in der Hand, er würde abdrücken, da war sich Leček sicher. Beide würden nicht vor einem weiteren Mord zurückschrecken. Vorsichtig lehnte Leček den Kopf zurück, der Schmerz pochte immer noch. Eine normale Konfrontation würde er verlieren, aber vielleicht konnte er Zeit schinden oder sie zu einem Fehler provozieren? Alternativen gab es keine. »Ihr haltet euch wirklich für unfehlbar, was?«

Keine Reaktion. Wallner zeigte ihm noch immer den Rücken, und Thanner lehnte gelangweilt an der Wand.

»Ihr macht laufend Fehler, fällt euch das nicht auf? Brandl ändert einen Artikel nach seinem Tod – ich bitte euch, für wie dumm haltet ihr uns alle eigentlich?«

»Für sehr dumm, außer dir ist niemand draufgekommen«, antwortete Wallner. »Außerdem bist du nicht der Einzige mit Freunden in der IT.« Nachdem Wallner einen mahnenden Blick von Thanner eingefangen hatte, konzentrierte er sich wieder auf seine Arbeit. Man hörte Metall klappern.

»Glaubt ihr wirklich, ihr habt bloß an der Stelle geschlampt?« Unwillkürlich begann Leček zu lachen, sein ganzer Körper bebte vor Erregung. Er erzählte vom alten Jahrbuch im Archiv des Internats, wie er sich reingeschlichen hatte und das Bild mit Stark und Wallner entdeckt hatte. »Noch immer nicht beeindruckt? Dann fragt euch doch, wie ich euch schlussendlich auf die Schliche gekommen bin.«

»Wie der Brandl auch, über die van der Garde.«

Erneut bemerkte Leček, wie Wallner einen strafenden Blick von Thanner kassierte. Die Rollen waren klar verteilt, das gefiel Leček, vielleicht konnte er das zu seinem Vorteil nutzen. »Leider nicht, aber danke für den Tipp.« Er lachte erneut auf, bereute die Entscheidung aber, als ihm der Lauf der Flinte in die Rippen gerammt wurde. Leček schnappte hilflos nach Luft, als sich seine Lungen mit einem Stoß entleerten, er fühlte sich wie ein Fisch an Land, der herumsprang und sich zurück in den nassen Lebensraum retten wollte. Es dauerte einige Sekunden, bis Leček wieder halbwegs genug Luft zum Reden hatte. »Mich hat das Negativ der *Kärntner Nachrichten* auf eure Spur gebracht«, krächzte er.

»Welches Negativ?« Thanner wirkte unruhig, er war einen Schritt auf Leček zugekommen.

»Ihr wisst nichts davon? Amateure.«

»Welches Negativ?«, wiederholte Thanner streng. Er hob die Flinte.

»Heute Nacht habe ich mich durch das Archiv gekämpft, bin dabei den ganzen Feber von 1972 durchgegangen. Damals gab es ein Käsefest, vielleicht erinnert ihr euch? Auf einem Negativ seid ihr zwei und Stark zu sehen, alle lässig an die Motorhaube eines fragwürdigen Porsches gelehnt.«

Das graue Augenpaar schaute abschätzig auf Leček herab, während sich Wallner zu Thanner gesellte. »Was ist mit dem Negativ geschehen?«

»Ich hab's eingescannt und per Mail verschickt.« Triumphierend streckte Leček seinen Rücken durch.

Thanners kantiges Gesicht sah ihn bitter an, dann lockerten sich die Züge, die Mundwinkel wanderten nach oben. »Wenn man sein Leben lang Politiker und Wirtschaftsmagnaten interviewt, entwickelt man einen Sinn für blanke Unwahrheiten.«

Leček ignorierte die leider zutreffende Feststellung und startete eine erneute Tirade. »Waren unter Ihren Interviewpartnern auch Mörder? Wie ist es eigentlich, wenn man jemanden zu dritt umbringt? Ihr seid doch unglaublich feige, alle zusammen!«

»Wir waren nicht zu dritt«, grummelte Thanner, wohl in seinem Stolz verletzt. »Gefahren sind die anderen zwei, ich war Zuseher.«

In diesem Moment überkam Leček und Wallner wohl die gleiche Verwunderung.

»Fahren kann nur einer, oder hatten die Autos in den Siebzigern zwei Lenkräder?«

»Ich habe am Steuer gesessen, und der Stark war mein Beifahrer«, sagte Wallner. »Er«, dabei deutete er mit dem Kopf auf Thanner, »war auf der Rückbank. So, zufrieden?«, fragte Wallner gereizt.

»Nein.« Die folgende Pause galt weniger dem Erzeugen von Aufmerksamkeit, vielmehr nutzte Leček die Zeit, um zu rekapitulieren. Beide Männer wirkten zunehmend gereizter. »Warum habt ihr es getan? Um das Gut vom alten Hofer wird es euch wohl nicht gegangen sein. Liebe? Eifersucht? Welcher beschissene Grund ist ausreichend, ein Menschenleben zu beenden?« Aus dem Augenwinkel glaubte er ein Zucken an Thanners Hand erkannt zu haben, doch das Gewehr blieb ruhig, er hatte nicht zugestoßen.

»Mit allen Bauern im Dorf soll's was gehabt haben«, begann Wallner, während er sich gedankenverloren im Schuppen umsah. »Uns Schüler hat sie zurückgewiesen. Mehr noch, sie hat sich über uns lustig gemacht, gemeint, wir wären nicht Manns genug für sie.«

»Kann ich gut verstehen. Bauern arbeiten auch den ganzen Tag und schauen nicht so aus«, sagte Leček und deutete mit dem Kinn auf Wallners Bierbauchkugel.

»Scheißkerl!«, brüllte Wallner und trat Leček mehrmals gegen Beine und Lenden.

»Beruhige dich, Reinhard, komm runter«, beschwichtigte Thanner und zog ihn zurück.

»Ich hab's verstanden.« Leček krümmte sich unter Schmerzen. Was genau war der Plan?

»Gar nix hast du verstanden!« Wallner war in Rage geraten, er brannte lichterloh, wie ein volles Streichholzschächtelchen. »Über den Stark hat sie besonders gelacht. Wir wollten ihr das heimzahlen, mehr nicht, wirklich nicht!« An dem Abend hatten sie den Porsche von Starks Vater ausgeliehen. Sie waren zusammen weggefahren und warteten ein paar Kehren darunter im Wald. Bis Hofer gekommen war, hatten sie sich Mut angetrunken. Als der Käfer pünktlich den Berg runterkam, nahm das Drama seinen Lauf. Knappes Auffahren, Hupen und Aufblenden sollte das Mädchen ordentlich erschrecken. Die Kontrolle hatten die drei Burschen erst verloren, als sie sich verbremst hatten und die Stoßstange berührten. »Dann hat mir der Stark ins Lenkrad gegriffen. Wir haben sie von der Straße geschoben, der Käfer hat sich plötzlich zur Seite gedreht und ist über den Abhang geschossen … Das wollten wir nie.« Die Schultern hingen tief, das Gesicht wirkte in Minuten um Jahre gealtert, auch die Augen hatten ihre Strahlkraft verloren; es war, als ob Reinhard Wallner sich eine lange vergrabene Schuld endlich von der Seele geredet hatte.

»So wie heute habe ich auch damals klaren Kopf bewahrt.« Von seiner Schnittigkeit hatte Thanner nichts verloren, die Erzählung war an ihm abgeperlt, er war unantastbar. »Die zwei anderen wollten zur Gendarmerie und alles gestehen. Geheult habt's, wie Kleinkinder!«, sprach er an Wallner gewandt. »Ich hab dann alles geregelt. Mir ist die alte Hütte eingefallen, die war sowieso am Verfallen. Wir haben den Porsche hierhergebracht und versteckt, woanders wäre der sofort aufgefallen. Die zwei haben dann die ganze Nacht aufgepasst, während ich im Stockdunkeln, ohne Laterne oder Taschenlampe, durch den Wald nach oben gestapft bin. Über einen Hintereingang habe ich mich ins Marianum geschlichen. Jede alte Festung hat einen, und der da oben war sogar in den Hang eingelassen. Für uns Schüler war das eine willkommene Fluchtmöglichkeit, das konnten die Schulschwestern nicht kontrollieren.« Ein siegessicheres Lächeln hatte von Thanner Besitz ergriffen, so hatte ihn Leček noch nie erlebt.

›Hashtag Gänsehaut‹, dachte er, auch bei den weiteren Schilderungen.

Als gemeinsamer Freund durfte Thanner für seinen Kurzbesuch bei Wallner und Stark im Zimmer schlafen. Kurzerhand hat er so viel Krach veranstaltet, dass unbedingt eine Schulschwester nach dem Rechten schauen musste. Sie hatte geklopft, Thanner öffnete die Tür einen Spalt und entschuldigte sich. Dass die anderen zwei Schüler bereits in ihren Betten lagen, hatte sie anscheinend nicht gestört. Am nächsten Tag kamen Wallner und Stark beim ersten Sonnenstrahl nach, und noch bevor die Gendarmerie im Marianum auftauchte, lief alles wieder in gewohnten Bahnen. »Bloß diese

Nacht«, setzte Thanner nach, und sein Blick schien auf einmal durch Leček durchzugehen, »werde ich niemals vergessen. Mich trieb höllische Angst. Angst, dass die zwei Lulus in der Hütte zusammenklappen und zur Gendarmerie laufen würden.«

»Aber das haben wir nicht getan«, setzte Wallner ein, sein verletzter Stolz zwang ihn zum Antworten.

»Danach habt ihr den Porsche hier zerlegt, richtig?« Der Redefluss seiner – was waren sie eigentlich? Entführer? – war gut, Leček durfte ihn keinesfalls unterbrechen. Ihm war noch kein Exit-Szenario eingefallen.

»Fast. Der Stark hat seinem Vater erzählt, es wäre ein Unfall gewesen. Aus Angst hat der gleich alle Unterlagen im Autohaus vernichtet. Beim Abtransport konnte er uns nicht helfen, die Gendarmerie schien eine fixe Idee zu haben, wer darin verwickelt sei. Die einzige Zufahrtsstraße führte durch den Ort, also waren wir abgeschnitten. Zuerst haben wir den Schuppen mit Planen und Gerümpel gefüllt. Wochen später kam uns die Idee, das Auto einfach zu zerlegen und Stück für Stück wegzuschaffen. Hat Jahre gedauert und uns fast in den Wahnsinn getrieben.«

»Felgen und Kotflügel wird man wohl eher los als einen Motorblock mit ausgeschliffener Identifikationsnummer?« Leček nickte in Richtung des freigelegten Metallblocks.

»Damals hatten wir nicht die Möglichkeit, gestohlene oder verschwundene Autoteile in den Osten zu verkaufen. Heute hingegen …« Mit einer müden Handbewegung winkte Wallner ab. »Mit der Zeit war uns die Sache schlichtweg wurscht, das war Jahre her, den Rest haben wir vergraben.«

»Damit sind wir am Ende des Geschichtsunterrichts angekommen«, kommentierte Thanner lapidar und wich ein paar Schritte zurück.

»Eine Sache wäre noch«, begann Leček. Sein Herz pochte fest gegen den Brustkorb, als möchte es ausreißen und davonlaufen, dem Körper voraus. »Ich verstehe die Zusammenhänge nicht.« Er war verzweifelt.

»Musst du auch weiterhin nicht«, sagte Thanner und bedeutete Wallner, endlich mit ihrer Arbeit fortzufahren.

»Soll ich raten? Na gut. Ihr habt es als Jugendliche verbockt, aber das hat euch gleichzeitig zusammengeschweißt. Der eine ging in die Politik, die anderen in den Journalismus. Die Stiftungen und Briefkastenfirmen werden nicht ohne Grund hinter der *JETZT* stehen. Und wie lautet die Redaktionslinie des *Telegraphen* – liberale Berichterstattung? Ein passender Zufall.«

»Er ist nicht blöd«, murmelte Thanner.

»Eh nicht, seine Artikel waren immer ganz passabel. Mehr sogar.« Mit einer Spur Wehmut, mehr für den Journalisten als für den Menschen dahinter, sah Wallner auf Leček hinab. »Wir machen das Gleiche wie andere auch. Stark sorgt für das Geld, wir für die Berichterstattung.«

»Soll ich weiter raten? Aufgrund des Medientransparenzgesetzes werden die Inseratenzahlungen der Bundesregierung streng verfolgt, also leitet ihr den Geldfluss über Sonderdrucksorten, Beilagen und günstige Buchungen in Paketen um; oder über praktische Zweigstellen in Agenturen, etwa die HRT. Dann zeigen sich auch noch Unternehmen und Interessensverbände großzügig, die dem Wirtschaftsministerium rein zufällig nahe stehen. Nicht blöd«, konstatierte Leček. »Brandl hat Lunte gerochen, ist der Spur bis nach Kärnten gefolgt, findet alle Indizien – und geht damit nicht zur Polizei. Wollte er Geld?«

»Zu viel«, entgegnete Wallner barsch. »Was kauft sich der Trottel davon? Eine sauteure Uhr! Aber er hört nicht auf, stellt neue Forderungen, droht trotzdem mit der Veröffentlichung.«

›Aber als Rückversicherung fertigt er eine Kopie des Ordners an‹, dachte Lečeks. »Also muss er weg. Und auch van der Garde, die ihm anscheinend zu viel verraten hat.«

»Wir mussten beide beseitigen, sie haben ein unkalkulierbares Risiko dargestellt. Zwei Morde im gleichen Umfeld wären zu auffällig gewesen, also haben wir sie in die U3 eingeladen.«

»Bei deren Präparation Thomas Hammerschmidt geholfen hat. Wusste er, was er da tat?«

Wallner schüttelte verächtlich den Kopf. »Jeder Mensch hat einen Punkt, an dem man einen Hebel ansetzen und ihn kaufen kann. Hammerschmidt wollte etwas Geld, bei dir war es schneller Ruhm im Journalismus, bei welcher Zeitung sei an dieser Stelle egal. Es war kinderleicht, ihn für unsere Ziele einzuspannen. Er war sogar so sorgfältig beim Einbau, damit nichts Sensibles im Schaltkasten kaputt ging«, lachte er wild.

»Was war das überhaupt für ein Zeug?«, wollte Leček wissen, den Seitenhieb hinunterschluckend. Langsam verließen ihn Fragen und Mut.

»Militärtechnik aus dem Osten, besitzt kaum Rückstände. Mehr interessiert dich nicht.«

Leček nickte lethargisch. Dann hatten sie Hammerschmidt ausgeschaltet. Schlagartig wurde ihm bewusst, dass jetzt alles klar war.

Seine zwei Peiniger sahen das anscheinend gleich. Während Thanner drohend die Flinte auf ihn richtete, schleifte Wallner zwei schwere Kanister heran. Ein Deckel war abgeschraubt, er verströmte deutlichen Benzingeruch.

»Ihr könnt mich nicht umbringen. Man wird mich suchen!«

»Wird man nicht.« Thanner zückte mit der linken Hand sein Handy. »Unser letztes Gespräch habe ich mitgeschnitten. Das Gespräch, in dem du zugibst, irgendwo verdeckt an einer Geschichte zu recherchieren. Dabei glaubt alle Welt, du hättest immer schon für die *JETZT* geschrieben. Dummerweise kannte niemand dein letztes Projekt, an dem du bis zu deinem Verschwinden gearbeitet hast. Dann wird plötzlich dieser Gesprächsmitschnitt auftauchen. Dumme Sache, findest du nicht auch?« Ein Tastendruck genügte, dann spielte er ihr letztes Gespräch erneut ab. Es war eindeutig Lečeks Stimme, die davon sprach, sich des Risikos bewusst zu sein, sich aber bis zum Äußersten zu verteidigen.

Ihm stockte das Blut, das war sein Ende.

»Nicht schlecht, oder?« Unbesorgt lächelnd schraubte Wallner auch den zweiten Kanister auf. »Das schneiden wir noch um, sodass die Fragen von mir stammen. Bringt uns wahnsinnig viele Klicks und einen weiteren, genialen Aufmacher. Kommt vielleicht sogar an das U3-Feuer heran!« Der Mann geilte sich an der Vorstellung auf. Er war genau so, wie er sich im Alltag des Zeitungsmachens immer gegeben hatte: widerlich.

Leček wäre gerne aufgesprungen und hätte losgebrüllt, doch ein Gewehrlauf auf Augenhöhe hinderte ihn an dem verzweifelten Versuch. Er musste es bedächtiger versuchen, mit purer Gewalt schaffte er es wahrscheinlich nicht einmal ins Freie. »Ihr werdet noch den Preis dafür zu zahlen haben.«

»Wer stellt uns denn bitteschön die Rechnung?« Gut gelaunt begann Wallner, Benzin aus dem ersten Kanister über die Wand und das angrenzende Regal zu verteilen.

»Der Kainz wird das machen. Georg Kainz, ein Polizist bei der Wiener Polizei.«

»Der wird dir auch nicht mehr helfen«, meinte Thanner gedämpft. »Außerdem seid ihr doch spinnefeind.«

»Bekommt man zumindest so mit, wenn man deinem

Computer und deinem Handy glauben darf«, merkte Wallner hämisch an.

»Haltet ihr euch für allwissend? Aber ich kann euch beruhigen, wir sind euch schon früher auf die Schliche gekommen.« Ein neues Feuer stieg in Leček hoch, eine letzte Karte, die er jetzt auf das samtene Grün des Spieltisches legen musste. »Denkt ihr ernsthaft, ich stecke fremde Datenträger mir nichts, dir nichts in mein MacBook? Ich bitte euch, jeder sollte sich mit digitaler Verhütung auskennen! Mein Rechner wird langsamer, mein Handy entwickelt ein Eigenleben und ich soll mir nicht denken, dass da etwas schiefläuft?« Ein gekünsteltes Lachen entfuhr Lečeks Kehle. Schauspiel war gefragt, er musste zumindest so tun, als ob er Oberwasser hätte. Spaghettimonster auch, warum war sein Ego nicht ein bisschen größer? Das würde so vieles erleichtern. »Jungs, ich muss euch enttäuschen. Wir wussten, dass mich jemand einer Ameise gleich unter der Lupe betrachtete. Seitdem habe ich mir neue E-Mail-Adressen angelegt und ein Prepaid-Handy besorgt, ihr wisst schon, aus so einem zwielichtigen Laden, wie es ihn an jeder Straßenecke gibt.« Schwindel überkam Leček, er fühlte sich erstmals wieder im Vorteil, vielleicht waren aber auch die Benzindämpfe daran schuld. »Die Abhöraktion war Zeichen genug, dass wir jemandem auf die Zehen gestiegen waren, wir brauchten aber Ruhe, wollten im Geheimen agieren. Da kam uns die Idee mit der Namensliste.«

»Was meinst du?«, grunzte Wallner, er warf den leeren Kanister zu Boden.

»Habt ihr euch die Liste mit den Todesopfern aus der U-Bahn denn einmal richtig durchgesehen? Ein kostenloser Hinweis von mir: Außer Brandl und van der Garde sind alle Namen frei erfunden.«

»Das sagst du bloß so.«

»Im Gegenteil, überprüft es doch. Ihr werdet zu keinem Namen auch nur irgendeinen Eintrag finden. Die echte Liste habt ihr nie zu Gesicht bekommen.«

»Warum habt ihr das getan?«, wollte Thanner wissen, er deutete Lečeк mit dem Gewehr an, dass er besser reden sollte.

»Kainz konnte im Stillen mit seinen Vorgesetzten sprechen, während ich die Zielscheibe gab. Wir wussten ja vom abgehörten Telefonverkehr, also haben wir die Konflikte ebenso ausgetragen. Für den unwahrscheinlichen Fall, dass wir auch anders abgehört wurden, haben wir nebenbei ein kleines Theaterstück aufgeführt. War übrigens ziemlich anstrengend, die Idee mit dem zertrümmerten Couchtisch kam mir recht spontan. Ihr dachtet jedenfalls bis jetzt, Kainz wäre aus dem Spiel, dabei holt er nur die Kavallerie.«

»Wie wollt ihr das ins Rollen gebracht haben? Messer hat das Blatt mit der Liste doch durch Zufall entdeckt!«

»Der Teil war gefinkelt, aber nicht unschaffbar.« Lässig streckte Leček seinen Rücken durch, als ob er zu lange vor seinem Arbeitsplatz gehockt hatte; er gähnte. »Wie zufällig kann ein Stapel Papier sein, der nur aus der Kopie eines Zettels besteht? Ich musste Messer lediglich dazu bringen, mir etwas aufzuschreiben, das Unterschieben der gefälschten Liste war ein Kinderspiel.« Triumphierend begann Leček zu grinsen, das sollte zumindest Wallner bald die Sicherungen raushauen. »Da ihr die echte Liste ja nicht hattet, konnten wir euch erst diesen riesigen Bären aufbinden – und ihr seid perfekt hereingefallen!«

Wallner und Thanner sahen sich abschätzend an, doch ihr Mienenspiel verriet, dass ihr Entschluss bereits endgültig gefasst war. Es würde schnell vonstattengehen.

»Wofür habt ihr mich eigentlich gebraucht? Ich meine, warum sollte ich eure Blätter gegeneinander ausspielen?«

»Die Antwort darauf kannst du dir auf der anderen Seite holen.«

Thanner holte erneut mit dem Kolben aus und hieb zu. Dieses Mal gab es keinen Strohhalm, an den Leček sich klammern und wieder aufrichten konnte. Dieses Mal fiel er zurück in die Dunkelheit und blieb dort liegen.

KAPITEL 51

Noch 28 Tage, 23 Stunden und 59 Minuten bis zu Hubert Brandls Tod.

Es gab viele Sitzungen, mehr als Sandkörner am Strand, an denen Brandl in der *JETZT* teilnehmen sollte. Allen voran die große Vormittagskonferenz, Ressortsitzungen, Abstimmungen mit externen Zulieferern et cetera, et cetera. Allesamt belanglos bis langweilig für einen einsamen Wolf wie ihn, der gerne alleine vorging, um Exklusivgeschichten zu angeln und sich in deren Glanz zu sonnen. Ab und zu kam es aber doch vor, dass selbst er einem Meeting mit Interesse beiwohnte.

Wie gewohnt thronte Wallner hinter seinem massiven Schreibtisch aus Glas und Metall. Neben ihm lehnte Miller an der Tischkante, gegenüber saßen Messer und Brandl auf einer schwarzen Ledercouch.

»Kommen wir zum Punkt.« Schlürfend trank Wallner einen Schluck seines Espressos. Als er die kleine Tasse mit dem blau-gelben Logo abstellte, wandte er sich an Miller. »Kathl, übernimmst du?«

Die Chefin vom Dienst strich sich eine blonde Haarsträhne aus dem Gesicht und begann zu sprechen. »Wir suchen wie immer nach der eierlegenden Wollmilchsau. Die haben selbst wir noch nicht gefunden, aber wir sind mit unserer neuen Idee nahe dran.« Sie schmunzelte und stieß sich mit beiden Händen von der Tischkante ab.

»Geht's konkreter?« Genervt tastete Brandl nach seiner Zigarettenschachtel, sie steckte in seiner Hosentasche. Er hatte schon zu lange nicht geraucht.

Millers strafender Blick tat ihm nicht weiter weh, verfehlte seine Wirkung aber keineswegs, immerhin verstummte er wieder. »Es ist relativ simpel. Wir wollen das Blatt modularer aufbauen, das funktioniert wiederum am besten über fixe Beiträge. Solche Rubriken sind leider nur in seltenen Fällen tagesaktuell und passen schon gar nicht in die Chronik.«

»Bis jetzt!«, rief Wallner euphorisch und deutete mit seinem Zeigefinger in die Luft. Sein dicker Bauch wackelte dabei, und so entstand der Eindruck, als ob der Herausgeber im Sitzen kläglich versuchte zu tanzen.

Brandl grinste in sich hinein, war er doch selbst nicht besser.

»Ihr beide seid gefragt.« Miller deutete jetzt auf Messer und Brandl. »Heinz, du planst für die Zukunft regelmäßig Platz für Huberts neue Rubrik ein.«

»Aha, die da sein wird?«

»Kennt ihr die Fernsehkrimis, in denen die Polizisten alte Fälle aufrollen? So etwas in der Art bringen wir ab jetzt auch, damit können wir für die Chronik vorarbeiten, wird sich ja so schnell nichts daran ändern.«

»Von welchem Umfang sprechen wir da?« Unruhig rutschte Brandl auf der Couch umher, die Idee hörte sich gar nicht so uninteressant an, daraus konnte man – daraus konnte er – etwas erschaffen.

»Wissen wir noch nicht«, schnaufte Wallner. »Recherchier mal zwei, drei Fälle raus, dann sehen wir weiter. Vielleicht einen pro Wochenende, für die Sonntagsausgabe, ganz prominent, oder wenn du mehr Material hast, ziehen wir es über die ganze Woche. Die Geschichten sind im Grunde aufgelegt. Wie die Catherine gesagt hat, geht es um alte Unfälle, Tode oder Morde in irgendwelchen Kaffs, zu denen es bestimmt ein paar Gerüchte gibt. Und wenn nicht: auch egal. Die Aufregung muss groß sein, da lässt sich bestimmt was finden. Winzerkönigin im Weinviertel, ein Regionalpolitiker, was weiß ich, die Leute spinnen ja schnell was zusammen. Wir leiten die Artikel mit Leserstimmen ein, die uns darauf aufmerksam gemacht haben, sehen uns das vor Ort an, schnappen ein paar Gerüchte am Stammtisch auf und schieben den Ball in Richtung Polizei, damit der kleine Mann glaubt, wir würden ihnen helfen.« Mit einem breiten Grinsen im Gesicht lehnte sich Wallner zurück.

Brandl wusste auch warum. »Kurz gesagt: Wir suchen einen Aufhänger und erfinden eine Geschichte drumherum?«

So oft in der Zeitungswelt der *JETZT* auch gefälscht, getäuscht und gelogen wurde, direkt darüber gesprochen wurde nur äußerst selten, als würde ein geheimer eiserner Kodex darüber liegen. Nur die Hardliner stellten diese Fragen offen.

»Die Geschichte muss passen. Wie du das hinbekommst, ist mir egal.« Wallner musterte weggetreten die Bilder an seiner Wand, ein Zeichen, dass die Besprechung für ihn als beendet galt.

»Die Leser fühlen sich und ihre Probleme wahrgenommen, wir können mit fixen Beiträgen vorausplanen, und die Geschichten schreiben sich wie von selbst. Perfekt!« Messer schlug Brandl auf die Schulter und stand auf.

Die Idee für solch eine Artikelserie konnte in dieser Zeitung bestimmt funktionieren.

»Gibt es sonst noch etwas zu besprechen?«, wollte Brandl wissen und erhob sich ebenfalls von der Couch, allerdings deutlich schwerfälliger als Messer.

»Nicht unbedingt«, antwortete Wallner, der bereits in seinen Blackberry abgetaucht war. »Ab nächster Woche drucken wir am Sonntag die neue Kolumne einer Teenagerin. Probleme einer 14-Jährigen, blöde Eltern, das erste Mal, Schule und so. Lässt sich gut Werbung dazu verkaufen.«

»Wer wird die schreiben?«

»Na ihr!«

KAPITEL 52

Die andere Seite.

Eine Stimme hatte vom Leben nach dem Tod gesprochen, ihn mit Nachdruck in diese Richtung geschoben, und sie behielt recht. Er war angekommen.

Schwefel, Hitze, Feuer. Das hier war die Hölle, Dantes Inferno. Doch Leček gehörte nicht hierher, noch nicht.

Ein pulsierender Schmerz stach in seiner rechten Hand und riss ihn gerade rechtzeitig zurück ins Bewusstsein. Der Schuppen stand in Flammen, Wallner und Thanner hatten ihn angezündet, die Hütte wahrscheinlich auch.

Mühsam schlug Leček die Augen auf, mit schmerzverzerrtem Gesicht suchte er panisch nach einer Möglichkeit, dem brennenden Raum zu entkommen. Schützend zog er seine schmerzende Hand an sich, die Hitze kam rasend näher.

Kein Wunder: Die Rückwand und der Inhalt des Metallregals hatten bereits Feuer gefangen, gleichsam das breite Holztor, sie hatten ihm den Ausgang abgeschnitten. Die Flammen züngelten bereits die Holzwände empor, leckten am Dachwerk, an den Balken, auch an den weniger dicken Brettern. Schwarzer Rauch breitete sich aus und stach in Lečeks Rachen; die Augen konnte er schwer offenhalten. Geistesgegenwärtig zog er seinen Pullover über Nase und Mund, doch gegen die Flammen würde ihm das nichts nützen.

›Das war's, game over‹, dachte Leček und besah seine Hände, blutverschmiert und verkrustet. Das Feuer würde jeden Moment durchzünden, dann würde der gesamte Schuppen in Vollbrand stehen. Spätestens mit dem Dachstuhl wäre das Spiel beendet.

Ein gläsernes Knirschen direkt über Leček riss ihn aus seiner Starre. Das kleine Fenster! Ein Mensch würde gerade so durchpassen. Es war seine einzige Option, er musste es versuchen, er konnte nur gewinnen. Stockend rappelte er sich auf, den Rücken dabei immer an die Wand gedrückt, und brachte sich in eine aufrechte, wenn auch wankende Position. Im Stehen konnte er das Fenster sehen. Es war nicht besonders breit, aber es würde gehen. Wie sollte er da hochkommen?

Zitternd massierte er seine schmerzenden Schläfen, das Konzentrieren fiel ihm so unglaublich schwer, jeder Gedanke schien durch den schwarzen Rauch hinfort getragen zu werden. Mit den Fingerspitzen erspürte er die Naht an seiner Schläfe, fünf Stiche, immer noch an derselben Stelle. Hätte er die nicht längst ziehen lassen müssen? »Konzentrier dich gefälligst«, murmelte er und wankte nach vorne. All seine Kraft war mit einem sprichwörtlichen Schlag verloren gegangen, Leček musste seine letzte Reserve anzapfen: seinen Überlebenswillen, diesen Instinkt, dem noch jedes wilde Tier im Angesicht des Todes folgte.

Hustend fiel Leček vor dem Regal auf die Knie, schob die Ärmel seines Pullovers über die Hände und griff eilig nach vorne, um eine kokelnde Werkzeugkiste auf den Boden zu ziehen. Das glänzende Silber war verschwunden, an den Seiten war es matt angelaufen oder schwarz, aber um das Aussehen ging es nicht. Mit der Kiste hatte er einen zweiten Gegenstand aus dem Regal hervorgezogen: unter einer Schicht aus Ruß und Dreck versteckte sich das Blau seines Handys. Wenn das Nokia durch den Aufprall am Boden nicht hinüber war, sollte das Gerät zumindest den Ton des Gespräches aufgezeichnet haben. Der Bildschirm leuchtete schwach, die Elektronik war also gerade noch am Leben. ›Apropos, darum sollte ich mich schleunigst kümmern.‹

Mit zusammengebissenen Zähnen packte er die Werkzeugkiste am heißen Griff und warf sie zur Seite, sodass sie gegen die Außenwand krachte und zu Boden fiel. Unter schmerzverzerrtem Stöhnen rappelte sich Leček erneut auf, wieder an die Wand gestützt, und schaffte es schließlich, einen Fuß zum Testen auf die Kiste zu stellen. Ja, das würde halten. »Spaghettimonster, hilf!«

Der zweite Fuß wackelte unschlüssig, doch kurz darauf stand auch er auf der Kiste. Als Nächstes musste das Fenster daran glauben. Die Hitzeentwicklung hatte schon für ein paar Sprünge gesorgt, am Rand fehlte sogar ein kleines Stück. Wie einen Handschuh zog Leček den Pullover über die linke Hand, ballte sie zur Faust und schlug zu. Eine Welle des Schmerzes schoss durch seine Hand direkt in den Kopf, doch das Glas hielt stand. Er schlug ein zweites Mal, ein drittes Mal, und die Schmerzen wanderten stoßweise in sein Nervenzentrum. Das Klirren der Scheibe bemerkte er zuerst nicht, das Schnalzen der Flammen und die knarzenden Balken waren zu laut, vielleicht lag es aber am Rauschen des Blutes in seinen Ohren. Erst, als er mit der Hand weiterkam als bei den Versuchen zuvor, realisierte er seinen Durchbruch. Mit hektischen Handgriffen versuchte er die Splitter aus dem Rahmen zu beseitigen, doch das Auflodern der Flammen galt ihm als Zeichen, den Kollateralschaden zu vergessen und endlich seinen Hintern in Sicherheit zu bringen.

Es folgte der schwierigste Teil, das Hochziehen und anschließende Durchgleiten. Sein Körper war verletzt, stark beschädigt, aber ein Rest musste noch funktionieren. Wenn Leček wirklich einen Überlebenswillen besaß, und davon ging er doch aus, musste er ihn jetzt beweisen.

Gerade als er im verrauchten Schuppen noch einmal Luft holen wollte, krachte wenige Meter hinter ihm ein Deckenbalken zu Boden. Funken stoben hoch, eine Rauchwolke bahnte sich den Weg durch das zerstörte Fenster. Die Zeit war gekommen, danach würde der Rauch Lečeks Lungen füllen, ihm das Bewusstsein rauben und seinen schlaffen Körper zusammensinken lassen. Balken würden herunterbrechen, der Raum würde sich vollends mit Rauch füllen und brennen, brennen, brennen, dem Körper Haare, Haut und Fleisch abziehen, bis nach Stunden des Wütens nur noch Knochen in der Glut lagen.

Er würde wie Brandl enden, wenn er jetzt nicht verschwand. ›Raus!‹, hallte der Befehl durch seinen Kopf, ›raus, raus raus!‹ Im Nachhinein war es ihm unverständlich, wie er die Kraft dazu aufgebracht hatte, aber in diesem einen Moment sah er klarer als zuvor, spürte seinen Körper, konnte seinen Geist lenken, miteinander vereinen und sich nach oben ziehen. Die Arme spannten sich an, zogen den Körper hoch und wuchteten ihn schließlich durch. Er blieb mit den Schuhen am Fensterrahmen hängen, wodurch sein Sturz nach unten etwas gebremst wurde, und kam halbwegs schmerzlos auf.

Das Adrenalin ließ alle Schmerzen vergessen und trieb ihn zu Höchstleistungen. Sein Verstand war glasklar, blitzschnell rief er sich die Situation vor Augen: Wallner und Thanner, der eine bewaffnet, der andere vielleicht auch, hatten bestimmt vor der Hütte Stellung gezogen. Also Exit-Strategie: Ab durch die Mitte! Hinter dem Fischteich fiel das Gelände ab, danach fing der Wald an. Zwischen Bäumen und Gebüsch würden sie ihn nicht finden, Leček könnte sich bis zur nächsten Menschenseele durchschlagen. Seine Füße waren bereits am Eis – wenn er am Rand entlanglief, konnten sie ihn entdecken –, als ihn ein kalter Schauer durchbeutelte. Vor lauter Hitze im Inneren des Schuppens hatte er das Fehlen seines Mantels nicht gemerkt, er war bis auf die Unterwäsche durchgeschwitzt. In der Verfassung würde er einen stundenlangen Marsch querfeldein nicht überstehen. ›Scheiße.‹

Der Lancia stand in der entgegengesetzten Richtung, dazwischen befanden sich Wallner, Thanner und etliche abgeschätzte Kilometer. Ihm blieb keine Wahl.

Ungelenk tapste er über den zugefrorenen Teich, das Knacken der Eisdecke immer einen Schritt hinter sich, dann huschte er über den abgrenzenden Erdwall und ließ sich hinabgleiten. Keuchend lag er im Gebüsch, ihm war kalt und er fror schlimmer denn zuvor. Mit dem Nachlassen des Adrenalins meldeten sich auch die schmerzenden Körperstellen zurück, Schadensmeldungen aller Decks trafen ein. Der Kopf schmerzte an so vielen Stellen, als wäre an seine Stelle ein pochendes Gewächs aus Schmerzen getreten. Behutsam tastete er seinen Schädel ab, ganz sanft waren Lečeks Finger, als sie den Hinterkopf berührten. Nein, er hatte kein Loch im Knochen, zumindest die Angst konnte er als unbegründet abhaken. Die Finger tasteten weiter, vor bis zur Schläfe, wo vor kurzem noch Fäden abgestanden hatten. Lečeks kalte Finger berührten die vermeintliche Stelle, und es kam zur Explosion. Grelles Licht zuckte durch seine Augen, er verkrampfte, öffnete den Mund zum Schrei, doch es kam nichts heraus, ob aus Angst vor seinen Verfolgern oder der Unfähigkeit seines Körpers wusste er selbst nicht. Der Hals verkrampfte sich, die Brust bebte und Tränen schossen hoch. Zuerst wurden seine Augen wässrig, dann rannen sie an der Wange hinab. ›Verdammt noch mal‹, dachte und wollte er sagen, doch es kam bloß ein unverständliches Gebrabbel aus seinem Mund.

Der Schmerz wurde nicht schwächer, aber sein Überlebenswille, dieses Notfallprogramm jeden Tieres, das tief in der DNA verwurzelt war, meldete sich zu Wort und übernahm die Oberhand. Das einzige Ziel: verschwinden.

Stück für Stück streckte Leček seinen Kopf über den Rand des Erdwalls; von Thanner und Wallner keine Spur. Entweder glaubten sie an seinen Tod, oder aber sie hielten vor der Hütte Wache, die Schrotflinte im Anschlag. Was auch immer stimmen mochte, er nutzte die Gelegenheit des freien Sichtfeldes und sprang in die angrenzenden Büsche am Waldrand. In deren Deckung kroch er etwas nach oben, aber nicht zu weit, da er sonst unter den Nadeldächern und Baumstämmen leicht als Ziel auszumachen wäre.

So kroch er von einem Busch zum nächsten, hielt inne und versuchte Geräusche aus der Umgebung herauszuhören; bis auf das Knistern der abbrennenden Hütte konnte er nichts vernehmen. Beim genaueren Hinsehen war der Schuppen schon in sich zusammengebrochen, bei der Hütte loderten Flammen aus dem moosbewachsenen Dach.

Auf Ellbogen und Knien kroch Leček weiter, bemüht, keinen Lärm zu machen und etwa laut mit Ästen zu knacken. Als er sich hinter den nächsten Baumstamm hockte und vorsichtig vorbeispähte, sah er zwei Autos vor der Hütte auf der Lichtung stehen: ein dunkelgrüner Geländewagen und eine weiße Limousine, direkt in der Einfahrt, knapp am Waldrand.

Eine Kältewelle überkam Lečeks Körper, von den Füßen ausgehend bis hoch zum Kopf. Zitternd warf er sich auf den Boden, zog den Pullover über den Kopf und verharrte einige Zeit so. Er konnte jetzt nicht aufgeben, nicht so knapp vor dem Ziel! Wie oft hatte er sich mit ebenjenem Gedanken rumschlagen müssen? In den letzten Wochen, Tagen, selbst heute schon mehrmals. Ihm war so kalt, und der Weg noch so weit, da musste eine Pause drin sein. Er würde kurz die Augen schließen und sich eine Auszeit gönnen. Seine vermeintlichen Mörder hatten ihre Arbeit erledigt, die würden zufrieden ihre Sachen einpacken und fahren, er selbst konnte dann später nach Hilfe suchen. ›Das hört sich gut an …‹ Erschöpft schloss Leček die Augen.

Wenige Sekunden später schreckte er durch einen ohrenbetäubenden Krach hoch, das Dach der Hütte hatte unter den geschwächten Balken und Trägern nachgegeben und war nach innen gestürzt. Die Wände standen noch, in schwarze Abbilder ihrer früheren Form verwandelt, doch auch sie würden jeden Moment in sich zusammenbrechen. Durch diesen gesunden Schock aufgerüttelt, stemmte sich Leček auf seine geschundenen Ellbogen und schleppte sich nach vorne. Mehr und mehr Meter brachte er hinter sich, doch für eine Flucht war er zu langsam, zu schwach. Beim nächsten Tritt verlor er den Halt, sein Körper fiel nach vorne, durchstreifte einen Busch und rutschte einen kleinen Hang hinab. Sein Kopf schlug gegen den Reifen des Geländewagens.

Langsam und bedächtig, einer Schlange gleich, hob er den Kopf und überprüfte das Sichtfeld auf Wallner und Thanner. Im Moment war niemand zu sehen; ein Glück, er hätte ihnen kaum etwas entgegensetzen können. Erschöpft drehte sich Leček zur Seite. Zum Lancia würde er es niemals schaffen. Alles oder nichts?

Mühsam richtete er sich auf und zerrte an der Beifahrertür. Tatsächlich ging der Griff nach oben und die Tür glitt leise auf. Am Beifahrersitz und den Gurten zog sich Leček in den Wagen, schloss die Türe leise und rutschte auf den Fahrersitz. Wie eingebildet mussten diese Kerle sein, die ließen tatsächlich den Schlüssel zurück!

Kaum hatte er den Zündschlüssel umgedreht, zersprang die Heckscheibe in tausend kleine Einzelteile und verteilte sich wie ein kristallines Feuerwerk im gesamten Innenraum. Sie waren wieder da!

Wild entschlossen, am heutigen Tag noch den Abend zu erleben, rammte Leček den ersten Gang ins Getriebe, ließ das Kupplungspedal rausschnalzen und raste los. Er hatte gerade die Auffahrt zum Schotterweg zurückgelegt, als ein weiterer Schuss den rechten Außenspiegel erlegte. Wo früher die Halterung für den Spiegel gewesen war, klaffte nun ein breites Loch mit heraushängenden Kabeln in der Karosserie. Auch das Fahrerfenster hatte einen Sprung abbekommen. Davon ließ sich Leček nicht beeindrucken, er ging im

Fahrersitz in Deckung und riss das Lenkrad herum, als der Pajero mit einem leichten Sprung auf dem Hauptweg landete.

Es galt noch die paar Kilometer bis zur Straße zurückzulegen, dann hätte er diese Wixer erledigt!

Der Motor des dunkelgrünen Mitsubishis kreischte auf, als Leček hastig in den dritten Gang wechselte. Zum richtigen Kuppeln blieb keine Zeit. Die Tachonadel stieg rasant in bedrohliche Höhen, der Wagen raste mit mehr als 70 Stundenkilometern über den engen Schotterweg im Wald dahin.

Blut tropfte von Lečeks Stirn, mit einer schnellen Handbewegung wischte er es aus seinem Sichtfeld und griff nach dem Handy in seiner Hosentasche. Die schmutzigen Hände drückten schnell ein paar Tasten, aber der Bildschirm blieb dunkel. »Verdammt!«, fauchte er.

In dem Moment traf ihn ein heftiger Stoß von hinten. Ein Blick in den Rückspiegel zeigte einen weißen Jaguar XF, der wie eine gefräßige Bestie seine Frontpartie in das Blech seines Opfers bohrte.

Hektisch wog Leček seine Möglichkeiten ab, doch eigentlich hatte er keinen Spielraum. Er drückte das Gaspedal bis zum Anschlag auf die Bodenplatte und sah der Tachonadel zu, die knapp an der Grenze zur Dreistelligkeit kratzte.

Der Weg zeigte sich gütig, auf Kurven verzichtete er vollkommen. Auf geraden Stücken oder schlangenlinienförmig ging es direkt in Richtung Asphaltstraße.

Auf der nächsten Kuppe zögerte Leček, ob er sie mit voller Geschwindigkeit nehmen sollte, und hob den Fuß etwas vom Gas. Der Wagen federte stark, bis sein gesamtes Gewicht auf dem Fahrwerk lastete. Der kurze Augenblick der Unsicherheit hatte genügt, seine Verfolger hatten aufgeholt und waren entschlossener denn je. Ein Schuss gellte durch das Meer der aufbrausenden Motoren und beraubte

Leček jeglicher Sicht, Schrotkügelchen hatten die Windschutzscheibe in eine weiße Wand zerspringen lassen.

Den Kopf konnte er keinesfalls aus dem Fenster stecken, die wartenden Kugeln konnte er schon direkt spüren. Also klopfte er mit der flachen Hand mehrmals gegen die Scheibe, um sie aus der Verankerung zu reißen. Zumindest auf der Fahrerseite klappten die Überreste nach außen. Ein kleines Sichtfenster tat sich auf, der Geländewagen huschte im Sprint zwischen Baumreihen und Büschen hindurch, doch der einhergehende Verlust von Lečeks Aufmerksamkeit war zu groß.

Der Jaguar stieß ein zweites Mal zu.

Das Heck scherte zuerst nach rechts, dann pendelte es zurück und der Mitsubishi geriet ins Schleudern. Leček verlor die Kontrolle.

Die blockierenden Reifen versuchten sich vergeblich am Untergrund festzukrallen, dabei zogen sie eine Schneise durch den Schotter.

In der Andeutung einer Rechtskurve schoss der Geländewagen über den Rand des Weges hinaus. Als Letztes sah Leček die näherkommenden Baumstämme.

Dann kam der Aufprall.

KAPITEL 53

Der Motor des kleinen Geländewagens jaulte wie ein wildes Raubtier, als er die Bodenhaftung verlor und die Räder wie wild in der dünnen Luft drehten. Der Flug des Mitsubishis wurde von zwei dicken Baumstämmen beendet, die den Wagen zur Seite warfen und ihn gleichzeitig nach unten drückten. Das Auto schlug auf und rollte antriebslos über den Abhang dahin, bis es in einer kleineren Baumgruppe endgültig Halt machte.

Der Motor verlor alle Flüssigkeiten, die er zu diesem Zeitpunkt noch in sich gehalten hatte. Wasser, Öl und Benzin tropften auf den Waldboden, vermischten sich zu einem Rinnsal und schlängelten sich das Gefälle hinab. Sie wirkten wie ein kleiner Gebirgsbach, nur waren sie dafür viel zu bunt und geruchsintensiv.

Leček lag neben dem Wrack.

Der Motor, oder besser gesagt dessen Überreste, hatten sich mitsamt des Rahmens nach hinten geschoben und den Innenraum in der ersten Reihe komplett zerquetscht. Als Beweis dessen ragte das deformierte Lenkrad bis auf die Rückbank hindurch. Der Sprung hatte auch Teile der Vorderachse gekostet, zumindest lag ein Teil der Antriebswelle samt Reifen nur wenige Meter vor dem Auto.

Im Wageninneren hätte Leček das niemals überlebt. Sein Glück war die fehlende Fahrertür, die vorzeitig beim Flug zwischen den Bäumen abgetrennt und zur Seite geschleudert wurde. Der Aufprall des restlichen Wagens war so heftig, dass Leček, natürlich nicht angeschnallt, dafür hatte die Zeit gefehlt, mit dem Oberkörper voraus aus dem Wageninneren geschleudert wurde. Andernfalls wäre er jetzt vom Motorblock zerquetscht oder von der Lenkstange durchbohrt worden, beides keine attraktiven Enden. Mit dem Leben unvereinbare Verletzungen wären daraus resultiert, so nannte man im medizinischen Fachjargon das Abtrennen des Kopfes, das Zerquetschen des Torsos oder das Zerstückeln des gesamten Körpers. Zu diesem Zeitpunkt besaß Leček noch alle erforderlichen Körperteile und Organe, passte folglich also nicht in diese tödliche Definition, im Gegenteil, er fühlte sich sogar gut, fast blendend. Woran das wohl lag?

Seine Beine waren so angenehm warm. Ein Blick nach unten offenbarte zerschnittene Hosenbeine, die von dunkel hervorsprudelndem Blut durchtränkt waren. Zwei Schritte stolperte er schwerfällig noch nach vorne, dann brachte ihn eine Wurzel zu Fall und er schlug auf den mit feinen Nadeln bedeckten Waldboden auf.

Im Hintergrund hörte er das Aufheulen eines mächtigen Motors, zwei Türen wurden fest zugeschlagen. Jetzt hatten sie ihn endlich.

Das laute Summen in seinen Ohren verschwand und wich dumpfen Stimmen, die gleichzeitig nirgendwo und doch überall waren.

»Glaubst du, er lebt noch?«

»So einen Unfall überlebt niemand.«

Pah, wie sie sich täuschten, er hatte überlebt! Das war sein größter Triumph. Auch wenn gleich alles aus sein würde, diesen Kampf hatte er noch einmal gewonnen. Er lag im Dreck, seine Haut war aufgeschrammt, die Beine bluteten, und im Mund schmeckte er Metall. Aber Teufel noch einmal, er lebte!

Nun kamen sie näher, deutlich hörte er die Schritte im Unterholz, vereinzelt knirschten auch Schneeflecken unter dem Gewicht der Schuhe.

Seine Stunde war gekommen.

Mit einem Mal schoss eine schwarze Schuhspitze gegen seine Stirn und riss den Kopf auf die linke Seite. Kurzzeitig hatte er zwei schemenhafte Gestalten gesehen, dann wurde ihm schwarz vor Augen. Der satte Geruch des Waldlebens bohrte sich in seine Nase, wie hatte er ihn jedes Mal als Kind geliebt. Für einen Moment versuchte Leček daran festzuhalten, vom Gedanken zu zehren und sich einen Weg ins Leben zurück zu suchen, doch es war vergebens, er fiel zurück in die Tiefe der Dunkelheit, fiel weiter und schneller als je zuvor, verlor jeglichen Blick nach oben und den Ausblick auf alles.

In den letzten Atemzügen glaubte er in der Ferne das Jaulen von Sirenen zu hören. Zumindest in Gedanken hatte er gewonnen, das konnten sie ihm nicht nehmen. Martin Leček fand das einen schönen Gedanken zum Sterben.

KAPITEL 54

Noch 42 Tage, 17 Stunden und 16 Minuten bis zu Hubert Brandls Tod.

Hubert Brandl hatte es eilig. Es war ein später Sommertag, orange Sonnenstrahlen wärmten die Wiener Innenstadt, und an den Kreuzungen stand die Luft, eine Mischung aus würzigen Abgasen. Um der Wärme Tribut zu zollen, trug Brandl ein beiges Leinenhemd und eine dünne schwarze Stoffhose.

Eine rote Ampel verschaffte ihm eine Verschnaufpause, routiniert klopfte er eine Zigarette aus der Schachtel und ließ sie zwischen seine vergilbten Fingerspitzen gleiten. Zwei Handgriffe – und ein feines Brennen erfüllte seinen Mund. Brandl schloss die Augen und atmete den Rauch tief ein. Er begann sich an dieses Entspannungsbuch zu erinnern, ein paar zynische Kollegen hatten es ihm letztens auf den Schreibtisch gelegt. Den Titel hatte er vergessen, durchgeblättert hatte er es trotzdem.

Die Sonnenstrahlen fühlten sich auf der gegerbten Haut wie ein Streicheln an, der Rauch floss in die Lunge, das Nikotin ins Gehirn, und der Lärm, die Abgase, die Autos und die anderen Menschen verschwanden in einer anderen Dimension. Ja, er lebte diesen kurzen Moment völlig bewusst.

Mit der Grünphase war das vorbei.

Wie der Rest der Menge hetzte er über den Zebrastreifen und eilte den Gehweg entlang. Die Hast hätte sich Brandl erspart, wenn er diese dumme Uhr nur schon längst auf die Müllhalde geworfen hätte! Grimmig erinnerte er sich, wie er in einem Heurigen gesessen hatte, ein Viertel Weißwein vor sich, das Backhendl bereits bestellt, und wie die Hirsch-Uhr mit abgeblätterter Goldfarbe ausreichend Zeit verkündete.

Als er um die nächste Hausecke ging, blendete ihn plötzlich die Spiegelung des Sonnenlichts in einer ordinären Glas- und Stahlkonstruktion; Stinkefinger, wie Brandl sich gerne ausdrückte.

Mit resignierendem Kopfschütteln stellte er sich zu einem Mistkübel am Vorplatz des Büroturms, nahm einige rasche

Züge seiner Zigarette und brannte damit Tabakmischung und Papier flott bis zum Filter runter. In Gedanken pflügte er durch Vergangenheit und Zukunft.

Das Auto stand in der Parkgarage, dem nächsten Strafzettel hatte er damit vorgebeugt; wurde ohnehin immer komplizierter, die als Spesen abzurechnen! In puncto Artikel war er für heute durch, er wollte allerdings noch seine Kolumne für die nächsten Tage vorschreiben, das würde ihm einen angenehmen Puffer verschaffen.

»Hoppla, Pardon!«

Die Zeilen bereits im Kopf schreibend, hatte er beim Weggehen nicht auf seine Umgebung geachtet und war mit einem jungen Mann im Anzug zusammengestoßen.

»Kein Problem«, antwortete sein Unfallopfer überrascht, war aber sofort zwischen den anderen Passanten am Platz verschwunden.

Schulterzuckend setzte Brandl seinen Weg über den Reinhard-Wallner-Platz fort; eine schreckliche Anschrift, andererseits bewunderte er seinen Herausgeber für dessen Einfluss, Wunschadressen gab es in diesem Land üblicherweise nur bei E-Mail-Konten.

Knapp vor dem Eintreten in den aufrechten Glassarg, schielte er nach oben auf das alles überthronende Logo der Zeitung in blau und gelb. Der Schriftzug so hoch oben war Brandl noch nie geheuer gewesen. Nicht, dass er an der Befestigung zweifelte, die war ohne Frage gut verankert, aber jedes Mal breitete sich ein undefinierbares, dunkles Gefühl in seiner Magengegend aus. Und jedes Mal verhielt er sich gleich, verscheuchte den Gedanken leichtfertig, wie man es mit einer nervenden Fliege tat, trat durch die Drehtür und ließ all seine Bedenken draußen stehen.

Heute gelang ihm das nicht besonders gut, ein Gedankenfetzen hatte sich mit hineingeschmuggelt und umkreiste ihn weiter. Brandl hatte keine Ahnung warum, er konnte den Gedanken nicht mit den Händen erfassen, geschweige denn die Konturen sehen, aber der *JETZT*-Schriftzug erschien ihm mit heutigem Tage in ein Damoklesschwert verwandelt, die feine Schnur so dünn und unsichtbar.

Ungelenk und starr durchquerte Brandl das helle Foyer, jeder Schritt vom Echo seiner klappernden Schuhe begleitet. Er zog die Zutrittskarte über den Scanner, drückte sich durch das schmale Drehkreuz und ging zu den Aufzügen.

Davor stand der junge Mann im Anzug. Suchend glitt sein Blick über die Etagenschilder, während er mit der linken Hand seine dichten Bartstoppeln rieb.

»Kann ich Ihnen jetzt helfen?«, fragte Brandl lachend und legte ihm einen Arm um die Schulter.

Der Unterschied zwischen beiden Männern hätte nicht größer sein können: Schick und neu gekleidet gegen verlebt und abgetragen, straffe Haut und frisches Aussehen gegen Falten, Augenringe und verdeckte Narben, ein Leben am Beginn, eines am Ende.

»Kommt darauf an, ob Sie mir den Weg in die Redaktion zeigen können. Ich habe einen Termin bei Herrn Wallner.«

»Fünfter Stock, ganz mein Revier!« Brandl lachte erneut und schob sein Gegenüber mit der Hand nach vorne. Nach dem Schließen der Aufzugstüren musterte er den Neuankömmling aufmerksam: rasierte Kurzhaarfrisur, Dreitagebart und stechende blaue Augen, die Brandls Unbehagen verstärkten. Glücklicherweise hatten sie bereits ihr Stockwerk erreicht.

»Da sind wir. Einfach den Gang entlang, rechts durch die Doppeltür und dann die kleine Treppe hinauf.«

»Danke für die Hilfe.« Der Mann nickte zur Verabschiedung und wandte sich zum Gehen.

»Wie heißen Sie eigentlich?«, wollte Brandl wissen.

»Leček. Martin Leček«, antwortete er in einem sachlichen Ton und verschwand im Korridor.

Irgendetwas an dem Typen ließ Brandl nicht mehr los, als läge in seiner klaren Aura etwas verborgen.

›Vielleicht wird aus dem noch etwas.‹

EPILOG

Vom zweiten Stock aus wirkten die wartenden Menschen unter dem Fenster wie ein dreckiger Plastikteppich aus Müll, der auf dem Meer umhertanzte. Allesamt verschoben sie unter dem sanften Frühlingsregen ihre Position, stiegen von einem Fuß auf den anderen, blieben aber Teil der unausgesprochenen Formation. Die Front der Menschenschar brach erst aus dem Gefüge, als ein cremefarbenes Mercedes-Taxi vorfuhr, lädiert und von älterer Bauart.

Ein schneller Stopp, wie im Motorsport, und eine graue Figur entstieg in den Regen, die Kapuze tief ins Gesicht gezogen. Das bunte Meer aus Plastikmüll schwappte auf die Figur zu und entpuppte sich als eine Meute an Pressemenschen und Reportern. Die Figur ließ sich davon nicht beeindrucken, bahnte sich schaumgebremst, wie beim Schwimmen durch eine zähe Flüssigkeit, ihren Weg durch die lauernde Meute und kam keinen Moment ins Schwanken. Der defensiv geführte Kampf dauerte nur wenige Sekunden, dann hatte die Figur die Stufen zum Oberlandesgericht Wien zurückgelegt und verschwand unter dem Fenstersims des Beobachters, im Haupteingang.

Georg Kainz wandte sich erst vom Fenster ab, als er ein ermüdetes Stapfen von der flachen Steintreppe hörte. Abschätzig musterte er die Gestalt, die nur wenige Meter von ihm entfernt stand. »Auch schon da?« Die Frage hallte durch den Korridor, außer ihnen war niemand in der Nähe.

Die graue Kapuze glitt nach hinten, darunter erschien das nasse Gesicht von Martin Leček; die Züge schmäler, die Haare eine Spur länger, sonst unverändert. »Ich musste doch erst zu meinen Groupies.« Ein müdes Lächeln entglitt Lečeks Gesicht, als er Kainz die Hand reichte, sie packten sich am Handgelenk und schüttelten ihre Unterarme.

»Ja«, erwiderte Kainz mühsam, als müsse er durch einen dicken Schleier hindurch sprechen. »Lange nicht mehr gesehen. Wie geht es deinem Kopf?« Es brauchte einiges an Gewöhnung, die Narbe an Lečeks linker Schläfe nicht dauernd anzustarren, der rote Strich war gut fünf Zentimeter lang und einen halben Zentimeter breit.

»Er schmerzt, wie immer. Aber ich glaube, es wird besser, erzählen mir zumindest die Ärzte, sogar samt Izabella.«

Kainz nickte verstohlen. »Wo ist sie eigentlich?«

»Zu Hause. Ich habe gesagt, sie braucht sich den ganzen Rummel nicht antun, sie würde eh nur dasitzen und von allen Seiten belagert werden.«

»Und das lässt sie sich von dir wirklich sagen?«

Leček seufzte herzhaft. »Nein, aber sie hat die Schnauze voll von der Geschichte.«

Wie aufs Stichwort in einem gut geprobten Theaterstück schallte plötzlich Getöse die Treppen herauf. Ein Blick aus dem Fenster verriet den zwei Männern die Auflösung, die Menschentraube am Vorplatz drängte allmählich ins Gericht. Die ruhigen Minuten konnten sie an einer Hand abzählen.

»Warum hassen die dich eigentlich so sehr?«

Leček zuckte die Schultern, die Hände in den Hosentaschen. »Journalisten kritisieren gerne alle anderen, aber bei ihnen selbst hört der Spaß auf, gerade in Österreich. Ein bewusst gewählter blinder Fleck, wenn du so willst.«

»So schlimm ist es aber auch wieder nicht. Da waren sogar ein paar positive Kommentare dabei. Und verdient haben sie es ja!«

Die hochgezogene Augenbraue ließ Lečeks schmale Gesichtszüge noch mehr hervortreten, er starrte Kainz scharf an. Die Situation der Medienbranche hatte sich in den letzten Monaten frappierend geändert. Der *JETZT* wurde die komplette Führungsriege abgeschlagen, das Blatt war nur wenige Wochen nach der Aufdeckung der Affäre in arge finanzielle Schwierigkeiten geraten. Überstürzte Umstrukturierungen und Kündigungen waren die Folge, aber durch die ausbleibenden und sogar zurückgezogenen Inserate galt ein Abschalten der Druckerpressen nur noch als eine Frage der Zeit. Der *Telegraph* konnte sich mit Thanner als Einzeltäter relativ unbefleckt halten, war aber ebenfalls stark ins Taumeln geraten. Meldeten beide Zeitungen Konkurs an, würden hunderte Leute den sowieso schon eng umkämpften Arbeitsmarkt der Medienbranche überfluten. In Zeiten von Budgetkürzungen, Personaleinsparungen und automatisierten Textrobotern würde der Sturz beider Zeitungen zum Super-GAU für alle Medienschaffende. Lečeks Stand war ohnehin schwer, aber er hatte diese Herkulesaufgabe auf sich genommen und es geschafft, sich unter den eigenen Kollegen noch unbeliebter zu machen.

»Weißt du, was mein größter Fehler war? In den ersten Interviews habe ich auf die Moralschiene gesetzt, ich dachte, es würde andere wie mich geben. Aber weißt du was? Die wollen das nicht hören! Der Redakteur vom Lifestylemagazin will gar nicht hören, dass Anzeigenkunden die Artikel beeinflussen. Die Wirtschaftszeitung will nicht auf die Automobileinlage verzichten, weil der Chefredakteur dann keine kostenlosen Wägen mehr abbekäme.« Leček schnaufte. »Ich habe alles gehört, Georg, alles. Ich wäre zu jung, ich hätte ja keine Ahnung von der Praxis. Die alten Haudegen haben ihre fixen Verträge, stopfen sich am Futtertrog voll – und nimm das bei Pressekonferenzen ruhig wörtlich –, streichen Nebensalär, Geschenke und kleine Aufmerksamkeiten ein und sind vollends zufrieden mit den Abmachungen, die sie zur Auffettung ihres Einkommens getroffen haben. Aber ich, jemand, der von außen kommt und mit dem Finger auf die Missstände zeigt, ich bin der Trottel, der vorzeigbare Fehler im System!« Er hatte sich in Rage geschwungen, daran hatten auch die Erfahrungen der letzten Monate schuld. Kaum jemand wollte sich dem Spiegel stellen, das Falsche taten immer die anderen, nie das eigene Medium, der eigene Redakteur. Es war eine Schande.

»Du hast halt gegen das System gespielt, das sieht man hierzulande nicht gern.«

»Ach ja? Ist das auch der Grund, warum ich heute angeklagt bin und nicht du?«, schnauzte Leček. Die Beförderung seines besten Freundes zum Gruppeninspektor war auffallend schnell gekommen, fast direkt nach dem Auffliegen der ganzen Geschichte. »Tut mir leid«, kramte Leček nach einer schweigenden Minute aus seinem Wortschatz hervor, »du hast zu mir gehalten und mir geholfen. Da ist es nur fair, auch einen Lohn zu kassieren.«

»Schon gut«, Kainz winkte ab. »Mir ging das auch zu schnell. Das hatte nichts mit meiner Leistung zu tun, die wollten jemanden von der Exekutive, den sie medienwirksam vorschicken konnten. Ein polizeiliches Gegenstück zu dir.«

Leček seufzte kaum hörbar, das war ihre Versöhnung, sofern überhaupt notwendig.

»Sag, Martin, hast du eigentlich einmal mit den Angehörigen der Toten aus der U-Bahn gesprochen?« Die Frage schien Kainz schon länger zu belasten, er brachte sie nur schwer über die Zunge.

»Dazu hatte ich kein Bedürfnis, ich konnte ihnen ja nie etwas geben. Du etwa?«

»Nein, aber ich dachte, da wäre vielleicht etwas gewesen, wir haben ihnen immerhin etwas Gutes getan, die Mörder gezeigt, ihnen Gründe gegeben. Es beruhigt die Leute, wenn sie zumindest das Warum hinter Verbrechen verstehen.«

»Glaubst du wirklich, dass wir ihnen etwas Gutes getan haben? Ihre Lieben bleiben tot.« Leček kratzte sich verlegen am Bart, er kam schleppend auf einen Gedanken. »Zumindest stürzen sich die Medien nicht mehr auf sie, das hat vielleicht etwas Gutes.«

Feste Schritte hallten über den Gang, ein hochgewachsener Gerichtsdiener, kahlköpfig und mit strenger Uniform, postierte sich nahe genug, um als galanter Hinweis wahrgenommen zu werden.

»Es wird Zeit.« Leček zupfte seinen grauen Mantel zurecht, die Wassertropfen waren an ihm hinabgeronnen und hatten eine kleine Pfütze um ihn gebildet.

»Was genau wird dir vorgeworfen?«

»Einbruch, Diebstahl, Amtsanmaßung. Im Grunde das gesamte Repertoire der letzten Monate.« Wieder entglitt Lečeks Gesicht ein müdes Lächeln. »Mein Anwalt meint, ich soll mir keine allzu großen Sorgen machen, könnte auf Bewährung oder Geldstrafe hinauslaufen.«

Kainz nickte verständnisvoll und klopfte seinem Freund auf die Schulter. Er selbst war in Zivil, trug einen dunkelblauen Anzug und würde heute selbst als Zeuge aussagen.

Mit einer langsamen, aber kraftvollen Geste, ähnlich der Flut am Meer, deutete der Gerichtsdiener zum Verhandlungssaal. Das hektische Gebrabbel der Journalisten und anderer Interessenten war schon von Weitem durch die Gänge zu hören.

»Schon witzig.«

Fragend musterte Kainz sein Gegenüber, war das eine Art Galgenhumor?

»Die andere Verhandlung wird erst noch angesetzt, aber ich werde sofort abgearbeitet.« Wallner, Thanner und der nunmalige Exminister der Liberalen, Christian Stark, würden in den kommenden Wochen angeklagt werden, deren Prozess würde sich allerdings weitaus größer gestalten und länger hinziehen als der heutige. Leček dachte an die Vernehmungsprotokolle, die ihm Kainz unter der Hand zuschanzen konnte. Wallner und Thanner konnten damals im Wald nicht mehr rechtzeitig fliehen, zu lange hatten sie ihr Opfer an diesem Morgen gequält. Den geplanten Zeitungskrieg gaben beide unumwunden zu, auch Lečeks auserkorene Rolle darin, strafrechtlich relevant war das kaum. Ihr Unmut begann, als er durch Brandls Tod in ihre Pläne gestolpert war.

Jetzt war das Abenteuer vorbei, der Artikel zu Ende, und er hatte viele Opfer gekostet, physische, psychische und moralische.

Beim Betreten des Gerichtssaals dachte Leček an Wallners letzten Aufschrei bei seiner Verhaftung, Kainz hatte es ihm am Krankenbett erzählt: »Dem Leček gehört in die Goschn gehaut!«

Vielleicht hatte er das ja wirklich verdient.

DANKE

Danksagungen sind oft so eine Sache. Meistens sind sie lange und für den Leser unverständlich. Ich hoffe daher, diese kürzer und unterhaltsamer zu gestalten.

Danken möchte ich meinen Eltern, die mich schon in frühen Jahren der Alphabetisierung zugeführt haben. In einem Zahlencode zu schreiben wäre schwierig geworden.

Danken möchte ich meiner Frau, die mich auch nach der hundertsten weggeworfenen Seite und großer Jammerei noch immer ertragen hat.

Danken möchte ich auch der besten Buchhändlerin der Welt, die als erste Außenstehende einen Blick auf diese Zeilen geworfen hat – nicht auf die Danksagung, aber auf den ganzen Rest.

Ein großes Dankeschön auch dem Team des Gmeiner-Verlags, das mich als Neuling in der Branche aufgenommen und aufgeklärt hat. Meine blöden Fragen werden mit der Zeit vielleicht weniger.

Und schlussendlich möchte ich mich auch bei Ihnen bedanken, werter Leser, dafür, dass Sie zu meinem Erstlingswerk gegriffen haben. Ich hoffe Sie gut unterhalten zu haben, zumindest ein bisschen.

WOLFGANG JEZEK
Rachemond

978-3-8392-2032-0 (Paperback)
978-3-8392-5311-3 (pdf)
978-3-8392-5310-6 (epub)

VERFLUCHT In einem Verein, der die verstorbene Dichterin Christine Lavant verehrt, ereignet sich ein seltsamer Todesfall. Die Kärntner Polizei zeigt allerdings kein wirkliches Interesse daran, den Fall aufzuklären. Deshalb wird Elvira Hausmann, eine Wiener Journalistin, nach Kärnten gesandt, um Licht in die Sache zu bringen. Trotz heftiger Widerstände und umgeben von einer Mauer des Schweigens, versucht Elvira Hausmann den Fall zu klären. Durch die Geschichte spukt die Gestalt der verstorbenen Dichterin, von der ein Fluch auszugehen scheint …

GMEINER SPANNUNG

WWW.GMEINER-VERLAG.DE
Wir machen's spannend

CLAUDIA ROSSBACHER
Steirerpakt

978-3-8392-2044-3 (Paperback)
978-3-8392-5331-1 (pdf)
978-3-8392-5330-4 (epub)

MIT BLUT BESIEGELT Ein skurriler Leichenfund lässt die LKA-Ermittler Sandra Mohr und Sascha Bergmann zur Eisenstraße aufbrechen. Vom historischen Einser-Sessellift, der seit fast 70 Jahren vom Präbichl auf den Polster schaukelt, wurde eine nackte Leiche geborgen. Bald schon wird der tote Mann als Einheimischer identifiziert, der vor 15 Jahren nach Kanada auswanderte. Erst vor wenigen Tagen reiste der Arzt aus seiner Wahlheimat an, um dem Begräbnis seiner Mutter beizuwohnen. Sandra Mohr stößt auf so manche alte Wunde, die er dabei aufgerissen hat. Und auf weitere Leichen …

Das Neueste aus der Gmeiner-Bibliothek

Unser Lesermagazin

Bestellen Sie das kostenlose Krimi-Journal in Ihrer Buchhandlung oder unter www.gmeiner-verlag.de

Informieren Sie sich ...

www ... auf unserer Homepage:
www.gmeiner-verlag.de

@ ... über unseren Newsletter:
Melden Sie sich für unseren Newsletter an unter www.gmeiner-verlag.de/newsletter

f ... werden Sie Fan auf Facebook:
www.facebook.com/gmeiner.verlag

Mitmachen und gewinnen!

Schicken Sie uns Ihre Meinung zu unseren Büchern per Mail an gewinnspiel@gmeiner-verlag.de und nehmen Sie automatisch an unserem Jahresgewinnspiel mit »mörderisch guten« Preisen teil!